# 태양은 다시 떠오른다

**The Sun Also Rises**

세계문학전집 280

# 태양은 다시 떠오른다

The Sun Also Rises

어니스트 헤밍웨이
김욱동 옮김

민음사

당신들은 모두 길을 잃은 세대요.

—거트루드 스타인의 대화 중에서

한 세대는 가고 한 세대는 오되 땅은 영원히 있도다.
해는 뜨고 해는 지되 그 떴던 곳으로 빨리 돌아가고,
바람은 남으로 불다가 북으로 돌아가며 이리 돌고 저리 돌아
그 불던 곳으로 돌아가고,
모든 강물은 다 바다로 흐르되 바다를 채우지 못하며
어느 곳으로 흐르든지 그리로 연하여 흐르느니라.

—「전도서」

## 차례

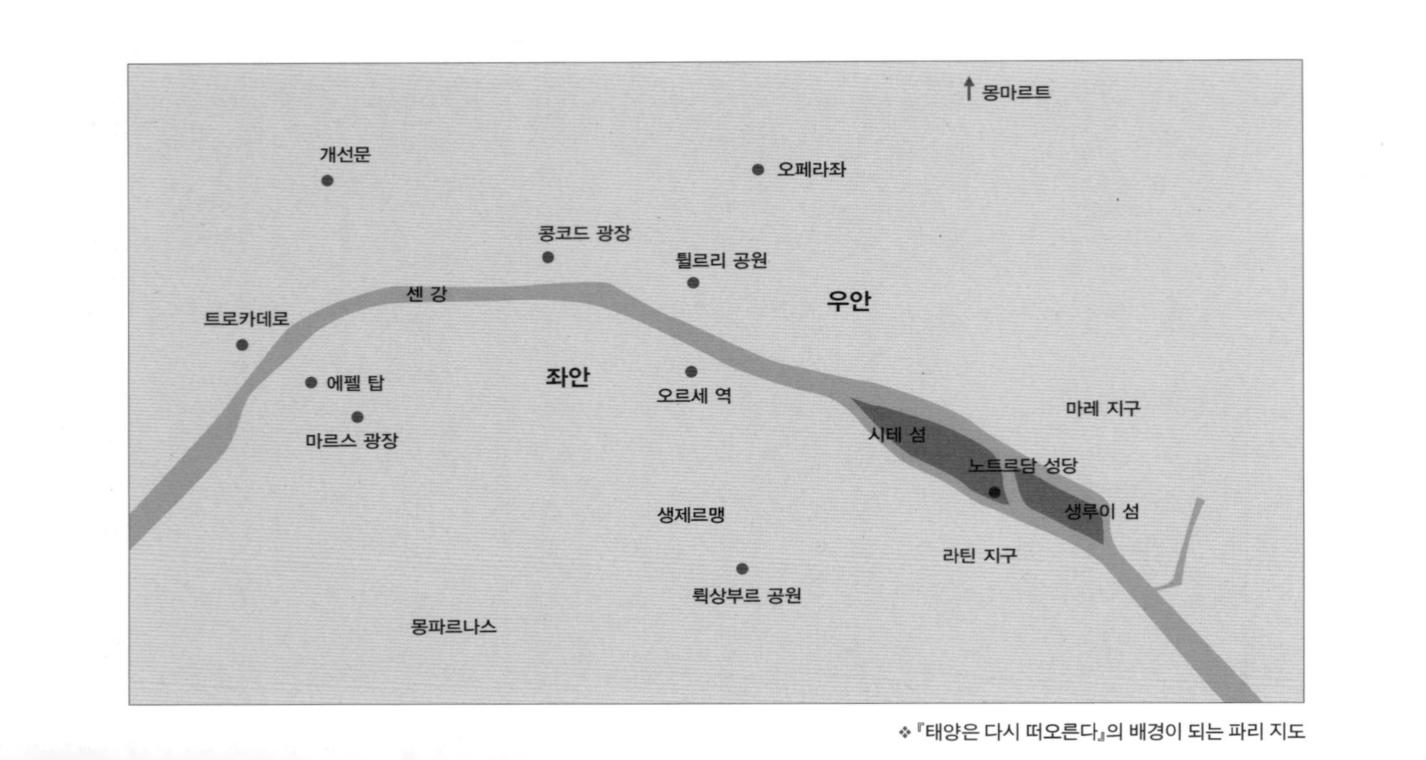


❖ 『태양은 다시 떠오른다』의 배경이 되는 파리 지도

# 1부

# 1

로버트 콘은 한때 프린스턴 대학의 미들급* 챔피언이었다. 그런 챔피언 타이틀에 내가 크게 감동을 받고 있다고 생각하지는 말기 바란다. 그러나 콘에게는 무척 중요한 일이었다. 하기야 그도 권투를 조금도 대단하게 생각하지 않았고 또 실제로는 권투를 싫어했지만, 프린스턴 대학 시절에 유대인 취급을 받으면서 느낀 열등감과 내성적인 성격을 극복하려고 몹시 고생하면서도 철저하게 권투를 배웠던 것이다. 건방지게 구는 녀석은 누구든지 때려눕힐 수 있다고 생각하니 얼마만큼은 마음이 후련해졌다. 물론 굉장히 수줍어하는 성격인 데다 더할 나위 없이 착한 젊은이였기 때문에 체육관 말고 다른 장소에서 주먹을 휘두르는 일은 단 한 번도 없었다. 콘은 스파이더 켈

* 권투 체급 중 하나로 몸무게가 71~75킬로그램 정도.

리가 가장 아끼던 제자였다. 스파이더 켈리는 젊은 제자들의 체중이 70킬로그램 정도건 110킬로그램이 넘건 하나같이 페더급* 선수처럼 권투하도록 가르쳤다. 하지만 이런 가르침은 콘에게는 안성맞춤인 것 같았다. 실제로 그는 굉장히 주먹이 빨랐다. 그의 실력이 아주 뛰어났기 때문에 스파이더는 곧 강한 선수와 맞붙게 하여 그의 코를 영원히 납작코가 되도록 만들어 놓고 말았다. 이 때문에 콘은 권투를 더욱 싫어하게 되었지만, 어떤 이상야릇한 종류의 만족감을 느끼게 된 것도 사실이었다. 또 그 때문에 납작해졌던 코도 확실히 점차 회복되었다. 프린스턴 대학의 마지막 학년에 콘은 책을 너무 많이 읽은 탓에 시력이 나빠져 안경을 쓰게 되었다. 나는 콘을 기억하고 있는 동창생을 단 한 사람도 만난 일이 없다. 동창생들은 그가 미들급 챔피언이었다는 사실조차 기억하지 못했다.

나는 솔직하고 단순한 사람들을 믿지 않는다. 특히 그들의 이야기가 앞뒤가 잘 맞아떨어질 때는 더더욱 믿지 않는다. 그래서 나는 아마 로버트 콘이 미들급 챔피언이었던 때는 단 한 번도 없었을 것이라고, 어쩌면 말발굽에 얼굴을 차였든지, 그의 어머니가 무엇에 깜짝 놀랐거나 뭔가 헛것을 보았든지, 그것도 아니라면 어렸을 적에 어떤 물건에 부딪쳤든지 했던 것이 아닌가 하고 늘 생각하고 있었다. 하지만 마침내 나는 어떤 사나이를 시켜 스파이더 켈리한테 직접 확인을 해 보았다. 그랬더니 스파이더 켈리는 콘을 기억하고 있을 뿐만이 아니라,

* 권투 체급 중 하나로 몸무게가 55~57킬로그램 정도.

그가 어떻게 되었는지 가끔 궁금하게 생각했다는 것이다.

로버트 콘은 아버지 쪽으로는 뉴욕의 가장 부유한 유대인 가문 출신이었고, 어머니 쪽으로는 가장 오래된 명문 가문에 속해 있었다. 프린스턴 대학에 들어갈 준비를 하려고 다닌 군대식 예비 학교에서는 미식축구 팀에서 엔드* 역할을 썩 잘해냈기 때문에 어느 누구한테서도 유대 인종에 대해 자의식을 느끼지 않았다. 프린스턴 대학에 들어가기 전까지는 아무도 콘이 유대인이라고 느끼게 한 사람이 없었기 때문에 자신이 다른 동료 학생과 다르다고는 조금도 생각하지 않았다. 콘은 착하고 붙임성 있는 데다 부끄럼을 많이 타서 이런 차별이 더욱 뼈저리게 사무쳤다. 그래서 권투로 이런 울분을 달랠 수 있었고, 고통스러운 자의식을 느끼고 코가 납작해진 채 프린스턴 대학을 졸업한 뒤 자기에게 다정하게 대해 준 첫 번째 여자와 결혼했다. 결혼 생활 5년 동안 아이가 셋이나 생기고, 아버지가 물려준 5만 달러를 대부분 써 버렸다. 나머지 재산은 어머니 소유로 되어 있었다. 부유한 아내와의 불행한 가정생활로 말미암아 그는 상당히 매력 없는 성격의 소유자로 변하고 말았다. 그리하여 아내 곁을 떠나려고 벼르고 있던 바로 그때 아내가 먼저 그를 버리고 세밀화 화가와 줄행랑을 쳤다. 아내와 이혼하려고 여러 달 동안 벼르면서도 자신의 행동이 너무 가혹한 것 같아 차마 실행에 옮기지 못하고 있던 참이라 아내가 자신의 곁을 떠난 것은 충격이었지만 아주 기분 좋은 충격이었다.

---

* 미식축구에서 전위선(前衛線) 양쪽 끝에 있는 선수.

이혼이 성립되자 로버트 콘은 태평양 연안으로 떠났다. 캘리포니아 주에서 문인들과 어울렸고, 5만 달러 중에서 아직 조금 남아 있는 돈으로 곧 미술 평론 잡지를 후원하기 시작했다. 이 잡지는 캘리포니아의 카멜*에서 창간되어 매사추세츠 주의 프로빈스타운**에서 폐간되었다. 순수하게 재정적인 후원자로만 간주되어 고문진의 한 사람으로서 편집인 명단에 이름이 올라 있던 콘은 이 무렵 이미 유일한 편집자가 되어 있었다. 어쨌든 그 잡지는 그의 돈으로 만드는 것이었다. 자신이 직접 편집을 한다는 권위 의식에 기분이 좋다는 사실을 새삼스레 깨닫게 되었다. 그래서 잡지를 발행하는 데 비용이 너무 많이 들어 결국 폐간할 수밖에 없었을 때 그는 아주 섭섭했다.

그러나 이 무렵 콘에게는 다른 고민거리들이 있었다. 이 잡지를 발판으로 삼아 출세해 보려고 하는 어떤 여자한테 꽉 잡혀 있었기 때문이다. 그녀는 아주 강압적이어서 콘은 아무래도 손아귀에서 벗어날 도리가 없었다. 더구나 그도 확실히 그 여자를 사랑하고 있었다. 잡지가 성공할 가망이 없어 보이자 이 여자는 콘에게 조금 싫증이 났지만, 무엇이든 이용할 것이 남아 있는 동안 얻어 내는 것이 좋다고 판단하고는 유럽에 가면 글을 쓸 수 있을 테니 함께 유럽으로 건너가자고 끈질기게 졸랐다. 그래서 그들은 그녀가 학교를 다닌 적이 있는 유럽으로 건너가 3년 동안 그곳에 머물렀다. 처음 1년은 여행으로 보

---

* 몬터레이 반도 남쪽에 있는 소도시. 고급 예술인 마을로 유명하다.

** 케이프코드 만 끝 모래톱 위에 세워진 조그마한 예술인 도시.

내고, 나머지 2년은 파리에 머물렀다. 이 3년 동안 로버트 콘은 두 친구, 즉 브래덕스와 나를 사귀었다. 브래덕스는 그의 문학 친구였고, 나는 그의 테니스 친구였다.

콘을 잡은 여자는 프랜시스라는 여자였는데, 그와 사귄 지도 2년이 다 지날 무렵 자신의 용모가 점점 시들어 가는 것을 깨닫고는 로버트 콘을 대수롭지 않게 소유하고 이용만 하려던 태도를 바꾸어 그와 꼭 결혼해야겠다고 굳게 결심했다. 그 동안에 로버트의 어머니는 달마다 약 300달러를 용돈으로 지급해 주기로 결정했다. 내 생각으로는 2년 반 동안 로버트 콘은 다른 여자는 전혀 거들떠보지도 않은 것 같다. 유럽에서 살고 있는 많은 사람이 그러하듯 그도 미국에서 살았으면 좋았을걸 하고 생각할 때를 빼놓고는 꽤 행복한 편이었고, 또한 글 쓰는 일도 찾게 되었다. 그는 장편소설을 한 편 썼는데, 비록 매우 서투르기는 했지만 그렇다고 비평가들이 나중에 평한 것처럼 그렇게 아주 형편없는 작품은 아니었다. 그는 책을 많이 읽었고, 브리지 게임을 했으며, 테니스를 쳤고, 동네 체육관에서 권투를 했다.

어느 날 저녁 우리 세 사람이 함께 저녁 식사를 마치고 난 뒤 비로소 나는 콘에 대한 이 여자의 태도를 처음 알게 되었다. 우리는 라브뉘 식당에서 저녁을 먹은 뒤 카페 드 베르사유로 커피를 마시러 갔다. 커피를 마신 뒤 우리는 핀*을 몇 잔 마셨고, 그러고 나서 나는 이제 그만 가 봐야겠다고 말했다.

* 식사 후에 마시는 달콤한 브랜디의 일종.

콘은 우리 둘이서 어디로 주말여행을 가자고 말하던 중이었다. 그는 파리를 벗어나 실컷 걸어 보고 싶다고 했다. 나는 비행기로 스트라스부르*까지 가서 생토딜이나 알자스 지방 아무 데나 걸어 보자고 제안했다. "스트라스부르에 가면 내가 아는 아가씨가 하나 있는데 시내를 안내해 줄 거야." 내가 말했다.

그러자 누군가가 테이블 밑에서 나를 발로 걷어찼다. 나는 그저 우연히 발이 부딪친 줄 알고 이야기를 계속했다.

"그 아가씨는 2년이나 그곳에 살았으니까 시내에서 구경할 만한 곳은 어디든 다 알고 있을 거야. 멋진 아가씨야."

테이블 밑에서 또다시 누가 발로 걷어차기에 쳐다보니 로버트의 애인인 프랜시스가 턱을 똑바로 쳐들고 표정을 딱딱하게 굳히고 있었다.

"제기랄. 스트라스부르에는 뭐하러 가? 브뤼주**나 아르덴***에도 갈 수 있잖아." 내가 말했다.

그러자 콘은 안심하는 기색이었다. 나는 두 번 다시 발길질을 당하지 않았다. 나는 작별 인사를 하고 밖으로 나왔다. 콘은 신문을 사고 싶다고 하면서 길모퉁이까지 함께 걸어가자고 했다. "아니, 도대체 말이야. 넌 어쩌자고 스트라스부르에 있는 아가씨 얘기를 끄집어냈어? 프랜시스 표정 못 봤어?" 그가 말했다.

---

* 프랑스 북동부에 있는 도시로 라인 강의 서쪽 강변에 있다.

** 벨기에 북서쪽 지방에 있는 중세 도시.

*** 서부 유럽의 고원 지대.

“아니, 못 봤는걸. 내가 프랜시스의 얼굴을 쳐다볼 까닭이 없잖아? 설사 내가 스트라스부르에 사는 미국 여자를 알고 있기로서니 그게 프랜시스하고 도대체 무슨 상관이란 말이야?”

“누구라도 마찬가지야. 어떤 여자라도 말이지. 난 갈 수 없어. 그뿐이야.”

“바보 같은 소리 마.”

“넌 프랜시스가 어떤 여잔지 몰라서 그래. 도대체 여자가 어떻다는 걸 몰라서 그러는 거야. 그 여자가 어떤 표정을 짓고 있는지 쳐다보지도 않았어?”

“아, 그쯤 해 두자. 상리스*에나 가자.” 내가 말했다.

“화내지 마.”

“화를 내는 게 아냐. 상리스는 좋은 곳이고, 그랑세르에 묵으며 숲 속으로 하이킹 갔다가 올 수 있잖아.”

“좋아, 그게 좋겠군.”

“자, 그럼 내일 테니스 코트에서 만나.” 내가 말했다.

“잘 자, 제이크.” 그는 인사를 하고는 카페로 돌아가려 했다.

“신문을 산다더니.” 내가 말했다.

“참, 그렇군.” 그는 나와 함께 길모퉁이에 있는 신문 판매대까지 걸어갔다. “화가 난 건 아니지, 제이크?” 그는 손에 신문을 든 채 고개를 돌렸다.

“아니, 화낼 일이 뭐 있어?”

“그럼 테니스 코트에서 만나.” 그가 말했다. 나는 그가 신문

---

* 파리 동북쪽에 있는 도시로 숲이 우거져 별장 지대로 유명하다.

을 들고 카페로 돌아가는 모습을 물끄러미 지켜보았다. 나는 그 사람을 좋아하는 편이었다. 프랜시스는 틀림없이 콘의 삶을 완전히 좌지우지하고 있었다.

## 2

그해 겨울 로버트 콘은 자신이 쓴 소설을 가지고 미국으로 건너갔고 꽤 괜찮은 출판사가 출간을 수락했다. 그가 미국으로 가면서 굉장한 소동이 벌어졌다고 들었는데, 프랜시스가 콘을 잃어버리게 된 것도 아마 그곳에서가 아닌가 싶다. 뉴욕에서 여자 몇이 콘에게 다정하게 대해 주었고, 그가 파리로 돌아왔을 때는 사람이 완전히 달라져 있었기 때문이다. 그 어느 때보다도 콘은 미국에 호감을 갖게 되었고, 전처럼 그렇게 단순하지도 않았으며, 또 그렇게 마음씨가 착하지도 않았다. 출판사에서 그의 소설을 꽤 높이 평가해 주자 우쭐해진 모양이었다. 더구나 몇몇 여자가 그에게 호의를 베풀어 그만 세상을 보는 시야가 완전히 달라지고 말았다. 그도 그럴 것이 지난 4년 동안 그의 시야는 완전히 자기 아내에게만 한정되어 있었다. 그리고 3년 동안, 아니 거의 3년에 가까운 세월이 흐르는 동안 그는 프랜시스 말고 다른 여자는 거들떠보지도 않았다. 나는 그가 아마 평생 한 번도 사랑을 해 본 적이 없으리라 확신한다.

콘은 비참하게 보낸 대학 생활에 대한 반발로 결혼을 했고, 자신이 첫 번째 아내에게 전부가 아니었다는 사실을 깨달은 틈을 타서 프랜시스는 그를 사로잡았다. 그는 아직도 누구를 사랑해 본 일은 없지만, 자기가 여자들에게 매력 있는 남자라는 사실과, 또 여자가 자기를 좋아하고 함께 살고 싶어 한다는 사실이 단순히 기적 같은 일은 아니라는 사실을 깨달았다. 그 때문에 그는 달라졌고, 그래서 어울려도 전처럼 기분 좋지는 않았다. 게다가 뉴욕에 사는 친척들과 도저히 감당할 수 없는 수준의 판돈을 걸고 브리지 게임을 벌여 판을 끌고 나가 끝내 수백 달러나 되는 돈을 딴 일이 있었다. 이런 일이 있은 뒤로는 브리지 게임에 대해 꽤 허황된 자신감이 생겨, 생활이 어려워지면 브리지 게임을 해서라도 능히 살아갈 수 있노라고 몇 번이나 말하곤 했다.

또 이런 일도 있었다. 그는 W. H. 허드슨*의 작품을 읽고 있었다. 이렇게 말하면 천진난만한 일처럼 들릴지 모르지만, 콘은 『자줏빛 땅』을 몇 번이나 되풀이해서 읽고 또 읽었다. 『자줏빛 땅』은 나이가 많이 들어서 읽으면 몹시 고약한 책이다. 풍경 묘사는 뛰어나지만 완벽한 영국 신사가 아주 낭만적인 나라에서 멋지게 펼치는 공상적인 연애 모험담을 그린 책

* 윌리엄 헨리 허드슨(1841~1922). 아르헨티나 태생의 영국 소설가.

이다. 서른네 살이나 된 사나이가 이 책을 인생의 지침서로 삼는다는 것은, 마치 같은 나이 또래의 사나이가 이보다 더 실제적인 앨저*의 전집을 들고 프랑스 수도원을 뛰쳐나와 월가(街)로 곧바로 진출하는 것만큼이나 위험천만한 노릇이다. 콘은 『자줏빛 땅』에 적힌 말 한마디 한마디를 R. G. 던**의 보고서처럼 글자 그대로 받아들인 게 아닌가 싶다. 물론 그는 몇몇 유보를 두면서도 전체적으로 보아 그 책이 자신에게 건전하다고 생각하고 있었다. 그가 의기양양해진 데는 그 책으로 충분했다. 어느 날 그가 내 사무실에 나타날 때에야 비로소 나는 그 책 때문에 그가 얼마나 달라졌는지 깨달을 수 있었다.

"아, 로버트. 나를 격려해 주려고 온 거야?" 내가 물었다.

"제이크, 남아메리카에 가고 싶지 않아?" 그가 물었다.

"아니."

"어째서?"

"나도 모르겠어. 한 번도 가고 싶은 적이 없어. 비용도 많이 들걸. 어쨌든 파리에서라도 남아메리카 사람은 모두 만날 수 있잖아."

"그 사람들이야 진짜 남아메리카 사람이 아니지."

"내가 보기엔 틀림없이 진짜던데."

나는 일주일분 기사를 기선 연락 열차의 시간에 맞춰 우송할 수 있도록 써야 했는데 아직 겨우 반밖에 쓰지 못했다.

---

* 허레이쇼 앨저(1832~1899). 미국의 아동 문학가. '미국의 꿈'을 주제로 한 아동 소설 120편을 출간했다.

** 로버트 그레이엄 던(1826~1900). 미국의 실업가.

"무슨 재미있는 소식 없어?" 내가 물었다.

"없어."

"친척 중에 신분 높은 양반이 이혼하려는 사람도 없고?"

"없어. 이봐, 제이크. 내가 우리 두 사람 비용을 모두 댄다면 나하고 함께 남아메리카에 가겠어?"

"왜 나하고?"

"스페인 말을 할 줄 아니까. 게다가 둘이 가면 훨씬 더 재미있을 거 같아서."

"싫어. 난 이 도시가 마음에 들고, 또 여름이 되면 스페인에 갈 작정이야." 내가 말했다.

"난 평생 그런 여행을 하고 싶었어." 콘이 이렇게 말하면서 자리에 앉았다. "하지만 그런 여행 한 번 못 해 보고 아주 늙어 버릴 것 같아."

"바보 같은 소리 마. 넌 원하는 곳이라면 어디라도 갈 수 있잖아. 돈이 많으니." 내가 말했다.

"그야 그렇지. 하지만 선뜻 출발할 수가 없단 말이야."

"기운을 내. 어떤 나라든 꼭 영화같이 보이는 거야." 내가 말했다.

그러나 그가 안됐다는 생각이 들었다. 내 말에 큰 충격을 받은 것 같았기 때문이다.

"삶이 이렇게 빠르게 달아나고 있는데, 정말 철저하게 살고 있지 않다는 생각을 하면 견딜 수가 없어."

"투우사가 아니고서야 자신의 삶을 철저하게 사는 사람이 어디 있을라고."

"난 투우사에겐 흥미가 없어. 그건 비정상인 삶이야. 난 남아메리카 시골에 들어가고 싶어. 우리가 함께 가면 멋진 여행이 될 텐데."

"영국령 이스트아프리카*로 사냥을 가고 싶다고 생각해 본 적은 없어?"

"아니, 없어. 그러고 싶지 않아."

"그곳이라면 나도 함께 가겠어."

"아니, 그런 곳엔 흥미 없어."

"그건 그곳에 관한 책을 아직 읽지 않아서 그런 거야. 피부가 번쩍거리는 검은 미녀 공주들하고 연애하는 이야기가 가득 넘쳐 나는 책이라도 읽어 봐."

"난 남아메리카에 가고 싶대도."

그에게는 유대인답게 완고하고 고집불통인 기질이 있었다.

"아래층에 내려가서 술이라도 한잔해."

"지금 일하고 있던 중 아니야?"

"아냐." 내가 대답했다. 우리는 계단을 내려가 1층에 있는 카페로 들어갔다. 이렇게 하는 것이 친구들을 쫓아 보내는 가장 좋은 방법이라는 것을 나는 잘 알고 있었다. 한잔하고 나서 "자, 이제 그만 돌아가 기사를 전송해야겠어."라고 말하면 되는 것이다. 신문 일에 종사하고 있으면 조금도 일을 하고 있는 것처럼 보이지 않는 것이 윤리의 중요한 부분이기 때문에 그렇게 내뺄 구멍을 알아 두는 것이 아주 중요하다. 어쨌든 우리

---

* 케냐의 옛 이름.

는 아래층에 있는 바로 내려가 위스키 소다를 마셨다. 콘은 벽 선반에 놓인 술병들을 쳐다보았다. "괜찮은 곳인데." 그가 말했다.

"술이 굉장히 많지." 나도 맞장구를 쳤다.

"이봐, 제이크." 그는 카운터 위에 몸을 내밀면서 입을 열었다. "넌 인생이 깡그리 달아나 버리고 있는데, 그걸 조금도 이용하고 있지 않다고 생각해 본 적 없어? 벌써 인생을 절반 가까이 살았다는 사실을 깨닫고 있느냐는 말이야!"

"그럼, 가끔 그런 생각이 들기도 하지."

"이제 앞으로 35년쯤 지나면 우린 죽을 거라는 걸 알고 있어?"

"아니 무슨 소릴 하는 거야, 로버트. 도대체 왜 그래." 내가 말했다.

"진심에서 하는 말이야."

"나는 그런 걱정은 하지 않아." 내가 대꾸했다.

"너도 그런 걱정을 해야 해."

"그런 거 아니라도 늘 걱정거리가 많아. 그래, 이제 난 걱정 같은 건 하지 않아."

"어쨌든 난 남아메리카에 가고 싶어."

"이봐, 로버트, 다른 나라에 간다고 해서 달라지는 건 없어. 나도 벌써 그런 짓은 모조리 해 봤어. 이 나라에서 저 나라로 옮겨 다닌다고 해서 너 자신한테서 달아날 수 있는 건 아냐. 그래 봤자 별거 없어."

"하지만 넌 남미에 가 본 적도 없잖아."

"남아메리카라니 뭐 말라죽은 거야! 지금 같은 심정으로 그곳에 가 봤자 달라지는 건 아무것도 없어. 이곳은 괜찮은 도시야. 어째서 파리에서 새로 인생을 시작하려고 하지 않는 거야?"

"난 파리가 진절머리가 나. 난 카르티에라탱*이 넌더리가 난단 말이야."

"그렇다면 카르티에라탱에서 떠나 봐. 혼자서 돌아다니면서 무슨 일이 일어나나 보란 말이야."

"나한테는 아무 일도 일어나지 않아. 어느 날 밤은 밤새도록 싸돌아다녔는데 겨우 자전거 탄 경찰이 붙잡고 신분증을 보여 달라고 하더군."

"밤에 보는 도시가 멋지지 않았어?"

"난 파리가 싫대도."

어떻게 해 볼 도리가 없는 일이었다. 그가 딱하게 느껴졌지만, 나로서는 어떻게 손을 쓸 수가 없었다. 남아메리카에 가면 어떻게든 사정이 달라질 것이고 또 파리가 싫다는 이 두 가지 고집에 정면으로 부딪쳤기 때문이다. 첫 번째 생각은 책에서 얻은 것이고, 또 모르긴 몰라도 두 번째 생각 역시 책에서 얻은 듯했다.

"자, 이제 그만. 난 위층에 올라가 기사를 송고해야겠어." 내가 말했다.

"정말 올라가야 돼?"

---

* 파리 센 강 좌안 남쪽에 있는 지역으로 예술가와 학생이 많이 산다.

"그래. 본사에 기사를 송고해야 하거든."

"그럼 나도 위층에 올라가 사무실에 앉아 있어도 되겠어?"

"그래. 올라가."

그는 사무실 바깥방에 앉아서 신문을 읽었다. 편집인 겸 출판인인 나는 두 시간 동안 부지런히 기사를 썼다. 그러고 나서 복사지에서 기사를 뜯어내고 바이라인에 내 이름 스탬프를 찍고 큼직한 마닐라 서류 봉투 몇 장에 원고를 집어넣고 초인종을 울려 사환 아이를 불러다가 생라자르 역으로 보냈다. 바깥방에 나가 보니 로버트 콘은 큼직한 의자에 앉아 잠들어 있었다. 두 팔에 얼굴을 파묻고 잠을 자고 있었다. 깨우고 싶지는 않았지만 사무실 문을 잠그고 나가고 싶었다. 그래서 그의 어깨에 손을 얹었다. 그는 머리를 내저었다. "난 할 수 없어." 그는 이렇게 말하고는 두 팔에 얼굴을 더욱 깊이 파묻었다. "나는 할 수 없대도. 무슨 일이 있어도 절대로 못한대도."

"로버트." 내가 그의 이름을 부르며 어깨를 흔들었다. 그러자 그는 얼굴을 들었다. 빙그레 웃더니 눈을 끔벅끔벅했다.

"지금 방금 뭐라고 큰 소리로 잠꼬대를 하던가?"

"뭐라고 그러더군. 하지만 알아들을 순 없었어."

"제기랄, 망할 놈의 악몽이었어!"

"타자기 소리를 듣다가 잠이 든 건가?"

"그랬나 봐. 어젯밤엔 한숨도 못 잤거든."

"무슨 일 있었어?"

"얘기하느라고." 그가 대답했다.

나는 그 장면을 눈앞에 그려 볼 수 있었다. 나에게는 친구들의 침실 광경을 상상해 보는 나쁜 버릇이 있다. 우리는 카페 나폴리탱으로 가서 아페리티프*를 한 잔 마시며 한길을 거닐고 있는 인파를 바라보았다.

* 식사 전 식욕을 돋우기 위해 마시는 술.

# 3

날씨가 따뜻한 봄날 저녁이었다. 로버트가 가 버린 뒤, 나는 나폴리탱의 테라스 테이블에 앉아 어둠이 깔리면서 전광판에 불이 켜지는 모습이며, 붉고 푸른 교통 신호등이며, 분주히 오가는 군중이며, 혼잡한 택시 행렬의 가장자리를 쩌벅쩌벅 소리를 내며 지나가는 마차며, 저녁 식사라도 얻어걸릴까 하고 혼자서 또는 둘이서 짝을 지어 어슬렁거리며 걸어 다니는 창녀들을 물끄러미 바라보고 있었다. 얼굴이 반반하게 생긴 아가씨 하나가 테이블 옆을 지나 길거리 위쪽으로 걸어가다 거리 저쪽으로 사라질 때까지 지켜보았다. 또 다른 아가씨를 바라보고 있는데, 처음 아가씨가 되돌아오는 것이 보였다. 그 아가씨는 다시 한 번 내 곁을 지나다가 나하고 눈이 마주쳤다. 그녀는 내 옆으로 다가와 테이블에 앉았다. 그러자 웨이터가 다가왔다.

"자, 뭘 마실래?" 내가 물었다.

"페르노*."

"그건 젊은 아가씨들에겐 좋지 않은데."

"젊은 건 당신이죠. 디트 가르송, 욍 페르노.**"

"그럼 나도 페르노 한 잔."

"무슨 일이죠? 파티에 가는 길이에요?" 그녀가 물었다.

"제대로 맞혔군. 아가씨도 마찬가지 아닌가?"

"글쎄, 난 모르겠어요. 이 도시에서야 뭐가 어떻게 돌아가는지 통 알 수 있나요."

"파리를 좋아하지 않아?"

"싫어해요."

"그럼 왜 다른 곳으로 가지 않지?"

"갈 곳이 있어야죠."

"아가씨는 행복해서 그러는 거야."

"행복은 무슨 얼어 죽을 행복!"

페르노라는 술은 초록빛이 도는 가짜 압생트***를 말한다. 여기다 물을 타면 젖빛으로 변한다. 감초 맛이 나고 금방 취하지만 그만큼 뒷맛이 좋지 않은 술이다. 우리는 테이블에 앉아 페르노를 마셨고, 아가씨는 퉁명스러운 표정을 짓고 있었다.

"자, 그건 그렇고, 나한테 저녁 사 줄 거야?" 내가 말했다.

그러자 그녀는 싱긋 웃었다. 어째서 그녀가 웃지 않기로 작

---

* 아니스 씨로 맛을 낸 프랑스 또는 스페인 리큐어.

** "웨이터에게 말해요, 페르노 한 잔 달라고."(프랑스어)

*** 향쑥과 아니스로 만드는 알코올 도수가 아주 높은 술.

정했는지 알 수 있었다. 입을 다물고 있으면 제법 예쁜 얼굴이었다. 나는 술값을 치르고 그녀와 함께 거리로 나왔다. 마차를 부르자 마부가 인도 근처에 마차를 세웠다. 미끄러지듯 달리는 마차에 푹신히 기대앉아서 오페라 거리를 따라 올라가, 불만 켜 놓고 문을 닫은 상점들이며, 거의 인적이 없고 가로등 불빛만 반짝이는 큰 거리를 지나갔다. 마차는 괘종시계가 창문에 가득 걸려 있는《뉴욕 헤럴드》사무실 옆을 지나갔다.

"저렇게 많은 시계를 뭣 때문에 걸어 놓는 거죠?" 아가씨가 물었다.

"미국 전역의 시간을 알려 주는 거야."

"사람 놀리지 마요."

우리는 큰길을 벗어나 피라미드 거리를 따라 올라간 뒤 번잡한 리볼리 거리 사이를 빠져나와 어두컴컴한 문을 통해 튀일리 공원으로 들어갔다. 그녀는 나에게 매달리고 나는 한쪽 팔로 그녀를 감아 안았다. 여자는 키스해 달라고 얼굴을 쳐들었다. 그녀가 한 손으로 내 몸을 건드렸지만 나는 그녀의 손을 뿌리쳤다.

"신경 쓰지 마."

"웬일이에요? 어디 아파요?"

"그래."

"하나같이 아픈 사람들뿐이군요. 하기야 나도 아파요."

우리는 튀일리를 빠져나와 환하게 밝은 곳으로 나와 센 강을 건넌 뒤 생페르 거리로 돌아 올라갔다.

"몸이 아프다면 페르노를 마셔선 안 되죠."

"그건 아가씨도 마찬가지 아닌가."

"난 아무래도 마찬가진걸. 여자에겐 아무 상관이 없다고요."

"이름이 뭐지?"

"조젯. 당신 이름은?"

"제이컵."

"플랑드르식 이름이네."

"미국에도 있는 이름이야."

"그럼 플랑드르 사람이 아니라는 말인가요?"

"아냐, 미국 사람이야."

"다행이야, 난 플랑드르 사람은 질색이거든요."

이때쯤 우리는 식당 앞에 이르렀다. 나는 마부에게 마차를 세우라고 했다. 우리는 마차에서 내렸지만 조젯은 이곳이 별로 마음이 들지 않는 눈치였다. "여긴 그렇게 대단한 레스토랑은 아니잖아요."

"그건 그래. 아가씬 아마 푸아요에 가고 싶은 모양이군. 그럼 마차를 보내지 말고 그곳으로 가지 그랬어?" 내가 말했다.

나는 그저 아무하고나 함께 식사하는 것이 좋겠다는 막연하고 감상적인 생각에서 그녀를 데리고 왔다. 창녀와 함께 저녁 식사를 한 지도 하도 오래되어서 그것이 얼마나 재미없는 일인지 깜박 잊어버리고 있었던 것이다. 식당으로 들어간 우리는 데스크에 앉아 있는 마담 라비뉴 곁을 지나 조그마한 방으로 들어갔다. 저녁 식사가 오자 조젯은 조금 기분이 쾌활해졌다.

"여기도 나쁘진 않네. 그렇게 멋은 없지만 음식은 괜찮은데요.” 그녀가 말했다.

“리에주*에서 먹는 것보다는 낫지.”

“브뤼셀 말이죠.”

우리는 포도주를 한 병 더 시켰고 조젯은 농담을 했다. 그녀는 고르지 못한 치아를 드러내며 빙그레 웃었고, 우리는 술잔을 부딪쳤다.

“당신은 나쁜 타입이 아니에요. 아프다니 참 안됐어요. 이렇게 죽이 맞는데. 도대체 어디가 아픈 거예요?” 그녀가 물었다.

“전쟁터에서 부상을 입었어.” 내가 대답했다.

“어유, 그 지긋지긋한 전쟁!”

이야기가 좀 더 계속되었더라면 아마 전쟁은 문명에 재앙을 가져오며, 어쩌면 그런 전쟁은 피하는 것이 좋을 것이라는 둥 떠들며 맞장구를 쳤을 것이다. 하지만 나는 벌써 따분하기 짝이 없었다. 바로 그때 다른 방에서 “반스! 이봐, 반스! 제이컵 반스!” 하고 나를 부르는 소리가 들렸다.

“친구들이 부르는 거야.” 나는 이렇게 설명하고 방 밖으로 나갔다.

브래덕스가 콘, 프랜시스 클라인, 브래덕스 부인, 그 밖에 내가 잘 모르는 몇 사람과 함께 큼직한 테이블에 앉아 있었다.

“춤추러 가는 거겠지?” 브래덕스가 물었다.

“춤이라니, 춤은 무슨 춤?”

“어머, 춤 말이에요. 우리가 다시 춤을 시작한 거 몰라요?”

---

* 벨기에 동부에 있는 지역 또는 그 주도.

브래덕스 부인이 끼어들었다.

"제이크, 당신도 꼭 가야 해요. 우리 모두 갈 거예요." 프랜시스가 테이블 끝자리에서 한마디 던졌다. 키가 큰 그녀는 얼굴에 미소를 머금고 있었다.

"물론 같이 갈 거야. 이쪽으로 와서 같이 커피 마셔, 반스." 브래덕스가 말했다.

"그러지."

"그리고 친구분도 데리고 와요." 브래덕스 부인이 웃으면서 말했다. 그녀는 캐나다 여자로 캐나다 사람답게 아주 붙임성이 있고 우아한 데가 있었다.

"고맙습니다. 우리가 이쪽으로 오도록 하죠." 나는 이렇게 말하고 조그마한 방으로 돌아갔다.

"친구들이라니, 어떤 사람들이에요?" 조젯이 물었다.

"작가나 화가."

"강 이쪽에는 그런 사람들이 상당히 많아요."

"너무 많아서 탈이지."

"나도 그렇게 생각해요. 하지만 그중에는 돈을 버는 사람도 있어요."

"아, 그야 물론."

우리는 식사를 끝내고 포도주도 다 마셨다. "자, 그럼 가지. 저 사람들과 함께 커피를 마시러." 내가 말했다.

조젯은 핸드백을 열더니 조그마한 거울을 들여다보며 얼굴에 두서너 번 분칠을 하고 입술에 립스틱을 고쳐 바른 다음 모자를 고쳐 썼다.

“이제 됐어요.” 그녀가 말했다.

우리가 사람들이 가득한 방 안으로 들어가자 테이블에 앉아 있던 브래덕스와 다른 남자들이 자리에서 일어났다.

“약혼녀 마드무아젤 조젯 르블랑을 소개합니다.” 내가 말했다. 그러자 조젯은 놀랍도록 화사한 웃음을 입가에 띠었고, 우리는 모두 돌아가면서 악수를 했다.

“가수 조젯 르블랑과 친척인가요?” 브래덕스 부인이 물었다.

“코내 파.”* 조젯이 대답했다.

“하지만 성(姓)이 같은데요.” 브래덕스 부인은 정중하게 주장했다.

“아녜요. 전혀 달라요. 내 성은 오뱅인걸요.” 조젯이 말했다.

“하지만 반스 씨는 당신을 마드무아젤 조젯 르블랑이라고 소개했잖아요. 확실히 그랬어요.” 브래덕스 부인이 고집했다. 이 여자는 프랑스어로 말하는 도중에 그만 흥분해서 무슨 말을 지껄이고 있는지 전혀 모를 때가 가끔 있었다.

“이분은 바보예요.” 조젯이 말했다.

“어머, 그러면 농담이었군요.” 브래덕스 부인이 말했다.

“그래요. 웃으려고 꾸며 낸 거죠.” 조젯이 말했다.

“여보, 당신도 들었어요?” 브래덕스 부인이 테이블 아래쪽에 앉아 있는 브래덕스에게 말을 건넸다. “글쎄, 반스 씨는 약혼녀를 마드무아젤 르블랑이라고 소개했는데 진짜 이름은 오뱅이라는군요.”

---

* “잘 모르겠는데요.”(프랑스어)

"물론이지, 여보. 마드무아젤 오뱅이고말고. 난 아주 오래 전부터 그녀를 알고 있었는데, 뭐."

"오, 마드무아젤 오뱅!" 프랜시스 클라인이 이름을 불렀다. 그녀는 프랑스 말을 굉장히 빨리 지껄이면서도, 그 말이 진짜 프랑스 말처럼 술술 나와도 브래덕스 부인처럼 으스대거나 놀라지 않았다. "파리에는 오래 살았어요? 이곳이 마음에 드나요? 파리를 좋아하겠죠?"

"저 여잔 누구예요? 저 여자하고 꼭 말을 해야 돼요?" 조젯이 내 쪽을 돌아보고 물었다.

조젯은 프랜시스를 향해 몸을 돌리더니 미소를 머금고 두 손을 모아 쥐고 기다란 목에 힘을 주어 고개를 똑바로 들고는 입술을 오므린 채 앉아서 다시 말할 준비를 갖추었다.

"아녜요, 난 파리를 좋아하지 않아요. 생활비가 너무 많이 드는 데다 지저분하거든요."

"정말 그렇게 생각해요? 내가 보기에는 무척 깨끗한데요. 유럽에서 가장 깨끗한 도시 가운데 하나예요."

"내가 보기엔 더러워요."

"참 이상도 해라! 하지만 당신은 이곳에서 오래 살진 않은 모양이죠."

"진절머리가 나도록 오래 살았죠."

"하지만 이곳엔 좋은 사람들이 살고 있어요. 그건 누구나 인정할 거예요."

조젯은 내 쪽을 돌아보았다. "좋은 친구들이군요."

프랜시스는 약간 취해 있어 좀 더 이야기를 하고 싶은 눈치였지만, 커피가 들어오고 마담 라비뉴가 리큐어를 갖고 들어와서 그것까지 마신 뒤에 우리는 모두 밖으로 나와 브래덕스의 댄스 클럽으로 몰려갔다.

댄스 클럽은 몽테뉴 생트주느비에브가(街)에 있는 발뮈세트*였다. 일주일 중 닷새 밤은 판테온가(街)의 노동자들이 와서 춤을 추었다. 일주일에 하루는 댄스 클럽이 열렸다. 그리고 나머지 월요일 밤에는 문을 닫았다. 우리가 도착했을 때는 입구 근처에 앉아 있는 경찰 한 사람, 함석을 입힌 카운터 뒤쪽에 서 있는 댄스홀 주인과 그의 아내가 있을 뿐 텅 비어 있었다. 우리가 들어가자 주인 딸이 아래층으로 내려왔다. 긴 의자가 몇 개 놓여 있었고, 방을 가로질러 테이블이 여기저기 흩어져 있었으며, 한쪽 끄트머리에 플로어가 있었다.

"사람들이 좀 일찍 왔으면 좋겠는데." 브래덕스가 말했다. 주인 딸이 다가와서 뭘 마시겠냐고 물었다. 주인은 플로어 옆에 있는 높다란 연주대에 올라가 아코디언을 연주하기 시작했다. 한쪽 뒤꿈치에 방울이 달린 끈을 매달고 연주를 하면서 발로 박자를 맞추었다. 모두들 춤을 추었다. 무더운 날씨여서 플로어에서 나올 때는 죄다 땀을 줄줄 흘리고 있었다.

"이거야 참! 이렇게 무도장이 비좁으니 땀을 흘리지!" 조젯이 말했다.

"덥군."

"아유, 더워요, 정말!"

---

* 아코디언 밴드가 있는 대중적인 댄스홀.

"모자를 벗지."

"그거 좋은 생각이네요."

누군가가 조젯에게 함께 춤을 추자고 청했고, 나는 바가 있는 카운터로 갔다. 날씨가 정말로 무더웠고, 그래서 아코디언 소리가 이 무더운 밤에 여간 상쾌하게 들리는 게 아니었다. 나는 문 근처에 서서 길거리에서 불어 들어오는 서늘한 바람을 받으면서 맥주를 마셨다. 택시 두 대가 가파른 길을 굴러 내려왔다. 그러고는 댄스홀 앞에서 멈췄다. 저지 스웨터를 입은 사람, 와이셔츠를 입은 사람 등 젊은 패거리가 자동차에서 내렸다. 문에서 흘러나온 불빛에 그들의 손과 방금 감은 듯한 곱슬머리가 비쳐 보였다. 문가에 서 있던 경찰이 나를 보며 빙그레 웃었다. 그들은 안으로 몰려 들어왔다. 안으로 들어올 때 불빛 아래서 흰 손이며, 곱실곱실한 머리카락이며, 흰 얼굴이며,* 찡그리기도 하고 몸짓을 하기도 하고 지껄이기도 하는 모습이 보였다. 그들과 함께 브렛이 있었다. 그녀는 정말로 아름다워 보였고, 그 젊은이들과 썩 잘 어울렸다.

그들 가운데 한 젊은이가 조젯을 보고 이렇게 말했다. "내 말이 진짜가 아니라면 손에 장을 지지겠어. 저기 진짜 갈보가 하나 있단 말이야. 레트, 저 여자와 춤을 출 테니, 어디 두고 봐."

그러자 레트라고 하는 후리후리하고 얼굴빛이 까무잡잡한

---

* 흰 손에 흰 얼굴, 고수머리, 찡그리는 표정과 몸짓 등은 이 무렵 동성애자들의 일반적인 특징이었다.

젊은이가 대꾸했다. “너무 무례하게 굴지 마.”

곱슬머리 금발 사내가 대답했다. “걱정은 하지 마.” 그런데 그들과 함께 브렛이 있었던 것이다.

나는 무척 화가 났다. 어찌 된 영문인지 그들만 보면 언제나 화가 치밀었다. 즐기려고 온 사람들이니 너그럽게 대해야겠지만, 마음 같아서는 한 놈에게, 아니 어떤 놈이고 간에 달려들어 그 빼기고 능글거리며 잘난 체하는 태도를 박살 내 주고 싶었다. 하지만 그런 짓을 하는 대신에 나는 길거리로 걸어 나가 댄스홀 옆에 있는 술집에 들어가 맥주를 마셨다. 맥주 맛이 그다지 좋지 않아서 입가심으로 코냑을 마셨지만 더 형편없었다. 댄스홀로 돌아오자 플로어에는 사람들이 우글거렸고, 조젯은 키 큰 금발 젊은이와 춤을 추고 있었다. 그는 머리를 한쪽으로 기울이고 눈은 위쪽을 보며 엉덩이를 요란하게 흔들어 대면서 춤을 췄다. 음악이 끝나기 무섭게 다른 청년이 그 여자에게 춤을 청했다. 녀석들한테 그 여자를 빼앗긴 셈이었다. 모두들 그녀와 춤을 추고 싶은 눈치였다. 원래 그런 녀석들이다.

나는 테이블에 앉았다. 콘도 그곳에 앉아 있었다. 프랜시스는 춤을 추고 있었다. 브래덕스 부인이 누군가를 데리고 와서 로버트 프렌티스라고 소개했다. 그 사람은 시카고를 거쳐 뉴욕에서 건너온 신예 소설가였다. 그의 말투에는 영국 악센트가 약간 배어 있었다. 나는 그에게 술을 한잔하자고 권했다.

“매우 고맙습니다. 하지만 금방 한잔했거든요.” 그가 말했다.

“한 잔 더 하십시오.”

"고맙습니다. 그럼 한 잔 더 하죠."

우리는 댄스홀 주인 딸을 불러 핀아로*를 한 잔씩 주문했다.

"듣자 하니 캔자스에서 오셨다고요?" 그가 말했다.

"그렇습니다."

"파리가 재미있으십니까?"

"물론이죠."

"정말인가요?"

나는 조금 취해 있었다. 아주 취한 것은 아니었지만 부주의하게 언동하기에는 충분한 취기였다.

"두말하면 잔소리. 재미있는 곳이죠. 그럼 댁은 재미없다는 건가요?" 내가 물었다.

"아, 화내시는 게 아주 멋집니다. 나한테도 그런 능력이 있으면 좋으련만." 그가 말했다.

나는 자리에서 일어나 플로어로 걸어갔다. 브래덕스 부인이 내 뒤를 따라왔다. "로버트한테 화내지 마요. 아직 어린애 같은 사람이에요. 알잖아요." 그녀가 말했다.

"화가 난 게 아닙니다. 토할 것 같아서 그래요." 내가 대답했다.

"당신의 약혼녀는 지금 대성공을 거두고 있어요." 조젯이 레트라는 키 크고 피부가 검은 청년의 팔에 안겨 춤추고 있는 플로어를 바라보며 브래덕스 부인이 말했다.

"그렇죠?" 내가 맞장구를 쳤다.

---

* 물을 탄 브랜디.

"아주요." 브래덕스 부인이 대꾸했다.

그때 콘이 다가왔다. "자, 제이크, 마시자." 그가 말했다. 우리는 바가 있는 데로 걸어갔다. "무슨 일 있어? 무슨 일인지 몰라도 몹시 흥분해 있는 것 같은데."

"아니야. 이 광경 모두가 구역질 날 뿐이야."

브렛이 바 쪽으로 다가왔다.

"안녕하세요, 친구 여러분."

"안녕, 브렛. 왜 취하지 않으셨나?" 내가 물었다.

"다신 취하지 않기로 했어. 이분께 브랜디 소다 한 잔 드려."

그녀는 술잔을 들고 서 있었고, 나는 로버트 콘이 그녀를 바라보고 있는 것을 보았다. 그는 그의 선조가 약속의 땅을 바라보면서 지었을 법한 표정을 짓고 있었다. 물론 콘은 그의 선조보다 훨씬 젊었다. 그러나 그는 그 정도로 열성적인 데다 당연하다는 듯 기대에 찬 표정이었다.

브렛은 더할 나위 없이 아름다웠다. 소매 없는 스웨터에 트위드 치마를 입고 머리는 사내아이처럼 빗질하여 뒤로 넘기고 있었다. 이런 유행은 하나같이 그녀가 처음 시작한 것이었다. 경기용 요트의 동체 같은 미끈한 곡선미를 지닌 몸매에 그런 스웨터를 입으니 곡선미가 고스란히 드러났다.

"괜찮은 패거리들과 함께 어울리고 있더군, 브렛." 내가 말했다.

"괜찮은 친구들이지. 당신도 그러네. 어디서 주워 왔어?"

"나폴리탱에서."

"그래 초저녁에 재미 많이 봤어?"

"아, 그럼 두말하면 잔소리지." 내가 대답했다.

그러자 브렛이 깔깔 웃었다. "제이크, 이런 짓 하면 안 되지. 우리 모두에 대한 모욕이니까. 저기 프랜시스하고 조를 봐."

콘이 들으라고 하는 말이었다.

"금지된 거래지." 브렛이 이렇게 말하고는 다시 한 번 웃었다.

"놀랄 만큼 정신이 말똥말똥하군." 내가 말했다.

"그래. 그렇지? 내가 동행하는 패거리와 함께 있으면 이렇게 안전하게 마실 수 있어."

음악이 시작되자 로버트 콘이 말했다. "저하고 한번 추실까요, 레이디 브렛?"

그러자 브렛은 그에게 미소를 지었다. "이 곡은 제이컵하고 추기로 했어요." 그녀가 웃었다. "당신 이름에선 성경 냄새가 물씬 풍겨, 제이크."

"그럼 다음 차례는 어떻습니까?" 콘이 물었다.

"우린 나갈 텐데요. 우린 몽마르트르*에서 만날 사람이 있어요." 브렛이 대답했다.

춤을 추면서 브렛 어깨 너머로 보니 콘은 바에 서서 아직도 그녀를 지켜보고 있었다.

"저기 또 애인 하나가 새로 생겼군." 내가 그녀에게 말했다.

"그 얘기는 하지 마. 가엾은 친구. 지금까진 전혀 눈치 못 챘어."

"아, 그런데 말이지. 난 당신이 애인 숫자를 늘리는 걸 좋아

---

* 파리 시내에서 가장 높은 언덕으로 카페가 많고 예술가가 많이 산다.

하는 줄 알았지 뭐야." 내가 말했다.

"바보 같은 소리 마."

"사실이 그렇잖아."

"아, 참. 그러면 좀 어때서?"

"아무렇지도 않지." 내가 대꾸했다. 우리는 아코디언 연주에 맞춰 춤을 추었고, 누군가는 밴조를 켜고 있었다. 날씨는 더웠지만 나는 기분이 좋았다. 우리는 조젯이 패거리 가운데 또 다른 한 명과 춤을 추고 있는 옆을 가까이서 지나갔다.

"무엇에 홀려 저 여자를 데리고 온 거지?"

"나도 잘 모르겠어. 그저 데리고 온 것뿐이야."

"당신 점점 로맨틱해지고 있어."

"아냐. 싫증이 난 것뿐이야."

"지금도?"

"아니. 지금은 아니야."

"여기서 나가자. 저 여자야 누가 봐줄 테지."

"나가고 싶어?"

"그러고 싶지도 않은데 그러자고 하겠어?"

우리는 플로어에서 나왔고, 나는 벽 옷걸이에서 웃옷을 내려 입었다. 브렛은 바 옆에 서 있었다. 콘이 그녀에게 뭐라고 말을 걸고 있었다. 나는 바에서 걸음을 멈추고 봉투를 한 장 달라고 했다. 50프랑짜리 지폐 한 장을 꺼내 봉투에 넣고 봉한 다음 주인 여자에게 건네주었다.

"나하고 같이 온 아가씨가 나를 찾거든 이걸 전해 주시오. 만약 저기 저 패거리 가운데 한 녀석하고 같이 나가거든 보관하고 있다가 나한테 돌려줘요." 내가 말했다.

"세 앙탕뒤, 무슈.* 지금 가시게요? 이렇게 일찍?" 여주인이 물었다.

"예." 내가 대답했다.

우리는 문밖으로 걸어 나갔다. 콘은 아직도 브렛에게 말을 하고 있었다. 그녀는 그에게 작별 인사를 하고 내 팔을 잡았다. "또 만나, 콘." 내가 말했다. 밖으로 나와서 우리는 택시를 찾았다.

"50프랑은 그냥 날려 버릴 것 같아." 브렛이 말했다.

"아, 정말 그렇겠는걸."

"택시가 없어."

"판테온까지 걸어가면 거기서 잡을 수 있을 거야."

"자, 그럼 옆에 있는 술집에서 한잔하면서 한 대 불러 달라고 하자."

"거리를 횡단하고 싶지 않은 모양이군."

"그럴 수만 있다면."

우리는 옆에 있는 술집으로 들어갔고 나는 웨이터에게 택시를 불러 달라고 부탁했다.

"자, 이제야 겨우 패거리들한테서 빠져나왔군." 내가 말했다.

우리는 함석을 입힌 높은 카운터를 등지고 서서 말은 하지 않고 서로 바라보고만 있었다. 웨이터가 들어와서 밖에 택시가 기다리고 있다고 말했다. 브렛이 내 손을 꼭 눌렀다. 나는

---

* "알았습니다, 손님." (프랑스어)

웨이터에게 1프랑을 주고 밖으로 나왔다. "어디로 가자고 할까?" 내가 물었다.

"아, 그냥 빙빙 드라이브하자고 해."

나는 운전기사에게 몽수리 공원으로 가자고 이르고 차에 올라타 문을 쾅하고 닫았다. 브렛은 눈을 감은 채 구석에 기대고 앉아 있었다. 나는 그녀 옆에 앉았다. 택시가 덜컹하더니 출발했다.

"아, 자기. 나 정말이지 비참했어." 브렛이 말했다.

# 4

택시는 언덕을 달려 올라가 불빛이 밝은 광장을 지나 어두운 곳으로 들어갔다가 계속해서 오르막길을 올라가 생테티엔뒤몽 성당 뒤쪽 어두컴컴한 거리로 나와서는, 아스팔트 길을 미끄럽게 달려 콩트르스카르프 광장에 서 있는 나무들이며 버스들을 지나친 다음 무프타르가(街)의 자갈길로 구부러져 들어갔다. 거리 양쪽에는 불을 환하게 밝힌 술집과 늦게까지 문을 열고 있는 상점들이 있었다. 우리는 처음에는 서로 떨어져 앉아 있었지만 차가 낡은 길을 내려가면서 흔들거리는 바람에 저절로 바짝 붙어 앉게 되었다. 브렛은 모자를 벗고 있었다. 머리를 뒤로 젖히고 있었다. 문을 열어 놓은 가게에서 비치는 불빛으로 그녀의 얼굴이 똑똑하게 보이다가 어두워지고, 차가 고블랭가(街)로 나오자 또다시 똑똑하게 보였다. 인부들이 거리를 파헤쳐 놓고 아세틸렌 용접에서 나오는 불빛 아래 차도에서 작업을 하고 있었다. 브렛의 얼굴은 하얬고 목덜미의 긴 선이 밝은 불빛에 또렷하게 드러났다. 거리가 다시 어두워지자 나는 그녀에게 키스를 했다. 두 입술이 세게 합쳐지고 난 뒤 브렛은 고개를 돌리고 구석 자리로 물러앉으면서 될 수 있는 대로 나한테서 멀리 떨어지려고 했다. 그녀는 고개를 숙이고 있었다.

"건드리지 마. 제발 내게 손대지 마." 그녀가 말했다.

"왜 그래?"

"못 견디겠어."

"아, 브렛."

"안 돼. 알면서 그래. 참을 수 없다는 것, 그뿐이야. 아, 자기, 제발 이해해 줘."

"나를 사랑하지 않아?"

"사랑하지 않느냐고? 당신 손이 몸에 닿기만 하면 온몸이 우뭇가사리처럼 녹아 버리는 것 같아."

"어떻게 해 볼 도리가 없을까?"

브렛은 이제 몸을 일으키고 앉아 있었다. 나는 팔을 돌려 브렛을 끌어안고 그녀는 내게 몸을 기댄 채 우리 두 사람은 아주 조용히 있었다. 브렛은 정말 그녀의 눈으로 보고 있는지 어쩐지 의심스러운 눈초리로 내 눈을 빤히 들여다보고 있었다. 온 세상 사람의 모든 눈이 보는 것을 멈춘 다음에도 그 눈만은 그렇게 계속 뚫어지게 바라보고 있으리라. 그런 눈으로 바라보지 않을 것은 이 세상에 아무것도 없다는 듯 그녀는 바라보고 있었다. 실제로 그녀는 두려운 것이 너무나 많았다.

"벌어먹을, 우리가 할 수 있는 일이란 한 가지도 없어." 내가 내뱉었다.

“모르겠어. 또다시 그런 끔찍한 걸 겪고 싶지 않아.” 그녀가 말했다.

“그럼 서로 멀리하는 게 좋겠어.”

“하지만, 자기. 당신을 만나지 않곤 견딜 수 없어. 당신이 모르는 것도 있거든.”

“그렇지. 하지만 늘 이런 꼴이 되고 마는걸.”

“그건 내 잘못이야. 그래도 우리가 하는 일에 대한 대가는 충분히 치르고 있지 않아?”

그러는 동안에도 그녀는 줄곧 내 눈을 들여다보고 있었다. 그녀의 눈은 깊이가 다양했지만 지금처럼 완전히 깊이가 없을 때도 가끔 있었다. 지금은 눈 속을 깊이 들여다볼 수 있었다.

“생각해 보면, 사내들을 꽤나 골탕 먹였지. 난 지금 그 대가를 치르고 있는 거야.”

“바보 같은 소리 마. 게다가 나한테 일어난 일은 우스꽝스러울 수밖에 없는 거니까. 난 그 일에 대해 조금도 생각하지 않아.” 내가 말했다.

“아, 그렇지. 당신은 절대로 생각하지 않을 거야.”

“자, 그 얘긴 그만두자.”

“나도 한번은 그 생각을 하며 웃은 적이 있어.” 그녀는 나를 보고 있지 않았다. “우리 오빠 친구 하나가 몬스*에서 그런

* 벨기에 중부에 있는 도시. 1914년 8월 최초로 영국군과 독일군의 전투가 벌어졌다.

꼴이 돼 가지고 돌아왔어. 지독한 농담 같았어. 다른 친구들은 아무것도 모르지?"

"모르지. 누구도 아무것도 모르지." 내가 대답했다.

나는 이 주제에 관해서는 제법 달관하고 있었다. 이따금 이 문제를 아마 여러 각도에서 생각해 봤을 것이다. 그런데 그중에는 어떤 부상이나 불구가 당사자에게는 정말로 심각한 문제지만 농담의 소재도 될 수 있다는 관점도 있었다.

"웃기는 거지. 정말로 웃기는 일이야. 게다가 그런 꼴로 누군가를 사랑하다니 얼마나 우스꽝스러워." 내가 말했다.

"그렇게 생각해?" 그녀의 눈이 다시 깊이가 없어졌다.

"그런 뜻에서 우습다는 게 아냐. 어떤 면에선 유쾌한 기분이기도 해."

"아니야. 난 지상에서 겪는 지옥이라는 생각이 들어." 그녀가 말했다.

"만나는 건 좋은 일이야."

"아니. 난 그렇게 생각하지 않아."

"그럼 만나고 싶지 않은 거야?"

"만나지 않을 수야 없지."

우리는 이제 서로 낯선 사이처럼 앉아 있었다. 오른쪽으로 몽수리 공원이 보였다. 연못에 송어를 기르고 식탁에 앉아서 공원을 내다볼 수 있는 레스토랑은 문이 닫혀 캄캄했다. 택시 기사가 뒤를 돌아보았다.

"어디로 갈까?" 내가 물었다. 브렛은 고개를 돌렸다.

"아, 셀렉트*로 가요."

"카페 셀렉트로 갑시다. 몽파르나스 대로로요." 내가 택시 기사에게 말했다.

우리는 몽루주 왕복 전차를 지키고 서 있는 벨포르의 사자상(獅子像)을 돌아 곧장 아래쪽으로 내려갔다. 브렛은 앞쪽을 똑바로 바라보고 있었다. 라스파유 대로에서 몽파르나스의 불빛이 보이자 브렛이 입을 열었다. "부탁 하나 하면 들어줄래?"

"어리석게 굴지 마."

"그곳에 가기 전에 꼭 한 번만 키스해 줘."

택시가 멈추자 나는 내려서 요금을 치렀다. 브렛이 모자를 쓰면서 차에서 내렸다. 그녀는 차에서 내리면서 내 손을 잡았다. 손이 떨리고 있었다. "내 꼴이 흉하지 않아?" 그녀는 남자용 펠트 모자를 눌러쓰고 술집을 향해 걷기 시작했다. 술집 안에서 카운터에 기대거나 식탁에 둘러앉은 패거리들은 대부분 댄스홀에서 춤을 추던 사람들이었다.

"여러분, 안녕! 난 한잔할래." 브렛이 말했다.

"오, 브렛! 브렛!" 스스로 공작이라고 일컫지만 모두들 지지라고 부르는 몸집이 자그마한 그리스인 초상화 화가가 사람들을 헤치고 그녀 앞으로 다가왔다. "재미난 얘기를 들려줄 게 있어요."

"안녕하세요, 지지." 브렛이 말했다.

"내 친구를 만나 봐." 지지가 말했다. 뚱뚱한 사나이 하나가

---

* 센 강 좌안 카르티에라탱 남서쪽 몽파르나스에 있는 카페.

가까이 다가왔다.

"미피포폴로스 백작, 내 친구 레이디 애슐리입니다."

"처음 뵙겠습니다." 브렛이 인사를 했다.

"어떠십니까, 레이디께서는 이곳 파리에서 재미있는 시간을 보내고 계십니까?" 미피포폴로스 백작이 물었다. 그는 시곗줄에 큰사슴 이빨을 매달고 있었다.

"그럭저럭 지내고 있는 셈이죠." 브렛이 대답했다.

"파리는 참으로 좋은 곳입니다. 하지만 내 생각 같아서는 런던에 더 재미있는 일이 많겠지요." 백작이 말했다.

"아, 그럼요. 굉장하죠." 브렛이 대답했다.

브래덕스가 테이블에서 나를 불렀다. "반스, 한잔해. 네가 데리고 왔던 여자가 굉장한 소동을 일으켰어."

"무슨 일로?"

"그 술집 주인 딸이 뭐라고 했나 봐. 큰 소동이었어. 너도 알다시피 정말 굉장한 여자더군. 노란 카드*를 보이면서 주인집 딸에게도 그걸 보여 달라고 요구하는 거야. 참으로 볼만한 소동이었어."

"그래 결국 어떻게 됐어?"

"아, 어떤 친구 하나가 그녀를 집으로 데리고 갔지. 그런대로 괜찮게 생긴 여자야. 말솜씨가 보통이 아니더군. 자, 여기 와서 한잔해."

"아냐, 그만 가 봐야 돼. 콘은 못 봤어?" 내가 물었다.

---

* 윤락 여성이 지니고 다니는 보건증을 가리킨다.

"그분은 프랜시스와 함께 집으로 돌아갔어요." 브래덕스 부인이 대신 대답했다.

"불쌍한 친구야. 아주 풀이 죽어 있던데." 브래덕스가 말했다.

"정말 그랬어요." 브래덕스 부인이 맞장구를 쳤다.

"이제 그만 가 봐야겠어. 그럼 또 만나." 내가 말했다.

나는 카운터에 있는 브렛에게 작별 인사를 했다. 백작이 샴페인을 한턱내고 있었다. "우리와 함께 포도주 한잔 들지 않겠습니까?" 그가 물었다.

"아닙니다. 고맙습니다만, 이제 그만 돌아가 봐야겠습니다."

"정말 가는 거야?" 브렛이 물었다.

"그래, 머리가 몹시 아파." 내가 대답했다.

"내일 만날 수 있어?"

"사무실로 와."

"그건 곤란해."

"그럼, 어디서 만날까?"

"5시 무렵이면 아무 데서라도 좋아."

"그러면 강 건너편에서 만나."

"좋아, 그러면 5시에 크리용*에 가 있을게."

"꼭 나오도록 해."

"걱정 마. 내가 언제 바람맞힌 적이 있어?" 브렛이 말했다.

"마이크한테서 무슨 소식이라도 있었어?"

---

* 유럽에서 가장 큰 호텔 가운데 하나인 크리용 호텔을 가리킨다.

"오늘 편지가 왔어."

"그럼 안녕히 돌아가시오." 백작이 말했다.

나는 보도로 걸어 나와서 생미셸 대로* 쪽으로 걸어 내려갔다. 아직도 사람들이 북적거리는 로통드**의 테이블 앞을 지나 길 건너편의 돔을 바라보니, 그곳 테이블은 보도 가장자리까지 자리를 차지하고 있었다. 누군가가 한 테이블에서 나를 향해 손을 흔들었지만 나는 누군지 보지도 않고 그냥 걸어갔다. 집에 가고 싶었기 때문이다. 몽파르나스 대로는 사람 그림자도 없이 텅 비어 있었다. 라비뉴는 굳게 문이 닫혀 있었고, 사람들은 클로즈리 데 릴라*** 바깥에 테이블을 가득 쌓아 올리고 있었다. 나는 아크등의 불빛 속에 새잎이 돋기 시작한 마로니에 나무 사이에 서 있는 네이**** 동상 앞을 지나갔다. 시든 자줏빛 꽃다발이 받침돌에 기대어 놓여 있었다. 나는 걸음을 멈추고 비문을 읽어 보았다. 나폴레옹 옹호자들이 세운 것인데 무슨 날짜가 적혀 있었지만 잊어버렸다. 장화를 신고 푸른 마로니에 나무 사이에서 칼을 빼 들고 서 있는 네이 원수(元帥)의 모습은 아주 늠름했다. 내가 살고 있는 아파트는 생미셸 대로를 조금 더 내려가서 길 건너편에 있었다.

관리인 방에 불이 켜져 있기에 문을 두드렸더니 그녀는 내게 우편물을 건네주었다. 나는 잘 자라는 인사를 하고 위층으

---

* 카르티에라탱과 몽파르나스를 연결하는 큰 거리.

** 몽파르나스 대로에 있는 카페.

*** 돔, 라비뉴, 클로즈리 데 릴라 등은 파리의 유명한 카페 이름.

**** 미셸 네이(1769~1815). 나폴레옹 1세가 신임하던 장군.

로 올라갔다. 편지 두 통과 신문 몇 부였다. 식당의 가스등 불빛으로 우편물을 비춰보았다. 편지는 미국에서 온 것이었다. 하나는 은행에서 온 거래 내역서였다. 잔고가 2,432달러 60센트였다. 통장을 꺼내 이달 초하루부터 발행한 수표 네 장의 액수를 뺐더니 잔액은 1,832달러 60센트였다. 나는 내역서 뒷면에 이 액수를 적어 넣었다. 다른 한 통은 결혼 초대장이었다. 앨로이시어스 커비 부부가 딸 캐서린의 결혼을 알리는 내용이었다. 신부도, 그녀가 결혼하려는 신랑도 모르는 사람이었다. 그들은 그 시에 사는 모든 사람에게 초대장을 발송하고 있는 모양이었다. 재미있는 이름이었다. 앨로이시어스라는 이름을 가진 사람이라면 확실히 내가 기억할 수 있을 듯했다. 멋진 가톨릭식 이름이었다. 청첩장에는 문장(紋章)이 찍혀 있었다. 그리스 공작 지지처럼 말이다. 그리고 그 백작처럼 말이다. 백작은 참으로 이상야릇한 사람이었다. 브렛 역시 귀족 칭호를 갖고 있었다. 레이디 애슐리. 브렛이고 뭐고 꺼져 버려. 레이디 애슐리, 너 같은 건 꺼져 버리란 말이다!

나는 침대 옆에 있는 램프 불을 켜고 가스등을 끄고 넓은 창문을 활짝 열었다. 침대는 창문에서 한참 떨어진 곳에 놓여 있어서 나는 창문을 열어 둔 채 침대 옆에서 옷을 벗었다. 바깥에서는 야간 화물차가 전차선로를 따라 시장에 채소를 운반하고 있었다. 잠을 이루지 못하는 밤에는 화물차 지나가는 소리가 무척 시끄러웠다. 나는 옷을 벗으면서 침대 옆에 놓인 큼직한 옷장 거울에 비친 내 몸을 바라보았다. 전형적인 프랑스식 가구 배치였다. 또한 아주 실용적이라는 생각이 들었다. 그 많은 부위 중에서 하필이면 이곳에 부상을 입다니. 참으로 기묘한 일이라는 생각이 들었다. 잠옷을 입고 침대로 기어들었다. 투우 신문이 두 종류 있었고 나는 신문 옆구리를 두른 종이를 뜯었다. 하나는 오렌지 색깔이었다. 또 하나는 노란빛이었다. 두 가지 모두 같은 기사를 다루었기 때문에 어느 것이든 하나만 읽으면 나머지는 읽는 게 싱거워진다. 《르토릴》이 더 나은 신문이어서 그것을 읽기 시작했다. 「편집자에게 보내는 짧은 편지」와 「단평(短評)」까지 모두 읽었다. 입김을 불어 램프 불을 껐다. 어쩌면 잠을 잘 수 있을지도 모르겠다.

머리가 돌아가기 시작했다. 그 해묵은 괴로운 상처. 아, 이탈리아 전선 같은 우스꽝스러운 전선에서 부상을 입고 후송되다니 참으로 어처구니없는 노릇이 아닌가. 이탈리아 병원에서 우리 같은 부상자들은 모임을 만들려고 했다. 이탈리아 말로 묘한 이름을 지었다. 다른 이탈리아 부상병들은 어떻게들 되었을까. 밀라노에 있는 오스페달레 마조레* 병원의 파디글리오네 폰테 동(棟)에서였다. 그 옆 건물은 파디글리오네 존다 동(棟)이었다. 폰테의 동상이 서 있었다. 아니, 어쩌면 존다의 동상이었는지도 모른다. 연락장교 대령이 나를 방문한 게 그곳이었다. 참으로 우스꽝스러운 일이었다. 처음으로 우스꽝스러운 일이었다. 나는 온몸에 붕대를 칭칭 감고 있었다. 하지만 그들은 이미 그 장교에게 그것에 대해 설명했던 것이다.

---

* 이탈리아 밀라노에 있는 육군 대병원. 『무기여 잘 있어라』에서 주인공 프레더릭 헨리도 부상을 입고 이 병원에 입원했다.

그는 바로 그 멋진 연설을 했다. "귀관은 외국인, 영국인(외국인은 누구나 영국인이었다.)으로서 목숨보다도 더 소중한 것을 바쳤다."* 이 얼마나 멋진 연설이란 말인가. 그 연설을 채식(彩飾) 장식해 사무실에 걸어 놓고 싶다. 그 장교는 조금도 웃지 않았다. 그는 내 입장에 서서 생각하고 있었던 것이 아닌가 싶다. "체 말라 포르투나! 체 말라 포르투나!"**

하지만 나는 그런 사실을 한 번도 깨닫지 못했던 것 같다. 나는 그런 상태를 농담으로 삼을 뿐 다른 사람들에게 폐를 끼치지 않으려고 한다. 영국으로 후송되어 브렛을 우연히 만나지만 않았더라면 아마 아무런 문제가 없었을 텐데. 브렛은 도저히 얻을 수 없는 것만을 몹시 갖고 싶어 하는 것 같다. 어쩌면 인간이란 하나같이 그런지도 모르지. 빌어먹을 인간들! 가톨릭교회는 그런 문제를 취급하는 데 자못 능수능란하단 말씀이야. 어쨌든 좋은 충고지. 그런 것은 생각하지 마. 아, 참으로 멋진 충고가 아닌가. 이따금 그런 충고를 듣도록 하자. 그런 충고에 귀를 기울이도록 해 보자.

나는 잠을 이루지 못한 채 이 생각 저 생각을 사납게 더듬으면서 드러누워 있었다. 마음에서 그 생각을 떨쳐 버릴 수 없어 브렛에 대해 생각하기 시작하자 다른 상념은 모두 사라져 버리고 말았다. 브렛을 생각하고 있노라면 마음이 함부로 뛰노는 것이 멈추고 얼마큼 잔잔한 물결이 되어 움직이기 시작했

---

* 제이크 반스가 성기에 부상을 입은 것을 말한다.
** "재수가 없었어! 재수가 없었다고!"(이탈리아어)

다. 그러고 나서 나는 갑자기 울음을 터뜨렸다. 얼마간 시간이 지나자 가슴이 조금은 후련해졌고, 그래서 침대에 드러누워 육중한 전차가 길거리 아래쪽으로 지나가는 소리에 귀를 기울이다가 마침내 잠이 들었다.

나는 잠이 깼다. 바깥에서 왁자지껄한 소동이 일어나고 있었기 때문이다. 귀를 기울여 보니 누구 목소리인지 알 것 같았다. 가운을 입고 문께로 나갔다. 관리인 여자가 아래층에서 뭐라고 떠들고 있었다. 몹시 화가 나 있었다. 내 이름이 들리기에 나는 계단 아래쪽을 향해 소리를 질렀다.

"반스 씨입니까?" 관리인 여자가 소리쳤다.

"그래요. 나요."

"여기 괴상한 여자분이 찾아와서 동네 사람들을 모두 깨워 놨답니다. 이렇게 늦은 밤에 무슨 짓인지 모르겠군요! 선생님을 꼭 만나 봐야겠다는 거예요. 주무신다고 그랬는데도 말이에요!"

그러자 브렛의 목소리가 들려왔다. 잠이 아직 덜 깨었을 때는 틀림없이 조젯일 거라고 생각했다. 어째서 그런 생각이 들었는지는 나도 모를 일이다. 그 여자가 내 주소를 알 턱이 없는데 말이다.

"올려 보내 주시겠소?"

브렛이 계단을 걸어 올라왔다. 굉장히 취해 있었다. "바보 같은 짓이었어. 큰 소동을 일으키다니. 잠을 자고 있진 않았지?" 그녀가 말했다.

"그럼 내가 뭘 하고 있을 거라고 생각했어?"

"알 게 뭐야. 지금 몇 시지?"

나는 벽시계를 쳐다보았다. 4시 반이었다. "몇 시나 되었는지 감을 잡을 수 없었어. 앉아도 되지? 자기, 화내지 마. 방금 백작과 헤어졌어. 그 사람이 여기까지 데려다 줬어." 브렛이 말했다.

"그 작자 뭐 하는 친구야?" 나는 브랜디와 소다와 술잔을 가지고 오면서 이렇게 물었다.

"조금만 따라. 나를 취하게 만들지 마. 백작 말이야? 아, 괜찮은 사람이야. 우리 패거리 가운데 한 사람이지." 브렛이 말했다.

"백작이 맞는 거야?"

"말하자면 그런 식이지. 당신도 알다시피 난 그렇다고 생각해. 어쨌든 백작 자격은 있다고 봐. 사람들에 대해 굉장히 많이 알고 있거든. 어디서 그런 소문을 얻어들었는지 몰라. 미국에 과자 가게 체인을 갖고 있대."

브렛은 술잔에다 입을 댔다.

"그 사람이 체인이라고 말한 것 같아. 하여튼 그 비슷한 이름이었어. 모두 하나로 연결되어 있대. 그 얘기를 조금 들려줬어. 무척 재미있던데. 하지만 그 사람은 우리와 같은 패거리야. 아, 확실히 그래. 틀림없어. 늘 알 수 있잖아."

그녀는 또다시 술잔을 기울였다.

"이런 모든 걸 내가 어떻게 꾸며 대겠어? 당신은 상관 않겠지? 그 사람이 지지에게 돈을 대 주고 있대."

"지지도 진짜 공작이야?"

"아무렴 어때. 그리스 사람이잖아. 보잘것없는 화가고. 난 백작 쪽이 더 좋더라."

"그 사람하고 어딜 갔었지?"

"아, 안 가 본 데가 없지. 방금 그 사람이 이곳에 데려다 줬어. 자기와 함께 비아리츠*에 가면 1만 달러를 주겠다고 하던데. 파운드로 환산하면 얼마나 되지?"

"2,000파운드쯤 되겠군."

"엄청나게 많은 돈이네. 갈 수 없다고 했지. 그래도 나한테 여간 잘해 주지 않았어. 비아리츠엔 아는 사람이 너무 많다고 했지."

브렛은 웃었다.

"당신은 별로 마시지 않네." 그녀가 말했다. 나는 브랜디 소다를 조금씩 홀짝거리고 있을 뿐이었다. 그러다가 단숨에 벌컥벌컥 들이켰다.

"그렇게 마시는 게 훨씬 좋아. 참 재미있어. 그랬더니 이번에는 칸**에 함께 가자는 거야. 칸에도 아는 사람이 너무 많다고 했지. 그랬더니 이번에는 몬테카를로***에 가자는 거야. 몬테카를로에도 아는 사람이 너무 많다고 그랬어. 어디를 가나 아는 사람이 너무 많다고 말해 줬지 뭐. 정말 사실이 그렇거든. 그래서 이리로 데려다 달라고 말 했어." 그녀가 말했다.

브렛은 한 손으로는 테이블을 잡고, 다른 한 손으로는 술잔을 들면서 나를 바라보았다. "그런 얼굴로 보지 마. 당신을 사

---

* 프랑스 남서부에 있는 휴양지.

** 프랑스 남동부 지중해 연안에 있는 휴양지.

*** 모나코 공국의 수도. 도박장으로 유명하다.

랑하고 있다고 말해 줬어. 그것도 사실이거든. 그런 표정을 하지 말래도. 그런데도 여간 다정하게 구는 게 아니야. 내일 저녁 우리를 자동차에 태워 함께 저녁 식사를 하러 가고 싶대. 갈까?" 그녀가 말했다.

"그러지."

"이제 그만 가 보는 게 좋겠어."

"왜?"

"그저 당신을 만나고 싶었을 뿐이야. 참 바보 같은 생각이지. 옷 입고 내려오지 않을래? 그 사람이 길거리 위쪽에 자동차를 세우고 기다리고 있거든."

"백작 말이야?"

"그 사람 말고 누구겠어. 정복을 입은 운전기사하고 말이지. 드라이브해서 좀 돌아다닌 뒤에 부아*에서 아침 식사를 하자는 거야. 광주리에 담은 음식도 있어. 젤리 술집에서 구입한 거지. 뭠** 샴페인도 한 상자 있어. 어때, 구미가 당기지 않아?"

"아침에 할 일이 있어. 일이 많이 밀려서 함께 어울려 재미있게 놀 수 없어." 내가 말했다.

"바보 같은 소리 마."

"안 되겠는걸."

"좋아, 그럼. 그 사람한테 전할 인사말이라도?"

"무슨 말이라도 좋아. 당신이 좋을 대로 전해 줘."

---

* 부아드볼로뉴. 파리 서쪽에 있는 넓은 공원.

** 프랑스 북부 샹파뉴 지방에서 생산되는 샴페인의 일종.

"그럼 잘 있어, 자기."

"감상적으로 굴지 마."

"당신이 날 그렇게 만드는 거야."

작별 키스를 하자 브렛은 몸을 부르르 떨었다. "이제 그만 가 보는 게 좋겠어. 그럼 잘 있어, 자기." 그녀가 말했다.

"꼭 가야 할 필요는 없잖아."

"아니, 가야 해."

계단 위에서 우리는 또다시 키스를 했다. 문을 열어 달라고 하자 관리인이 문 뒤에서 투덜거리는 소리가 들렸다. 나는 위층으로 돌아와 열린 창문으로 아크등 아래 보도 옆에 세워 놓은 큼직한 리무진을 향해 거리를 걸어가는 브렛의 모습을 바라보았다. 브렛이 자동차에 오르자 차가 움직이기 시작했다. 나는 돌아섰다. 테이블 위에는 빈 유리잔 하나와 브랜디 소다가 반쯤 든 술잔이 놓여 있었다. 나는 두 잔 모두 부엌으로 가져가 반쯤 든 술잔을 싱크대에 쏟아 부었다. 식당의 가스등을 끄고 침대에 걸터앉아 슬리퍼를 벗어 던지고 이불 속으로 기어들었다. 브렛이란 그런 여자였다. 조금 전에 내가 떠올리면서 울고 싶었던 바로 그 여자 말이다. 그러고 나서 내가 마지막 본 그 여자의 모습, 길거리 위쪽으로 걸어가 자동차에 올라타는 모습을 생각했다. 아니나 다를까 조금 뒤 나는 지옥을 헤매는 것처럼 괴로웠다. 대낮이라면 어떤 일이 닥치더라도 감정을 억누르기가 아주 쉬운 법인데 밤에는 정말 어떻게 해 볼 도리가 없는 것이다.

## 5

아침에 나는 커피를 마시고 브리오슈*를 먹으려고 수플로 가(街)를 향해 대로**를 따라 걸어 내려갔다. 맑게 갠 아침이었다. 뤽상부르 공원의 마로니에 나무에는 꽃이 활짝 피어 있었다. 날씨가 무더워질 것 같은 느낌이 드는 상쾌한 이른 아침이었다. 나는 커피를 마시면서 신문을 읽고 나서 담배를 한 대 피웠다. 꽃 파는 여자들이 시장에서 나와 그날 팔 꽃들을 늘어놓고 있었다. 학생들이 법과대학을 향해 위쪽으로 올라가고, 소르본 대학을 향해 아래쪽으로 내려가고 있었다. 거리는 전차와 출근하는 사람으로 혼잡을 이루고 있었다. 나는 'S' 버스를 타고 뒤쪽 승강구에 서서 생마들렌 성당까지 갔다. 거기에

* 밀가루에 달걀과 버터, 이스트, 설탕 등을 넣어 만든 프랑스식 빵.
** 생미셸 대로를 말한다.

서 카퓌신 대로를 따라 오페라좌*까지 걸어서 내 사무실로 갔다. 뛰뛰는 개구리를 파는 사람이며, 권투 선수 장난감을 파는 사람을 지나쳤다. 조수 아가씨가 권투 선수를 조작하는 실에 걸리지 않도록 나는 옆으로 비켜섰다. 그 여자는 맞잡은 손에 실을 걸머쥔 채 다른 데를 보고 있었다. 남자는 두 여행객에게 장난감을 사라고 설득하고 있었다. 여행객 세 사람이 걸음을 멈추고 구경하고 있었다. 나는 롤러를 굴리면서 보도에 젖은 글씨로 '신차노'**라는 이름을 찍으며 지나가는 사나이 뒤를 따라 걸어갔다. 길을 따라 사람들이 일터에 나가고 있었다. 일하러 간다는 것은 기분 좋은 일이었다. 나는 거리를 가로질러 내 사무실로 꺾어 들어갔다.

위층 사무실에서 나는 프랑스 조간신문을 읽고 담배를 피우고 난 뒤 타자기 앞에 앉아 기분 좋게 아침 일을 마쳤다. 11시에 택시를 타고 케도르세***에 가서《누벨 르뷔 프랑세즈》같은 고급 문예 잡지를 구독할 듯한 인상의 뿔테 안경을 쓴 젊은 외무부 대변인이 반 시간가량 이야기하고 질문에 답변하는 동안 외국 특파원 십여 명과 함께 앉아 있었다. 장관은 리옹에서 연설을 하고 있었고, 아니 꼭 그렇다기보다는 연설을 마치고 돌아오는 중이었다. 대여섯 사람이 질문을 위한 질문을 했고, 답변을 듣고 싶어 하는 몇몇 기자가 질문을 했다. 특별한 뉴스는 없었다. 외무부에서 돌아오는 길에 울지와 크럼과 함께 택

---

* 오페라 가르니에. 샤를 가르니에가 설계한 로코코 양식의 오페라 극장.
** 아페리티프 상표.
*** 센 강 좌안을 따라 뻗어 있는 거리로 프랑스 외무부가 있다.

시를 합승했다.

“밤에는 뭘 하나, 제이크? 도무지 만나지 못하겠으니.” 크럼이 말했다.

“아, 카르티에라탱에 가 있지.”

“나도 한번 그곳에 가야겠는데. 댕고 바 말이야. 대단한 곳이잖나?”

“그렇지. 그곳하고 새로 생긴 카페 셀렉트하고.”

“전부터 가 보고 싶었는데. 자네도 사정을 알 테지, 처자식이 딸려 있으니.” 크럼이 말했다.

“그럼 테니스는 치고?” 울지가 물었다.

“글쎄, 그것도 못 해. 금년 들어 한 번도 테니스를 못 친 것 같아. 빠져나오려고 했지만 일요일이면 늘 비가 내리는 바람에. 게다가 테니스 코트는 언제나 사람들로 몹시 붐비잖아.” 크럼이 대답했다.

“영국인들은 토요일엔 늘 놀던데.” 울지가 말했다.

“팔자 좋은 친구들이나 그렇지. 내 말해 두지만, 언제고 내 이놈의 통신사 일을 집어치울 테야. 그러면 시골에 나갈 시간이 많아질 테지.” 크럼이 말했다.

“그게 상책이야. 시골에 살면서 조그마한 차나 한 대 굴리는 거야.”

“나도 내년에 차 한 대 구입할까 생각하고 있었어.”

나는 택시 안 칸막이 유리를 톡톡 두드렸다. 그러자 택시 기사가 차를 멈췄다. “여기가 내가 있는 사무실이야. 들어가서 한잔하고 가.” 내가 말했다.

"고맙네, 친구." 크럼이 말했다. 그러나 울지는 고개를 내저었다. "난 오늘 아침 발표된 내용을 송고해야겠어."

나는 크럼의 손에 2프랑짜리를 쥐여 주었다.

"자네 정신 나갔어, 제이크. 내가 낼 거야." 그가 말했다.

"어쨌든 회사에서 부담할 텐데."

"아냐. 우리 회사에서 내고 싶어."

나는 손을 흔들어 작별 인사를 했다. 크럼은 차창 밖으로 고개를 내밀었다. "수요일 점심때 만나."

"그러자고."

나는 엘리베이터를 타고 사무실로 올라갔다. 로버트 콘이 나를 기다리고 있었다. "안녕, 제이크. 점심 먹으러 갈까?" 그가 말했다.

"그러지. 새로운 게 있나 보고."

"어디서 먹을까?"

"아무 데서나."

나는 책상 위쪽을 훑어보았다. "어디서 먹고 싶어?"

"웨첼 식당 어때? 오르되브르가 훌륭하거든."

식당에서 우리는 오르되브르와 맥주를 시켰다. 웨이터가 맥주를 갖고 왔는데 기다란 사기 잔 표면에 이슬이 맺혀 있었다. 오르되브르는 십여 가지가 되었다.

"어젯밤 재미있었어?" 내가 물었다.

"아니. 그런 것 같지 않아."

"작품은 어떻게 돼 가?"

"죽을 맛이지. 두 번째 작품은 도대체 진척이 되지 않는군."

"누구나 다 그렇지."

"아, 그건 나도 알지만. 하지만 그래도 걱정인걸."

"아직도 남아메리카에 가고 싶어?"

"진심이었어."

"그럼, 왜 떠나지 않지?"

"프랜시스 때문이지."

"그러면 말이야, 데리고 가면 되잖아." 내가 말했다.

"가고 싶어 하지 않아. 그런 건 별로 좋아하지 않거든. 주위에 사람이 득실거리는 걸 좋아해."

"그럼 지옥에나 가라고 해."

"그렇게 하지도 못하지. 그 여자한테 의무 같은 게 있거든."

그는 잘게 썬 오이를 옆으로 치워 놓고 소금에 절인 정어리 하나를 집었다.

"레이디 브렛 애슐리에 대해 뭐 아는 거 있어, 제이크?"

"그녀의 성과 칭호는 레이디 애슐리지. 브렛은 이름이고. 좋은 여자야. 지금 이혼 수속 중이고, 곧 마이크 캠벨하고 결혼할 거래. 그 사람은 지금 스코틀랜드에 가 있지. 그건 왜 물어?"

"무척 매력적인 여자더군."

"그렇지?"

"그 여자한테 품위랄까 우아함 같은 게 느껴져. 정말로 멋있고 솔직한 것 같아."

"아주 괜찮은 여자지."

"어떻게 표현해야 할지 모르겠는데. 가정교육을 잘 받은 것 같아." 콘이 말했다.

"그 여자를 무척 좋아하는 것처럼 들리는군."

"좋아해. 그녀와 사랑에 빠지지 않는다면 오히려 이상한 거지."

"술주정뱅이야. 또 마이크 캠벨을 사랑하고 있고, 곧 그 사람하고 결혼할 거란 말이야. 그 사람은 언젠가 엄청난 부자가 될 거야." 내가 말했다.

"내가 보기엔 그 사람하곤 결혼할 것 같지 않아."

"어째서?"

"이유는 잘 모르겠어. 그저 믿어지지가 않아. 안 지 오래됐어?"

"그럼. 전쟁 중 내가 병원에 입원해 있을 때 V. A. D.*였으니까." 내가 대답했다.

"그때엔 아직 어린애였겠네."

"지금은 서른넷이야."

"애슐리하고는 언제 결혼했어?"

"전쟁 중에 했지. 진짜 애인이 이질에 걸려 뻗은 직후에."

"말투에 가시가 돋쳤군."

"미안해. 그럴 의도는 아니었어. 그저 사실을 알려 주려고 했을 뿐이야."

"내 생각에는, 그 여자가 사랑하지도 않는 사람하고 결혼할 것 같진 않은데."

"글쎄. 이미 두 번이나 했는데." 내가 말했다.

---

* 'Voluntary Aid Detachment'의 약자. 제1차 세계대전 중 임시 보조 간호사.

"믿기지가 않아서."

"글쎄. 내 대답이 마음에 들지 않으면 자꾸 바보 같은 질문을 하지 마." 내가 말했다.

"그걸 물어본 건 아니잖아."

"브렛 애슐리에 대해 내가 아는 게 뭐냐고 물었잖아."

"그 여자를 모욕하라는 건 아니었어."

"아, 지옥에나 가 버려."

그는 얼굴이 새하얗게 변해 자리에서 벌떡 일어섰다. 조그마한 오르되브르 접시 뒤로 창백하고 화가 잔뜩 난 얼굴로 서 있었다.

"자리에 앉아. 바보같이 굴지 말고." 내가 말했다.

"그 말 취소해."

"아, 고등학생 같은 짓거리 좀 그만둬."

"취소하라고."

"그러지. 뭐든지. 브렛 애슐리란 이름은 들어 본 적도 없어. 어때?"

"아냐. 그게 아냐. 나보고 지옥에 가라고 한 말 말이야."

"아, 그럼 지옥에 가지 마. 자리에 앉아. 금방 점심을 시작했잖아." 내가 말했다.

콘은 다시 미소를 지으며 자리에 앉았다. 자리에 앉은 것이 기분이 좋은 듯했다. 자리에 앉지 않으면 도대체 어쩌겠다는 거지? "어떻게 그토록 모욕적인 말을 하는 거야, 제이크."

"미안해. 워낙 입버릇이 고약해 놔서. 입은 걸어도 정말 그런 뜻은 아니야."

"나도 알아. 제이크, 넌 내 진정한 친구야." 콘이 말했다.

가엾은 친구. 나는 속으로 생각했다. "내가 한 말은 잊어버려. 정말 미안해." 내가 큰 소리로 말했다.

"괜찮아. 괜찮다고. 잠깐 화가 났던 것뿐이야."

"그럼 좋아. 뭐 다른 걸 시켜 먹자."

점심을 마치고 우리는 카페 드라페까지 걸어가서 커피를 마셨다. 콘이 또 브렛 이야기를 꺼내고 싶어 하는 걸 느꼈지만 나는 그 문제를 피했다. 이 얘기 저 얘기를 하다가 그를 그곳에 남겨 두고 나는 사무실로 돌아갔다.

# 6

5시에 나는 크리용 호텔에서 가서 브렛을 기다렸다. 그녀가 보이지 않기에 나는 앉아서 편지를 몇 장 썼다. 별로 잘 쓴 편지는 아니었지만 크리용 호텔의 편지지에 썼으니 조금은 돋보일 것 같은 생각이 들었다. 그러고도 브렛이 나타나지 않자 6시 15분 전에 바로 내려가 바텐더인 조지와 함께 잭로스*를 한 잔 마셨다. 브렛은 바에도 없어서 나는 나가면서 위층을 한 번 더 찾아본 후 택시를 잡아타고 카페 셀렉트로 갔다. 센 강을 건널 때 바지선 몇 척이 화물을 싣지 않은 채로 물결이 높은 강물을 따라 내려가는 것이 보였다. 다리 가까이 오자 사공들이 길쭉하고 큰 노를 잡고 있었다. 강은 경치가 좋았다. 파리에서 강을 건널 때면 언제나 기분이 좋아진다.

* 1920년대와 1930년대 프랑스에서 유행한 칵테일.

택시는 교통신호기 발명자가 신호를 보내는 모습을 조각한 동상을 돌아 라스파유 대로를 돌아 올라갔다. 나는 그 거리가 다 지나갈 때까지 좌석에 몸을 기대고 있었다. 라스파유 대로는 언제 차를 타고 지나가도 싱거운 거리였다. 길이 끝날 때까지 언제나 지루하고 생기 없고 죽은 것 같은 느낌이 드는 퐁텐블로와 몽트로 사이의 P. L. M. 기차 노선의 일부와 비슷한 거리였다. 여행하면서 어떤 장소가 아주 싫증 나는 것은 어떤 연상 작용 때문이리라. 파리에는 라스파유 대로처럼 보기 싫은 거리가 더 있다. 그런 거리를 걷는 건 꺼리지 않는다. 그러나 차를 타고 지나가는 건 견디기 힘들다. 어쩌면 언젠가 그 장소에 관한 책을 읽었기 때문일지도 모른다. 로버트 콘이 파리 전체를 싫어하는 것처럼 말이다. 콘이 파리를 즐기지 못하는 것은 어디서 영향을 받은 것일까. 어쩌면 멩켄*을 읽었는지도 모른다. 멩켄은 파리를 증오하는 것 같다. 많은 젊은이가 멩켄한테서 좋아하고 싫어하는 것을 배운다.

택시는 로통드 앞에서 멈춰 섰다. 센 강 우안에서 택시 기사에게 몽파르나스의 아무 카페나 데려다 달라고 부탁하면 언제나 이 로통드로 데려다 준다. 지금으로부터 10년 정도 흐른 뒤에는 아마 돔으로 안내해 줄 것이다. 어찌 되었든 가까워서 좋다. 나는 로통드의 거무스레한 테이블을 지나 셀렉트로 걸어갔다. 바 안에 몇 사람이 있었고, 바깥에는 하비 스톤이 혼자 앉아 있었다. 앞에 술잔 받침 접시를 수북이 쌓아 놓고 있

* H. L. 멩켄(1880~1956). 미국의 문학 비평가이자 저널리스트.

었다. 수염이 길어서 면도를 해야 할 얼굴이었다.

"앉아. 그러잖아도 찾고 있었어." 하비가 말했다.

"무슨 일 있어?"

"무슨 일이 있긴. 그저 너를 만났으면 했을 뿐이야."

"경마에 갔다 왔어?"

"아냐. 일요일 이후론 가지 않았어."

"미국에선 무슨 소식 들었어?"

"없어. 한마디도 없어."

"그런데 왜 그러는 거야?"

"나도 모르겠어. 녀석들하곤 완전히 손을 끊었어. 정말 손을 끊었다고."

그는 앞으로 몸을 내밀어 내 눈을 들여다보았다.

"뭐 하나 말해 줄까, 제이크?"

"그래."

"난 닷새 동안 아무것도 먹지 않았어."

나는 머릿속으로 급히 기억을 더듬어 보았다. 하비가 뉴욕 바에서 포커 주사위를 흔들어 내게서 200프랑을 딴 것이 불과 사흘 전이었다.

"무슨 일이야?"

"돈이 한 푼도 없어. 돈이 오지 않았어." 그가 잠깐 말을 멈추었다. "참 이상한 일이야, 제이크. 이럴 때면 그저 혼자 있고 싶어. 방에 꼭 처박혀 있고 싶거든. 난 마치 고양이 같아."

나는 주머니 속을 더듬었다.

"한 100프랑쯤 있으면 좀 도움이 되겠나, 하비?"

"물론이지."

"자, 가서 뭘 좀 먹자."

"서두를 건 없어. 한잔 들어."

"먹는 게 나을 거야."

"아냐. 이런 꼴이 되면 먹건 먹지 않건 상관없어."

우리는 술을 마셨다. 하비는 내가 마신 술잔 접시를 자기 접시 더미 위에 포개어 놓았다.

"멩켄을 알아, 하비?"

"그럼 알지. 그건 왜?"

"어떤 작자야?"

"괜찮은 친구야. 꽤 재미있는 말을 하는 친구지. 마지막으로 만나 저녁을 먹을 때 우린 호펜하이머 얘기를 나눴어. 그가 말하더군. '한데 말이야. 그 녀석은 가터 단추처럼 요란한 녀석이야.' 괜찮은 재담이야."

"나쁘지는 않군."

"하지만 그 친구는 이제 바닥이 다 드러나 버렸어." 하비가 말했다. "자기가 알고 있는 걸 모두 써 버렸다고. 그래서 이제는 하나같이 알지 못하는 걸 써 대고 있어."

"괜찮은 작가인 것 같은데. 다만 읽어 낼 도리가 없어서 그렇지." 내가 말했다.

"아, 이젠 그 친구 글을 읽는 사람은 없어." 하비가 맞장구쳤다. "알렉산더 해밀턴 협회*에서 발행하는 글을 읽던 사람

* 미국 '건국의 아버지'인 알렉산더 해밀턴(1755~1804)의 정신을 이어받은 협회.

들 말고는 말이야."

"하기야. 그것도 좋은 글이었지." 내가 말했다.

"물론 그렇고말고." 하비가 말했다. 이렇게 우리는 자리에 앉아서 한동안 깊은 생각에 잠겨 있었다.

"포도주, 한 잔 더 할까?"

"그러지." 하비가 대답했다.

"저기 콘이 오는군." 내가 말했다. 로버트 콘이 한길을 막 건너오고 있었다.

"저 바보 말인가." 하비가 말했다. 콘은 우리 테이블로 다가왔다.

"어이, 건달들." 콘이 말했다.

"어이, 로버트, 방금 여기 있는 제이크더러 네가 바보라고 말하던 중이었어." 하비가 대꾸했다.

"그게 무슨 뜻이야?"

"즉석에서 대답해 봐. 생각해선 안 돼. 네가 원하는 건 뭐든지 할 수 있다면 뭘 하겠어?"

그러자 콘은 생각하기 시작했다.

"생각하지 말고. 금방 대답하란 말이야."

"모르겠는걸. 도대체 왜 그러는데?" 콘이 물었다.

"뭘 하겠냐고 묻는 거야. 네 머릿속에 맨 처음 떠오르는 게 뭐냔 말이야. 아무리 바보 같은 일이라도 상관없어."

"모르겠는걸. 지금 내 몸을 마음대로 움직여서 다시 한 번 미식축구를 해 봤으면 싶군." 콘이 대답했다.

"내가 널 잘못 봤어. 넌 바보가 아냐. 그저 발육이 멈춘 환자

일 뿐이야.” 하비가 말했다.

“정말 웃기네, 하비. 언젠가는 누군가가 네 코를 납작하게 만들어 놓고 말 거야.” 콘이 말했다.

그러자 하비 스톤은 웃었다. “넌 그렇게 생각하지. 하지만 다른 사람들은 그렇게 생각하지 않거든. 내겐 그런 건 아무래도 상관이 없어. 나는 권투 선수가 아니니까.”

“누가 그렇게 하면 상관없지 않을걸.”

“아냐, 상관없어. 그게 네가 크게 잘못 생각하는 점이야. 넌 영리하지 못하니까.”

“내 이야기는 제발 집어치워.”

“그렇게 하지. 나한테는 아무 상관이 없어. 너는 나한테 아무런 의미도 없는 존재니까.” 하비가 말했다.

“이봐, 하비. 포도주 한 잔 더 해.” 내가 말했다.

“아니야. 이제 거리로 올라가 음식을 먹어야겠어. 나중에 만나, 제이크.” 그가 대꾸했다.

그는 밖으로 걸어 나가 거리를 따라 올라갔다. 키는 작지만 육중한 몸으로 자신 있게 천천히 택시 사이를 빠져나가 거리를 가로지르는 그를 물끄러미 지켜보았다.

“저 녀석은 늘 나를 약 올린단 말이야. 도무지 참을 수가 없어.” 콘이 말했다.

“나는 좋은데. 녀석이 아주 마음에 들어. 너도 그 친구에게 화낼 필요 없어.” 내가 말했다.

“그건 나도 알아. 그래도 내 신경을 건드리거든.” 콘이 대꾸했다.

"오늘 오후엔 작품을 썼어?"

"아니. 써지지가 않아. 처음 책보다 쓰기가 힘이 들어. 그것하고 씨름하느라 애를 먹고 있는 중이야."

이른 봄에 미국에서 돌아왔을 때 품고 있던 건강한 자만심 같은 건 이미 그에게서 사라지고 없었다. 당시에는 자기 작품에 자신이 있었고, 그저 모험에 대해 개인적인 동경을 품고 있을 뿐이었다. 하지만 이제 그런 확신이 없어져 버렸다. 어떻게 된 셈인지 나는 로버트 콘을 똑똑하게 묘사한 것 같지 않다. 콘이 브렛에게 빠질 때에야 비로소 어떤 식으로든 다른 사람들과 구별되는 말을 하는 것을 들었기 때문이다. 그는 테니스 코트에서 보면 체격도 좋고 몸매도 균형이 잡혀 있어 보기 좋았다. 브리지 게임에서 카드 다루는 솜씨도 훌륭했고, 어딘지 모르게 좀 대학생 같은 구석이 있었다. 사람들 사이에 섞여 있을 때면 기발한 말을 하는 일이 없었다. 그는 학교에서 폴로셔츠라고 불렀고 지금도 여전히 그렇게 부르는 것 같은 셔츠를 입고 있었지만, 그렇다고 상습적으로 젊은이 흉내를 내지는 않았다. 옷에 그다지 신경을 쓰는 것 같지 않았다. 그의 겉모습은 프린스턴 대학에서 갖추게 된 것이고, 그의 내면은 그를 훈련한 두 여성의 손으로 빚어진 것이라는 생각이 든다. 그에게는 훈련으로써는 만들어질 수 없는 착하고 소년다운 쾌활함이 있었는데, 나는 아마 그의 이런 점을 밝혀내지 못한 것 같다. 그는 테니스에서 이기는 것을 좋아했다. 이를테면 렝글렌*처럼

* 수잔 렝글렌(1899~1938). 수차례 우승을 거둔 프랑스의 여자 테니스 선수.

승리하는 것을 좋아했는지 모른다. 하지만 게임에 졌다고 해서 화를 내는 일은 없었다. 브렛에게 빠지자 테니스 솜씨는 영 형편없어져 버렸다. 도저히 그를 이길 가능성이 없었던 상대까지도 그를 이겼다. 그래도 그는 아주 훌륭한 태도를 취했다.

어찌 되었든 우리는 카페 셀렉트의 테라스에 앉아 있었고, 하비 스톤은 방금 길거리를 건너갔다.

"릴라로 가." 내가 말했다.

"약속이 있어."

"몇 시에?"

"프랜시스가 7시 15분에 오기로 했어."

"저기 오는군."

프랜시스 클라인이 길을 건너 우리 쪽으로 걸어오고 있었다. 그녀는 키가 굉장히 큰 편이어서 걸을 때면 몹시 몸을 흔들어 댔다. 손을 흔들며 엷은 미소를 지었다. 우리는 그녀가 길거리를 가로질러 오는 모습을 물끄러미 지켜보았다.

"안녕하세요. 기뻐요, 여기 있어서 정말 기뻐요, 제이크. 이야기할 게 있었거든요." 그녀가 말했다.

"안녕, 프랜시스." 콘이 이렇게 말하면서 빙그레 미소를 지었다.

"어머, 웬일이야, 로버트. 당신도 여기 있었어?" 그녀가 재빠르게 말을 이었다. "난 정말 지루한 시간을 보냈는데. 글쎄 이 양반이……." 그녀는 콘에게 고개를 흔들었다. "점심 먹으러 집에 들어오지 않았지 뭐예요."

"집에 들어가겠다고 하지 않았잖아."

"아, 알아. 하지만 가정부에게 그렇게 말하진 않았잖아. 그런데 나도 약속이 있었거든. 폴라는 사무실에 없지 뭐야. 리츠 호텔에 가서 기다렸지만 폴라는 코빼기도 보이지 않고. 그렇다고 나한테는 리츠 호텔에서 식사할 만한 돈은 없고……."

"그래서 어떻게 했는데?"

"아, 그냥 나와 버렸지." 그녀가 짐짓 누구를 흉내 내는 것 같은 쾌활한 태도로 말을 계속했다. "난 언제든지 약속을 지켜. 한데 요새 약속을 지키는 사람은 아무도 없어. 나도 세상 물정을 좀 알아야 하는데 말이야. 어쨌든 요새 재미가 어때요, 제이크?"

"좋습니다."

"춤추던 날 데리고 온 여자, 멋진 아가씨던데요. 그러더니 그 브렛이란 분하고 사라져 버렸죠?"

"브렛이 마음에 들지 않나?" 콘이 물었다.

"굉장히 매력 있는 여자라고 생각해. 당신은 그렇게 생각하지 않아?"

콘은 아무 대답도 하지 않았다.

"있잖아요, 제이크. 할 얘기가 있어요. 나하고 같이 돔까지 가 주겠어요? 로버트, 당신은 여기 있을 거지? 자 가요, 제이크."

우리는 몽파르나스 대로를 건너서 테이블에 앉았다. 사내아이 하나가 《파리 타임스》를 팔러 오기에 나는 한 부 사서 펼쳤다.

"무슨 일이에요, 프랜시스?"

"아, 아무것도 아녜요. 다만 그이가 나하고 헤어지고 싶어 한다는 것 말고는요." 그녀가 대답했다.

"그게 무슨 말이죠?"

"아, 그이가 만나는 사람마다 우리가 결혼할 거라고 말하기에, 나도 어머니하고 모든 사람에게 그렇게 얘기했는데, 그이는 이제 와서 결혼하고 싶지 않다는 거예요."

"무슨 일이 있습니까?"

"아직도 살아갈 날이 많이 남아 있다는 거예요. 그이가 뉴욕에 갈 때 이렇게 될 줄 알았죠."

그녀는 반짝이는 눈을 들어 나를 쳐다보면서 대수롭지 않은 듯 말하려고 애쓰고 있었다.

"그이가 원하지 않는다면 나도 결혼하고 싶은 생각은 없어요. 물론 안 하죠. 이제는 무슨 일이 있어도 그이와 결혼하지 않겠어요. 하지만 이제 와서 이런 말을 하는 건 좀 늦은 것 같아요. 3년이나 기다린 데다 이제 겨우 이혼했는데 말이죠."

나는 아무 말도 하지 않았다.

"자축하려 했는데, 축하는커녕 싸움을 하고 말았지 뭐예요. 참 어린애 장난 같은 짓이죠. 크게 싸웠어요. 그이는 울면서 나더러 이성을 잃지 말라고 애걸했지만, 결혼만은 할 수 없다지 뭐예요."

"운이 나쁜 거죠."

"정말 운이 나쁘고말고요. 그이 때문에 글쎄 2년 반이나 세월을 허송했죠. 이제 와서 나하고 결혼하자고 나설 남자가 있을지 모르겠어요. 2년 전이라면 칸에서 내가 원하는 남자라면 누구하고나 결혼할 수 있었지만요. 멋진 여자하고 결혼해서 안정된 생활을 누리고 싶어 하는 나이 든 사람은 모두들 나한테 미쳐 있었거든요. 하지만 이제 와선 아무도 잡을 수 있을 것 같지 않군요."

"그렇지 않아요. 당신은 누구하고라도 결혼할 수 있을 거예요."

"아녜요. 난 그렇게 생각하지 않아요. 게다가 난 그이가 아주 좋거든요. 어린애도 갖고 싶고요. 우리한테 어린애가 있었으면 하고 늘 생각해 왔죠."

그녀는 반짝이는 눈으로 나를 바라보았다. "난 아이들을 그다지 좋아하지 않았어요. 하지만 평생 어린애를 가지지 않게 될 거라고 생각하고 싶지는 않아요. 늘 어린애를 갖게 될 거라고, 또 어린애가 생기면 좋아하게 될 거라고 생각했죠."

"콘한테는 애들이 있잖아요."

"예, 그래요. 그이에겐 애들도 있고, 돈도 있고, 돈 많은 어머니도 있고, 책도 냈죠. 하지만 아무도 내가 쓴 건 출판하려고 하지 않거든요. 정말 한 군데도 없어요. 내 책도 형편없는 책은 아녜요. 게다가 나한텐 돈 한 푼 없어요. 위자료를 받을 수도 있었는데 가장 빠른 방법으로 이혼해 버렸거든요."

그녀는 반짝이는 눈으로 또다시 나를 바라보았다.

"이건 정당하지 않아요. 내 잘못이기도 하면서 또 내 잘못이 아니기도 하죠. 좀 더 세상 물정을 알았어야 하는데. 내가 그이한테 그 이야길 했더니 그이는 그저 울면서 결혼할 수 없다더군요. 그이는 왜 나하고는 결혼할 수 없다는 거죠? 나는 좋은 아내가 될 수 있는데. 같이 살기가 쉬운 여자인데. 멋대로 하도록 내버려 두고 있어요. 그래도 아무 소용이 없어요."

"참 난처한 일이군요."

"그럼요, 정말 창피스러운 일이죠. 얘기해 봤자 아무 소용 없는 일이겠죠? 자, 카페로 다시 돌아가요."

"그런데 물론 내가 할 수 있는 일은 아무것도 없군요."

"없어요. 그저 내가 이런 얘기 했다는 걸 그이한테는 말하지 마요. 그이가 바라는 게 뭔지 알고 있으니까." 그녀는 이때 처음으로 지금까지 줄곧 유지해 온 명랑하고 놀랍도록 쾌활한 태도를 버렸다. "그이는 혼자 뉴욕에 돌아가고 싶은 거예요. 그래서 자기 책이 나와 햇병아리 같은 젊은 여자들이 야단법석을 떨 때 거기 있고 싶은 거예요. 그이가 하고 싶은 게 바로 그거죠."

"아마 젊은 여자들은 그렇게 좋아하지 않을지도 모릅니다. 그 친구가 정말 그런 생각으로 그러는 건 아닐 겁니다. 정말로요."

"제이크, 당신은 나만큼 그이를 잘 몰라요. 그이는 그렇게 하고 싶은 거예요. 난 알아요. 알고말고요. 그래서 결혼하고 싶지 않은 거예요. 이번 가을에 자기 혼자서 큰 승리를 거두고 싶은 거라고요."

"이제 그만 카페로 돌아갈까요?"

"그래요, 가요."

우리는 테이블에서 일어나 — 웨이터가 아직 술을 갖고 오지 않았다. — 셀렉트를 향해 길을 건너기 시작했다. 콘은 대리석 상판 테이블에 앉아서 미소 짓고 있었다.

"어머, 뭐가 그렇게 좋아서 웃고 있어? 기분이 꽤 좋은 모양이지?" 프랜시스가 그에게 물었다.

"당신하고, 당신의 비밀을 알고 있는 제이크를 보고 웃고 있는 거야."

"어머, 내가 제이크에게 얘기한 건 비밀도 아니야. 이제 곧 모두들 알게 될걸. 다만 제이크에게 적절한 식으로 일러 주고 싶었을 뿐이지."

"그게 뭔데? 당신이 영국에 가게 되었다는 이야기?"

"응, 바로 영국에 간다는 얘기 말이야, 아 참, 제이크! 잊고 말하지 않은 게 있어요. 나 영국에 가요."

"잘됐군요!"

"그래요, 그게 가장 훌륭한 집안에서 하는 식이죠. 로버트가 나를 보내는 거예요. 저이는 내게 200파운드를 줄 거고, 그 돈으로 난 친구들을 찾아가는 거죠. 멋진 일 아니에요? 친구들은 아직 그걸 모르지만요."

그녀는 콘을 돌아보고 빙그레 미소를 지었다. 그는 이제 미소를 띠고 있지 않았다.

"당신은 내게 100파운드밖에는 주려고 하지 않았지, 로버트? 하지만 난 저이에게 200파운드를 내놓게 했어요. 이이는 굉장히 인심이 좋거든요. 그렇지 않아, 로버트?"

사람들이 로버트 콘에게 어쩌면 이렇게도 잔인한 말을 할 수 있는지 나는 잘 모르겠다. 이 세상에는 모욕적인 말을 들어서는 안 되는 사람이 있는 법이다. 어떤 말을 하면 금방 세계가 무너져 버릴 것 같은, 지금 바로 눈앞에서 파멸해 버릴 것 같은 느낌이 드는 그런 사람 말이다. 그런데도 여기 앉아 있는 콘은 그것을 참고 받아들이고 있다. 지금 바로 이런 모든 일이 일어나고 있는데 나는 그것을 말려 보려는 충동조차 느끼지 않았다. 그리고 이것은 뒷날 일어난 일에 비하면 차라리 허물없는 농담에 지나지 않았다.

"어떻게 그런 말을 할 수 있어, 프랜시스?" 콘이 말을 가로막았다.

"저이 말 좀 들어 봐요. 난 영국에 갈 거예요. 친구들을 찾아볼 생각이라고요. 반가워하지도 않는 친구들을 찾아가 본 적 있어요? 아, 틀림없이 날 환영해 줄 거예요. '그동안 잘 지냈니? 정말 오랜만이구나. 어머님도 안녕하시지?' 그래요, 우리 어머니는 어떻게 지내고 계실까? 가진 돈을 톡톡 털어 프랑스 전시 공채(戰時公債)를 사셨죠. 예, 그래요. 아마 그런 일을 한 건 온 세상에서 우리 어머니 한 분밖에 없겠죠. '그리고 로버트는 어떻게 지내니?' 그 밖에 로버트에 관해 무척 조심스럽게 이야기를 할 테죠. '얘, 그 사람에 관한 이야기는 될 수 있는 대로 하지 않도록 조심해야 해. 가엾은 프랜시스는 아주 불행한 경험을 했으니까 말이야.' 재미있지 않아, 로버트? 재미있다고 생각지 않아요, 제이크?"

프랜시스는 놀랍도록 명랑한 웃음을 띠고 내 쪽을 돌아보았다. 이런 얘기를 들어 줄 상대가 있다는 것이 몹시 만족스러운 모양이었다.

"그래, 당신은 어떻게 할 생각이야, 로버트? 모두 내 잘못이야. 완전히 내 잘못이었다고. 내가 당신을 시켜서 그 잡지의 귀여운 비서를 쫓아냈을 때, 나도 그 여자와 똑같은 방법으로 쫓겨나리란 걸 알았어야 했던 거야. 제이크는 그 일은 모르지. 내가 얘기해 줄까?"

"프랜시스, 제발 입 닥쳐."

"그래, 말해 버리겠어. 로버트는 잡지사에 아주 귀여운 여비서를 데리고 있었어요. 굉장히 귀엽고 사랑스러운 여자라 로버트는 아주 멋있다고 생각하고 있었죠. 그런데 거기에 내가 나타나자 나에 대해서도 역시 멋있는 여자라고 생각했던 거죠. 그래서 그 여자를 쫓아 보내지 않았겠어요. 잡지사를 옮길 때 카멜에서 프로빈스타운까지 그 여자를 데리고 왔죠. 한데 태평양 연안으로 돌아갈 때는 여비조차 주지 않았어요. 모두 내 마음에 들려고 한 짓이죠. 그때는 내가 굉장히 멋진 여자라고 생각했던 거예요. 안 그랬어, 로버트?

오해해선 안 돼요, 제이크. 비서하고는 완전히 플라토닉한 사랑이었으니까요. 플라토닉한 사랑도 아니었죠. 사실은 정말 아무것도 아니었어요. 그저 그 여자가 참으로 괜찮은 여자였다는 것뿐이에요. 저이는 나를 기쁘게 하려고 그렇게 한 것뿐이고요. 그래요, 나는 칼로 일어선 사람은 칼로 망한다고 생각해요.* 당신이 다음번 책에서 써먹게 기억해 두고 싶을 거야, 로버트.

로버트는 새 책의 소재를 찾으러 가려는 거예요. 안 그래, 로버트? 그래서 저이가 나를 버리려는 거죠. 난 이제 좋은 소

* "이에 예수께서 이르시되 네 칼을 도로 칼집에 꽂으라. 칼을 가진 자는 다 칼로 망하느니라."(「마태복음」 26장 52절)

재가 못 된다고 결론을 내려 버린 거예요. 당신도 아마 알걸요. 저이는 우리가 함께 살고 있는 동안 책을 쓰는 데 너무 바빠서 우리 둘에 관한 일은 아무것도 기억하지 못해요. 그래서 이제 밖으로 뛰어나가 새로운 소재를 얻으려는 거죠. 글쎄, 엄청나게 재미있는 소재를 얻었으면 좋겠어요.

저기, 로버트, 내 말 좀 들어 봐. 내 말 좀 들어 보라고. 괜찮지? 제발 젊은 여자들과 소동을 일으키지 마. 그렇게 하지 않도록 노력해 보라고. 당신은 싸우기만 하면 울면서 자기 연민에 빠지기 때문에 다른 사람이 한 말은 기억하지 못하거든. 그래서야 어떤 대화도 기억하지 못하지. 침착하도록 애써 봐. 그렇게 하는 게 무척 어렵다는 건 나도 알아. 하지만 문학을 위해서라는 걸 기억해 둬. 문학을 위해서라면 어떤 희생이라도 감수해야 하니까. 나를 봐. 군소리 한마디 하지 않고 영국으로 가려는 거야. 모두 문학을 위해서지. 우리 모두는 젊은 작가들을 도와줘야 해. 그렇게 생각하지 않아요, 제이크? 하지만 당신은 젊은 작가가 아니야. 젊은 작가일까, 로버트? 벌써 서른넷이나 됐으니까. 하지만 위대한 작가가 되기에는 아직도 젊은 나이예요. 하디*를 봐요. 아나톨 프랑스**를 봐요. 그 사람은 바로 얼마 전에 죽었죠. 하지만 로버트는 프랑스가 그렇게 훌륭한 작가라고는 생각하지 않아요. 저이의 프랑스 친구 몇 사람이 그렇다고 얘길 해 주었거든요. 정작 그이는 프랑스 책을

---

* 토머스 하디(1840~1928). 영국 소설가이며 시인.

** 프랑스의 소설가이며 문학 비평가인 자크 아나톨 프랑수아 티보(1844~1924)의 필명.

그다지 잘 읽는 편은 아니죠. 그 사람은 당신처럼 훌륭한 작가는 아니었지, 로버트? 아나톨 프랑스도 작품 소재를 얻으러 밖으로 나가야 했던가? 그 사람은 결혼하고 싶지 않을 때 자기 애인들에게 뭐라고 말했을 것 같아? 그 사람도 울고불고했을까? 아, 지금 방금 생각이 났는데요." 프랜시스는 장갑 낀 손을 입술에 갖다 댔다. "로버트가 나하고 결혼하지 않는 진짜 이유를 알고 있어요, 제이크. 지금 방금 생각났어요. 카페 셀렉트에서 환영처럼 내 머리에 떠올랐거든요. 신비스러운 이야기지 뭐예요? 사람들은 언젠가 이 신비스러운 현상을 기록해 놓은 액자를 걸어 둘 거예요. 루르드*처럼 말이죠. 듣고 싶어, 로버트? 얘기하겠어요. 아주 간단한 얘기예요. 어째서 여태껏 그런 생각을 하지 못했는지 모르겠군요. 글쎄, 아시다시피 말이죠, 로버트는 늘 정부(情婦)를 갖고 싶어 했죠. 나하고 결혼하고 싶지 않다는 건 정부가 있었다는 증거죠. 2년 이상 정부를 두고 있었던 거죠. 무슨 말인지 알아듣겠죠? 그래서 늘 약속했던 대로 나하고 결혼하게 되면 로맨스는 모두 끝장나고 마는 거예요. 이런 걸 생각해 내다니 나도 참 머리가 잘 돌아가는 여자라고 생각하지 않아요? 그건 사실이에요. 저 이를 좀 보고 그게 사실이 아닌지 확인해 봐요. 지금 어디 가는 거예요, 제이크?"

"안에 들어가 잠깐 하비 스톤을 만날 일이 있어서요."

내가 안으로 들어갈 때 콘은 고개를 쳐들었다. 얼굴이 백지

---

* 프랑스 남서부에 있는 도시로 성모 마리아 성당이 있다.

장처럼 새하얗게 질려 있었다. 왜 그 자리에 앉아 있는 것일까? 무엇 때문에 그런 식으로 모욕을 감수하고 있는 것일까?

카운터에 등을 기대고 서서 바깥을 보자 창 너머로 두 사람이 앉아 있는 모습이 보였다. 프랜시스는 명랑하게 미소를 지으며 그에게 얘기를 하고 있었고 "그렇지 않아, 로버트?" 하고 물어볼 때마다 그의 얼굴을 빤히 들여다보았다. 어쩌면 지금은 아까처럼 그렇게 묻지 않을지도 모른다. 아마 다른 얘기를 하고 있는 것인지도 모를 일이다. 나는 바텐더에게 아무것도 마시고 싶지 않다고 말하고 옆문으로 빠져나갔다. 문으로 나가면서 두꺼운 이중 유리창을 통해 돌아다보니 두 사람은 아직도 그 자리에 앉아 있었다. 프랜시스는 그에게 이야기를 건네고 있었다. 나는 라스파유 대로를 향해 옆길을 따라 걸어갔다. 택시 한 대가 오기에 잡아타고 기사에게 내 아파트 주소를 일러 주었다.

# 7

층계를 막 올라가려는데 관리인이 자기 방 유리창을 톡톡 두드렸다. 내가 걸음을 멈추자 그녀가 밖으로 나왔다. 편지 몇 통과 전보 한 통을 들고 있었다.

"우편물이 왔습니다. 또 여자분이 찾아오셨어요."

"명함을 두고 갔나요?"

"아뇨. 어느 신사분하고 함께 오셨더군요. 어젯밤에 오셨던 그 여자분이에요. 알고 보니 아주 좋은 분이더군요."

"내 친구하고 함께 왔던가요?"

"그건 잘 모르겠어요. 이곳에 한 번도 오신 일이 없는 분이던데요. 몸집이 굉장히 큰 분이에요. 한데 그 여자분은 참 좋은 분이더군요. 굉장히, 굉장히 좋은 분이에요, 어젯밤에는 아마 조금……." 관리인 여자는 머리를 한 손에 얹고 끄덕끄덕 했다. "아주 솔직하게 말씀드리죠, 반스 씨. 어젯밤엔 그다지 점잖은 분이라고는 생각하지 않았죠. 어젯밤엔 지금과는 다르게 생각했죠. 하지만 제 말 좀 들어 보세요. 그분은 '트레 트레 장티유'*예요. 아주 좋은 가문에서 태어난 분 같아요. 보면 금방 알 수 있거든요."

"그 사람들이 무슨 전갈이라도 남기고 가진 않았나요?"

"예, 남겼어요. 한 시간쯤 후에 다시 오겠다고 했어요."

"오거든 위층으로 올려 보내 주십시오."

"예, 그렇게 하죠, 반스 씨. 한데 그 부인은, 그 부인은 말이에요, 보통 여자가 아니에요. 별나다고 할까, 어쨌든 '켈퀸, 켈퀸'**이에요!"

관리인 여자는 지금은 관리인으로 일하지만 예전에 파리 경마장에서 주류 판매 영업권을 갖고 있었다. 그녀는 평생 삼등 관람석에서 일했지만 일등 관람석에 앉은 사람들을 언제나 눈여겨보았기 때문에 나를 찾아오는 손님 가운데 누가 가정교육을 잘 받았는지, 또 누가 명문가 출신인지, 누가 스포츠맨인지 — 프랑스식으로 '맨'에 악센트를 두고 발음했다. — 알아맞히는 것을 자랑스럽게 여겼다. 다만 한 가지 난처한 것은 이 세 부류 가운데 어느 쪽에도 속하지 못하는 사람들에게는 반스 씨 집에 지금 아무도 없다고 말하기 십상이라는 점이다. 내 친구 가운데 몹시 영양 상태가 부실해 보이는 화가가 있었다. 마담 뒤지넬에게는 분명히 가정교육도 잘 받

* "몹시, 몹시 점잖은 분."(프랑스어)

** "훌륭한 분, 훌륭한 분."(프랑스어)

지 못하고 명문 가문 출신도 아니고 스포츠맨도 아니게 보였던 그 사람은 내게 편지를 보내어 가끔 저녁에 만날 수 있도록 관리인을 통과할 수 있는 증명서를 만들어 달라고 요청한 일이 있었다.

나는 브렛이 관리인 여자를 어떻게 구워삶았나 생각하면서 내 방으로 올라갔다. 전보는 빌 고턴한테서 온 것으로 '프랑스'호(號)로 도착한다는 내용이었다. 책상 위에 우편물을 놓고 침실로 들어가 옷을 벗고 샤워를 했다. 몸을 문지르고 있는데 초인종 소리가 들렸다. 가운을 걸치고 슬리퍼를 신고 문가로 나갔다. 브렛이었다. 그녀 뒤에는 백작이 서 있었다. 그는 커다란 장미꽃 다발을 들고 있었다.

"안녕, 자기. 우리를 들여보내 주지 않을래?" 브렛이 말했다.

"들어오시지. 난 지금 목욕을 하고 있던 중이었어."

"팔자 좋으신 양반이군. 목욕이라니."

"그저 샤워만 했어. 자 앉으십시오, 미피포폴로스 백작. 뭘 드시겠습니까?"

"선생께서 꽃을 좋아하는지 어쩐지 모르겠습니다만, 내 마음대로 이런 장미꽃을 갖고 왔습니다." 백작이 말했다.

"자, 나에게 줘요." 브렛이 장미꽃을 받아 들었다. "여기에다 물을 떠 와, 제이크." 나는 부엌에서 큼직한 질그릇 항아리에 물을 담아 가져왔고, 브렛은 화병에 장미꽃을 꽂아 식당의 테이블 한가운데 놓았다.

"정말이지 오늘은 참 멋있게 보냈어."

"크리용에서 나하고 만나기로 한 약속은 생각도 나지 않지?”

“응, 생각 안 나. 우리가 약속을 했던가? 완전히 취했었나 봐.”

“당신은 굉장히 취했었지요.” 백작이 대꾸했다.

“역시 취했었군요? 하지만 백작은 누가 봐도 아주 호인이에요.”

“한데 이제 당신은 관리인 여자에게 엄청나게 영향력이 생긴 것 같던데.”

“그럴 수밖에 없지. 그 여자에게 200프랑이나 줬거든.”

“바보 같은 짓 좀 하지 마.”

“이 양반 돈인걸.” 브렛이 이렇게 대꾸하고는 백작 쪽을 보며 고개를 끄덕였다.

“어젯밤 일 때문에 성의 표시를 조금 해야 할 것 같았습니다. 어젯밤은 너무 늦었거든요.”

“이분은 참 굉장한 분이야. 과거에 있었던 일은 뭐든지 다 기억하고 있거든.” 브렛이 말했다.

“당신도 그렇지요.”

“거짓말이에요. 누가 기억하고 싶겠어요? 이봐, 제이크, 술 한잔 주긴 주는 거야?” 브렛이 물었다.

“난 가서 옷을 입고 올 테니 당신이 갖고 와. 술이 어디 있는지 알잖아.”

“물론이지.”

옷을 입고 있는 동안 브렛이 술잔과 탄산수 병을 내려놓는 소리가 들리고, 이어 둘이서 이야기를 나누는 소리가 들렸다.

나는 침대에 걸터앉아 천천히 옷을 입었다. 피곤한 데다 기분이 몹시 좋지 않았다. 브렛이 손에 잔을 들고 방에 들어와 침대에 걸터앉았다.

"왜 그래, 자기? 현기증이 나?"

그녀는 내 이마에다 가볍게 키스했다.

"오, 브렛, 내가 당신을 얼마나 사랑하는데."

"자기." 그녀가 조금 뒤 말을 이었다. "저 사람 보낼까?"

"아냐. 저 친구는 좋은 사람이야."

"보낼게."

"아냐, 그러지 말래도."

"아냐, 보내 버릴게."

"그런 짓 못할걸."

"정말 못할까? 여기 있어 봐. 저이는 지금 내게 홀딱 반해 있거든."

브렛은 방에서 나갔다. 나는 침대에 얼굴을 파묻고 엎드려 있었다. 견딜 수 없이 괴로웠다. 두 사람이 이야기하는 소리가 들려왔지만 나는 귀담아들으려고 하지 않았다. 브렛이 방에 들어와 침대에 걸터앉았다.

"가엾은 사람." 그녀가 내 머리를 손으로 쓰다듬었다.

"그 친구한테 뭐라고 했어?" 나는 그녀에게서 얼굴을 돌린 채 누워 있었다. 그녀를 보고 싶지 않았기 때문이다.

"샴페인을 사 오라고 했어. 그 사람은 샴페인 사러 가는 걸 좋아하거든."

그러고 나서 조금 있다가 그녀가 말을 이었다. "자기, 기분이 좀 좋아졌어? 머리 아픈 게 좀 나아졌어?"

"나아졌어."

"조용히 누워 있어. 그 사람은 시내 반대편으로 갔으니까."

"우리 둘이서 함께 살 수 없을까, 브렛? 그냥 같이 살 수는 없는 걸까?"

"안 돼. 난 누구하고나 쏘다녀서 당신을 배반하고 말 거야. 당신은 견딜 수 없을 거야."

"지금은 잘 견디고 있잖아."

"그것하곤 다를 거야. 내 실수야, 제이크. 그렇게 타고났는 걸."

"잠깐 동안 우리 둘이서 시골에 가 있을 순 없을까?"

"가 봤자 아무 소용 없어. 물론 당신이 가고 싶다면 가겠어. 하지만 난 시골에서 조용하게 살 순 없어. 내가 진정으로 사랑하는 사람하고라도 말이야."

"그건 나도 알아."

"기분이 엉망이지? 내가 당신을 사랑한다고 해 봤자 아무 소용이 없으니 말이야."

"내가 당신을 사랑하고 있다는 걸 알잖아."

"말하지 마. 이야기한다는 건 정말 부질없는 짓이니까. 당신 곁을 떠날 생각이야. 게다가 마이클도 돌아올 테고."

"왜 떠나려는 거야?"

"그렇게 하는 게 당신을 위해서도 좋고, 또 나를 위해서도 좋기 때문이지."

"언제 떠나려고 하는데?"

"될 수 있는 대로 빨리."

"어디로?"

"산세바스티안*으로 갈 생각이야."

"같이 갈 순 없을까?"

"안 돼. 이렇게 이야기해 놓고 나서 그런 생각을 하다니 너무해."

"서로 의견이 일치했던 건 아니잖아."

"아, 당신도 나만큼은 알잖아. 그러니 고집부리지 마, 자기."

"아, 물론이지. 당신 말이 옳다는 건 나도 알아. 기분이 침울해져서 그래. 기분이 침울해지면 꼭 바보 같은 소리를 하잖아." 내가 대답했다.

나는 몸을 일으키고 허리를 구부려 침대 옆에서 구두를 찾아 신었다. 그러고 나서 자리에서 일어섰다.

"그런 표정으로 보지 마, 자기."

"그럼 어떤 표정으로 보면 되나?"

"아, 바보처럼 굴지 마. 난 내일 떠날 거야."

"내일 떠난다고?"

"그래. 그렇게 말하지 않았던가? 난 내일 떠나."

"그럼 술이나 한잔하지. 백작이 곧 돌아올 테니."

"그래. 그 사람이 곧 돌아올 거야. 그 사람은 샴페인을 사는 일이라면 아주 신이 나. 그 일이라면 돈이 얼마가 들어도 상관하지 않지."

---

* 스페인 북부의 바스크 지방에 있는 해안 도시.

우리는 식당으로 들어갔다. 나는 브랜디 병을 들어 브렛에게 한 잔 따르고, 나도 한 잔 따랐다. 그때 초인종이 울렸다. 문가로 나가니 백작이 서 있었다. 그 뒤에 운전기사가 샴페인 바구니를 들고 있었다.

"어디에다 갖다 놓도록 할까요?" 백작이 물었다.

"부엌에다요." 브렛이 대답했다.

"거기다 갖다 놓도록 하게, 헨리." 백작이 손으로 가리켰다. "자, 아래층에 내려가서 얼음을 갖다 주게." 그는 부엌에 놓인 바구니를 지켜보고 서 있었다. "아주 좋은 술이라는 걸 아시게 될 겁니다. 요즘 미국에서는 좋은 포도주를 맛볼 기회가 별로 없는 듯합니다. 하지만 이 술은 주류 사업을 하고 있는 친구한테서 구해 온 것이지요." 그가 말했다.

"아, 당신은 어떤 사업이든 늘 친구가 있군요." 브렛이 말했다.

"이 친구는 포도를 재배하고 있지요. 포도밭 수천 에이커를 소유하고 있어요."

"이름이 뭔데요? 뵈브 클리코*인가요?" 브렛이 물었다.

"아뇨. 뭠이라는 사람입니다. 남작이죠." 백작이 대답했다.

"참 굉장하군요. 우리 모두 작위가 있네요. 왜 당신에겐 작위가 없는 거지, 제이크?" 브렛이 물었다.

"제가 보증합니다만" 백작이 내 팔에 손을 얹으면서 말했다. "작위란 하나도 도움이 되지 않습니다. 십중팔구 돈만 들

* 프랑스 샹파뉴의 랭스 지방에서 생산되는 고급 샴페인의 일종.

뿐이지요."

"아, 난 잘 모르겠어요. 하지만 때로는 아주 편리하기도 하죠." 브렛이 말했다.

"나한테는 한 번도 도움이 되는 일이 없었어요."

"그건 제대로 쓸 줄을 몰라서 그런 거예요. 나한테는 엄청난 신용이 생기던데요."

"자, 앉으십시오, 백작. 그 지팡이는 이리 주시고요." 내가 말했다.

백작은 가스등 아래 테이블 너머로 브렛을 바라보고 있었다. 그녀는 담배를 피우면서 담뱃재를 융단에 털었다. 내가 그 모양을 지켜보고 있는 것을 그녀는 눈치챘다. "이봐, 제이크. 융단을 더럽히고 싶지 않아. 재떨이 좀 갖다 줄래?"

나는 재떨이를 몇 개 찾아내어 여기저기 갖다 놓았다. 운전기사가 소금을 뿌린 얼음이 가득 든 양동이를 들고 올라왔다. "거기다 샴페인 두 병만 넣어 주게, 헨리!" 백작이 큰 소리로 말했다.

"그 밖에 또 시키실 일이 없습니까, 나리?"

"없어. 내려가 차에서 기다리게." 그는 브렛과 나를 향해 고개를 돌렸다. "부아로 드라이브해 가서 저녁 식사를 하면 어떨까요?"

"원하신다면 그렇게 하죠. 난 한 입도 먹지 못하겠어요." 브렛이 대답했다.

"나는 맛있는 식사라면 언제든지 좋아하지요." 백작이 말했다.

"그럼 제가 포도주를 가져올까요, 나리?" 운전기사가 물었다.

"그러게. 가져오게, 헨리!" 백작이 말했다. 그는 묵직해 보이는 돼지가죽으로 만든 시가 케이스를 꺼내 내게도 권했다. "진짜 미국산 시가 한 대 피우시겠습니까?"

"고맙습니다. 이 담배를 마저 피우고 나서요." 내가 말했다.

백작은 시곗줄 끝에 매달린 금제 가위로 시가 끝을 잘랐다.

"난 연기가 정말로 잘 빨리는 시가가 좋거든요. 사람들이 피우는 시가의 절반가량은 연기가 잘 빨리지 않지요." 백작이 말했다.

그는 시가에 불을 붙여 연기를 내뿜으면서 테이블 너머로 브렛을 바라보았다. "그러니까 레이디 애슐리, 이혼하게 되면 작위를 잃겠군요."

"그래요. 참 유감이에요."

"그렇지 않습니다. 당신한테 작위 같은 건 필요 없어요. 온몸에 품위가 흘러넘치니까요." 백작이 말했다.

"고마워요. 그렇게 말씀해 주시니 무척 친절하군요."

"농담을 하고 있는 게 아닙니다." 백작이 구름 같은 담배 연기를 내뿜었다. "당신은 내가 만난 사람 중에서 제일 품위가 있어요. 그렇고말고요. 사실이에요."

"고맙습니다. 우리 엄마가 들으면 좋아하시겠어요. 그걸 글로 써 줄 순 없나요? 그럼 편지에 넣어서 엄마에게 보내 드리게요." 브렛이 말했다.

"어머니께 그렇게 말씀드리죠. 난 당신을 놀리고 있는 게 아니에요. 한 번도 사람들을 놀려 본 일이 없습니다. 사람을 놀리면 원수가 됩니다. 내가 늘 입버릇처럼 하는 말이지요." 백작이 말했다.

"백작님 말씀이 옳아요. 지당한 말씀이에요. 언제든지 사람들을 놀려 대니까 난 이 세상에 친구 한 사람 없어요. 여기 있는 제이크 말고는요." 브렛이 대꾸했다.

"이분은 놀리지 않는군요."

"맞아요."

"지금은 어때요? 이분을 놀리나요?" 백작이 물었다.

브렛은 나를 쳐다보고 눈썹을 찌푸렸다.

"아녜요. 난 이 사람을 놀릴 생각이 조금도 없어요." 그녀가 대답했다.

"보세요. 당신은 이분을 놀리지 않습니다." 백작이 말했다.

"참 싱겁기 짝이 없는 얘기군요. 샴페인이나 마시는 게 어때요?" 브렛이 물었다.

백작은 손을 뻗어 반짝이는 양동이에 든 술병을 빙빙 돌렸다. "아직 차가워지지 않았어요. 당신은 항상 마시기만 해요. 왜 그저 얘기하지는 않나요?"

"너무 많이 지껄여서 그래요. 제이크에게 내 이야기를 남김없이 모두 해 버렸거든요."

"난 당신이 진심으로 말하는 걸 듣고 싶습니다. 내게 이야기할 때는 한 번도 말끝을 맺어 본 적이 없어요."

"백작님이 끝을 맺으라고 남겨 두는 거예요. 누구든 원하는 사람이 끝을 맺으라고요."

"아주 재미있는 방법이군요." 백작은 팔을 뻗어 병을 빙빙 돌렸다. "그래도 난 당신이 직접 얘기하는 걸 듣고 싶을 때가 있습니다."

"이분 바보 아닌가?" 브렛이 내게 물었다.

"자, 이제는 차가워진 것 같습니다." 백작이 술병 하나를 들어 올렸다.

내가 수건을 가져다주자 그는 병을 닦아서 들었다. "샴페인은 큰 술병에다 마시는 걸 좋아합니다. 포도주가 더 좋지만 차갑게 하는 데 너무 힘이 들지요." 백작은 병을 높이 쳐들고 바라보고 있었다. 나는 술잔을 꺼내 놓았다.

"이봐요. 이제 그만 마개를 따시죠." 브렛이 제안했다.

"예, 잘 알았어요. 자, 이제 마개를 따겠습니다."

맛이 좋은 샴페인이었다.

"정말 맛이 좋군요." 브렛이 술잔을 들었다. "뭔가 건배해야 하는 거 아닌가요. '국왕의 건강을 위하여!'"

"이 포도주는 건배하기에는 너무 아까운 술입니다. 이렇게 좋은 술에 감정을 섞고 싶지 않겠지요. 맛을 망쳐 버리니까요."

브렛의 술잔은 벌써 비어 있었다.

"술에 관해 책을 한 권 쓰셔야겠습니다, 백작님." 내가 말했다.

"반스 씨. 술을 즐기면 그것으로 족한 것이지 그 밖에는 아무것도 바라지 않습니다." 백작이 대꾸했다.

"그럼 이 좋은 술을 좀 더 즐겨야겠군요." 브렛이 술잔을 앞으로 내밀었다. 그러자 백작은 아주 조심스럽게 술을 따랐다.

"자, 됐습니다. 이제 천천히 즐기십시오. 그러면 취기가 돌 겁니다."

"취해요? 취하다니요?"

"당신은 취할 때가 매력적이에요."

"이 양반 말하는 것 좀 봐."

"반스 씨" 백작은 내 잔에도 가득 술을 따랐다. "내가 알고 있는 여자 중에서 취했을 때나 정신이 말짱할 때나 언제나 한결같이 매력적인 사람은 이분뿐입니다."

"많이 돌아다녀 보지 않으셨군요?"

"아닙니다. 꽤 많이 돌아다녀 봤어요. 이곳저곳 꽤 많이 돌아다녔거든요."

"술이나 드세요. 우린 꽤 많이 돌아다녔죠. 감히 말씀드립니다만, 여기 있는 제이크도 백작님만큼이나 세상 구경을 많이 했답니다." 브렛이 말했다.

"물론 반스 씨도 많이 구경하셨겠지요. 나도 틀림없이 그랬을 거라고 생각합니다. 하지만 나도 돌아다녀 볼 만큼은 돌아다녀 봤습니다."

"물론 백작님도 그러셨겠죠. 난 그저 약을 올려 본 것뿐이라고요." 브렛이 맞장구를 쳤다.

"난 전쟁에 일곱 번 참가하고, 혁명도 네 차례나 겪었습니다." 백작이 말했다.

"군대에 계셨나요?" 브렛이 물었다.

"때로는 그랬지요. 화살에 맞은 상처가 있어요. 화살 상처를 본 적 있나요?"

"한번 보여 줘요."

백작은 자리에서 일어나더니 조끼 단추를 풀고 셔츠를 열어젖혔다. 셔츠를 가슴 위로 들어 올리고 서 있으니 불빛 아래 거무스레한 가슴과 큼직한 근육이 툭 불거져 나왔다.

"보입니까?"

갈비뼈가 끝나는 지점 아래 허연 살이 튀어나온 흉터가 두 군데 있었다. "등 뒤로 화살이 빠져나간 곳을 보세요." 어깨에 가까운 등 부위에도 손가락만 한 흉터가 똑같이 튀어나와 있었다.

"어머, 정말 대단하군요."

"깨끗이 꿰뚫고 나간 거지요."

백작은 셔츠를 바지에 쑤셔 넣었다.

"어디서 상처를 입으셨나요?" 내가 물었다.

"아비시니아*에서요. 스물한 살 때였습니다."

"뭘 하고 계셨나요? 군대에 계셨나요?" 브렛이 물었다.

"사업차 여행을 하고 있었습니다."

"내가 말했죠. 이분은 우리와 같은 패거리라고. 내가 그렇게 말하지 않았던가요?" 브렛이 내 쪽으로 고개를 돌렸다. "백작님, 난 당신이 참 좋아요. 당신은 귀여운 분이에요."

"나를 무척 행복하게 해 주는군요. 하지만 그건 진실이 아니지요."

"그런 바보 같은 소린 마세요."

---

* 에티오피아의 옛 이름.

"이보십시오, 반스 씨. 내가 지금 이렇게 모든 걸 만끽할 수 있는 건 온갖 풍상을 겪었기 때문입니다. 그렇게 생각하지 않나요?"

"그렇죠. 옳으신 말씀입니다."

"난 알고 있습니다. 그게 비결이에요. 가치를 깨달아야 하거든요." 백작이 말했다.

"백작님의 가치가 달라진 적은 없었나요?" 브렛이 물었다.

"없어요. 이제는 없습니다."

"사랑해 본 적도 없겠죠?"

"언제나 하지요. 늘 사랑을 하고 있습니다." 백작이 대답했다.

"그게 백작님의 가치에 어떤 영향을 미치나요?"

"그것 역시 내 가치 안에 한자리를 차지하고 있지요."

"백작님한테는 아무런 가치도 없어요. 죽은 분이에요. 그저 그뿐이라고요."

"아닙니다. 그렇지 않습니다. 난 전혀 죽지 않았어요."

우리는 샴페인을 세 병이나 마셨고 백작은 나머지 샴페인이 담긴 바구니를 부엌에 놔두었다. 우리는 부아에서 저녁을 먹었다. 훌륭한 식사였다. 백작의 가치에서 음식은 아주 소중한 위치를 차지하고 있었다. 포도주도 마찬가지였다. 식사하는 동안 그는 품위를 지켰다. 브렛도 그랬다. 그야말로 좋은 식사 파티였다.

"어디 가고 싶으신가요?" 식사가 끝나자 백작이 물었다. 식당에 남아 있는 건 우리뿐이었다. 웨이터 두 사람이 문을 등지고 서 있었다. 집에 가고 싶은 모양이었다.

"언덕*에나 올라가 볼까요. 훌륭한 저녁 식사였지 않나요?" 브렛이 물었다.

백작은 얼굴 가득 웃음을 띠었다. 무척 흐뭇한 모양이었다.

"두 분 다 참 좋은 분들입니다." 그가 말했다. 그는 또다시 시가를 피웠다. "왜 두 분은 결혼하지 않습니까?"

"서로 독립적인 생활을 하고 싶기 때문이죠." 내가 대답했다.

"제각기 추구할 일이 있으니까요." 브렛이 내 말에 맞장구를 치고는 말을 돌렸다. "자, 여기서 나가죠."

"브랜디를 한 잔 더 하지요." 백작이 권했다.

"언덕에 가서 해요."

"아니에요. 조용한 이곳에서 해요."

"또 그 '조용' 타령이군요. 도대체 남자들은 그 '조용'이란 것에서 뭘 느끼는 거예요?" 브렛이 물었다.

"우린 조용한 걸 좋아합니다. 당신이 시끄러운 것을 좋아하는 것처럼 말이지요." 백작이 대답했다.

"좋아요. 그럼 한잔해요." 브렛이 말했다.

"소믈리에?" 백작이 큰 소리로 불렀다.

"예, 백작님."

"이 집에 있는 브랜디 중에서 가장 오래된 게 뭔가?"

"1811년산이 있습니다, 백작님."

"한 병만 갖고 오게."

"이봐요. 허세 부리지 마세요. 그만두게 해요, 제이크."

---

* 몽마르트르 언덕을 가리킨다.

"내 말 좀 들어 보십시오. 난 다른 어떤 골동품보다도 오래된 브랜디에 돈을 쓰는 게 가장 가치 있는 일이라고 생각합니다."

"골동품을 많이 소장하고 있나요?"

"집 안에 가득하지요."

마침내 우리는 몽마르트르로 올라갔다. 젤리 술집 안은 사람들로 몹시 붐비는 데다 소란스럽고 또 담배 연기가 자욱했다. 안으로 들어가자 음악이 귀를 때렸다. 브렛과 나는 춤을 추었다. 너무 사람이 많아 거의 몸을 놀리지 못할 지경이었다. 북을 치는 검둥이가 브렛에게 손을 흔들었다. 우리는 사람들 사이에 끼인 채 그 검둥이 앞에서 춤을 추었다.

"안녕하십니까?"

"아주 좋아요."

"다행입니다."

그 검둥이한테서 보이는 것이라고는 이와 입술뿐이었다.

"저 사람은 나하고 아주 친한 친구야. 드럼을 엄청나게 잘 치지." 브렛이 말했다.

음악이 멈추자 우리는 백작이 앉아 있는 테이블을 향해 걸어갔다. 그때 음악이 다시 시작되어 우리는 또다시 춤을 추었다. 나는 백작을 바라보았다. 그는 테이블에 앉아서 시가를 피우고 있었다. 또다시 음악이 멈췄다.

"저쪽으로 가."

브렛은 테이블을 향해 걸음을 옮겼다. 음악이 시작되자 또다시 우리는 사람들 사이에 끼여 춤을 추었다.

"당신은 춤추는 솜씨가 형편없어, 제이크. 내가 아는 사람

중에서는 마이클이 제일 춤을 잘 추지."

"멋있는 친구지."

"그 사람은 요령을 잘 알고 있거든."

"난 그 친구가 좋아. 몹시 마음에 들어." 내가 말했다.

"난 그이하고 결혼할 거야. 그런데 참 우스워. 일주일 동안 그이 생각을 한 번도 해 본 적이 없어." 브렛이 말했다.

"편지를 쓰지 않나?"

"아니. 한 번도 써 본 적 없어."

"틀림없이 그 사람은 편지를 보낼걸."

"그야 그렇지. 그것도 굉장히 재미있는 편지를."

"언제 결혼할 생각이야?"

"내가 어떻게 알아? 이혼이 되는 대로 곧 할 생각이야. 마이클은 자기 어머니더러 비용을 대라고 하고 있는 중이지."

"뭐, 내가 도와줄 일은 없어?"

"바보 같은 소리 하지도 마. 마이클네 집 사람들은 돈이 무척 많아."

음악이 멈추었다. 우리는 테이블 있는 데로 걸어갔다. 백작이 자리에서 일어섰다.

"아주 좋았어요. 당신네들 아주, 아주 좋아 보입니다."

"백작께선 춤을 추지 않습니까?" 내가 물었다.

"아니요. 이제 너무 늙어서요."

"어머, 그런 말씀 마세요." 브렛이 말했다.

"내가 그걸 즐길 수 있다면 추지요. 두 분 추는 걸 구경하는 게 즐겁습니다."

"멋져요. 언제 백작님을 위해 또 춤추어 드리죠. 참 백작님의 친구 지지는 어떻게 되었나요?" 브렛이 말했다.

"사실을 말하자면요. 난 그 청년을 후원하고 있습니다만, 데리고 다니고 싶지는 않습니다."

"좀 다루기 힘든 젊은이죠."

"알다시피 난 그 청년에겐 장래성이 있다고 생각해요. 하지만 그렇다고 개인적으로 데리고 다니고 싶진 않거든요."

"제이크도 좀 그런가 봐요."

"녀석을 보면 좀 신경이 거슬리거든."

"글쎄올시다." 백작은 어깨를 으쓱해 보였다. "그 젊은이의 장래가 어떻게 될지는 아무도 모르지요. 어쨌든 그의 부친하고 우리 가친하고 아주 막역한 사이였어요."

"자, 춤을 춰." 브렛이 말했다.

우리는 춤을 추었다. 사람들이 어찌나 많은지 숨이 막히는 듯했다.

"아, 자기. 비참한 기분이 들어." 브렛이 말했다.

나는 예전에 겪은 과정을 다시 되풀이하고 있는 듯한 기분이었다. "조금 전까지는 행복했잖아."

드럼 치는 사나이가 고함을 질렀다. "그대는 배신하지 못하리……."

"모든 게 끝난 기분이야."

"왜 그래?"

"잘 모르겠어. 그저 기분이 엉망이야."

"……." 드럼 치는 사나이가 노래를 불렀다. 그러고 나서 다시 드럼을 두드리기 시작했다.

"나갈까?"

나는 마치 뭔가 모두 되풀이되고 있다는 느낌, 이미 겪었던 일을 또다시 겪어야 하는 악몽에 사로잡혀 있다는 느낌이 들었다.

"……." 드럼 치는 사나이가 부드럽게 노래를 불렀다.

"나가자. 괜찮겠지." 브렛이 말했다.

"그러자." 내가 대답했다. 우리는 사람들 틈을 헤치고 나왔다. 브렛은 화장실로 갔다.

"브렛이 나가자는군요." 내가 백작에게 말했다. 그러자 그가 고개를 끄덕였다. "그래요? 좋습니다. 내 차를 타고 가세요. 난 한동안 여기 앉아 있겠어요, 반스 씨."

우리는 악수를 했다.

"참 즐거운 시간이었습니다. 이건 제가 내도록 해 주십시오." 나는 주머니에서 지폐를 꺼냈다.

"반스 씨, 우스꽝스럽게 굴지 마십시오." 백작이 말했다.

브렛이 케이프를 걸치고 나왔다. 그녀는 백작에게 입을 맞추고, 그의 어깨에 손을 얹어 일어서지 말라고 했다. 문밖으로 나오면서 뒤를 돌아보자 백작의 테이블에는 아가씨가 세 명 앉아 있었다. 우리는 큼직한 자동차에 올라탔다. 브렛이 운전기사에게 그녀가 머물고 있는 호텔의 주소를 일러 주었다.

"아니야, 올라오지 마." 자동차가 호텔에 도착하자 그녀가 말했다. 그녀가 초인종을 누르자 문이 열렸다.

"정말?"

"그래. 제발 부탁이야."

"그럼 잘 자, 브렛. 당신 기분이 엉망이라서 안됐는걸." 내가 말했다.

"잘 가, 제이크. 잘 자, 자기. 이제 당신을 만나지 않을 거야."

우리는 문가에 서서 키스를 했다. 그녀가 나를 떠밀었다. 우리는 또다시 키스를 했다. "오, 그만해!" 브렛이 말했다.

그녀는 재빨리 몸을 돌려 호텔로 들어갔다. 운전기사는 나를 아파트까지 데려다 주었다. 내가 20프랑을 주자 그는 모자에 손을 얹으며 "안녕히 주무십쇼."라고 말하고는 차를 몰고 갔다. 나는 벨을 눌렀다. 문이 열리자 위층으로 올라가 곧 잠자리에 들었다.

# 2부

# 8

나는 브렛이 산세바스티안에서 돌아올 때까지 다시 만나지 못했다. 그녀는 그곳에서 내게 엽서를 한 장 보냈다. 그 엽서에는 콘차*의 사진이 인쇄되어 있고 "자기. 몹시 조용하고 건강해. 친구 모두에게 안부 전해 줘. 브렛."이라고 적혀 있었다.

로버트 콘 역시 만나지 못했다. 프랜시스가 영국으로 떠났다는 소문이 들렸다. 콘한테서 짧은 편지를 받았는데 어딘지는 모르지만 두서너 주일 시골로 여행을 떠난다면서 지난겨울에 말하던 스페인 낚시 여행에 동행하고 싶다고 전해 왔다. 자기가 거래하는 은행을 통하면 언제든지 자기와 연락을 취할 수 있으리라는 말도 적혀 있었다.

브렛은 떠나 버리고 콘의 가정불화로 귀찮은 일도 없어진

---

* 스페인 산세바스티안에 있는 해변.

데다 테니스도 치지 않았으며, 또 할 일도 많았다. 나는 가끔 경마장에 나가 친구들과 식사를 하고 남는 시간은 사무실에 나가 6월 말에 빌 고턴과 같이 스페인에 갈 때 비서에게 맡겨 놓고 갈 수 있도록 앞당겨 일을 했다. 빌 고턴이 도착해서 아파트에서 사나흘 묵다가 빈으로 떠났다. 그는 무척 기분이 좋았으며 미국은 지금 호황이라고 했다. 뉴욕은 지금 굉장하다는 것이다. 호화스러운 연극 시즌도 있고, 훌륭한 젊은 라이트헤비급* 권투 선수도 많이 등장했다고 했다. 하나같이 장래가 유망하여 좀 더 성장하여 체중을 늘리면 뎀프시**를 때려눕힐 수 있을 것 같다는 것이다. 빌은 퍽 행복했다. 최근 작품으로 돈을 꽤 벌었고, 또 앞으로도 지금보다 더 많이 벌게 되어 있었다. 파리에 머무는 동안 함께 재미있는 시간을 보낸 뒤 그는 빈으로 떠났다. 3주 뒤에 돌아와 함께 스페인에 가서 낚시도 하고 팜플로나***에서 축제도 구경하기로 했다. 그는 빈도 굉장히 멋지다고 편지를 보내왔다. 그 뒤에는 부다페스트에서 엽서를 보내왔다. 이 엽서에는 "제이크, 부다페스트는 굉장한 도시야."라고 적혀 있었다. 그러고 나서 나는 "월요일 돌아갈 예정."이라고 적힌 전보를 받았다.

월요일 저녁 빌이 아파트에 나타났다. 택시가 멈추는 소리를 듣고 나는 창가로 가서 그에게 손을 흔들며 불렀다. 그도

---

* 권투 체급 중 하나로 체중 82.5킬로그램 미만.

** 잭 뎀프시(1895~1983). 사상 최초로 100만 달러 이상의 흥행 수입을 올린 미국 프로 권투 선수.

*** 스페인 북동부 나바라 지방에 있는 도시.

손을 흔들고 가방을 들고 층계를 올라오기 시작했다. 나는 층계까지 나가 가방 하나를 받아 들었다.

"그래, 여행이 재미있었다면서?" 내가 물었다.

"재미있었고말고. 부다페스트는 더할 나위 없이 아주 대단했지." 그가 대답했다.

"빈은 어땠어?"

"그다지 좋지 않았어, 제이크. 형편없었어. 실제보다 좋게 보이는 곳이더군."

"그건 또 무슨 말이야?" 나는 술잔과 소다 병을 갖고 오면서 물었다.

"술에 취했던 거지, 제이크. 난 취했단 말이야."

"그거 이상하군. 한잔하는 게 좋겠어."

빌은 손으로 이마를 문질렀다. "놀라운 일이야. 나도 어떻게 된 건지 잘 모르겠어. 갑자기 그렇게 됐으니까." 그가 말했다.

"오래 계속됐어?"

"나흘, 제이크. 꼭 나흘 동안 계속됐어."

"어딜 갔기에?"

"기억이 잘 나지 않아. 너한테 그림엽서를 보냈지. 그것만은 완전히 기억이 나는데."

"다른 건 기억나는 게 없고?"

"확실치 않아. 뭘 하긴 했겠지."

"계속해 봐. 그 이야기를 계속해 봐."

"기억이 잘 안 난다니까. 기억할 수 있는 건 너한테 전부 얘기하지."

"계속해 봐. 그걸 마시고 기억을 더듬어 보라고."

"조금은 기억이 날지도 몰라. 프로 권투 선수권 쟁탈전에 관한 기억이 조금 나는군. 빈에서 엄청난 선수권 쟁탈전이 있었어. 검둥이 선수가 있었지. 그 검둥이만은 똑똑히 기억나." 빌이 말했다.

"계속해 봐."

"멋있는 검둥이였어. 타이거 플라워스*처럼 생긴 녀석이었는데, 다만 몸집이 네 배쯤 크더군. 갑자기 구경꾼들이 다같이 물건을 던지기 시작하는 거야. 난 던지지 않았지만. 검둥이가 그 지방 선수를 케이오시킨 거야. 검둥이는 글러브를 높이 쳐들었어. 뭐라고 연설을 하고 싶은 눈치였지. 아주 점잖아 보이는 검둥이였어. 연설을 하기 시작했지. 그때 그 지방 백인 청년이 그를 한 대 갈겼어. 그러자 이번에는 검둥이가 그 백인 청년을 갈겨 뻗어 버리게 했거든. 그러자 모두들 의자를 집어 던지기 시작했어. 검둥이는 우리 차로 우리와 같이 돌아왔지. 옷가지도 찾아 입지 못하고 말이야. 내 웃옷을 걸치고 있었지 뭐야. 이제야 몽땅 기억이 나는군. 굉장한 스포츠가 있던 밤이었어."

"그래서 어떻게 됐어?"

"검둥이에게 옷가지를 몇 벌 빌려 주고 그를 데리고 돈을 받으러 돌아다녔지. 그런데 경기장을 엉망으로 만들었으니까 검둥이더러 도리어 돈을 물어내야 한다는 거야. 가만있자, 누

---

* 시어도어 플라워스(1895~1927). 최초의 미국 흑인 미들급 챔피언.

가 통역을 했더라? 내가 했던가?"

"아마 넌 아니었을걸."

"그래 네 말이 맞아. 내가 아니었어. 다른 친구가 했지. 그 친구를 그 지방의 하버드 출신이라고 부른 것 같은데. 이제야 기억이 나는군. 음악을 공부하는 사람이었어."

"그래 어떻게 됐어?"

"일이 그다지 잘 풀리지 않았지, 제이크. 어디를 가나 부정부패가 판을 치고 있더군. 프로모터는 검둥이가 지방 청년을 마지막까지 때려눕히지 않기로 약속했다고 우겨 대는 거야. 빈에서는 빈 선수를 케이오시킬 수 없다는 거지. 검둥이가 말하더군. '정말 기가 막힙니다, 고턴 씨. 난 40분 동안 그 녀석을 넘어뜨리지 않으려고 노력했다고요. 그 백인 선수가 나를 때리려다가 제풀에 쓰러진 것 같아요. 난 그를 한 번 때려 보지도 못했거든요.'"

"그래 돈을 받았고?"

"돈이 다 뭐야, 제이크. 우리가 얻어 낸 건 겨우 검둥이의 옷가지뿐이었어. 녀석의 시계도 누군가가 집어 갔더군. 멋있는 검둥이였어. 빈에 간 게 큰 잘못이었지. 그다지 재미없었어, 제이크, 재미없었다고."

"그래 검둥이는 어떻게 됐어?"

"쾰른으로 돌아갔지. 거기서 살고 있대. 결혼도 했고. 가족도 있어. 내게 편지도 하고 빌려 간 돈도 보내 주겠다고 하더군. 훌륭한 검둥이야. 그 사람한테 주소를 제대로 가르쳐 줬는지 모르겠는걸."

"아마 잘 가르쳐 줬겠지."

"자, 어쨌든 식사를 하자. 여행 얘기를 더 듣고 싶지 않다면 말이야." 빌이 말했다.

"얘기를 더 해 봐."

"먼저 식사를 하자."

우리는 아래층으로 내려가서 따뜻한 6월 저녁 생미셸 대로로 나왔다.

"어디로 갈까?"

"섬*에 가면 어때?"

"그거 좋지."

우리는 생미셸 대로를 따라 걸어 내려갔다. 그 거리가 당페르로슈로가(街)와 합쳐지는 곳에 헐렁한 옷을 걸친 두 남자의 동상이 서 있었다.

"난 저 사람들이 누군지 알지." 빌이 눈짓으로 동상을 가리켰다. "제약업을 개척한 사람들이야. 파리라고 해서 나를 바보 취급 하지 마."

우리는 대로를 따라 계속 걸어갔다.

"저기 박제 장사가 있군. 뭐 사고 싶은 거 없어? 감쪽같이 박제해 놓은 개를 살까?"

"그냥 가. 넌 취했어." 내가 말했다.

"꽤 근사하게 박제한 개로군. 네 아파트가 환하게 밝아질 텐데." 빌이 말했다.

---

* 센 강에 있는 생루이 섬.

"그만 가자, 가."

"박제 개 딱 한 마리면 돼. 나야 사든 사지 않든 상관없어. 하지만 이봐, 제이크. 넌 박제된 개 딱 한 마리만 사도록 해."

"그만 가자."

"그걸 사고 나면 이 세상 모든 것을 얻은 기분이 들 거야. 단순한 가치의 교환이지. 너는 그들에게 돈을 지불하는 거야. 그러면 그들은 너에게 박제 개 한 마리를 주는 거고."

"돌아오는 길에 한 마리 사도록 해."

"좋아. 마음대로 해. 지옥 가는 길이 네가 사지 않은 박제 개로 포장되어 있을 거야. 하지만 그건 내 잘못이 아니야."

우리는 계속 걸어갔다.

"왜 그렇게 갑자기 개 생각이 들었어?"

"개에 대해 늘 그렇게 느껴 왔어. 박제 동물이라면 언제나 사족을 못 썼거든."

우리는 걸음을 멈추고 술을 한 잔씩 마셨다.

"술을 마시는 건 과연 좋은 거야. 제이크, 너도 가끔 시험해 봐야 해." 빌이 말했다.

"넌 나보다 144년이나 앞서 있군그래."

"사람들을 주눅 들게 하지 말라. 또 남한테 주눅 들지도 말라. 내 성공의 비결이야. 절대로 주눅 들지 않았지. 사람들이 있는 앞에서는 절대로 그런 적이 없어."

"어디서 마셨어?"

"크리용에 들렀지. 조지가 잭로스를 몇 잔 만들어 줬어. 조지는 참 좋은 녀석이야. 그 녀석의 성공 비결 알아? 절대로 주눅이 들지 않는 거야."

"페르노를 석 잔만 더 마시면 너도 주눅이 들 거야."

"천만에, 사람들 앞에선 절대로 주눅 들지 않아. 만약 주눅이 들기 시작한다 싶으면 도망쳐 버리니까. 그 점에서 난 고양이 같다고나 할까."

"하비 스톤은 언제 만났어?"

"크리용에서. 하비는 약간 주눅이 들어 있더군. 사흘 동안 아무것도 안 먹었대. 이제는 음식이 통 넘어가지 않는다나. 고양이처럼 살짝 사라져 버리는 거야. 꽤 슬픈 일이지."

"그 친구는 걱정할 필요 없어."

"그렇다면 참 다행이군. 하지만 고양이처럼 사라지지 말았으면 좋겠어. 신경에 거슬리거든."

"오늘 밤에는 뭘 할까?"

"뭘 하든 마찬가지지. 다만 주눅이 들지는 말자. 이 집에 삶은 달걀이 있을까? 이 집에도 삶은 달걀이 있다면 멀리 섬까지 일부러 갈 필요가 없잖아."

"안 돼. 정식으로 식사를 하러 가는 중이잖아." 내가 말했다.

"그냥 한번 제안해 본 거야. 그럼 이제 슬슬 가 볼까?" 빌이 말했다.

"가자."

우리는 다시 대로를 따라 걸어 내려갔다. 마차 한 대가 우리 곁을 지나갔다. 빌이 마차를 바라보았다.

"저 마차 봤어? 크리스마스 선물로 저 마차를 박제해 주지. 내 친구 모두에게 박제한 동물을 선물로 주겠어. 난 자연을 묘사하는 작가거든."

택시 한 대가 지나가면서 안에 탄 누군가가 손을 흔들더니 문을 쾅 쳐서 운전기사가 차를 멈추게 했다. 택시가 길가에 멈춰 섰다. 안에 브렛이 타고 있었다.

"미인인데. 우리를 납치해 가려는 모양이야." 빌이 말했다.

"안녕! 안녕!" 브렛이 소리를 질렀다.

"이쪽은 빌 고턴이야. 그리고 이쪽은 레이디 애슐리."

브렛이 빌에게 미소를 지어 보였다. "지금 방금 돌아왔어. 아직 목욕도 못 했어. 마이클이 오늘 밤에 도착한대."

"잘됐군. 같이 가서 식사나 하자. 그러고 나서 다 같이 마이클을 만나러 가는 거야."

"목욕부터 해야지."

"아, 시시한 소리! 그냥 가자."

"목욕해야 돼. 그 사람은 9시나 돼야 도착해."

"그럼 목욕하기 전에 술이라도 한잔하고 가."

"그럴까. 이젠 시시하다는 소리는 못하겠지."

우리는 택시에 올라탔다. 운전기사가 뒤를 돌아보았다.

"제일 가까운 술집에 데려다 주시오." 내가 말했다.

"클로즈리로 가. 난 이 근처의 거지 같은 브랜디는 못 마시겠어." 브렛이 말했다.

"클로즈리 데 릴라로 갑시다."

브렛은 빌 쪽으로 얼굴을 돌렸다.

"이 염병 같은 도시에 온 지는 얼마나 되나요?"

"부다페스트에서 오늘 막 도착했습니다."

"부다페스트는 어때요?"

"멋있죠. 부다페스트는 멋있어요."

"빈은 어떤지 물어봐."

"빈은 말이죠, 참 이상야릇한 도시더군요." 빌이 말했다.

"파리하고 아주 비슷한 곳이죠." 브렛이 그에게 미소를 짓자 눈가에 주름이 잡혔다.

"정확히 봤습니다. 바로 이 시각의 파리하고 똑 닮았지요." 빌이 맞장구를 쳤다.

"시작이 좋군."

술집 릴라의 테라스에 앉아서 브렛과 나는 위스키 소다를 주문했고, 빌은 페르노를 또 한 잔 들었다.

"재미가 어때, 제이크?"

"좋지. 재미있게 지냈어." 내가 대답했다.

브렛이 나를 바라보았다. "이곳을 떠나다니 내가 바보였어. 파리를 떠나는 건 바보짓이야." 그녀가 말했다.

"재미있었겠지?"

"아, 그럼. 재미있었지. 기가 막힐 정도로 재미있었던 건 아니지만."

"누굴 만났어?"

"아니, 거의 아무도 만나지 않았어. 밖에는 나가지 않았는걸."

"수영도 하지 않았어?"

"응. 아무것도 안 했어."

"빈과 비슷한 것 같군요." 빌이 말했다.

브렛은 눈썹을 찡그려 그를 쳐다보았다.

"그러니까 빈에서도 그런 식이었군요."

"빈에서도 모든 게 그랬습니다."

브렛은 또다시 그에게 미소를 지어 보였다.

"좋은 친구를 뒀어, 제이크."

"좋은 친구고말고. 이 친구는 박제상을 하지." 내가 대답했다.

"그건 다른 나라에 있을 때였지요. 게다가 동물은 모두 죽어 버렸어요."* 빌이 말했다.

"한 잔 더 하고 달려가야지. 웨이터더러 택시 한 대 잡아 달라고 해." 브렛이 말했다.

"택시는 줄을 서서 대기하고 있는걸. 바로 문밖에만 나서면 말이야."

"잘됐어."

우리는 술을 마신 뒤 브렛을 택시에 태웠다.

"10시경 셀렉트로 나오는 거 잊지 마. 저분도 같이 오고. 마이클도 그곳에 갈 거야."

"우리 둘이서 그곳에 가겠습니다." 빌이 대답했다. 택시가 출발하자 브렛이 손을 흔들었다.

"멋있는 여자군. 정말 근사한 여자야. 한데 마이클이 누구야?" 빌이 물었다.

"저 여자와 결혼하려는 사내야."

---

* 크리스토퍼 말로(1564~1593)의 희곡 『몰타 섬의 유대인』에 나오는 구절. "그대는 간음을 범하였지. 하지만 그것은 다른 나라에서였어. 게다가 그 계집은 이미 죽었고."

"아니, 저런. 내가 만나는 여자마다 하나같이 그런 단계에 놓여 있으니. 그들에게는 뭘 선물로 보낼까? 박제한 경마 몇 쌍 보내는 게 어떨까?" 빌이 말했다.

"자, 어서 식사하자."

"저 여잔 정말 작위를 가진 레이디 아무개란 말이야?" 빌은 생루이 섬으로 가는 택시 안에서 내게 물었다.

"아, 그렇지. 혈통 대장이니 다른 이런저런 것들에 다 기록되어 있어."

"암, 아무렴."

우리는 섬 훨씬 안쪽에 있는 마담 르콩트의 레스토랑에서 저녁 식사를 했다. 미국인들로 붐벼서 우리는 자리가 날 때까지 서서 기다려야 했다. 누군가가 '미국인 여성 클럽' 안내란에 파리 부둣가에 있는 미국인에게 아직 알려지지 않은 이색적인 레스토랑이라고 올려놓은 덕택에 우리는 테이블이 날 때까지 45분을 기다려야 했다. 빌은 1918년에, 특히 휴전* 직후에 이 레스토랑에서 식사를 한 적이 있어서 마담 르콩트가 그를 보고는 꽤 수선을 떨었다.

"그런데도 테이블 하나 내주지 않는군. 하지만 대단한 여자야." 빌이 말했다.

우리는 로스트치킨에다 갓 수확한 깍지 강낭콩, 으깬 감자, 샐러드, 애플파이와 치즈로 맛있게 식사를 했다.

"세상 사람이 이 식당에 다 모였군." 빌이 마담 르콩트에게

* 제1차 세계대전이 종식한 1918년 11월 11일의 휴전을 말한다.

말했다. 그러자 마담은 손을 쳐들고 이렇게 말했다. "아, 맙소사!"

"마담은 부자가 되겠는걸."

"그러면 얼마나 좋을까요."

우리는 커피와 핀을 마신 뒤 여전히 석판에 분필로 쓴 계산서를 받았다. 이 계산서가 확실히 그 '이색적인' 면이긴 했다. 우리는 돈을 지불하고 악수를 한 뒤 밖으로 나왔다.

"무슈 반스, 이제 다신 오시지 않겠군요." 마담 르콩트가 말했다.

"동포가 너무 많아요."

"그럼 점심때 오세요. 그때는 이렇게 붐비지 않아요."

"좋습니다. 곧 한번 들르죠."

우리는 섬의 오를레앙 부두 쪽 강가까지 무성하게 자란 나무 아래를 따라 걸었다. 강 건너에서는 낡은 집들을 철거하고 있었는데 여기저기 부서진 벽들이 보였다.

"이곳에 길을 뚫으려는 거야."

"그런가 본데." 빌이 대꾸했다.

우리는 걸어서 섬을 한 바퀴 돌았다. 강은 어두웠고 증기 유람선이 휘황하게 불을 밝히고 빠른 속도로 조용히 지나가다 다리 밑으로 사라져 버렸다. 강 하류에 노트르담 사원이 밤하늘을 등지고 웅크리고 있었다. 우리는 베튄 강변로에서 보행자 전용 나무다리를 건너 센 강의 좌안으로 건너가다가 다리 위에서 걸음을 멈추고 강 하류에 있는 노트르담 사원을 바라보았다. 다리 위에서 바라보니 섬은 시커멓고 집들은 하늘을 등지고 높이 솟아 있었으며, 나무들은 어두운 그림자를 드리우고 있었다.

"꽤 아름다운 풍경이군. 아, 이제 그만 돌아가고 싶어." 빌이 말했다.

우리는 다리의 나무 난간에 기대어 강 상류 쪽 큰 다리들의 등불을 바라보았다. 발아래에 흐르는 강물은 잔잔하고 검은색을 띠고 있었다. 교각에 물이 닿는 소리도 들리지 않았다. 남녀 한 쌍이 우리 곁을 지나갔다. 그들은 서로 팔짱을 끼고 걷고 있었다.

우리는 다리를 건너 뒤카르디날 르무안가(街)를 따라 걸어 올라갔다. 가파른 길이었지만 콩트르스카르프 광장까지 줄곧 걸어 올라갔다. 광장 나뭇잎 사이로 아크등 불빛이 비치고, 그 나무들 아래에서 'S' 시내버스가 막 출발하려고 하고 있었다. 네그르 주아유 카페의 문에서 음악이 흘러나왔다. 카페 아마퇴르의 창문 너머로 길쭉한 함석을 입힌 카운터가 보였다. 바깥 테라스에서는 노동자들이 술을 마시고 있었다. 문이 열린 부엌에서는 한 아가씨가 감자를 기름에 튀기고 있었다. 스튜를 담은 쇠 냄비도 있었다. 아가씨는 한 손에 붉은 포도주 병을 들고 서 있는 노인의 접시에 스튜를 조금 떠 주었다.

"한잔하겠어?"

"아니. 마시고 싶지 않아." 빌이 대답했다.

우리는 콩트르스카르프 광장에서 오른쪽으로 돌아 양쪽에 오래되고 높은 집들이 늘어선 평평하고 좁은 길을 따라 걸어갔다. 어떤 집들은 길 쪽으로 불쑥 튀어나와 있었다. 또 어떤 집들은 뒤쪽으로 쑥 들어가 있었다. 우리는 포드페르가(街)로 나와서 그 길을 따라 곧장 남북으로 통한 생자크가(街)까지 간 뒤 남쪽으로 걸어 정원과 철책 뒤에 깊숙이 들어가 있는 발드그라스를 지나 포르루아얄 대로로 나왔다.

"뭘 하고 싶어? 카페로 가서 브렛과 마이크를 만날 테야?" 내가 물었다.

"그렇게 하지."

우리는 몽파르나스가 나올 때까지 포르루아얄 대로를 따라 걸은 뒤 릴라, 라비뉴, 그 밖에 조그마한 카페들과 다무아 식당 앞을 지나 길을 가로질러 로통드로 가서 불빛과 테이블을 지나 셀렉트에 도착했다.

마이클이 테이블에서 일어나 우리 쪽으로 걸어 나왔다. 그는 얼굴이 그을어 건강해 보였다.

"어이, 제이크. 어이! 어이! 어떻게 지냈어, 친구?" 그가 말했다.

"아주 건강해 보이네, 마이크."

"음, 건강해. 놀라울 만큼 건강하지. 걷는 것 말고는 아무것도 한 일이 없으니까. 온종일 걷기만 했어. 술은 어머니하고 차 마실 시간에 꼭 한 잔만 마시고."

빌은 바로 들어가 버렸다. 높은 의자에 다리를 꼬고 앉아 있는 브렛과 서서 이야기를 나누고 있었다. 브렛은 스타킹을 신고 있지 않았다.

"만나서 반가워, 제이크. 보다시피 난 조금 취했어. 놀라운 일 아니야? 내 코 봤어?" 마이클이 물었다.

그의 콧잔등에 피가 말라붙은 자국이 보였다.

"어떤 나이 지긋한 부인의 가방에 맞았어. 가방을 내리는 걸 도와주려고 하는데 그만 그놈이 내 머리에 떨어지는 거 아냐." 마이크가 말했다.

브렛이 바에서 담배 파이프로 그에게 신호를 보내면서 눈웃음을 지었다.

"나이 지긋한 부인이었어. 그 부인의 가방이 내게 떨어졌단 말이야. 어서 안에 들어가 브렛을 만나. 정말이지 저 여자는 괜찮은 여자거든. 당신은 정말 아름다운 여자야, 브렛. 그 모자는 어디서 났어?" 마이크가 말했다.

"누가 사 줬어. 마음에 안 들어?"

"끔찍한 모자야. 좋은 걸 하나 사지그래."

"아, 그래야지. 이제 우린 돈이 굉장히 많으니까. 한데 아직 빌을 몰라? 제이크, 당신도 참 어지간한 사람이야." 브렛이 말했다.

그녀는 마이크 쪽으로 몸을 돌렸다. "이 사람은 빌 고턴이야. 이 주정꾼은 마이크 캠벨. 캠벨 씨는 아직 완전히 청산을 끝내지 못한 파산자랍니다."

"그래요. 어제 런던에서 전에 같이 일하던 동업자를 만났지요. 날 파산시킨 그 녀석 말입니다."

"그래 뭐라고 하던가요?"

"한잔 사더군요. 한잔 얻어먹어도 괜찮다고 생각했지요. 정말이지 브렛, 당신은 정말 사랑스러운 여자야. 이 여자 미인이라고 생각하지 않아요?"

"미인이라고, 이런 코를 갖고서?"

"아름다운 코지. 자, 코를 내 쪽으로 돌려 보시지. 역시 이 여자 미인이지 않아요?"

"이 사람을 스코틀랜드에 붙잡아 둘 순 없을까요?"

"이봐, 브렛, 일찌감치 잠자리에 들자."

"천박하게 굴지 마, 마이클. 이 바엔 다른 숙녀들도 있다는 걸 잊지 마."

"어때, 이 여자 미인이 아닌가 말이야? 제이크, 넌 그렇게 생각하지 않아?"

"오늘 밤 권투 시합이 있어요. 가겠습니까?" 빌이 물었다.

"권투 시합이라. 누가 나오는데요?" 마이크가 말했다.

"르두하고 누군가입니다."

"그 친구 아주 괜찮은 선수죠. 르두 말입니다. 보고 싶은데요, 정말." 마이크는 이렇게 말하면서 정신을 차리려고 무척 애를 썼다. "하지만 난 갈 수 없어요. 여기 이 여자랑 데이트 약속이 있거든요. 정말이지 브렛, 모자 하나 새로 사."

브렛은 펠트 모자를 한쪽 눈 위로 깊숙이 눌러쓰고 그 아래로 방긋 미소를 지었다. "둘은 권투 시합 구경을 가. 난 캠벨 씨를 곧장 집으로 데리고 가야 하니까."

"난 취하지 않았어. 아마 조금은 취했겠지. 이봐, 브렛, 당신은 사랑스러운 여자야." 마이크가 말했다.

"권투 시합에 다녀와. 캠벨 씨는 점점 다루기 힘들어지고 있어. 왜 이렇게 갑자기 애정을 퍼붓는 거지, 마이클?" 브렛이 말했다.

"정말이지, 귀여운 여자고말고."

우리는 작별 인사를 했다. "같이 가지 못해 미안해." 마이크가 말했다. 브렛은 웃었다. 나는 문가에서 뒤돌아보았다. 마이크는 카운터에 한 손을 얹고 브렛 쪽으로 몸을 구부리고 뭐라고 지껄이고 있었다. 브렛은 아주 냉정하게 그를 바라보고 있었지만 눈가에는 미소가 감돌았다.

바깥 보도로 나서서 내가 입을 열었다. "정말 권투 시합 구경 가고 싶어?"

"물론이지. 걷지 않아도 된다면 말이야." 빌이 대답했다.

"마이크는 여자 친구에게 꽤나 흥분해 있더군." 내가 택시 안에서 말했다.

"그렇더군. 그렇다고 그 사람을 그렇게 혹독하게 비난할 순 없지." 빌이 대꾸했다.

# 9

르두 대 키드 프랜시스의 권투 시합은 6월 20일 밤에 있었다. 훌륭한 시합이었다. 시합이 있던 이튿날 아침 나는 앙데*에서 보낸 로버트 콘의 편지를 받았다. 해수욕을 하고 골프를 치고 브리지 게임을 실컷 하면서 아주 조용한 시간을 보내고 있다는 것이다. 앙데는 해안이 훌륭하지만 낚시 여행을 떠나고 싶다고 했다. 너는 언제쯤 내려올 건지? 끝이 가느다란 쌍줄 낚시를 사다 주면 내려올 때 값을 지불하겠다고 했다.

같은 날 아침 나는 사무실에서 콘에게 답장을 써서, 빌과 내가 별도로 전보를 치지 않는 한 25일에 파리를 출발할 테니 바욘**에서 만나 산맥을 넘어 팜플로나로 가는 버스를 타자고 했

* 프랑스 남서쪽 스페인 국경 가까이 있는 해안 도시.

** 프랑스 남서쪽 스페인 국경 가까이 있는 도시.

다. 같은 날 저녁 7시 나는 마이클과 브렛을 만나려고 카페 셀렉트에 들렀다. 그들이 그곳에 없기에 댕고로 갔다. 두 사람은 카운터에 앉아 있었다.

"안녕, 자기." 브렛이 손을 내밀었다.

"잘 있었어, 제이크. 어젯밤엔 내가 취했던 모양이야." 마이크가 말했다.

"취했고말고. 꼴불견이었지." 브렛이 대꾸했다.

"이봐. 스페인에는 언제 가? 우리도 가도 괜찮겠어?" 마이크가 물었다.

"그거 좋지."

"정말 괜찮겠어? 너도 알다시피, 난 팜플로나에 가 본 적이 있어. 하지만 브렛이 가고 싶어서 안달이야. 정말로 괜히 방해가 되지 않겠어?"

"그런 바보 같은 소리 마."

"조금 취했나 봐. 그렇지 않다면 이런 식으로 부탁하진 않을 텐데. 정말로 괜찮겠어?"

"아, 그만 입 좀 다물어, 마이클. 지금 안 된다고 어떻게 말하겠어? 내가 나중에 물어볼게." 브렛이 말했다.

"하지만 정말 괜찮겠지?"

"내 기분을 상하게 하고 싶지 않거든 두 번 다시 물어보지 마. 빌하고 난 25일 아침에 출발해."

"그건 그렇고, 빌은 지금 어디 있어?" 브렛이 물었다.

"다른 친구들과 샹티이에 있어."

"좋은 사람이던데."

"멋진 친구야. 너도 알다시피, 정말로 그래." 마이크가 맞장구를 쳤다.

"당신은 그 사람을 기억하지 못할 텐데." 브렛이 말했다.

"기억하고 있어. 몽땅 기억하고 있고말고. 이봐, 제이크, 우리도 25일 밤에 내려가겠어. 브렛은 아침 일찍 일어나지 못하니까."

"그건 정말로 그래!"

"우리한테 돈이 오고, 또 네가 정말 괜찮다면 말이야."

"돈이야 틀림없이 올 거야. 그건 내가 알아서 할게."

"어떤 낚시 도구를 사 와야 하는지 알려 줘."

"릴이 달린 낚싯대 두세 개하고 낚싯줄에 가짜 미끼 몇 개면 돼."

"난 낚시는 안 할래." 브렛이 말했다.

"그럼 낚싯대는 두 개만 사. 빌이 사지 않아도 되게."

"좋아. 낚시 가게에 전보를 치지." 마이크가 말했다.

"얼마나 멋져, 스페인! 우린 정말 재미있게 놀 거야." 브렛이 말했다.

"25일이라. 그날이 무슨 요일이지?"

"토요일."

"준비를 해야겠네."

"자, 그럼. 난 이제 이발소에 가 봐야겠는걸." 마이크가 말했다.

"난 목욕을 해야겠어. 나하고 호텔까지 같이 가 줘, 제이크. 친절을 좀 베푸시죠." 브렛이 말했다.

"우린 가장 멋진 호텔을 찾아냈어. 한데 갈보 집 같다는 생각이 드는 거야!" 마이크가 말했다.

"처음 도착해서 가방을 여기 댕고에 맡겨 놓고 갔어. 우리에게 오후 시간에만 호텔 방을 쓰겠냐고 묻는 거야. 우리가 아침까지 묵는다고 하니까 무척 좋아하는 것 같더라고."

"아무래도 갈보 집이 틀림없어. 한번 확인해 봐야겠어." 마이크가 말했다.

"아, 제발 입 다물고 어서 이발이나 다녀와."

그러자 마이크가 밖으로 나갔다. 브렛과 나는 그대로 카운터에 앉았다.

"한 잔 더 할래?"

"그거 좋지."

"나도 한 잔 더 해야겠어." 브렛이 말했다.

그 뒤 우리는 들랑브르가(街) 위쪽으로 걸어 올라갔다.

"파리에 돌아오고 나서 당신을 처음 만나는 셈이야." 브렛이 말했다.

"만나지 못했지."

"그래 어떻게 지내, 제이크?"

"잘 지내고 있어."

브렛은 나를 쳐다보았다. "한데 말이야. 이번 여행에 로버트 콘도 가나?" 브렛이 말했다.

"그래. 그건 왜 물어?"

"그 사람한테 좀 가혹할 거라고 생각하지 않아?"

"그건 또 무슨 소리야?"

"내가 누구하고 산세바스티안에 간 줄 알아?"

"축하할 일이군." 내가 말했다.

우리는 함께 걷고 있었다.

"왜 그렇게 말하는 거지?"

"나도 모르겠어. 그럼 무슨 말을 했으면 좋겠어?"

우리는 계속 길을 따라 걸었고 길모퉁이를 돌았다.

"그 사람은 그런대로 얌전히 굴었어. 조금 따분해졌지만."

"그래?"

"그 사람한테는 도움이 되리라고 생각했지."

"차라리 자선 사업을 시작하는 게 좋겠는걸."

"심술부리지 마."

"심술부리는 게 아냐."

"정말 몰랐어?"

"몰랐어. 그것에 대해 생각해 본 적이 없는 것 같은데." 내가 말했다.

"그 사람한테 여간 가혹한 일이 아니겠지?"

"그야 그 친구한테 달렸지. 당신이 간다고 알려 주지그래. 그 사람이야 안 오면 되니까." 내가 말했다.

"내가 그 사람한테 편지를 보내 빠질 기회를 줘야겠어."

나는 그 뒤 6월 24일 밤에야 다시 브렛을 만날 수 있었다.

"콘한테서 소식 들었어?"

"물론이지. 기대가 대단하던데."

"어머 저런!"

"내 생각에도 좀 어색한 같아."

"내가 보고 싶어서 못 견디겠다는 거야."

"당신 혼자서 가는 걸로 알고 있어?"

"아니. 우리가 다 같이 내려간다고 했지. 마이클하고 모두."

"참 대단하네."

"정말 그렇지?"

그들은 이튿날 돈이 송금될 것으로 기대하고 있었다. 우리는 팜플로나에서 만나기로 약속했다. 그들은 곧장 산세바스티안으로 가서 그곳에서 기차를 타기로 했다. 팜플로나의 몬토야 호텔에서 모두 모이기로 했다. 그들이 늦어도 월요일까지 나타나지 않으면 우리는 산악 지대인 부르게테*로 먼저 올라가 낚시를 시작하기로 했다. 부르게테까지는 버스가 있었다. 그들이 우리 뒤를 잘 따라올 수 있도록 나는 여행 일정을 자세히 적어 놓았다.

빌과 나는 오르세 역에서 아침 기차를 탔다. 날씨도 화창한데다 그렇게 덥지도 않았고, 출발부터 시골 풍경이 아름다웠다. 식당차에 가서 아침을 먹었다. 식당차에서 나오면서 나는 식당차 차장에게 1회 차 식권을 달라고 부탁했다.

"5회 차 식사 전까지는 매진되었습니다."

"이게 웬일입니까?"

이 기차에서는 점심을 두 번 이상은 제공하지 않지만 두 번 모두 언제나 빈자리가 많이 있었던 것이다.

"모두 예약되어 있습니다. 3시 반에 5회 차 식사가 있습니

* 피레네 산맥 언덕에 있는 스페인 북부의 소도시.

다." 식당차 차장이 말했다.

"이거 큰일 났는데." 내가 빌에게 말했다.

"10프랑만 줘 보지그래."

"자, 이보십시오. 우린 1회 차 식사를 하고 싶습니다." 내가 말했다.

차장은 10프랑을 호주머니에 집어넣었다.

"고맙습니다. 두 분께 미리 조언해 드립니다만, 샌드위치를 주문하십시오. 처음 4회 차까지의 좌석은 모두 회사 사무실에서 예약해 버렸거든요." 그가 말했다.

"자네 꽤 성공하겠구먼. 5프랑만 줬더라면 기차에서 뛰어내리라고 알려 줬겠는걸." 빌이 그에게 영어로 말했다.

"코망?"*

"지옥에나 가란 말일세! 샌드위치하고 포도주 한 병 가져다주게. 네가 말해, 제이크." 빌이 말했다.

"옆에 있는 객실로 갖다 주시오." 나는 그에게 우리 좌석을 일러 주었다.

우리 객실에는 어느 부부가 아들과 함께 타고 있었다.

"미국인들이죠? 여행은 재미있게 하고 있나요?" 그 남자가 물었다.

"재미있게 하고 있습니다." 빌이 대답했다.

"누구나 여행을 다니고 싶어 하죠. 젊었을 때 여행하십시오. 아내하고 난 늘 유럽에 건너온다 하면서도 쉽게 떠나게 되

* "뭐라고요?"(프랑스어)

지 않더군요.”

“그럴 생각만 있었으면 벌써 10년 전에 올 수 있었다고. 당신이 늘 입버릇처럼 ‘미국을 먼저 봐야지!’라고 했잖아. 하기야 우리도 이럭저럭 구경은 많이 한 셈이지.” 아내가 말했다.

“한데 이 기차엔 미국인이 많이 타고 있어요. 오하이오 주 데이턴에서 온 사람들이 일곱 차량이나 차지하고 있어요. 로마 순례를 다녀오는 일행인데, 지금은 비아리츠와 루르드로 가는 길이랍디다.” 남편이 말했다.

“아, 그렇습니까. 순례단이군요. 빌어먹을 청교도들.” 빌이 내뱉었다.

“미국 어느 곳에서 왔어요?”

“전 캔자스시티에서 왔습니다. 이 친구는 시카고 출신이고요.” 내가 말했다.

“두 분 다 비아리츠로 가는 길입니까?”

“아닙니다. 우린 스페인으로 낚시하러 가는 길입니다.”

“그래요. 난 낚시에는 도무지 흥미가 없어요. 그래도 우리 고향에는 낚시하는 사람이 많지요. 몬태나 주엔 좋은 낚시터가 몇 군데 있어요. 젊은 친구들과 몇 번 가 보긴 했지만 도무지 재미가 없더군요.”

“당신은 여행을 가서도 낚시라곤 거의 안 했지.” 아내가 말했다.

그러자 남편이 눈을 찡긋해 보였다.

“여자들이란 이래요. 술병이나 맥주 상자가 돌면 대뜸 지옥이다, 파멸이다 하고 생각해 버리니까요.”

"남자들이란 다 저래요." 아내가 우리에게 말했다. 푹신한 무릎을 쓸어내리면서 그녀는 말을 이었다. "난 저이 기분을 맞춰 주려고, 또 집에서 맥주를 조금 마시는 걸 좋아하기 때문에 금주법에 반대표를 던졌어요. 그런데도 저 양반은 저런 소리를 한다니까요. 남자들이 결혼할 상대를 찾아낸다는 게 참 기적이에요."

"한데 말이죠. 저 순례단 일행이 오늘 오후 3시 반까지 식당차를 점령해 버린 사실을 알고 계시나요?" 빌이 물었다.

"그게 무슨 말씀이오? 설마하니 그런 짓을 하겠어요?"

"어디 가서 한번 자리를 얻으려고 해 보십시오."

"그렇다면 여보, 지금 다시 가서 아침을 한 번 더 먹어 두는 게 좋겠는데."

그러자 아내는 자리에서 일어나 옷매무새를 고쳤다.

"우리 짐 좀 봐 주겠어요? 너도 가자, 휴버트."

세 사람은 모두 식당차로 갔다. 그들이 간 지 조금 뒤 식당차 승무원이 지나가면서 1회 차 식사가 시작되었다고 알리자 순례단원들은 신부들과 함께 줄을 지어 복도를 따라 가기 시작했다. 우리 객실 친구와 그의 가족은 돌아오지 않았다. 웨이터 한 사람이 우리가 주문한 샌드위치와 샤블리* 포도주 한 병을 들고 지나가기에 그를 불러 세웠다.

"오늘은 바쁜 하루가 되겠군." 내가 말했다.

그러자 그는 고개를 끄덕였다. "지금 10시 반인데 벌써 시

---

* 프랑스 샤블리 지방에서 생산한 백포도주.

작이죠.”

“우린 언제 식사를 할 수 있나?”

“허! 저는 언제 식사를 하고요?”

그는 술잔 둘을 내려놓았고, 우리는 그에게 샌드위치 값을 지불하고 팁을 주었다.

“접시를 가지러 오죠. 갖다 주셔도 좋고요.” 그가 말했다.

우리는 샌드위치를 먹고 샤블리를 마시면서 창밖 시골 풍경을 내다보았다. 곡식이 막 익기 시작했고, 들판에는 양귀비가 가득 자라고 있었다. 목장은 초록빛을 띠고 있었고, 아름다운 숲이 있었으며, 가끔 나무 사이로 큰 강과 성이 보였다.

투르*에서 내려 포도주를 한 병 더 사 가지고 돌아오니 몬태나에서 온 부부와 아들 휴버트가 편안하게 앉아 있었다.

“비아리츠에는 수영하기 좋은 곳이 있어요?” 휴버트가 물었다.

“저 애는 물에 들어가지 않으면 머리가 돌 것 같은가 봐요. 여행하는 게 젊은이들한테는 꽤나 힘들어요.” 어머니가 말했다.

“수영하기 좋은 곳이 있죠. 하지만 파도가 높을 때는 위험해요.” 내가 말했다.

“식사는 하셨나요?” 빌이 물었다.

“물론 했죠. 바로 그들이 들어오기 시작했을 때 우리도 자리에 앉았거든요. 그랬더니 우리도 일행인 줄 알았던 모양이에요. 웨이터가 프랑스어로 우리에게 뭐라고 하더니 그 일행

---

* 프랑스 중서부에 있는 도시.

중 세 사람을 돌려보내더군요.

우리를 시끄럽게 떠들어 대는 사람이라고 생각한 모양입니다. 확실히 가톨릭교회가 힘이 세다는 걸 알 수 있어요. 두 분이 가톨릭교도가 아닌 게 유감입니다. 그러면 쉽게 식사를 할 수 있었을 텐데요." 사내가 말했다.

"난 가톨릭 신자랍니다. 그래서 더욱 화가 나지요." 내가 말했다.

4시 15분에 우리는 마침내 점심을 먹었다. 빌은 마지막에는 화가 잔뜩 나 있었다. 식사를 하고 돌아오는 순례단 틈에 끼여 있는 신부에게 시비를 걸었다.

"신부님, 우리 개신교도들은 언제 밥을 먹게 됩니까?"

"그건 잘 모르겠는데요. 식권을 받지 않으셨습니까?"

"이러니 클랜*에 가입하는 것도 그렇게 무리가 아니군." 빌이 말했다. 그러자 신부가 그를 돌아보았다.

식당차에서는 웨이터들이 계속해서 5회 차 정식을 제공하고 있었다. 우리 테이블을 맡은 웨이터는 땀에 흠뻑 젖어 있었다. 흰 웃옷이 팔뚝 밑으로는 온통 자주색이었다.

"포도주를 많이 마시는 게로군."

"아니면 자주색 셔츠를 입었거나."

"어디 한번 물어보자."

"그만둬. 무척 피곤해 보여."

---

* 쿠클럭스클랜, KKK단. 미국의 가톨릭 교도, 유대인, 흑인, 동양인 등을 배척하기 위하여 결성한 백인주의 비밀결사 조직.

기차는 보르도*에서 반 시간 정차했기 때문에 우리는 역 밖으로 나와 산책을 조금 했다. 시내까지 들어갈 만한 시간은 없었다. 그다음에는 랑드**를 통과하면서 해가 지는 모습을 바라보았다. 소나무 숲 사이로 산불을 방지하기 위해 만들어 놓은 널찍한 빈터가 있어 큰 거리처럼 보였고 저 멀리 숲이 울창한 나지막한 언덕들이 보였다. 7시 반쯤 저녁을 먹으며 식당차의 열린 창문으로 바깥 시골 풍경을 내다보았다. 히스가 무성하게 자라고 소나무들이 서 있는 모래땅이었다. 집들이 있는 곳으로 넓은 빈터가 있고 어쩌다 제재소를 통과하기도 했다. 날이 어두워지자 창밖에 펼쳐지는 시골이 무덥고 모래땅 같았고 캄캄하게 느껴졌다. 우리는 9시경에 바욘에 도착했다. 부부와 휴버트는 우리하고 악수를 했다. 그들은 라네그르스까지 가서 그곳에서 비아리츠행으로 갈아탈 예정이었다.

"자, 그럼 행운을 빕니다." 그가 말했다.

"투우 구경할 때 조심하십시오."

"비아리츠에서 다시 만나게 될지도 모르겠어요." 휴버트가 말했다.

우리는 가방하고 낚싯대 케이스를 들고 기차에서 내려 어두컴컴한 역을 지나 마차와 호텔 버스가 줄지어 서 있는 밝은 곳으로 나왔다. 그곳에 호텔에서 나온 안내인들과 함께 로버트 콘이 서 있었다. 그는 처음에는 우리를 알아보지 못했다.

---

* 가론 강변에 있는 프랑스 남서부의 항구도시.
** 프랑스 남서부 지역.

조금 있다가 우리를 보고 우리 쪽으로 걸어왔다.

"어이, 제이크. 여행은 재미있었어?"

"그래 재미있었어. 이쪽은 빌 고턴." 내가 대답했다.

"처음 뵙겠습니다."

"자, 가요. 마차를 준비해 놨어." 로버트가 말했다. 그는 약간 근시였다. 나는 아직껏 그 사실을 눈치채지 못했다. 그는 누군지 알아내려는 듯 빌을 유심히 살펴보았다. 그는 수줍어하는 사람이었다.

"내가 묵고 있는 호텔로 가. 괜찮은 곳이야. 나무랄 데가 없어."

우리는 마차에 올라탔고, 마부가 자기 좌석 옆에 우리 짐을 올려놓고 자리로 기어 올라가 회초리를 휘둘렀다. 우리는 컴컴한 다리를 건너 시내를 향해 달렸다.

"만나서 무척 반갑습니다. 제이크한테서 얘기를 많이 들었고, 쓰신 작품도 읽었지요." 로버트가 빌에게 말했다. "내 낚싯줄은 사 왔어, 제이크?"

마차가 호텔 앞에 멈추자 우리는 모두 내려 안으로 들어갔다. 좋은 호텔이었고, 프런트에 있는 종업원들도 무척 명랑했다. 우리는 제각기 작은 방을 하나씩 잡았다.

# 10

화창한 아침이었다. 사람들이 거리에 물을 뿌리고 있었다. 우리는 모두 카페에서 아침 식사를 했다. 바욘은 멋진 도시였다. 아주 깨끗한 스페인 도시 같았으며, 큰 강을 끼고 있었다. 아주 이른 아침인데도 강에 놓여 있는 다리 위는 무척 더웠다. 우리는 다리까지 걸어가서 시내를 산책했다.

마이크가 주문한 낚싯대가 스코틀랜드에서 제때 도착할지 확실치 않아 낚시 가게를 찾아 돌아다니다 포목점 2층에서 빌이 쓸 낚싯대를 샀다. 가게 주인이 자리에 없어서 그가 돌아올 때까지 기다려야 했다. 그러다 주인이 돌아와 꽤 쓸 만한 낚싯대 하나를 싸게 사고 뜰채도 두 개 샀다.

우리는 다시 거리로 나와 성당을 구경했다. 콘은 그 건물이 무슨 건축 양식인가의 아주 전형적인 예라고 얘기했는데, 그게 무엇이었는지는 그만 잊어버렸다. 스페인의 성당들처럼 아주 그윽하고 훌륭한 성당이었다. 이곳에서 오래된 성채를 지나 그 지방의 관광 협회 사무실을 찾아갔다. 버스가 바로 그곳에서 출발하게 되어 있었기 때문이다. 버스는 7월 1일까지는 운행하지 않는다고 했다. 여행 안내소로 가서 팜플로나까지 자동차를 빌리는 데 얼마나 드는지 알아본 뒤 시립 극장에서 모퉁이를 돌아 커다란 차고에서 400프랑에 자동차를 한 대 빌렸다. 40분 뒤에 자동차가 호텔로 우리를 데리러 오도록 해 놓고 우리는 아침을 먹은 광장의 카페에 들러 맥주를 마셨다. 날씨는 더웠지만 거리는 시원하고 신선한 데다 이른 아침 냄새가 풍겨 카페에 앉아 있으려니 자못 기분이 좋았다. 미풍이 불기 시작했는데 바다에서 실려 오는 공기라는 것을 느낄 수 있었다. 바깥 광장에는 비둘기들이 있었고, 집들은 해에 구워져 누런빛을 띠고 있었다. 나는 카페를 떠나고 싶지 않았다. 그러나 호텔로 돌아가 짐을 꾸리고 계산을 해야 했다. 맥주 값을 지불할 때 셋이 동전을 던져 지는 사람이 치르기로 했는데 아마 콘이 돈을 냈던 것 같다. 그리고 우리는 호텔로 돌아갔다. 빌과 내 계산서는 봉사료 10퍼센트를 포함하여 한 사람에 16프랑씩이었다. 짐을 아래로 나르라고 이르고 로버트 콘을 기다렸다. 기다리는 동안 적어도 7센티미터가 넘는 바퀴벌레 한 마리가 쪽모이 세공을 한 마룻바닥 위에 있는 것을 보았다. 나는 빌에게 그놈을 가리키고는 구둣발로 밟았다. 금방 정원에서 들어온 것이 틀림없다는 데 의견이 일치했다. 정말 굉장히 깨끗한 호텔이었으니 말이다.

드디어 콘이 내려와서 우리는 같이 차 있는 데로 나갔다. 크고 뚜껑을 뗄 수 없는 자동차였는데 운전기사는 푸른색 칼라와 커프스를 댄 흰 먼지막이 덧옷을 입고 있었다. 우리는 자동차 뒤를 열어 달라고 했다. 운전기사가 가방을 쌓아 실은 뒤 길거리 위쪽을 향해 출발하여 시내 밖으로 빠져나갔다. 우리는 아름다운 정원 몇을 지나면서 한동안 시내를 돌아보았다. 그러고 나서 푸르고 기복이 있는 시골로 나왔고 길은 계속하여 위쪽으로 올라갔다. 소에 짐수레를 메워서 가는 바스크인*을 많이 지나쳤고, 지붕이 낮고 흰 회를 바른 아담한 농가들도 지나쳤다. 바스크 지방은 어디나 토지가 비옥하고 푸르러 보였고, 농가도 마을도 풍요롭고 깨끗해 보였다. 마을마다 펠로타** 코트가 있고 몇몇 코트에서는 아이들이 뜨거운 태양 아래서 펠로타를 치고 있었다. 교회 벽에는 거기에 대고 펠로타를 치는 걸 금지한다는 게시물이 붙어 있었고, 마을의 집들은 지붕에 붉은 기와를 얹고 있었다. 이곳을 지나자 길은 구부러져 올라가기 시작했는데 산허리를 따라 올라가자 발아래로 계곡이 보이고 나지막한 언덕들이 멀리 바다 쪽으로 펼쳐져 있었다. 바다가 보이지는 않았다. 너무 멀리 떨어져 있기 때문이었다. 그저 보이는 것이라곤 언덕들과 그 너머의 또 다른 언덕들뿐이었고, 바다는 그 방향만 짐작할 수 있었다.

우리는 스페인의 국경선을 넘었다. 조그마한 개울이 있고 그 위에 다리가 걸려 있었는데 한쪽에는 가죽으로 만든 보나

---

* 스페인의 피레네 산맥 서쪽 바스크 지방에 사는 종족.

** 스페인과 남아메리카에서 주로 하는 핸드볼 비슷한 운동 경기로 공을 벽에 대고 친다.

파르트 모자*를 쓰고 등에 단총을 멘 스페인 기총병들이 서 있고 그 반대쪽에는 케피 모자**를 쓰고 콧수염을 기른 프랑스 군인들이 서 있었다. 그들은 가방은 하나만 열어 보고 여권을 가지고 들어가서 조사했다. 국경선 양쪽에 잡화상을 겸한 여관이 하나씩 있었다. 운전기사가 차에서 내려 사무실에 들어가 자동차에 대한 서류를 작성해야 해서 우리도 차에서 내려 개울을 따라 올라가면서 송어가 살고 있나 살펴보았다. 빌이 기총병 한 사람을 붙들고 스페인어로 말을 걸어 보려고 했지만 잘 통하지 않았다. 로버트 콘이 손가락으로 가리키면서 개울에 송어가 있느냐고 물었더니 기총병은 있기는 하지만 그다지 많지는 않다고 대답했다.

내가 그에게 낚시를 해 본 적이 있느냐고 물었더니 없다면서 낚시에는 별로 흥미가 없다고 했다.

바로 그때 햇볕에 그을린 머리와 턱수염을 길게 기르고 삼베 자루로 만든 것으로 보이는 옷을 입은 노인이 뚜벅뚜벅 다리 쪽으로 걸어왔다. 기다란 지팡이를 들고 새끼 양 한 마리를 네발을 묶어 등에 메고 있었는데 양 머리가 땅 쪽으로 축 처져 있었다.

기총병이 대검으로 돌아가라고 그에게 신호를 보냈다. 그 노인은 아무 대꾸도 하지 않고 뒤로 돌아 흰 길을 따라 스페인 땅으로 걸어 올라갔다.

---

* 나폴레옹이 썼던 것과 비슷한 모자.

** 프랑스 군인들이 쓰는 위가 평평한 군모.

“저 노인은 어떻게 된 겁니까?” 내가 물었다.

“여권이 없어요.”

나는 경비병에게 담배를 권했다. 그는 한 개비를 받고는 고맙다고 인사를 했다.

“그럼 저 노인은 어떻게 할 건가요?” 내가 물었다.

경비병은 땅에 침을 탁 뱉었다.

“아, 개울을 걸어서 건너가겠죠.”

“밀수하는 사람이 많나요?”

“아, 예. 다들 빠져나갑니다.” 그가 대답했다.

운전기사가 서류를 접어 웃옷 안 호주머니에 집어넣으면서 사무실을 나왔다. 우리 모두가 차에 오르고 차는 먼지가 자욱하게 이는 흰 길을 따라 스페인으로 들어갔다. 얼마 동안은 전과 다름없는 풍경이었다. 그렇게 줄곧 올라가 꼬불꼬불한 길을 지나 산마루턱을 넘자 진짜 스페인 땅이 나왔다. 갈색 산들이 길게 뻗어 있고, 어떤 산허리에는 소나무 몇 그루와 저 멀리 너도밤나무 숲이 보였다. 길은 산마루턱 정상을 따라 올라가다가 갑자기 내리막길이 되었다. 운전기사는 길가에서 자고 있는 당나귀 두 마리와 부딪치지 않으려고 경적을 울리고 속력을 늦추고 핸들을 꺾어야 했다. 산에서 빠져나와 참나무 숲 사이를 지나자 숲에서 흰 소들이 풀을 뜯어 먹고 있었다. 멀리 아래쪽에는 초원과 맑은 물이 흐르는 시내가 있었으며, 우리는 개울을 건너 적막해 보이는 조그마한 마을을 지나 또 다시 올라가기 시작했다. 위로 위로 자꾸만 올라가 또 다른 높은 산마루턱을 넘고, 그것을 따라 돌자 길은 오른쪽으로 구부러져 내려갔다. 그러자 남쪽으로 온통 해에 그을린 듯한 갈색에 이상야릇한 모양으로 주름이 잡힌 새로운 산맥이 모습을 드러냈다.

한참 뒤 산을 빠져나오자 길 양쪽에는 나무와 개울과 곡식이 익은 밭이 있었다. 길은 아주 하얗게 앞쪽으로 곧게 뻗어 있다가 약간 언덕길이 되더니 왼쪽으로는 언덕이 보이고 그 위에는 오래된 성 하나가 바싹 다가붙은 집들에 둘러싸여 있었다. 곡식을 심은 밭이 성벽 바로 가까이까지 다가가 있었고, 곡식이 바람에 나부끼고 있었다. 운전기사 옆자리에 앉아 있던 나는 고개를 돌려 뒤를 돌아보았다. 로버트 콘은 잠을 자고 있었지만 빌은 나를 보고 고개를 끄덕여 보였다. 그러고 나서 우리는 넓은 들판을 횡단했는데 오른쪽으로 줄줄이 늘어선 나무 사이로 햇빛을 받아 반짝이는 큰 강이 보였고, 저 멀리 앞쪽으로 들판 가운데 솟아 있는 팜플로나 고원이 보였으며, 도시의 성벽과 거대한 갈색 성당과 스카이라인을 깨뜨리며 삐죽삐죽 솟은 교회들이 있었다. 고원 뒤쪽으로는 산들이 자리 잡고 있었고, 어디를 둘러보나 또 다른 산들이 솟아 있었다. 길은 하얗게 앞쪽으로 뻗어 들판을 가로질러 팜플로나를 향하고 있었다.

우리는 고원 반대쪽에 있는 도시로 들어갔다. 자동차는 먼지투성이에다 양쪽에 햇볕을 막는 가로수가 늘어서 있는 길을 가파르게 올라가다가 오래된 성채 밖에 새로 조성 중인 신시가지 구역으로 빠져나왔다. 높고 희고 햇빛 속에 콘크리트로 만든 것처럼 보이는 투우장을 지난 뒤 옆길을 통해 널찍한 광장으로 빠져나와 호텔 몬토야 앞에 차를 세웠다.

운전기사는 우리를 도와 가방을 내려 주었다. 아이들이 우루루 떼로 몰려와서 자동차를 구경했고, 광장은 무덥고 나무는 푸르고 깃대에는 깃발이 매달려 있었다. 햇볕을 피해 광장 주위를 한 바퀴 둥글게 에워싸고 있는 회랑의 그늘로 들어가니 기분이 상쾌했다. 몬토야는 우리를 반갑게 맞아 주며 악수를 한 뒤 광장이 내다보이는 좋은 방을 내주었다. 우리는 몸을 씻고 깨끗하게 치장한 뒤 아래층 식당으로 식사하러 내려갔다. 운전기사 역시 식사를 하려고 남아 있었다. 나중에 우리가 돈을 지불하자 그는 바욘으로 돌아갔다.

몬토야 호텔에는 식당이 둘 있었다. 하나는 2층에 있어 광장을 내려다볼 수 있었다. 다른 하나는 광장보다 낮은 곳에 있어 아침 일찍 소들이 경기장으로 들어갈 때 통과하는 뒷골목으로 문이 하나 나 있었다. 아래층 식당은 항상 시원하여 우리는 그곳에서 점심을 맛있게 먹었다. 스페인에서 먹는 첫 식사는 오르되브르, 달걀 요리 코스, 고기 요리 두 코스, 채소, 샐러드, 거기에다 디저트에 과일까지 있어 놀라웠다. 이걸 모두 먹자니 포도주를 많이 마시지 않을 수 없었다. 로버트 콘은 두 번째 고기 요리는 필요 없다고 말하려 했지만 우리가 통역을 해 주려 하지 않았기 때문에 웨이트리스가 콜드미트인가를 대신 갖다 주었다. 콘은 바욘에서 만났을 때부터 조금 초조해 보였다. 브렛이 산세바스티안에서 자기하고 같이 있었다는 사실을 우리가 아는지 어떤지 몰라서 꽤 어색해했다.

“그런데 말이야, 브렛하고 마이크가 오늘 밤에 도착해야 할 텐데.” 내가 입을 열었다.

“올 것 같지가 않은데.” 콘이 대꾸했다.

“왜 안 오겠어? 틀림없이 올 거야.” 빌이 말했다.

“그들은 언제나 늦으니까.” 내가 말했다.

“내 생각엔 오지 않을 것 같아.” 로버트 콘이 말했다.

콘이 우리보다 뭔가를 더 잘 안다는 듯이 말했기 때문에 우리 둘은 약이 올랐다.

“난 그들이 오늘 밤에 온다는 데 50페세타 걸겠어.” 빌이 말했다. 그는 화가 날 때면 으레 돈을 거는 버릇이 있는데, 그래서 보통 손해를 본다.

“나도 걸겠어. 좋아. 제이크, 너도 기억해 둬. 50페세타야.” 콘이 말했다.

“내가 직접 기억하고 있겠어.” 빌이 말했다. 빌이 화가 났다는 걸 나는 알 수 있었다. 빌을 달래 주고 싶었다.

“그들이 오는 건 불을 보듯 뻔해. 어쩌면 오늘 밤엔 안 올지도 모르겠지만.” 내가 말했다.

“내기를 취소하고 싶어?” 콘이 물었다.

“아니. 취소하긴 왜 취소해? 원한다면 100페세타로 올려도 돼.”

“좋아! 그럼 그렇게 해.”

“그쯤 해 두지. 그렇지 않으면 물주가 되어 내게 얼마를 줘야 할 테니.” 내가 말했다.

“난 상관없어.” 콘이 말했다. 그는 빙긋 웃었다. “어쩌면 브리지 게임에서 네가 도로 따 갈지 모르지만.”

"아직 네가 이긴 건 아니야." 빌이 말했다.

우리는 밖으로 나와 회랑 밑을 돌아 카페 이루냐로 커피를 마시러 갔다. 콘은 면도를 하겠다며 가 버렸다.

"이봐. 내기에 승산이 있겠어?" 빌이 내게 물었다.

"전혀 가망 없어. 그들은 어디든 제때 도착하는 법이 없으니까. 돈이 오지 않았다면 오늘 밤에는 오지 않을 게 확실해."

"나도 입을 여는 순간 아차 실수했구나 하는 생각이 들었어. 하지만 그 녀석에게 덤벼들지 않을 수 없더군. 그 녀석 판단이 맞을 테지만. 도대체 어디서 그런 내막을 알았을까? 마이크하고 브렛은 이곳에 오겠다고 우리하고 약속했는데 말이야."

콘이 광장을 가로질러 이쪽으로 오는 것이 보였다.

"저기 오는군."

"어쨌든 녀석이 유대인 티를 내며 잘난 체하지 못하도록 해야지."

"이발소 문이 닫혔어. 4시까지는 열지 않는다는군." 콘이 말했다.

우리는 이루냐의 편안한 등의자에 앉아 시원한 회랑에서 널찍한 광장을 내다보며 커피를 마셨다. 조금 뒤 빌은 편지를 몇 장 쓰겠다며 안으로 들어갔고 콘은 이발소로 갔다. 그러나 아직도 이발소가 닫혀 있어 콘은 호텔로 가서 목욕을 하기로 했고, 나는 카페 앞에 앉아 있다가 시내로 산책을 하러 나갔다. 날씨가 무척 더웠지만 나는 거리의 그늘진 쪽을 골라 걸어 시장을 빠져나가 다시 거리 구경을 하면서 재미있는 시간을 보냈다. 나는 시청으로 가서 해마다 나를 위해 투우 좌석권을 구입해 주는 노신사를 만났다. 내가 파리에서 보낸 돈을 받고 예약을 갱신해 두어서 모든 일이 잘 처리되어 있었다. 그는 기록 보관인이어서 이 도시의 기록은 전부 그의 사무실에 있었다. 그러나 이것은 이 이야기하고는 아무 관계도 없다. 어쨌든 그의 사무실에는 초록색 천을 씌운 문과 큼직한 목제 문이 있었고, 내가 밖으로 나올 때 그는 벽마다 기록 문서가 천장까지 쌓여 있는 가운데 파묻혀 앉아 있었다. 두 문을 닫고 건물 밖 거리로 나올 때 문지기가 나를 불러 세우더니 웃옷에 묻은 먼지를 털어 주었다.

"자동차를 타셨던 모양이군요." 그가 말했다.

칼라 뒤쪽과 두 어깨 위쪽에 먼지가 뿌옇게 쌓여 있었다.

"바욘에서 왔지요."

"그런 줄 알았습니다. 먼지 묻은 모양으로 봐서 자동차를 타신 줄 알았어요." 그가 말했다. 그래서 나는 그에게 동전 두 닢을 건네주었다.

거리 끄트머리에 성당이 있기에 나는 그곳을 향해 걸어갔다. 처음 보았을 때는 정면이 보기 흉하다고 생각했지만 막상 가서 직접 보니 마음에 들었다. 나는 안으로 들어갔다. 안은 희미하고 어둡고 기둥이 높이 솟아 있었다. 향내가 풍기는 가운데 사람들이 기도를 올리고 있었다. 큼직하고 멋진 창이 몇 개 나 있었다. 나는 무릎을 꿇고 내가 생각할 수 있는 모든 사람, 브렛과 마이크와 빌과 로버트 콘과 나 자신을 위해 기도하기 시작했다. 내가 좋아하는 사람은 하나씩 개별적으로, 나머지 사람들은 묶어서 한꺼번에 기도를 드리고 나서 다시 한 번 나 자신을 위해서 기도를 했다. 나 자신을 위해 기도를 하는 동안에 잠이 쏟아지는 바람에 투우가 재미있고 축제가 훌륭하고 고기를 많이 낚게 해 달라고 빌었다. 또 뭔가 더 빌 것이 없나 하고 생각하다가 돈이 좀 있었으면 좋겠다는 생각이 들어 돈을 많이 벌게 해 달라고 빌었다. 어떻게 하면 돈을 벌 수 있을까 하고 생각하기 시작했으며, 돈 버는 것에 생각이 미치자 문득 백작 생각이 떠올랐다. 그래서 지금 그 사람이 어디 있을까 궁금해졌고, 그날 밤 몽마르트르에서 만난 뒤 한 번도 만나지 못한 것이 아쉬웠으며, 또 브렛이 그에 관해 뭐라고 우스꽝스러운 말을 한 것이 기억났다. 앞에 있는 나무에다 이마를 대고 꿇어앉아 기도를 올리면서 나 자신을 생각하고 있자니 조금은 스스로가 부끄러웠고, 이렇게 엉터리 가톨릭 신자인 것이 후회스러우면서도 적어도 당분간은, 아니 어쩌면 영원히 어쩔 수 없는 노릇이라는 사실을 깨달았다. 그러나 뭐니 뭐니 해도 가톨릭은 훌륭한 종교이고, 종교적인 기분이 들기를, 어쩌면 이다음에는 꼭 그렇게 되기를 빌었다. 마침내 뜨거운 햇볕 아래 성당의 층계로 나왔을 때 오른손 집게손가락과 엄지손가락이 아직도 땀에 젖어 있었지만 햇볕에 마르는 것을 느낄 수 있었다. 햇볕은 뜨겁고 강렬했으며, 나는 건물의 옆면을 따라 길을 건너서 골목길을 걸어 호텔로 돌아갔다.

그날 밤 저녁 식사 때 우리는 로버트 콘이 목욕을 하고 면도에 이발에 머리까지 감고 머리 모양을 고정시키기 위해 뭔가 바른 것을 알았다. 그는 초조해했지만 나는 조금도 그를 도와주려고 하지 않았다. 기차는 산세바스티안에서 9시에 도착하기로 되어 있었고, 만약 브렛과 마이크가 온다면 틀림없이 그 기차를 타고 올 것이었다. 9시 20분 전 우리는 저녁 식사를 절반도 마치지 못하고 있었다. 로버트 콘이 자리에서 일어나면서 역에 나가겠다고 했다. 나는 그저 놀려 주고 싶은 생각이 들어 같이 가겠다고 나섰다. 빌은 식사를 하다 말고 갈 생각은 추호도 없다고 했다. 나는 그에게 곧 돌아오겠다고 했다.

우리는 역까지 걸어갔다. 나는 콘이 초조해하는 것을 고소하게 생각했다. 브렛이 이번 기차로 오기를 바랐다. 역에 도착하니 기차가 연착하여 우리는 바깥 깜깜한 곳에서 수하물 트럭에 앉아 기다렸다. 나는 민간 생활에서 로버트 콘처럼 초조한 데다 또 열성적인 사람을 본 일이 없다. 나는 그것을 즐기고 있었다. 그것을 즐긴다는 것이 야비했지만 나는 야비한 기분이 들었다. 콘한테는 누구에게서나 그 사람의 가장 나쁜 점을 끄집어내는 놀라운 재능이 있었던 것이다.

얼마 뒤 고원 반대쪽 아래에서 기적 소리가 들리더니 언덕을 올라오는 헤드라이트가 보였다. 우리는 역으로 들어가서 출입구 바로 앞에 모여 있는 사람들 틈에 섰다. 기차가 들어와서 멈추자 모두들 출입구를 지나 밖으로 쏟아져 나오기 시작했다.

두 사람은 기차에서 내린 손님 중에 없었다. 우리는 사람들이 모두 출입문을 지나 역 밖으로 나가 버스나 마차를 잡거나 친구나 친척 들과 함께 어둠 속을 걸어 시내 쪽으로 자취를 감출 때까지 기다렸다.

"오지 않을 줄 알았지." 로버트가 말했다. 우리는 호텔로 돌아갔다.

"난 올지도 모른다고 생각했는데." 내가 말했다.

우리가 호텔에 돌아갔을 때 빌은 과일을 먹으며 포도주 한 병을 비우는 중이었다.

"오지 않았지, 어?"

"그래, 오지 않았어."

"그 100페세타는 내일 아침에 줘도 괜찮겠지, 콘? 이곳에 와서 아직 돈을 바꾸지 못했거든." 빌이 말했다.

"아, 잊어버려. 다른 걸로 내기를 걸어. 투우에 거는 게 어때?" 로버트 콘이 말했다.

"할 수야 있지. 하지만 그럴 필요 없어." 빌이 대답했다.

"그건 전쟁에다 내기를 거는 것과 같을걸. 경제적인 이익은 필요 없다는 말이지." 내가 말했다.

"투우를 구경하고 싶어 죽겠는걸." 로버트가 말했다.

몬토야가 우리 테이블로 다가왔다. 한 손에 전보 한 장을 들고 있었다. "손님께 온 겁니다." 그는 전보를 내게 건네주었다.

전보에는 "산세바스티안에서 투숙 중."이라고 적혀 있었다.

"그 친구들한테서 온 거야." 내가 말했다. 그러고는 전보를 호주머니에 집어넣었다. 여느 때 같았으면 돌려 보았을 것이다.

"산세바스티안에서 투숙한다는군. 안부 전해 달래." 내가 말했다.

지금 생각해 보면, 왜 그를 곯려 주고 싶은 충동을 느꼈는지 나도 잘 모르겠다. 아니, 물론 잘 알고 있다. 나는 그에게 일어난 일에 맹목적으로, 용서할 수 없을 만큼 질투를 느꼈던 것이다. 그것을 당연한 일로 받아들여도 내 기분은 조금도 달라지지 않았다. 나는 확실히 그를 끔찍이 미워했다. 그가 점심 식사를 하면서 그토록 잘난 체할 때까지는, 거기다 그렇게 야단스럽게 이발을 할 때까지는 내가 정말로 그를 싫어한 것 같지 않다. 그래서 나는 전보를 그냥 호주머니에 집어넣었던 것이다. 어쨌든 전보는 내게 온 것이 아닌가.

"자, 우린 내일 정오 버스로 부르게테로 출발해야 돼. 그들이 내일 밤에 도착한다면 우리를 따라올 수 있을 테지." 내가 말했다.

산세바스티안에서 오는 기차는 이른 아침에 도착하는 기차와 우리가 금방 마중 나갔던 밤차 두 번밖에 없었다.

"그게 좋겠군." 콘이 말했다.

"강에 빨리 가면 갈수록 좋으니까."

"나야 언제 출발하든 마찬가지만, 빠를수록 좋아." 빌이 말했다.

우리는 얼마 동안 이루냐에 앉아서 커피를 마시고 난 뒤 조금 걸어서 투우장으로 갔고, 들판을 가로질러 벼랑 끝에 늘어서 있는 나무 밑으로 가서 어둠 속에서 강을 내려다보았다. 그러다가 나는 일찌감치 들어와서 잠을 잤다. 그들이 들어왔을 때 나는 잠을 자고 있었던 것으로 보아 빌과 콘은 밤늦게까지 카페에 있었던 것 같다.

아침에 나는 부르게테로 가는 버스표 세 장을 샀다. 오후 2시에 출발할 예정이었다. 그보다 일찍 떠나는 버스는 없었다. 내가 이루냐에 앉아서 신문을 읽고 있는데 로버트 콘이 광장을 가로질러 걸어왔다. 그는 테이블로 다가와서 등의자에 앉았다.

"편안한 카페야. 간밤엔 잘 잤어, 제이크?" 그가 물었다.

"세상모르고 잤어."

"난 잘 못 잤어. 빌하고 늦게까지 밖에 있었거든."

"어디 있었는데?"

"바로 이 카페. 이곳이 문을 닫은 뒤에는 다른 카페로 갔지. 그 카페에 있는 노인은 독일어와 영어를 할 줄 알더군."

"카페 스위조*로군."

"바로 그 카페야. 마음씨 좋은 노인 같았어. 이곳보다 나은 것 같아."

"낮에는 그리 좋지 않아. 너무 덥거든. 그건 그렇고 버스표를 샀어." 내가 말했다.

"난 오늘 가지 않겠어. 너하고 빌이 먼저 가."

"네 표도 샀는걸."

"그 표는 나한테 줘. 환불받을 테니."

"5페세타야."

로버트 콘은 5페세타짜리 은전을 꺼내 내게 건넸다.

"난 여기 남아 있어야겠어. 무슨 오해가 있는 것 같아서 말이야." 그가 말했다.

"글쎄, 만약 그들이 산세바스티안에서 파티를 시작했다면 앞으로 사나흘 안에는 이리로 안 올지도 몰라." 내가 말했다.

"바로 그거야. 산세바스티안에서 나를 만나기를 기대하고

---

* 스위스를 뜻하는 스페인어.

있는 게 아닌가 싶어. 그래서 두 사람이 그곳에 머물고 있는 걸 거야." 로버트가 말했다.

"무슨 근거로 그렇게 생각해?"

"글쎄, 브렛에게 보낸 편지에 그런 암시를 했거든."

'그렇다면 도대체 왜 그곳에 남아서 그들을 만나지 않았어?' 이 말이 목구멍까지 차올랐지만 입을 다물었다. 그런 생각이 저절로 그의 머리에 떠올랐을 테지만 정말로 그랬으리라고 믿기지가 않았다.

그는 이제 비밀을 터놓고 말하고 있었으며, 그와 브렛 사이에 뭐가 있었다는 사실을 내가 알고 있는 상태에서 얘기할 수 있게 되어 기분이 좋았다.

"그럼, 빌하고 난 점심을 먹은 뒤 곧 떠나겠어."

"나도 같이 갈 수 있었으면 좋겠는데. 겨우내 이번 낚시 여행을 기다렸잖아." 그는 이 문제에 관해서 감상적인 기분이었다. "하지만 나는 남아 있어야겠어. 정말 그렇게 해야겠어. 그 사람들이 도착하는 즉시 데리고 가도록 하지."

"빌이 어디 있나 찾아보자."

"난 이발소에 가 봐야겠어."

"그럼 점심때 만나."

빌은 위층 그의 방에 있었다. 면도를 하고 있었다.

"아, 그런데 말이야, 그자가 어젯밤에 이야기를 몽땅 해 주더군. 비밀을 잘 털어놓는 녀석이지 뭐야. 산세바스티안에서 브렛하고 만날 약속을 했다는 거야." 빌이 말했다.

"거짓말쟁이!"

"아, 아냐. 그렇게 화내지 마. 지금 막 여행을 시작한 참에 화내지 말라고. 도대체 그 친구를 어떻게 알게 됐어?" 빌이 물었다.

"열 받게 하지 마."

빌은 반쯤 면도한 얼굴로 돌아보더니 비누 거품을 얼굴에 바르면서 거울을 보며 말을 이었다.

"지난겨울 뉴욕에 있는 내게 네가 그 사람을 통해 편지를 보내지 않았어? 난 여기저기 떠돌아다니는 사람이 돼서 다행이지. 더 데려올 유대인 친구 없나?" 그는 엄지손가락으로 턱을 문지르고 거울로 확인하고 나서 다시 면도를 하기 시작했다.

"네 친구들도 별수 없던데, 뭐."

"아, 그건 그래. 끔찍스러운 놈들도 있지. 하지만 이 로버트 콘에겐 어림도 없어. 이상한 건 말이지, 그 녀석이 사람이 좋다는 거야. 난 그 녀석이 마음에 들어. 하지만 정말로 끔찍하기도 해."

"무척 좋을 때도 있지."

"그건 나도 알아. 바로 그 점이 끔찍해."

나는 웃었다.

"그래 자꾸 웃어 봐. 넌 어젯밤 새벽 2시까지 그 친구하고 밖에 나가 있지 않았으니까." 빌이 말했다.

"그렇게 형편없었어?"

"굉장했지. 도대체 그 친구하고 브렛이 어떤 사이야? 브렛이 그 녀석하고 무슨 관계라도 있는 거야?"

그는 턱을 쳐들고 한쪽 끝에서 다른 쪽 끝으로 팽팽하게 피부를 당겼다.

"그럼. 그 친구하고 같이 산세바스티안까지 갔었어."

"그런 바보 같은 짓이 있나! 그 여자는 왜 그런 짓을 했지?"

"그 여자는 파리를 떠나고 싶긴 한데 혼자선 아무 데도 가지 못하는 성격이니까. 그게 그 녀석한테도 좋으리라고 생각했다는 거야."

"사람들이란 왜 그리 바보 같은 짓을 할까. 왜 자기 패거리하고 같이 가지 않았을까? 아니면 너라도?" 그는 여기서 어물거렸다. "아니면 나라도? 내가 안 될 것도 없지 않아?" 그는 거울 속 자기 얼굴을 유심히 들여다보고 양쪽 광대뼈에 비누거품을 듬뿍 발랐다. "정직한 얼굴이야. 어떤 여자든 안전을 보장받을 수 있는 얼굴이거든."

"그 여자는 아직 그걸 보지 못했나 보지."

"봐 두었어야지. 여자라면 모두 봐 둬야 해. 이 나라의 모든 은막에 비춰 줘야 할 얼굴이란 말씀이야. 모든 여성은 제단을 떠날 때 이 얼굴 사진을 받아 가지고 가야 해. 어머니들은 딸들에게 이 얼굴에 대해 이야기를 들려줘야 하고. 내 아들아……." 그는 면도칼로 나를 가리켰다. "이 얼굴을 가지고 서부로 가서 나라와 더불어 성장할지어다."

그는 세면대에 얼굴을 처박아 찬물로 헹구고 알코올을 바르고 나서 거울에 비친 얼굴을 자세히 들여다보고는 길쭉한 윗입술을 길게 늘어뜨려 보았다.

"저런! 이 무슨 괴상한 얼굴이람?"

그는 이렇게 말하며 거울을 들여다봤다.

"한데 이 로버트 콘에 관해서 말한다면, 난 그 친구만 보면 구역질이 나고 지긋지긋한데. 그가 이곳에 남아 있게 돼서, 그 친구 없이 낚시를 할 수 있게 돼서 무척 기분이 좋아." 빌이 말했다.

"두말하면 잔소리지."

"우리는 송어 낚시를 하러 가는 거야. 이라티 강으로 송어 낚시를 하러 가는 거지. 그리고 오늘 점심에는 이 나라의 포도주를 마시고 취한 뒤 멋지게 버스 여행을 하는 거야."

"자, 그럼 이루냐로 가서 출발하자." 내가 말했다.

# 11

점심을 먹은 뒤 부르게테로 가기 위해 가방과 낚싯대를 들고 광장에 나오자 한증막처럼 찌는 듯 뜨거웠다. 사람들이 버스 지붕에 올라가 있었고, 사다리를 타고 올라가는 사람들도 있었다. 빌도 위로 올라갔고 로버트는 빌 옆에 앉아서 나 대신 자리를 잡아 주었다. 나는 포도주를 두서너 병 갖고 가려고 호텔로 되돌아갔다. 광장으로 나왔을 때 버스는 승객들로 붐볐다. 남자 여자 할 것 없이 짐과 상자를 모조리 뒤집어 그 위에 올라앉아 있었고, 여자들은 모두 햇살을 받으면서 부채질을 하고 있었다. 정말로 무더웠다. 로버트가 버스에서 내렸고, 나는 그가 잡아 놓은 자리에 앉았다. 버스 지붕 위를 가로질러 만들어 놓은 나무 좌석이었다.

로버트 콘은 회랑 밑 그늘에 서서 우리가 떠나기를 기다리고 있었다. 커다란 가죽 술 주머니를 무릎에 얹은 바스크인이 우리 자리 앞쪽에 비스듬히 누워서 우리 다리에 등을 기대고 있었다. 그가 술 주머니를 빌과 내게 권해서 내가 마시려고 주머니를 기울이는데 그가 갑자기 너무 그럴듯하게 자동차 경적 소리를 흉내 내는 바람에 술을 약간 흘리자 모두들 와하고 웃었다. 그는 미안하다고 사과하면서 또 한 번 마시라고 권했다. 그는 조금 뒤에 이 소리를 또 한 번 흉내 내서 나를 재차 놀려 댔다. 경적 소리를 흉내 내는 솜씨가 아주 뛰어났다. 바스크인들은 그런 걸 좋아했다. 빌 옆에 앉아 있는 사내가 그에게 스페인 말로 뭐라고 말을 걸었지만 빌은 알아듣지 못했고 사내에게 포도주 병을 권했다. 그 사람은 손을 저으면서 사양했다. 날씨가 너무 무더운 데다 점심을 먹으며 술을 너무 많이 마셨다고 했다. 빌이 다시 한 번 권하자 그는 한 모금 마신 뒤에 버스 그쪽 구석에서 포도주 병이 한 순배 돌게 했다. 모두가 아주 공손한 태도로 한 모금씩 마시고 나서 마개를 막아 치우게 했다. 그들은 모두 자기네들 가죽 술 주머니에서 한 모금씩 마셔 주기를 바랐다. 나지막한 산간으로 올라가는 농부들이었다.

거짓 경적을 몇 번이나 더 울리고 난 뒤에야 드디어 버스는 출발했다. 로버트 콘은 우리에게 손을 흔들었고, 바스크인들도 모두 그에게 손을 흔들었다. 버스가 시내 밖 길로 나서자마자 시원해졌다. 버스 지붕 높은 곳에 올라타 나무 바로 밑으로 달리는 기분이 상쾌했다. 버스는 꽤 빠른 속도로 시원한 바람을 일으키며 달렸다. 먼지가 일어 나무들을 뽀얗게 뒤덮으면서 길을 따라 언덕을 내려가니 나무 사이로 멀리 뒤쪽 강 위벼랑에 있는 마을의 아름다운 경치가 보였다. 내 무릎에 기대고 누워 있던 바스크인이 술병 주둥이로 그 경치를 가리키면서 우리에게 눈을 찡긋했다. 그는 고개를 끄덕끄덕했다.

"꽤 좋은 경치죠, 그렇죠?"

"이 바스크인들은 좋은 사람들이야." 빌이 말했다.

내 다리에 기대고 누워 있는 바스크인은 얼굴이 안장가죽처럼 그을어 있었다. 그는 나머지 사람들처럼 검은색 작업복을 입고 있었다. 검게 그을린 목에는 주름이 잡혀 있었다. 그는 몸을 돌려 빌에게 술 주머니를 건네주었다. 빌은 그에게 우리가 갖고 온 포도주 병 하나를 권했다. 그 바스크인은 빌을 향해 둘째손가락을 흔들고 손바닥으로 병마개를 때려 막고는 병을 돌려주었다. 그는 술 주머니를 쳐들었다.

"아리바! 아리바!* 위쪽으로 쳐들라고요." 그가 말했다.

빌이 술 주머니를 높이 쳐들고 고개를 뒤로 젖히자 술이 힘차게 콸콸 입속으로 흘러들어 갔다. 그가 그만 마시려고 가죽 주머니를 내려놓자 술 몇 방울이 턱 아래로 흘러내렸다.

"틀렸어! 틀렸어! 그렇게 마셔선 안 돼요." 바스크인 몇 사람이 소리쳤다. 한 사람이 술 주머니를 주인에게서 빼앗아 직접 시범을 보이려고 했다. 젊은 사람이었는데, 한쪽 팔을 길게 쭉 뻗어 술 주머니를 높이 쳐들고 손으로 가죽 주머니를 짜니 술이 줄기를 이루어 쉭쉭 소리를 내며 입속으로 흘러 들어갔다. 술병을 그대로 들고 있으니 술이 입속으로 고르고 세차게

* "위쪽으로! 위쪽으로!"(스페인어)

탄도를 그리며 흘러들어 갔고, 그는 부드럽고도 규칙적으로 그 줄기를 꿀꺽꿀꺽 받아 삼켰다.

"이봐! 그게 도대체 누구 술이야?" 술 주머니 주인이 소리를 질렀다.

술을 마시던 청년은 그에게 새끼손가락을 흔들어 보이고 우리를 향해 눈웃음을 쳤다. 그러고 나서 술 줄기를 물어 끊듯이 멈추고는 술 주머니를 얼른 쳐들었다가 내려 주인에게 돌려주었다. 그는 우리에게 눈을 찡긋해 보였다. 술 주인은 가죽 주머니를 슬픈 표정으로 흔들었다.

우리가 어느 마을로 들어서자 버스는 여관 앞에서 멈추었고 운전기사는 짐을 대여섯 개 더 실었다. 그런 다음에 다시 출발하여 그 마을을 벗어나자 길은 오르막길을 따라 올라가기 시작했다. 우리는 들판 깊숙이 비스듬히 뻗어 내리는 바위 언덕이 있는 농촌을 지나 달려갔다. 산 중턱까지 곡식밭이 있었다. 이제 높은 지대로 올라왔기 때문에 바람에 곡식이 나부꼈다. 길은 희고 먼지투성이고 먼지는 바퀴 아래쪽에서 피어올라 우리가 지나온 뒤에도 공중에 떠 있었다. 나지막한 산속으로 기어 올라가자 풍성한 곡식밭이 아래쪽으로 보였다. 이제는 헐벗은 산허리와 수로 양쪽 여기저기에 손바닥만 한 밭들이 보일 뿐이었다. 노새 여섯 마리가 차례로 늘어선 데다 높다랗게 짐을 싣고 포장까지 덮은 짐마차가 지나가도록 길을 내주기 위해 버스는 급히 길 한쪽으로 꺾었다. 짐마차와 노새는 먼지를 뽀얗게 뒤집어썼다. 바로 뒤로 또 한 대의 짐마차와 노새가 줄지어 지나갔다. 이 마차에는 목재가 실려 있었고, 노새를 물고 가던 마부는 우리 버스가 지나갈 때 몸을 뒤로 젖히면서 두꺼운 나무로 만든 브레이크를 걸었다. 높은 지대라서 땅은 꽤 메말랐고 나지막한 산에는 바위가 많았고 햇볕에 딱딱하게 구워진 진흙땅은 비 때문에 움푹 파여 있었다.

커브를 돌아 어느 마을에 들어서자 갑자기 양쪽으로 푸른 계곡이 펼쳐졌다. 마을 한가운데로 개울이 지나고 집 가까이까지 포도밭이 있었다.

버스가 여관 앞에 멈추자 사람들이 많이 내렸고, 지붕 위의 방수포 밑에서 짐도 많이 풀려서 내려졌다. 빌과 나도 버스에서 내려 여관으로 들어갔다. 천장이 나지막하고 어두컴컴한 실내에는 안장과 마구와 흰 목재로 만든 건초용 갈퀴가 있고, 캔버스 천으로 만들어 밧줄로 창을 댄 신발 꾸러미며, 햄과 베이컨 조각이며, 하얀 마늘이며, 길쭉한 소시지가 천장에 매달려 있었다. 실내는 시원하고 서늘했다. 우리는 기다란 목제 카운터 앞에 서 있었고, 카운터 뒤에서는 여자 둘이 주문을 받고 있었다. 여자들 뒤에는 식료품과 상품을 쌓아 놓은 선반들이 있었다.

우리는 아가르디엔테*를 한 잔씩 마시고 두 잔 값으로 40상팀을 지불했다. 내가 팁을 더해서 50상팀을 주었더니 여자는 내가 술값을 잘못 계산한 줄 알고 동전을 거슬러 주었다.

우리와 동행한 바스크인 두 사람이 들어와서 한잔씩 사겠다고 고집했다. 그래서 그들이 한 잔씩 샀고, 우리가 한 잔씩 샀더니 그들은 우리 등을 찰싹 치고는 또 한 잔씩을 샀다. 그

* 스페인산 브랜디.

러자 우리도 한 잔씩 샀고, 그러고 난 뒤 모두 햇볕이 뜨거운 밖으로 나가 버스 지붕으로 다시 기어 올라갔다. 이제는 모두가 좌석에 앉을 수 있을 만큼 자리가 충분해 양철 지붕 위에 누워 있던 바스크인도 우리 사이에 끼여 앉았다. 주문을 받던 여자가 나와 앞치마에 손을 닦으면서 버스에 탄 누군가에게 말을 건넸다. 마침내 운전기사가 납작한 가죽 우편주머니 두 개를 대롱대롱 흔들며 나와서 버스에 올라타자 모두들 손을 흔들었고 우리는 출발했다.

버스는 곧 푸른 계곡을 벗어나 또다시 나지막한 산 위를 올라갔다. 빌과 술 주머니 임자인 바스크인은 뭐라고 대화를 나누었다. 반대쪽 좌석에서 한 사내가 몸을 내밀며 영어로 물었다. "두 분은 미국인이오?"

"예, 그렇습니다."

"그곳에 가 본 적이 있소이다. 40년 전에 말입니다." 그가 말했다.

다른 사람들과 마찬가지로 피부가 갈색이었고 흰 턱수염이 텁수룩한 노인이었다.

"그래 어떻던가요?"

"뭐라고요?"

"미국이 어떻더냐고요?"

"아, 난 캘리포니아 주에 있었소. 좋았소."

"그럼 왜 떠나오셨어요?"

"뭐라고요?"

"왜 이곳으로 돌아오셨냐고요?"

"아! 장가들려고 돌아왔소. 난 돌아갈 생각이었는데 마누라가 여행을 싫어해서. 당신들은 미국 어디서 왔소?"

"캔자스시티에서 왔습니다."

"나도 그곳에 갔었소. 시카고며, 세인트루이스며, 캔자스시티며, 덴버며, 로스앤젤레스며, 솔트레이크시티에 가 봤소." 그가 말했다.

노인은 도시 이름 하나하나를 조심스럽게 열거했다.

"얼마 동안이나 계셨나요?"

"15년. 그러고 나서 돌아와서 결혼했지."

"한잔 드시겠습니까?"

"좋소. 미국에선 이런 것 살 수 없지 않소?" 그가 물었다.

"돈만 내면 얼마든지 살 수 있어요."

"이곳엔 뭘 하러 왔소?"

"팜플로나 축제를 구경하러 가는 길입니다."

"그럼 투우 좋아하시오?"

"그럼요. 영감님은요?"

"물론이지. 나도 좋아하는 편이지." 그가 대답했다.

그러고 나서 한동안 말이 없었다.

"지금은 어디 가시오?"

"부르게테로 낚시 갑니다."

"그럼, 많이들 잡으시오." 그가 말했다.

그 노인은 우리와 악수를 하고 다시 뒷좌석으로 돌아갔다. 다른 바스크인들은 감동했다. 내가 시골 경치를 구경하느라고 고개를 돌렸을 때 그는 편안하게 버티고 앉아서 내게 미소를 보냈다. 그러나 힘들여 미국 말을 하는 바람에 피곤해진 모양이었다. 그 뒤로는 아무 말도 하지 않았다.

버스는 줄곧 길 위쪽으로 기어 올라갔다. 시골은 황량한 데다 진흙땅에 바위가 불쑥불쑥 튀어나와 있었다. 길가에는 풀 한 포기 없었다. 뒤를 돌아보니 아래로 시골이 펼쳐져 있었다. 멀리 뒤쪽으로 산허리에 정방형을 이룬 푸른색과 갈색 밭이 보였다. 갈색 산맥이 지평선을 이루고 있었다. 산맥은 이상야릇한 모습이었다. 우리가 높이 올라갈수록 지평선이 계속 바뀌었다. 버스가 천천히 길을 따라 올라가는 동안 남쪽으로 다른 산들이 나타났다. 그러고 나서 길은 산마루를 넘고 평평해지면서 숲으로 들어갔다. 코르크참나무 숲이었는데, 나무 사이로 군데군데 햇빛이 스며들었으며, 나무 뒤에서는 가축들이 풀을 뜯어 먹고 있었다. 우리는 숲 사이를 달렸고, 길이 숲을 벗어나자 높은 구릉을 따라 돌면서 앞쪽에 기복이 있는 푸른 들판이 보였고, 그 너머에는 시꺼먼 산맥이 보였다. 우리가 지나쳐 온 햇볕에 구운 듯한 갈색 산들과는 달랐다. 숲은 나무로 우거져 있었고, 산에서 구름이 피어 내려왔다. 초록색 들판은 넓게 펼쳐져 있었다. 울타리로 경계가 지어져 있고 북쪽을 향해 들판을 가로지른 두 줄기 나무 사이로 길이 하얗게 나타나 보였다. 고원 가장자리까지 이르자 앞쪽으로 들판에 늘어선 부르게테의 붉은 지붕과 흰 집 들이 보였고, 저 멀리 첫 번째 시꺼먼 산의 어깨 언저리에 론세스바예스* 수도원의 금속

* 스페인 북부 나바라 지역과 프랑스 국경선 근처 피레네 산맥에 있는 마을.

을 입힌 회색 지붕이 보였다.

"저기가 롱스보*야." 내가 말했다.

"어디?"

"저기 멀리 저 산이 시작하는 곳 말이야."

"이곳은 날씨가 춥군." 빌이 말했다.

"고지대니까. 해발 1,200미터는 될 거야." 내가 말했다.

"지독히 춥군." 빌이 말했다.

버스는 부르게테로 이어지는 직선으로 곧은 길 아래쪽으로 내려왔다. 네거리를 지나고 개울에 걸린 다리를 건넜다. 부르게테의 집들이 길 양쪽에 늘어서 있었다. 골목길이라고는 하나도 없었다. 교회와 학교 마당을 지나자 버스가 멈췄다. 우리는 버스에서 내렸고 운전기사가 가방과 낚싯대 케이스를 내려 주었다. 삼각모를 쓰고 노란 가죽 띠를 어깨에 십자로 두른 기총병 하나가 우리 쪽으로 다가왔다.

"이 속에 들어 있는 게 뭡니까?" 그가 낚싯대 케이스를 가리켰다.

나는 케이스를 열어 보여 주었다. 기총병이 낚시 허가증을 보자고 하기에 나는 그것도 꺼내 보였다. 그는 날짜를 보고는 가라고 손짓을 했다.

"가도 괜찮습니까?" 내가 물었다.

"예, 물론이죠."

우리는 거리를 걸어서 식구들이 문간에 나와 앉아 우리를

---

* 론세스바예스의 프랑스 이름.

지켜보고 있는 흰 회칠을 한 돌집들을 지나 여관으로 갔다.

여관을 경영하는 뚱뚱한 여자가 부엌에서 나와 우리와 악수를 했다. 그녀는 안경을 벗어서 닦더니 다시 썼다. 여관 안은 추웠고 밖에선 바람이 불기 시작했다. 그 여자는 여자아이에게 우리를 위층으로 안내하여 방을 보여 주게 했다. 침대 둘에 세면대 하나, 옷장 하나가 있고 벽에는 론세스바예스 성모상의 동판화가 큼직한 액자에 끼워져 걸려 있었다. 바람이 불어 덧문이 덜커덩거렸다. 방은 여관의 북쪽에 있었다. 우리는 세수를 하고 스웨터를 입고 아래층 식당으로 내려갔다. 식당은 돌바닥으로 천장이 나지막하고 참나무 판자로 벽을 둘렀다. 덧창을 모두 닫아 놓았는데도 얼마나 추운지 입김이 보일 정도였다.

"이런 젠장! 내일은 이렇게 춥지는 않겠지. 이런 날씨라면 개울에 들어가지 않을 거야." 빌이 불평했다.

나무 테이블 저편으로 한구석에 업라이트 피아노가 한 대 놓여 있었고, 빌은 그쪽으로 가서 피아노를 치기 시작했다.

"몸을 따뜻하게 해야겠어." 그가 말했다.

나는 밖에 나가 아까 그 여자를 찾아서 숙박비와 식사비가 얼마냐고 물었다. 그 여자는 손을 앞치마 밑에 집어넣으며 나한테서 고개를 돌렸다.

"12페세타입니다."

"아니, 그건 팜플로나에서 받는 가격인데."

그 여자는 이렇다 저렇다 대꾸도 없이 그저 안경을 벗어 앞치마로 닦을 뿐이었다.

"너무 비싸요. 큰 호텔에서도 그 이상은 내지 않았소." 내가 따졌다.

"욕실을 만들었거든요."

"좀 더 싼 방은 없어요?"

"여름엔 없어요. 지금이 시즌이거든요."

이 여관에 투숙한 손님이라곤 우리뿐이었다. 아무려나, 며칠밖에는 머물지 않을 테니까 하고 나는 생각했다.

"포도주 값도 포함한 가격이오?"

"아, 물론이죠."

"그렇다면야, 좋아요." 내가 말했다.

나는 빌에게 돌아갔다. 그는 얼마나 추운지 보여 주려고 나를 향해 입김을 불더니 계속해서 피아노를 쳤다. 나는 테이블에 앉아서 벽의 그림들을 바라보았다. 죽은 토끼 그림과 역시 죽은 꿩을 그린 패널이 하나 있었고, 죽은 오리를 그린 패널도 있었다. 패널들은 하나같이 컴컴하고 연기에 그을어 있었다. 술병이 가득한 찬장이 하나 있었다. 나는 그 병들을 모조리 읽어 봤다. 빌은 아직도 피아노를 치고 있었다. "뜨거운 럼펀치를 한잔하는 게 어떨까? 피아노 치는 것 가지곤 몸을 오랫동안 따뜻하게 할 수 없으니 말이야." 그가 말했다.

나는 밖으로 나가서 주인 여자에게 럼펀치가 뭔지, 어떻게 만드는지 일러 주었다. 몇 분 뒤에 여자아이가 김이 무럭무럭 나는 돌 주전자를 들고 식당으로 들어왔다. 빌이 피아노에서 일어나 다가왔고, 우리는 뜨거운 펀치를 마시면서 바람 소리에 귀를 기울였다.

"럼을 많이 넣지 않았군."

나는 찬장에서 럼 술병을 가져와서 그릇에 큰 컵으로 반쯤 따랐다.

"직접 행동으로 보여 주는군. 그건 법률 위반이야." 빌이 말했다.

계집아이가 들어와서 저녁 차릴 준비를 했다.

"여긴 바람이 굉장히 많이 부는군." 빌이 말했다.

여자아이는 뜨거운 채소 수프가 든 큼직한 사발과 포도주를 가지고 들어왔다. 우리는 송어 튀김과 무슨 스튜와 큰 사발 가득 든 야생 딸기를 먹었다. 포도주를 마시니까 돈이 밑지는 것 같지는 않았고, 또 여자아이는 수줍어하면서도 술은 잘 갖다 주었다. 나이 많은 부인이 한 번 얼굴을 디밀고는 빈 병 수를 세어 보았다.

저녁을 먹은 뒤 우리는 위층으로 올라가 담배를 피우고 몸을 따뜻하게 하려고 침대에 들어가 책을 읽었다. 밤에 한 번 잠이 깨어 바람이 부는 소리를 들었다. 침대에 들어가 있으니 따뜻하여 기분이 좋았다.

## 12

아침에 잠이 깨자 나는 창가로 다가가 바깥을 내다보았다. 날씨가 맑게 개어 산에는 구름 한 점 없었다. 바깥 창문 아래에는 짐마차 몇 대와 낡은 역마차 한 대가 있었는데 지붕의 나무가 비바람으로 금이 가고 틈이 벌어져 있었다. 버스가 생기기 이전 시대의 유물이 틀림없었다. 염소 한 마리가 짐마차 위로 후딱 뛰어올랐다가 다시 역마차 지붕으로 뛰어올랐다. 아래 있는 다른 염소들을 보고 머리를 끄덕해 보이다가 내가 손짓을 하자 얼른 뛰어내렸다.

빌은 아직도 잠을 자고 있어서 나는 옷을 입고 복도에서 신을 신고 아래층으로 내려갔다. 아래층에도 아무 인기척이 없어서 나는 빗장을 벗기고 밖으로 나갔다. 이른 아침이라 바깥 공기는 시원했고, 바람이 자고 난 뒤에 내린 이슬이 아직 햇살에 마르지 않은 채 그대로 있었다. 나는 여관 뒤에 있는 헛간을 뒤져서 괭이 비슷한 연장을 찾아서 미끼로 쓸 지렁이를 파러 개울로 내려갔다. 개울은 깨끗하고 얕았지만 송어가 있을 것 같지는 않았다. 축축하고 풀이 나 있는 둑에 올라가 괭이로 땅을 찍고 뗏장을 들춰 보았다. 그 밑에 지렁이들이 있었다. 내가 뗏장을 들자 지렁이들은 보이지 않는 곳으로 미끄러져 달아났고, 나는 조심조심 땅을 파서 지렁이를 상당히 많이 잡았다. 축축한 땅 가장자리를 파내 담배통 두 개가 가득 차도록 지렁이를 잡아넣은 뒤 그 위에 흙을 덮었다. 염소들이 내가 흙을 파는 것을 지켜보고 있었다.

여관으로 돌아와 보니 주인 여자가 부엌에 내려와 있었다. 그래서 커피를 갖다 달라고 하고 점심도 싸 달라고 부탁했다. 빌도 일어나서 침대 끄트머리에 앉아 있었다.

"창으로 널 내다보고 있었어. 방해하고 싶지 않았지. 그래 뭘 하고 있었어? 돈을 파묻었어?" 그가 물었다.

"이 게으름뱅이야!"

"공동의 이익을 위해서라도 일하고 있었어? 훌륭해! 아침마다 그렇게 해 주기 바라."

"자, 이제 그만 일어나." 내가 말했다.

"뭐? 일어나라고? 절대로 일어나지 않을 테야."

그는 다시 침대로 기어 들어가서 이불을 턱까지 끌어 올렸다.

"일어나도록 설득해 보시지."

나는 낚시 도구를 찾아서 도구 가방에 모두 집어넣었다.

"흥미 없어?" 빌이 물었다.

"난 내려가서 식사할 테야."

"식사? 왜 진작 식사한다는 말을 하지 않았어? 난 또 장난삼아 일어나라고 하는 줄 알았지. 먹는다? 그거 좋지. 이제야 네 머리가 제대로 돌아가는군. 넌 나가서 지렁이를 더 파. 곧 내려갈 테니."

"뭐라고, 제기랄!"

"모든 사람의 이익을 위해서 일하란 말이야. 반어와 연민*을 보이게." 빌은 속옷을 입었다.

나는 낚시 도구 가방과 망과 낚싯대 케이스를 들고 방 밖으로 나가려 했다.

"이봐! 잠깐만 와 봐!"

나는 문 안으로 머리를 들이밀었다.

"약간의 반어와 연민도 보이지 않을 작정이야?"

나는 엄지손가락을 코에 대고 비웃는 표정을 지었다.

"그건 반어법이 아닌걸."

나는 아래층으로 내려가면서 빌이 노래하는 소리를 들었다. "반어와 연민……. 기분이 내킬 때는. 아, 그들에게 반어를 안겨 주고 또 연민을 안겨 주라. 아, 반어를 그들에게 안겨 주라……. 기분이 내킬 때는. 약간의 반어를. 약간의 연민을……." 그는 아래층에 내려올 때까지 계속 노래를 불렀다. 「나와 내 애인을 위해 종은 울리도다」의 가락이었다. 나는 한 주 전의 스페인 신문을 읽고 있었다.

"반어와 연민이라니 도대체 그게 뭐야?"

---

* 이 무렵 뉴욕의 작가와 지식인은 반어와 연민을 문학 기법으로 즐겨 사용했다.

"뭐? 넌 반어와 연민을 몰라?"

"몰라. 누가 부르기 시작했어?"

"모든 사람이지. 뉴욕에서는 그것 때문에 모두들 미쳐서 야단들이야. 그 옛날의 프라텔리니*와 똑같아."

여자아이가 커피와 버터를 발라 구운 토스트를 가지고 들어왔다. 아니, 오히려 구워서 버터를 바른 빵이라고 하는 쪽이 옳을 것 같았다.

"잼이 있나 물어봐 줘. 좀 반어를 써 봐." 빌이 말했다.

"잼 좀 있니?"

"그건 반어가 아닌걸. 내가 스페인어를 할 줄 알았으면 좋았을걸."

커피가 맛이 좋아서 우리는 큰 사발로 마셨다. 여자아이가 유리 접시에 라즈베리 잼을 가지고 왔다.

"고마워."

"이봐! 그런 식이라면 반어가 될 수 없지. 뭔가 반어적으로 말해 보라니까. 프리모 데 리베라**에 대해 좀 재치 있는 말을 해 보라고." 빌이 말했다.

"리프에서는 어떤 잼을 주는지 물어볼 수 있지."***

---

* 1900년대 말과 1920년에 걸쳐 프랑스에서 폭발적인 인기를 끈 프라텔리니 가문의 서커스단.

** 미겔 프리모 데 리베라 이 오르바네하(1870~1930). 당시 스페인의 독재가.

*** 'jam'이라는 말이 과일 잼과 궁지에 빠진 혼란 상태를 뜻하는 다의어임을 이용한 유머. 리프는 모로코의 한 지방으로 1926년 원주민이 반란을 일으켜 큰 혼란 상태를 빚었다.

"빈약해. 너무 서툴다고. 넌 할 수 없군. 그뿐이야. 넌 반어가 뭔지 몰라. 연민도 없어. 어디 연민 넘치는 말을 해 봐." 빌이 말했다.

"로버트 콘."

"그건 나쁘지 않군. 그편이 더 좋아. 자, 그럼 왜 콘이 연민을 자아내는가? 반어적으로 말해 봐."

그는 커피를 한 모금 꿀꺽 마셨다.

"아, 빌어먹을! 아직 이른 아침이야." 내가 말했다.

"저렇다니까. 저러고서도 작가가 되고 싶다는 건가. 넌 신문장이를 못 면하겠어. 국적을 상실한 신문기자 말이야. 침대에서 나오는 순간부터 반어적이어야 하는 거야. 입안 가득 연민을 머금고 잠에서 깨어나야 한다고."

"계속 지껄여 봐. 누구한테서 얻어들은 밑천이야?" 내가 물었다.

"누구랄 것 없이 모든 사람한테서 얻어들었어. 넌 책도 안 읽어? 아무도 안 만나? 넌 자신이 뭐라고 알고 있어? 국적 상실자*야. 왜 뉴욕에서 살지 않지? 그랬더라면 이런 걸 알 텐데. 나보고 어떻게 하란 말이야? 해마다 이곳까지 건너와 너한테 얘기를 들려주라는 거야?"

"커피나 더 마셔." 내가 말했다.

"좋아. 커피는 사람에게 좋은 음식이야. 카페인이 들어 있

* 제1차 세계대전 직후 유럽, 특히 프랑스에 건너와 생활한 미국의 작가와 예술가를 말한다.

거든. 카페인이여, 우리는 여기 있도다.* 카페인은 남자를 여자 말에 태우고, 여자를 남자 무덤에 보내지. 네 고민이 뭔지 알아? 넌 국적 상실자야. 그것도 최악의 타입이지. 그런 소리 못 들었어? 자고로 자기 나라를 버린 사람치고 인쇄할 가치가 있는 글을 쓴 적이 없다는 말 말이야. 심지어 신문에 실리는 글도 마찬가지야."

그는 커피를 마셨다.

"넌 국적 상실자야. 조국의 땅과 접촉을 잃어버렸단 말이야. 귀하신 몸이 된 거지. 사이비 유럽 기준 때문에 넌 망치고 만 거야. 죽도록 술만 퍼마시고. 섹스에 사로잡혀 있고. 넌 모든 시간을 일하는 데 쓰는 게 아니라 지껄이는 데 허비하거든. 넌 국적 상실자야, 알겠어? 카페나 헤매고 다니고 말이야."

"그거 멋진 생활처럼 들리는데. 일은 언제 하지?" 내가 말했다.

"넌 일을 하지 않아. 어떤 패거리 말로는, 여자들이 널 먹여 살린다고 하더군. 네가 성불구라고 말하는 패도 있고."

"천만에. 다만 사고를 입었을 뿐이지." 내가 대꾸했다.

"그 말은 꺼내지도 마. 그런 말은 입 밖에 내선 안 돼. 그런 건 그저 미스터리로 남겨 둬야지. 헨리**의 자전거처럼 말이야." 빌이 말했다.

---

* 1917년 7월 4일 독립 기념일에 미국의 중령 찰스 E. 스탠턴이 미국 독립에 이바지한 라피에트 후작을 두고 "라피에트여, 우리는 여기에 있도다."라고 했다.

** 헨리 제임스(1843~1916). 미국에서 태어나 영국에 정주하여 영국 시민권을 획득했다.

한창 신바람이 나서 떠들던 빌이 여기서 입을 다물어 버렸다. 성불구라는 농담으로 내게 상처를 주었다고 생각했기 때문인 것 같았다. 그래서 나는 그가 다시 이야기를 지껄이게 하고 싶어졌다.

"그건 자전거가 아니었지. 그 사람은 말을 타고 있었어." 내가 말했다.

"난 세발자전거라고 들었어."

"하기야 비행기도 세발자전거와 비슷한 데가 있지. 조종간이 비슷하게 움직이니까." 내가 대꾸했다.

"하지만 페달은 밟지 않잖아."

"그야 그렇지, 페달은 밟지 않을 거야." 내가 말했다.

"이제 그 이야기는 집어치우자." 빌이 말했다.

"그러지. 난 세발자전거 편을 들었던 것뿐이야."

"난 그 사람도 훌륭한 작가라고 생각해. 그리고 너도 무척 좋은 녀석이고. 네가 좋은 녀석이라고 하는 사람이 어디 있던가?" 빌이 말했다.

"난 좋은 녀석이 아닌걸."

"이봐. 넌 무척 좋은 녀석이야. 그리고 난 이 세상의 어떤 놈보다도 널 좋아해. 뉴욕에서는 너한테 이런 말을 못했지. 그런 말을 하면 나를 동성애자라고 할 테니 말이야. 남북전쟁이 그것 때문에 일어난 거야. 에이브러햄 링컨은 동성애자였거든. 그랜트 장군*한테 반해 버린 거야. 제퍼슨 데이비스**도 마찬가지지. 링컨은 내기를 걸어 노예를 해방시킨 거야. 드레드 스콧 사건***도 반주류판매연맹에서 날조해 낸 거야. 섹스가 모든 걸 설명해 주지. 대령 부인과 주디 오그래디는 한 꺼풀만 벗겨 놓고 보면 동성애자들이거든.****"

그는 말을 멈췄다.

"어디 좀 더 듣고 싶어?"

"계속 지껄여 봐." 내가 말했다.

"그 이상은 나도 몰라. 점심 먹으면서 좀 더 얘기해 주지."

"에라, 이놈아!"

우리는 도시락과 포도주 두 병을 배낭에 넣었고, 빌이 그것을 짊어졌다. 나는 낚싯대 케이스와 뜰채를 등에 걸쳤다. 길을 떠나 목장을 가로질러 들판을 질러가는 작은 오솔길을 찾아내 첫 번째 산비탈에 있는 숲을 향해 걸어갔다. 우리는 모래가 많은 길을 따라 들판을 가로질러 걸어갔다. 들판은 기복이 있었고 풀이 많았지만 양들이 뜯어 먹어서 짧았다. 가축들은 높은 언덕 위에 있었다. 숲에서 가축들의 방울 소리가 들렸다.

오솔길은 통나무로 만든 다리를 지나 개울을 건너게 되어 있었다. 통나무는 표면이 닳아 반질반질했고 난간 대신에 나뭇가지를 구부려 꽂아 놓았다. 개울 옆 평평한 연못 속에서는 올챙이들이 모래 위로 여기저기 보였다. 우리는 경사가 가파

---

* 율리시스 그랜트(1822~1885). 남북전쟁 당시 북군의 총사령관. 전쟁 뒤 18대 미국 대통령을 지냈다.

** 제퍼슨 데이비스(1808~1889). 남북전쟁 당시 남부 연합의 대통령.

*** 드레드 스콧이라는 흑인이 시민권을 주창했지만 대법원에서 부결되었다. 이 사건이 남북전쟁의 한 원인이 되었다.

**** "대령 부인과 주디 오그래디는 한 꺼풀만 벗겨 놓고 보면 자매."라는 러디어드 키플링의 시구를 패러디한 것이다.

른 강둑을 올라가 기복이 있는 들판을 가로질러 건너갔다. 뒤를 돌아보니 부르게테의 흰 집과 붉은 지붕이 보였으며, 트럭이 뽀얗게 먼지를 날리며 달리고 있었다.

들판을 지난 다음에는 아까보다 더 빨리 흐르는 시내를 하나 더 건넜다. 모래땅의 길은 얕은 여울 아래쪽을 지나 숲으로 이어졌다. 오솔길은 얕은 여울 아래 또 다른 통나무 다리를 통해 시내를 건넌 뒤 도로와 합쳤으며, 우리는 이 길을 따라 숲으로 들어갔다.

너도밤나무 숲이었고 나무들은 꽤 나이가 들어 보였다. 뿌리가 땅 밖으로 불거져 올라오고 가지들이 서로 뒤엉켜 있었다. 오래된 너도밤나무의 굵은 줄기 아래로 난 길을 걸어가니 잎 사이로 스며든 햇빛이 풀밭에 여기저기 밝은 얼룩을 만들어 냈다. 나무는 크고 잎이 무성했지만 어둡지는 않았다. 잡목이 없이 신선하고 짙은 녹색을 띤 푸르고 부드러운 풀뿐이었고, 크고 희끄무레한 나무들이 마치 공원처럼 널찍널찍 자리를 차지하고 있었다.

"정말 시골이군." 빌이 말했다.

길은 언덕 위로 뻗어 있었고, 빽빽하게 우거진 숲 속에 들어섰는데도 내내 오르막길이었다. 가끔 내려가기도 했지만 다시 가파른 오르막길이 되었다. 그동안 줄곧 숲 속에서는 가축 소리가 들려왔다. 마침내 길은 산마루 꼭대기로 나왔다. 우리는 고원의 꼭대기에 올라와 있었는데, 이곳은 부르게테에서 바라보던, 나무가 우거진 나지막한 산에서도 가장 높은 곳이었다. 나무 사이 조그마한 개간지의 양지바른 등성이 쪽에는 산딸기가 자라고 있었다.

앞쪽으로 좀 더 나가면 길은 숲을 벗어나 나지막한 산의 어깨를 따라 뻗어 있었다. 앞쪽 등성이에는 나무가 없었고, 누런 가시금작화가 피어 있는 넓은 들판이 있었다. 더 멀리 검은 숲과 회색 돌이 불룩 튀어나온 깎아지른 듯한 절벽이 보였는데 그 아래로 이라티 강이 흘러갔다.

"등성마루를 따라 이 길을 가서 저 나지막한 산들을 넘고, 저 멀리 보이는 산의 숲을 지난 뒤 이라티 강의 계곡으로 내려가야 해." 나는 빌에게 손가락으로 가리키면서 말했다.

"지독한 하이킹이군."

"당일치기로 편하게 다녀오기엔 멀지."

"편하게라니. 그것참 좋은 말이군. 왕복 여행에다 또 낚시까지 해야 하니 죽어라 걸어야 돼."

먼 길이었지만 시골 경치는 퍽 좋았다. 그러나 숲이 우거진 나지막한 산을 벗어나서 리오데라파브리카 계곡으로 들어가는 가파른 길을 내려갈 때는 지칠 대로 지쳐 있었다.

길은 숲의 그늘에서 뜨거운 뙤약볕 속으로 뻗어 있었다. 저 멀리 앞쪽은 골짜기를 흐르는 강이었다. 강 건너편은 가파른 산이었다. 그 산 언덕에는 메밀밭이 있었다. 산허리를 둘러 자라는 나무 몇 그루 아래 흰 집 한 채가 보였다. 무척 더워서 우리는 강을 막아 놓은 댐 옆 나무 아래에서 걸음을 멈췄다.

빌은 짐을 나무에 기대 놓았다. 우리는 낚싯대를 맞춰 잇고 릴을 달고 목줄을 매어 낚시할 준비를 갖췄다.

"이곳에 확실히 송어가 있겠어?" 빌이 물었다.

"우글거릴 거야."

"난 제물낚시로 하겠어. 맥긴티제(製) 낚시 있어?"

"그 안에 몇 개 있을 거야."

"넌 미끼로 낚을 거야?"

"그럼. 난 이 댐에서 낚겠어."

"그럼 제물낚시 통은 내가 갖고 가지." 그는 제물을 낚시에 매달았다. "어디로 가는 게 좋을까? 상류가 좋을까, 하류가 좋을까?"

"하류가 제일 낫지. 물론 상류 쪽에도 고기가 많긴 하지만."

빌은 둑을 따라 내려갔다.

"지렁이 통도 하나 갖고 가."

"아냐. 필요 없어. 제물을 물지 않으면 낚싯대를 휘두를 거야."

빌은 하류 쪽에서 시냇물을 들여다보았다.

"이봐, 길 위쪽 샘물에 포도주를 담가 두는 게 어때?" 그가 댐 물소리보다 더 크게 소리를 질렀다.

"그러지." 나도 소리를 질렀다. 빌은 손을 흔들면서 강을 따라 내려가기 시작했다. 나는 짐 속에서 포도주 두 병을 찾아서 길을 올라가 쇠 파이프에서 샘물이 흘러나오는 곳으로 가지고 갔다. 샘물 위에 널빤지가 떠 있기에 그것으로 술병 코르크 마개를 때려서 꽉 막은 뒤 물속에 담가 두었다. 물이 어찌나 찬지 손과 팔목이 다 저렸다. 다시 널빤지를 덮어 놓고 아무도 술병을 발견하지 않았으면 하고 바랐다.

나는 나무에 기대어 두었던 낚싯대와 미끼통과 뜰채를 들고 댐 쪽으로 걸어갔다. 이 댐은 통나무를 떠내려 보내는 물살을 만들기 위해 막아 놓은 것이었다. 수문이 열려 있었다. 나는 네모난 목재 위에 앉아서 강이 폭포를 이루면서 떨어지기 직전 번들번들한 앞치마처럼 잔잔히 흐르는 수면을 유심히 지켜보았다. 댐 발치에 흰 물거품이 일고 있는 곳은 깊어 보였다. 내가 미끼를 끼우고 있을 때 송어 한 마리가 흰 거품 속에서 튀어나와 폭포로 떨어지더니 물에 실려 떠내려갔다. 미끼를 다 끼우기 전에 또 한 마리가 폭포에서 튀어나와 아까처럼 아름다운 포물선을 그리며 우레 같은 소리를 내는 물속으로 풍덩 사라져 버렸다. 나는 제법 큰 추를 매달아 댐의 목재 가장자리 가까이 흰 거품이 이는 물속으로 낚싯줄을 드리웠다.

나는 처음에는 송어가 걸리는 줄도 몰랐다. 낚싯줄을 당기기 시작하고서야 비로소 걸린 것을 알고 끌어당겼더니 고기는 낚싯대가 거의 부러질 것처럼 휘도록 버텼지만, 나는 폭포 발치의 끓어오를 듯 물거품이 이는 물에서 댐 위로 낚아 올려 내팽개쳤다. 썩 잘생긴 송어였다. 송어 대가리를 나무 바닥에 후려쳤더니 팔딱팔딱 떨다가 뻗기에 광주리에 집어넣었다.

내가 그놈을 낚는 동안에도 송어 대여섯 마리가 폭포에서 뛰어올랐다. 미끼를 달아서 넣자마자 또 한 마리가 물려서 아까와 같은 방식으로 낚아 올렸다. 잠깐 동안에 여섯 마리나 잡았다. 모두 거의 같은 크기였다. 나는 그것들을 같은 방향으로 대가리를 두게 나란히 눕혀 놓고 바라보았다. 아름다운 색깔인 데다 물이 차기 때문에 살이 야물고 단단해 보였다. 날씨가 무더워 모두 배를 갈라서 내장과 아가미고 뭐고 모두 떼 내어 강 건너로 던져 버렸다. 나는 송어를 강둑으로 가지고 가서 댐 위쪽의 차갑고 부드러운 중수(重水) 같은 물에 씻어서 고사리를 꺾어다가 한 겹 깔고 송어 세 마리를 놓고, 또 고사리를 한 겹 깔고 고기 세 마리를 놓고 다시 고사리로 덮었다. 고사리에 덮여 있는 송어들이 멋지게 보였고, 이제는 광주리가 제법 불룩했다. 나는 그것을 나무 밑에 갖다 놓았다.

댐 위는 무척 더워서 나는 지렁이 통도 광주리하고 같이 그늘에 갖다 두고 짐에서 책을 한 권 꺼내 빌이 점심 먹으러 올 때까지 읽으려고 나무 밑에 자리를 잡고 앉았다.

낮 12시가 조금 지난 시간이라 그늘이 별로 없었지만 나는 나란히 서 있는 두 나무 그루터기에 기대앉아서 책을 읽었다. A. E. W. 메이슨*이 쓴 무슨 책이었다. 알프스 산에서 동사(凍死)하여 빙하에 떨어져 행방불명이 된 사나이에 관한 재미있는 이야기로, 그의 신부는 그의 시체가 퇴석 위에 나타나기를 꼬박 24년 동안 기다리고, 그 여자의 진짜 연인도 역시 기다린다는 내용인데, 빌이 올라왔을 때도 그들은 여전히 기다리는 중이었다.

"좀 잡았어?" 그가 물었다. 낚싯대와 주머니와 망을 한 손에 모아 들고 땀을 뻘뻘 흘리고 있었다. 나는 댐에서 나는 물소리 때문에 그가 올라오는 소리를 듣지 못했던 것이다.

"여섯 마리. 넌 몇 마리나 잡았어?"

빌은 앉더니 광주리를 열고 큼직한 송어 한 마리를 풀밭에 내

---

* 앨프리드 에드워드 우들리 메이슨(1865~1948). 영국 작가이자 정치가.

놓았다. 그리고 세 마리를 더 내놓았는데 새로 내놓을 때마다 먼저 것보다 조금씩 큰 놈이 나왔다. 그는 나무 그늘에 고기를 나란히 늘어놓았다. 땀이 흐르는 얼굴에는 흐뭇한 표정이 감돌았다.

"네 건 어때?"

"그보다 작아."

"어디 보자."

"모두 싸 뒀어."

"정말로 얼마나 큰데?"

"하나같이 네가 잡은 중에서 제일 작은 것만 해."

"일부러 감추는 건 아니겠지?"

"그랬으면 좋겠다."

"모두 지렁이로 잡았어?"

"그랬지."

"이 게으름뱅이!"

빌은 송어를 광주리에 넣고 뚜껑이 열린 채로 광주리를 흔들면서 강 쪽으로 갔다. 허리 밑으로 물에 젖은 것으로 보아 강물로 걸어 들어간 모양이었다.

나는 샘물로 걸어가서 포도주 두 병을 꺼냈다. 병은 차가웠다. 나무 있는 데로 돌아오는 중에 술병에 이슬이 맺혔다. 나는 신문지 위에 도시락을 놓고 포도주 한 병은 마개를 따고 나머지 한 병은 나무에 기대 세워 두었다. 빌은 손을 닦으면서 올라왔는데 그의 광주리가 고사리로 불룩해져 있었다.

"어디 그 병 좀 봐." 그가 말했다. 그는 코르크 마개를 뽑은 뒤 병을 기울여 마셨다. "어휴! 두 눈이 다 짜릿해지는걸."

"어디 한번 마셔 볼까."

포도주는 얼음처럼 차가웠지만 왠지 녹슨 쇠 냄새가 나는 듯했다.

"그렇게 형편없는 포도주는 아니야." 빌이 말했다.

"차가워서 그런 거지." 내가 말했다.

우리는 조그마한 점심 꾸러미를 풀었다.

"닭고기군."

"삶은 달걀도 있어."

"소금은?"

"먼저 달걀을 먹고 그다음에 닭고기를 먹어야지. 브라이언*도 그 정도는 알 수 있을 거야." 빌이 말했다.

"그 작자는 죽었어. 어제 신문에서 읽었지."

"그럴 리가. 정말이야?"

"그렇다니까. 브라이언은 사망했어."

빌은 껍질을 벗기고 있던 달걀을 내려놓았다.

"신사 여러분." 그는 신문지에서 닭 다리 하나를 집어 들었다. "순서를 바꿔야겠네. 브라이언을 위해서. '위대한 하원 의원'**의 명복을 비는 의미에서. 닭이 먼저고 다음이 달걀입니다."

"하느님이 어느 날에 닭을 창조하셨을까?"

"아! 그걸 우리가 어떻게 알아? 그런 걸 물으면 못써. 우리

---

* 윌리엄 제닝스 브라이언(1860~1925). 미국의 정치가, 웅변가, 창조론 옹호자.

** 윌리엄 제닝스 브라이언의 별명.

가 땅 위에 머무는 시간은 그렇게 길지 않아. 기뻐하고 믿고 감사하자." 빌이 닭 다리를 빨면서 말했다.

"달걀이나 먹어."

빌은 한 손에 닭 다리를 들고 다른 한 손에는 술병을 들고 말했다.

"우리 다 같이 기쁜 마음으로 축복합시다. 공중에 나는 날짐승을 이용합시다. 포도가 낳은 산물을 이용합시다. 형제여, 자네도 좀 이용해 보겠나?"

"형제님이 이용하시고 난 다음에 하죠."

빌은 길게 한 모금 마셨다.

"좀 이용하게나, 형제님." 그는 술병을 내게 건네주었다. "의심하지 맙시다, 형제여. 원숭이 같은 손가락으로 닭장의 거룩한 신비를 캐지 맙시다. 우리는 신앙을 받아들이고 그저 이렇게 말합시다. 자네도 나와 같이 말해 줬으면 좋겠는데……. 뭐라고 할까, 형제여?" 그는 닭 다리로 나를 가리키며 말을 이었다. "내 말 좀 들어 봐. 이렇게 말하겠어. 나도 한 사람으로서 자랑스럽게 말하는데……. 자네도 무릎을 꿇고 나하고 같이 말해 줬으면 하네, 형제여. 이 위대한 들판에서는 아무도 무릎을 꿇는 것을 부끄럽게 여기지 말라. 숲이 하느님의 최초의 사원이었음을 잊지 말라. 자, 무릎을 꿇고 말합시다. '그건 먹지 마십시오, 부인. 그건 멩켄이올시다.'"

"이봐, 이거나 좀 이용하시지." 내가 말했다.

우리는 포도주 병을 또 하나 땄다.

"왜 그래? 넌 브라이언을 좋아하지 않았어?" 내가 물었다.

"브라이언을 좋아했지. 우린 형제처럼 지냈어." 빌이 말했다.

"그 사람을 어디서 알게 됐어?"

"그 사람하고 멩켄하고 나하고 모두 홀리크로스*에 다녔어."

"그리고 프랭키 프리치**도."

"그건 거짓말이야. 프랭키 프리치는 포덤***에 다녔다고."

"글쎄, 난 매닝**** 주교랑 로욜라*****에 다녔고." 내가 말했다.

"넌 취했어." 내가 말했다.

"포도주 마시고?"

"그래."

"습기 때문이야. 이 빌어먹을 습기는 쫓아내야 하는데." 빌이 말했다.

"한 잔 더 해."

"이게 전부야?"

"두 병밖에 없어."

"너는 자신이 뭔지 알고 있어?" 빌은 아쉬운 표정으로 술병을 바라보았다.

"모르겠는걸." 내가 대답했다.

---

* 미국 매사추세츠 주 우스터에 있는 대학.

** 프랜시스 '프랭키' 프리치(1898~1973). '포덤 플래시' 또는 '올드 플래시'라는 별명으로 더욱 잘 알려진 독일계 미국인 야구 선수.

*** 뉴욕 시에 있는 가톨릭 대학교로 예수회에서 설립했다.

**** 윌리엄 토머스 매닝(1866~1949). 영국 태생의 미국 성공회 주교.

***** 예수회를 창시한 로욜라 이나시오의 이름을 딴 대학으로 미국 곳곳에 있지만 여기서는 시카고에 있는 예수회 대학교를 가리킨다.

"넌 반주류판매연맹에 고용된 사람이야."

"난 웨인 B. 윌러*하고 노트르담**에 다녔어."

"거짓말하지 마. 난 웨인 B. 윌러하고 오스틴 경영대학에 다녔어. 그 사람은 클래스 대표였거든." 빌이 대꾸했다.

"그런데 말이지, 어쨌든 술집은 없어져야 해." 내가 말했다.

"그건 네 말이 옳아, 학우여. 술집은 없어져야 하고, 그걸 내가 인수해 주지." 빌이 맞장구를 쳤다.

"취했군."

"포도주를 마시고 말이야?"

"포도주를 마시고."

"글쎄, 그럴지도 모르지."

"낮잠 한숨 잘까?"

"그거 좋지."

우리는 그늘에 머리를 대고 누워 나무 사이를 올려다보았다.

"잠들었어?"

"아니, 생각하고 있는 중이야." 빌이 대답했다.

나는 두 눈을 감았다. 땅바닥에 누워 있으니 여간 기분이 좋지 않았다.

"이봐, 브렛 일은 어떻게 된 거야?" 빌이 물었다.

"어떻게 되다니?"

"그 여자를 사랑한 적 있어?"

---

* 웨인 비드웰 윌러(1869~1927). 미국의 변호사, 반주류판매연맹의 지도자.

** 인디애나 주에 있는 가톨릭 대학교.

"물론이지."

"얼마나 오래?"

"꽤 오랫동안 사랑하다 말다 했어."

"아, 저런! 안됐는걸, 이 친구." 빌이 말했다.

"괜찮아. 이제는 전혀 신경을 쓰지 않으니까." 내가 말했다.

"정말이야?"

"정말이야. 다만 그 얘기는 하고 싶지 않을 뿐이지."

"내가 물어봐서 기분이 언짢아?"

"천만에."

"이제 잠을 자야겠어." 빌이 말했다. 그는 신문지로 얼굴을 덮었다.

"이봐, 제이크. 정말 가톨릭 신자야?" 그가 물었다.

"형식적으로는 그렇지."

"그게 무슨 뜻이야?"

"나도 잘 모르겠어."

"좋아, 난 이젠 잘 테야. 너무 지껄여서 못 자게 하지 마." 그가 말했다.

나도 잠이 들었다. 잠에서 깨어 보니 빌은 배낭을 꾸리고 있었다. 늦은 오후여서 나무 그늘이 길게 뻗쳐 댐 위까지 가 있었다. 땅바닥에서 잤기 때문에 몸이 굳어서 뻣뻣했다.

"어떻게 된 거야? 깼어? 밤새도록 자지 그랬어?" 빌이 말했다. 나는 기지개를 켜고 눈을 비볐다.

"멋진 꿈을 꾸었어. 무슨 꿈인지 기억은 없지만 어쨌든 멋진 꿈이었지." 빌이 말했다.

"난 꿈을 꾼 것 같지 않아."

"꿈을 꿔야지. 우리의 대실업가들은 하나같이 꿈꾸는 사람들이었어. 포드*를 봐. 쿨리지** 대통령을 봐. 록펠러***를 봐. 또 조 데이비드슨****을 보라고." 빌이 말했다.

나는 내 낚싯대와 빌의 낚싯대를 뽑아서 낚싯대 케이스에 넣었다. 낚싯줄은 낚시 도구 상자에 집어넣었다. 빌이 배낭을 꾸렸고, 우리는 송어 광주리 하나를 그 속에 넣었다. 광주리 하나는 내가 들었다.

"자, 잊은 건 없어?" 빌이 물었다.

"지렁이."

"네 지렁이야. 거기다 넣어."

그는 등에 배낭을 졌고, 나는 바깥 주머니 하나에 지렁이 통을 넣었다.

"이제 다 됐어?"

나는 느릅나무 밑의 풀밭 주위를 둘러보았다.

"그래."

우리는 길을 따라 숲으로 들어갔다. 부르게테까지 돌아오는 길은 멀었다. 들판을 가로질러 길로 접어들어 창에 불을 켠 집들 사이를 지나 여관에 도착했을 때는 어두컴컴했다.

우리는 부르게테에 닷새를 머무르면서 재미나게 낚시를 즐

---

* 헨리 포드(1863~1947). 미국의 자동차 제조업자.

** 존 캘빈 쿨리지(1872~1933). 미국의 30대 대통령.

*** 존 록펠러(1839~1937). 미국의 자본가이며 자선 사업가.

**** 조 데이비드슨(1883-1952). 미국의 조각가.

졌다. 밤엔 춥고 낮엔 더웠지만 한창 무더운 대낮에도 늘 미풍이 불었다. 날이 무더워서 차가운 개울을 걸어 다니면 기분이 상쾌했고, 물에서 나와 둑에 앉아 있으면 햇볕에 몸이 말랐다. 헤엄을 쳐도 좋을 만큼 깊은 웅덩이가 있는 개울도 찾아냈다. 저녁에는 해리스라는 영국인과 3인조 브리지 게임을 했다. 그 사람은 생장피에드포르*에서 걸어와 낚시를 하려고 이 여관에 묵고 있었다. 그는 퍽 유쾌한 사람으로 우리와 같이 이라티 강으로 두 번이나 낚시를 하러 갔다. 로버트 콘한테서도 브렛과 마이크한테서도 아직 아무런 소식이 없었다.

* 스페인 국경 근처에 있는 작은 프랑스 마을.

# 13

어느 날 아침 내가 아침을 먹으러 아래층으로 내려갔더니 영국인 해리스가 벌써 식탁에 앉아 있었다. 그는 안경을 끼고 신문을 읽고 있었다. 그는 고개를 들어 빙그레 미소를 지었다.

"안녕히 주무셨습니까? 당신에게 편지가 왔어요. 우체국에 들렀더니 내게 온 편지하고 같이 주더군요."

편지는 식탁 내 자리에 커피 잔에 기대어 놓여 있었다. 해리스는 다시 신문을 읽기 시작했다. 나는 편지를 뜯었다. 팜플로나에서 회송해 온 편지였다. 산세바스티안에서 일요일에 보낸 것으로 적혀 있었다.

친애하는 제이크

우리는 금요일에 이곳에 도착했어. 브렛이 기차에서 기절해서 우리 옛 친구들과 사흘 동안 쉬려고 이곳으로 데리고 왔어.

정확한 시간은 모르지만 화요일에 팜플로나의 몬토야 호텔에 도착할 예정이야. 수요일에 모두를 만나려면 어떻게 해야 하는지 버스 편에 간단한 쪽지를 보내 알려 줘. 늦어서 대단히 미안하게 됐어. 브렛이 완전히 녹초가 되었지만 화요일이면 괜찮아질 것 같아. 사실은 지금도 아무렇지도 않긴 하지만. 나는 이 여자를 너무나 잘 알고 있기 때문에 돌봐 주려고 하는데 그다지 쉬운 일은 아니야. 모두에게 안부 전해 주기를.

마이클로부터

"오늘이 무슨 요일인가요?" 내가 해리스에게 물었다.

"수요일 같은데요. 예, 그래요. 수요일입니다. 이런 산속에 틀어박혀 있으면 날짜 가는 것도 잊어버리게 되니 참 놀랍지요."

"그래요. 우린 거의 일주일이나 여기 있었군요."

"떠나려는 게 아니었으면 좋겠습니다만."

"떠날 생각이에요. 오후 버스로 떠나야 할 것 같습니다."

"섭섭하군요. 이라티 강에 한 번 더 같이 갔으면 했는데."

"팜플로나에 가야 하거든요. 그곳에서 누구와 만나게 돼 있어서요."

"내가 운이 없는 거죠. 이곳 부르게테에서는 참 재미있는 시간을 보냈습니다."

"팜플로나로 와요. 그곳에서 브리지 게임도 할 수 있고, 또 굉장히 멋진 축제가 열릴 예정입니다."

"가고 싶군요. 초청해 주셔서 무척 고맙습니다. 그래도 난 여기 더 있는 게 좋을 것 같아요. 이제 낚시할 날도 얼마 남지 않았거든요."

"이라티 강에서 큰 놈을 잡고 싶은 거군요."

"예, 물론 그래요. 그곳엔 엄청나게 큰 송어들이 있잖아요."

"나도 한 번 더 가고는 싶습니다."

"그렇게 해요. 하루만 더 있어요. 좋은 친구가 되어 주시죠."

"정말 시내로 돌아가야 합니다." 내가 대답했다.

"유감천만이군요!"

아침 식사를 마친 뒤 빌하고 나는 여관 앞 벤치에 앉아서 햇볕을 쬐면서 그 얘기를 나누었다. 여자아이 하나가 마을 중심지에서 길 위쪽으로 걸어오는 것이 보였다. 우리 앞에 걸음을 멈추더니 치마 앞에 매달린 가죽 주머니에서 전보 한 장을 꺼냈다.

"포르 우스테데스?"*

내가 전보를 훑어보았다. 주소가 "부르게테, 반스."라고 쓰여 있었다.

"그래. 우리한테 온 거군."

여자아이는 수첩을 꺼내어 내게 서명해 달라고 했다. 나는 그 아이에게 동전 몇 닢을 건네주었다. 전보에는 "목요일 도착, 콘."이라고 스페인어로 쓰여 있었다.

나는 그것을 빌에게 건네주었다.

"'콘'이란 말이 무슨 뜻이야?" 그가 물었다.

"무슨 전보가 이따위야! 같은 요금으로도 열 단어는 보낼

* "우리에게 온 거야?"(스페인어)

수 있을 텐데. '목요일 도착'이라. 이거야 원, 이렇게 엄청난 정보를 알려 줄 수가?" 내가 말했다.

"콘으로선 자기가 관심 있는 정보는 모두 알려 준 셈이지."

"어쨌든 떠나자. 브렛과 마이크를 여기까지 불러들였다가 축제가 시작하기 전에 돌아갈 필요는 없으니까. 답전(答電)을 쳐야 할까?" 내가 물었다.

"그러는 게 좋겠어. 우리까지 심술을 부릴 필요는 없으니까." 빌이 말했다.

우리는 우체국까지 걸어가서 전보용지를 한 장 달라고 했다.

"뭐라고 할까?" 빌이 물었다.

"'오늘 밤 도착.' 그것으로 충분해."

우리는 전보 요금을 지불하고 여관으로 돌아갔다. 해리스도 거기 있어서 셋이 같이 론세스바예스까지 걸어갔다. 수도원 안을 구석구석 구경했다.

"훌륭한 곳입니다. 하지만 난 이런 곳엔 그다지 흥미가 없어요." 해리스가 수도원에서 걸어 나오면서 말했다.

"그건 나도 마찬가집니다." 빌이 대꾸했다.

"그래도 훌륭한 곳이긴 해요. 구경하지 못했으면 후회할 뻔했어요. 날마다 온다고 벼르기만 했지요." 해리스가 말했다.

"그렇지만 낚시하는 것만은 못하지요?" 빌이 물었다. 그는 해리스를 마음에 들어 했다.

"그건 그렇습니다."

우리는 수도원의 오래된 예배당 앞에 서 있었다.

"저 길 건너에 있는 게 술집 아닙니까? 내가 잘못 봤나요?"

해리스가 물었다.

“선술집처럼 생겼군요.” 빌이 대답했다.

“내가 보기에도 술집 같은데.” 내가 말했다.

“자, 그럼 우리 저걸 이용해 봅시다.” 해리스가 말했다. 그는 빌한테서 ‘이용한다’는 말을 배웠던 것이다.

우리는 각자 포도주를 한 병씩 마셨다. 해리스는 우리가 술값을 치르게 하지 않았다.

그는 스페인 말을 곧잘 하여 술집 주인이 우리 돈은 받으려 들지 않았다.

“정말입니다. 내가 여기까지 와서 두 분을 만나게 된 게 얼마나 다행인지 아마 모를 거예요.”

“우리도 정말 즐거웠습니다, 해리스.”

해리스는 조금 술에 취해 있었다.

“정말이라고요. 정말로 두 분은 잘 모를 겁니다. 전쟁이 끝난 후로 별로 재미를 느껴 본 일이 없었거든요.”

“언제 또 같이 낚시를 합시다. 이 약속을 잊지 마시오, 해리스.”

“그래야지요. 우린 굉장히 재미있는 시간을 즐겼으니까요.”

“한 병 더 하는 게 어때요?”

“그거 좋은 생각이에요.” 해리스가 맞장구쳤다.

“이번엔 내가 내겠소. 그렇잖으면 우리는 안 마시겠습니다.” 빌이 말했다.

“술값은 내가 치르도록 해 주시오. 그래야만 내 기분이 좋아지니까요.”

"이번엔 내 기분이 좋아져야겠거든요." 빌이 말했다.

술집 주인이 네 번째 병을 가지고 왔다. 우리는 마시던 잔을 그대로 가지고 있었다. 해리스가 잔을 쳐들었다.

"이봐요. 이건 이용할 가치가 있어요."

빌이 그의 등을 찰싹 쳤다.

"좋은 친구야, 해리스."

"이봐. 내 이름은 해리스가 아냐. 윌슨-해리스지. 한 단어로 말이지. 그 가운데 붙임표를 넣은."

"좋은 친구야, 윌슨-해리스. 우린 당신을 너무 좋아하니까 그냥 해리스라고 부르겠어." 빌이 말했다.

"이보라고, 반스. 당신은 이 모두가 내게 얼마나 소중한지 잘 모르고 있어."

"자, 그럼 또 한 잔 이용할까." 내가 말했다.

"반스. 정말이야 반스, 당신은 몰라. 그뿐이야."

"잔 비워, 해리스."

우리는 해리스를 가운데 두고 론세스바예스에서 길을 따라 걸어 돌아갔다. 여관에서 점심을 먹은 후 해리스는 우리와 함께 버스 정류장까지 걸어갔다. 그는 런던의 집 주소와 그가 속해 있는 클럽과 사무실 주소가 적힌 명함을 주고 우리가 차에 오르자 봉투를 한 장씩 건네주었다. 내 봉투를 뜯어 보니 파리 낚시가 여남은 개 들어 있었다. 해리스가 손수 동여맨 것이었다. 그는 파리 낚시를 하나같이 자기 손으로 동여맸다.

"이봐, 해리스……." 내가 입을 열었다.

"아냐! 아냐!" 그가 이렇게 말하면서 버스에서 내렸다. "일등품 파리 낚시라고 할 순 없어. 다만 언제고 그걸로 낚시를 할 때 우리가 얼마나 재미있는 시간을 보냈는지 기억날 것 같아서."

버스가 움직이기 시작했다. 해리스는 우체국 앞에 서 있었다. 그는 손을 흔들었다. 우리가 탄 버스가 길을 따라 달리자 그는 돌아서서 여관 쪽으로 걸어갔다.

"있잖아, 저 해리스란 친구 좋은 사람이지?" 빌이 말했다.

"정말 즐거운 시간을 보냈던 모양이야."

"해리스 말이야? 그야 물론이지."

"그 친구도 팜플로나에 왔으면 좋겠어."

"낚시하고 싶다니까."

"그래. 어쨌든 영국인이 얼마나 자기들끼리 서로 친해지고 싶어 하는지 너는 잘 모를 거야."

"그렇지 않을걸."

우리가 탄 버스는 오후 늦게 팜플로나에 도착하여 몬토야 호텔 앞에서 멈춰 섰다. 광장에서는 축제 때 광장을 환하게 밝히기 위해 전깃줄을 매고 있었다. 버스가 서자 아이들 몇이 몰려왔고, 세관 직원이 차에서 내리는 사람들에게 짐을 길옆에 풀어 놓게 했다. 우리는 호텔로 들어갔고 계단에서 몬토야를 만났다. 그는 어색한 듯 미소를 지으며 우리와 악수를 했다.

"친구분들이 와 있습니다." 그가 말했다.

"캠벨 씨 말인가요?"

"예. 콘 씨하고 캠벨 씨하고 레이디 애슐리도요."

그는 내가 듣고 싶어 하는 무슨 소식이 있다는 듯 미소를 짓고 있었다.

“언제 도착했소?”

“어제 도착했습니다. 손님들께서 쓰시던 방은 그대로 남겨 뒀지요.”

“그거 잘됐군. 캠벨 씨에게도 광장 쪽 방을 주었소?”

“예. 저희가 봐 뒀던 모든 방이죠.”

“우리 친구들은 지금 어디 있죠?”

“펠로타를 하러 갔을 겁니다.”

“투우는 어떻게 되어 가고 있소?”

몬토야는 빙그레 웃었다. “오늘 밤이죠. 오늘 밤 7시에 비야르 황소들이 들어오고, 내일은 미우라* 황소들이 들어옵니다. 모두들 가 보시렵니까?”

“아, 물론이지. 친구들은 데센카호나다**를 본 적이 없으니까.”

몬토야는 내 어깨에 손을 얹었다.

“그럼 거기서 뵙겠습니다.”

그는 또다시 미소를 지었다. 마치 투우가 우리 두 사람만이 알고 있는 아주 특별한 비밀이라도 되는 것처럼 그는 늘 그렇게 미소를 지었다. 우리 두 사람만이 알고 있는 조금 충격적이면서도 정말로 아주 중요한 비밀이라도 되는 듯 말이다. 다른 사람들한테는 그 비밀에 무슨 음란한 일이라도 있는 것 같지

---

* 비야르와 미우라는 사육사 이름을 딴 황소들이다.

** 투우사와 싸울 황소들을 투우장에 풀어 놓는 것.

만, 실제로는 우리 두 사람만이 이해하고 있는 뭔가가 있는 것처럼 늘 그렇게 미소를 지었다. 이해하지 못하는 사람들한테 그 비밀을 털어놓아 보았자 아무 쓸모가 없다는 투였다.

"친구분도 투우 아피시오나도인가요?" 몬토야가 빌을 보고 미소를 지으며 물었다.

"물론이죠. 산페르민*을 보려고 뉴욕에서 이곳까지 왔소."

"그래요?" 몬토야는 공손하게 말했지만 좀처럼 믿지 못하겠다는 눈치였다. "그래도 당신 같은 아피시오나도는 아니겠죠."

그는 또다시 어색한 듯 내 어깨에 손을 얹었다.

"맞소. 이 친구도 진짜 아피시오나도지요." 내가 말했다.

"하지만 당신만큼 아피시오나도는 아닐 겁니다."

'아피시온'이란 말은 스페인어로 열정을 뜻한다. '아피시오나도'는 투우에 열정을 보이는 사람을 말한다. 훌륭한 투우사들은 하나같이 몬토야 호텔에 묵었다. 다시 말해서 투우에 열정적인 사람은 모두 이곳에 머물렀다. 상업적인 투우사는 아마 한 번쯤은 여기서 묵을지 모르지만 다시는 오지 않았다. 그러나 훌륭한 투우사는 해마다 이곳에 왔다. 몬토야의 방에는 그들의 사진이 걸려 있었다. 그 사진들은 후아니토 몬토야가 아니면 그의 누이에게 바쳐진 것이었다. 몬토야가 정말로 신뢰하는 투우사들의 사진은 액자에 끼워져 있었다. 열정이 없는 투우사들의 사진은 책상 서랍에 처박아 두었다. 그런 사진들에는 가

* 해마다 7월 6일부터 14일까지 팜플로나에서 열리는 산페르민 축제.

장 아첨하는 헌사가 적혀 있곤 했다. 그러나 그런 것에는 아무런 의미가 없었다. 어느 날 몬토야는 그런 사진들을 모두 꺼내다가 쓰레기통에 던져 버렸다. 곁에 두고 싶지 않았던 것이다.

우리는 가끔 투우와 투우사들 이야기를 나눴다. 나는 벌써 몇 해째 몬토야 호텔에서 묵었다. 오랫동안 이야기를 나눈 적은 없었다. 단순히 우리 각자가 느끼는 것을 서로 확인하는 것이 유쾌했을 뿐이다. 멀리 떨어진 소도시에서 찾아온 사람들은 팜플로나를 떠나기 전에 몬토야에게 들러서 몇 분 동안 투우 이야기를 했다. 이 사람들은 투우 애호가였던 것이다. 이런 애호가들은 호텔이 만원이 될 때도 언제든 방을 얻을 수 있었다. 몬토야는 그들 중 몇 사람에게 나를 소개해 주었다. 그들은 처음에는 언제나 아주 공손했고, 내가 미국인이라는 사실을 알고 무척 반가워했다. 어찌 된 영문인지 미국인은 으레 투우에 대한 열정이 없는 사람으로 여겨지고 있었다. 미국인은 열정이 있는 체하거나 열정을 흥분과 혼동할지 모르지만 진정으로 열정을 가질 수는 없다는 것이었다. 나한테도 열정이 있다는 것을 알아차리면, 또 그것을 끌어내는 암호나 정해진 질문이 있는 것이 아니라 오히려 늘 조금은 방어적이고 절대로 뚜렷하지 않은 일종의 정신적 구두시험이 있다는 사실을 알아차릴 때면, 그들은 그저 어색한 듯 내 어깨에 손을 얹는다거나 "부엔 옴브레."*라고 말할 뿐이었다. 그러나 거의 언제나 실제로 몸에 손을 댔다. 확인하기 위해 직접 만져 보고 싶은

* "좋은 분인데." (스페인어)

눈치였다.

몬토야는 열정이 있는 투우사라면 무엇이든 용서해 줄 수 있었다. 신경쇠약증의 발작이며, 공포며, 설명할 수 없는 행위 등 어떠한 잘못도 용서할 수 있었다. 또 열정이 있는 애호가도 뭐든 용서해 줄 수 있었다. 즉시 그는 내 친구들을 모두 용서해 주었다. 그는 한마디도 하지 않았지만 그런 친구들은 우리 둘 사이에서 조금 창피스러운 존재에 지나지 않았다. 말하자면 투우에서 말의 배를 찔러 내장을 터뜨리는 것과 같다고나 할까.

우리가 호텔에 들어가자 빌은 2층으로 올라가서 자기 방에서 세수를 하고 옷을 갈아입었다.

"그래, 스페인 말 실컷 했어?" 그가 물었다.

"그 친구가 오늘 밤에 들어오는 황소들에 대해 얘기해 주더군."

"친구들을 찾으러 나가 보자."

"그러지. 아마 카페에 가 있을 거야."

"표는 구해 놨어?"

"물론. 황소들을 풀어 놓는 것까지 보려고 표를 끊어 놨어."

"어떤 광경일까?" 그는 턱밑 주름살에 아직 깎이지 않은 털이 있나 보려고 거울 앞에서 자기 뺨을 잡아당겨 보고 있었다.

"여간 재미있지 않지. 한 번에 한 마리씩 우리에서 내보내는데, 놈들이 울타리에 들어가면 거세한 수소들을 같이 넣어 서로 싸우지 않게 하는 거야. 황소들이 거세한 소들을 향해 덤벼들지만 거세한 소들은 마치 노처녀처럼 놈들 주위를 빙빙 돌면서 달랜단 말이야.” 내가 말했다.

“거세한 소들을 떠받지 않아?”

“떠받지. 어떤 때는 곧바로 달려가 죽이는 일도 있어.”

“그럼 거세한 소들은 아무 반항도 못한단 말이야?”

“못해. 그저 친구가 되려고 할 뿐이지.”

“뭣 때문에 그 안에 넣어 두는 거야?”

“황소들을 달래서 돌담을 들이받아 뿔을 부러뜨리거나, 또는 서로 떠받아 죽이지 못하게 하기 위해서지.”

“거세한 소가 되면 멋있겠는걸.”

우리는 계단을 내려가 문밖으로 나가서 광장을 가로질러 카페 이루냐로 걸어갔다. 광장에는 을씨년스러워 보이는 매표소가 두 개 있었다. ‘솔’, ‘솔 이 솜브라’, ‘솜브라’*라고 쓴 창들은 모두 닫혀 있었다. 축제 전날이 되어야 비로소 열릴 것이다.

광장 건너편에는 이루냐의 하얀 등나무 테이블과 의자가 회랑에서 벗어나서 거리 가장자리까지 나와 있었다. 나는 테이블에서 브렛과 마이크를 찾았다. 그들은 그곳에 있었다. 브렛과 마이크와 로버트 콘 세 사람이었다. 브렛은 바스크인의 베레모를 쓰고 있었다. 마이크도 같은 모자를 쓰고 있었다. 콘은 모자는 쓰지 않고 안경을 쓰고 있었다. 브렛은 우리가 다가오는 것을 보고 손을 흔들었다. 우리가 테이블로 다가가자 그녀는 눈가에 주름을 지으며 생긋 웃었다.

“어머, 안녕!” 그녀가 소리를 질렀다.

---

* ‘햇별 좌석’ ‘햇별과 그늘 좌석’ ‘그늘 좌석’.(스페인어)

브렛은 기분이 좋았다. 마이크는 언제나처럼 다감하게 악수를 했다. 로버트 콘은 다시 만나 반갑다며 악수를 했다.

"넌 도대체 어디에 있었어?" 내가 물었다.

"이 친구들을 다 이곳으로 데리고 왔지." 콘이 대답했다.

"시시한 소리! 당신이 오지 않았더라면 좀 더 일찍 이곳에 올 수 있었을 거야." 브렛이 말했다.

"절대로 오지 못했을걸."

"시시한 소리! 둘은 얼굴이 갈색으로 그을었군. 빌 좀 봐."

"그래, 낚시는 재미있었어? 같이 가고 싶었는데." 마이크가 말했다.

"괜찮았어. 네 생각이 나더군."

"나도 가고 싶었지. 그래도 이 사람들을 데리고 와야 할 것 같은 생각이 들어서." 콘이 말했다.

"당신이 우리를 데리고 왔다고. 시시한 소리!"

"정말로 재미 본 거야? 많이 잡았냐고?" 마이크가 물었다.

"어떤 날은 각자 십여 마리씩 잡았지. 영국인도 한 사람 와 있더군."

"해리스라는 사람이야. 혹시 그런 사람 알아, 마이크? 그도 참전했다고 하던데." 빌이 말했다.

"운이 좋은 친구군. 그때가 참 재미있었는데. 그때가 다시 돌아왔으면 좋겠어." 마이크가 말했다.

"바보 같은 소리 마."

"전쟁에 나갔었어, 마이크?" 콘이 물었다.

"그럼, 참전했지."

"아주 뛰어난 군인이었지. 당신 말이 피커딜리* 거리에서 갑자기 뛴 얘기 좀 해 봐." 브렛이 말했다.

"싫어. 그 얘긴 벌써 네 번이나 했어."

"나한테는 한 번도 안 했어." 로버트 콘이 말했다.

"그 이야기는 이제 다신 하지 않을 테야. 내 신용에 먹칠하는 꼴이 되니까."

"그럼 당신 훈장 이야기나 해."

"안 해. 그 이야기도 내 신용이 크게 손상되니까."

"무슨 이야긴데 그래?"

"브렛이 이야기해 줄 거야. 내 신용이 손상되는 얘기라면 뭐든지 다 하니까."

"자, 해 봐. 어디 말해 봐, 브렛."

"꼭 해야 돼?"

"그럼 내가 털어놓기로 하지."

"무슨 훈장을 탔어, 마이크?"

"아무 훈장도 못 탔어."

"뭘 받았을 텐데."

"흔해 빠진 훈장이라면 나도 받은 것 같아. 하지만 그걸 받으러 간 적은 없어. 한번은 굉장히 엄청난 만찬회가 열렸지. 황태자**가 나오기로 되어 있는데 초청장에 훈장을 달고 오라고 적혀 있더군. 그런데 물론 나한테는 훈장이 있을 리 없잖

---

* 고급 상점, 클럽, 호텔이 즐비하게 늘어선 영국의 번화가.

** 윈저 공(1894~1972)을 가리킨다.

아. 단골 양복점에 들렀더니 양복점 주인이 그 초청장에 굉장히 감명을 받더군. 그래서 참 잘됐다고 생각하고는 그에게 '훈장을 몇 개 달아 주게.' 하고 말했지. '무슨 훈장 말입니까, 손님?' 하고 묻기에, '아, 아무 훈장이나. 그저 아무 훈장이나 몇 개 달아 주게.' 하고 말했지. 그랬더니 '어떤 종류의 훈장을 받으셨나요, 손님?' 하고 묻는 거야. 그래서 내가 '그걸 내가 어떻게 알아?' 하고 대답했지. 그 친군 내가 그 빌어먹을 관보(官報)나 읽으면서 시간을 보내는 줄 알았던 모양이지? '뭐든지 좋은 걸로 달아 주게. 당신이 골라서 말이야.' 그랬더니 그 사람이 훈장 — 소형 훈장 말이야. — 몇 개를 주고 상자를 건네주더군. 난 그걸 받아 호주머니에 집어넣고는 그만 까맣게 잊어버렸지 뭐야. 그래 그 만찬회에 갔는데 그날 밤이 마침 헨리 윌슨*이 암살당한 밤이라서 황태자는 오지도 않았고, 국왕**도 참석지 않아서 아무도 훈장을 달지 않았지. 오히려 녀석들은 하나같이 훈장을 떼느라고 정신이 없는데, 난 훈장을 호주머니에 넣고 있었지 뭐야."

여기서 그는 말을 그치고 우리가 웃기를 기다렸다.

"그게 전부야?"

"그게 전부야. 아마 내가 이야기를 잘못한 모양이지."

"잘못했지. 하지만 상관없어." 브렛이 말했다.

우리는 모두 웃고 있었다.

---

* 헨리 윌슨 경(1864~1922). 영국의 장군. 북아일랜드에서 국회의원으로 선출되었지만 아일랜드 독립당 당원에게 암살당했다.

** 조지 5세(1865~1936)를 가리킨다.

"아, 그렇지. 이제야 알겠어. 굉장히 재미없는 만찬회라서 도저히 견딜 수가 없어 그냥 나와 버렸지. 저녁 늦게 나는 호주머니에서 그 상자를 발견했거든. 이게 뭐야? 훈장? 그 지긋지긋한 군대 훈장이야? 그래서 나는 그것들을 모두 뒤판을 뜯어서 — 무슨 헝겊 리본에다 훈장을 붙이는 거 알잖아. — 주위 사람한테 모두 나눠 줬어. 젊은 아가씨 한 명에 하나씩 말이야. 기념품이라면서 말이지. 그들은 나를 천하에 대단한 군인이라고 생각했지. 나이트클럽에서 훈장을 나눠 줬으니. 용맹스러운 사나이지."

"나머지도 얘기해 봐." 브렛이 말했다.

"재미있다고 생각하지 않아?" 마이크가 물었다. 우리는 모두 웃고 있었다. "재미있었어. 정말로 재미있었다고. 어쨌든 양복점 주인이 내게 편지를 보내 훈장을 돌려달라는 거야. 사람도 보내고, 또 몇 달을 두고 편지로 독촉했어. 어떤 녀석이 세탁해 달라고 두고 갔던 모양이야. 엄청나게 군인 정신이 투철한 녀석이지. 훈장을 신주 모시듯 했던 거야." 마이크는 여기서 말을 멈췄다. "양복점 주인만 운이 나쁜 거였지."

"그럴 리가. 양복점 주인으로서는 멋있는 일이었을 거야."

"아주 마음씨 착한 양복점 주인이야. 이제는 나하고 만날 일도 없겠지만. 그 친구의 입을 틀어막기 위해 1년에 100파운드씩 돈을 지불하지 않았겠어. 그래서 내게 청구서를 보내오는 일은 없었지. 내가 파산했을 때는 엄청난 타격을 입었을 거야. 훈장 사건이 있은 직후였거든. 아주 침통한 사연으로 편지를 보냈더군."

"어떻게 돼서 파산했어?" 빌이 물었다.

"두 가지 방법으로 파산했지. 천천히, 그러고 나서 갑자기 쾅한 거야." 마이크가 대답했다.

"뭣 때문에 그랬는데?"

"친구들 때문이었지. 친구가 많았으니까. 가짜 친구들 말이야. 또 채권자들도 있었고. 어쩌면 나만큼 채권자가 많은 놈도 영국엔 없었을걸."

"법정에서 있었던 일 좀 얘기해 봐." 브렛이 말했다.

"기억이 나야지. 조금 취해 있었거든." 마이크가 대답했다.

"조금 취해 있었다고! 곤드레만드레 취해 있었으면서." 브렛이 큰 소리로 외쳤다.

"신기한 일도 다 있더군. 얼마 전 같이 사업하던 동업자를 만났어. 한잔 사겠다는 거야." 마이크가 말했다.

"당신의 그 유식한 변호사 이야기도 해." 브렛이 말했다.

"안 할래. 내 유식한 변호사도 정신없이 취해 있었어. 우울한 얘기거든. 황소 내리는 걸 보러 갈 거야, 아니면 그만둘 거야?"

"가자."

우리는 웨이터를 불러 술값을 지불하고 시내를 가로질러 걸어가기 시작했다. 나는 브렛하고 나란히 걷기 시작했는데 로버트 콘이 다가와 브렛 옆쪽에서 걸었다. 우리 세 사람은 발코니에 깃발이 드리워져 있는 시청 앞을 지나 시장 아래쪽을 거쳐 아르가 강 위에 걸려 있는 다리로 통하는 가파른 길을 따라 걸어 내려갔다. 많은 사람들이 황소를 구경하려고 걸어가고 있었다. 마차들이 언덕 아래로 달려 다리를 건너갔는데, 길에 걸어가는 사람들 머리 위로 마부며 말이며 채찍이 보였다. 다리를 건넌 뒤 길을 꺾어 황소 울타리로 가는 길로 접어들었다. 창문에 "좋은 포도주 1리터에 30상팀."이라고 쓴 간판을 내건 포도주 가게 앞을 지나갔다.

"밑천이 떨어지면 이 집에 와야겠네." 브렛이 말했다.

포도주 가게 문간에 서 있던 여자가 우리가 지나가는 모습을 지켜보았다. 그 여자가 집 안에 있는 누구에게 소리를 지르자 젊은 아가씨 셋이 창으로 와서 내다보았다. 그들은 브렛을 유심히 바라보았다.

황소 울타리 입구에서 두 사람이 입장객에게서 표를 받고 있었다. 우리도 문을 통해 안으로 들어갔다. 안에는 나무들이 서 있고 나지막한 돌집이 한 채 있었다. 저쪽 끝에 황소 울타리를 둘러싼 돌담이 있었고, 그 담에는 울타리마다 정면을 따라 총구처럼 나란히 구멍이 뚫려 있었다. 담 꼭대기로 올라가는 사다리가 하나 걸려 있고, 사람들은 사다리를 기어 올라가 울타리를 둘로 나누는 담 위에 늘어섰다. 우리는 나무 밑 풀밭을 지나 사다리를 기어 올라가면서 황소들이 들어 있는 회색 칠을 한 큼직한 우리 옆을 지났다. 운반용 우리마다 황소가 한 마리씩 들어 있었다. 그 황소들은 카스티야* 지방의 사육장에서 기차로 운반되어 온 뒤 역에서 무개화차에서 내려져 여기까지 실려 온 끝에 운반용 우리에서 울타리 안으로 옮겨지는

---

* 스페인 중부의 고원 지대.

것이었다. 우리마다 사육자의 이름과 마크가 스텐실로 찍혀 있었다.

우리는 담 위로 기어 올라가 울타리 안을 내려다볼 수 있는 장소를 찾아냈다. 돌담에는 하얗게 회칠을 했고, 바닥에는 짚을 깔아 놓았으며, 나무로 만든 구유와 물통이 담에 기대어 놓여 있었다.

"저기 좀 봐." 내가 말했다.

강 건너 저편 고원 위로 시내가 보였다. 오래된 담이며 성벽을 따라 사람들이 줄지어 서 있었다. 세 겹으로 된 보루에는 사람들이 세 줄로 시꺼멓게 늘어서 있었다. 성벽 위로는 집집이 사람들이 창밖으로 머리를 내놓고 있었다. 고원 저쪽 끝에는 아이들이 나무 위에 올라가 있었다.

"무슨 일이 일어날 줄로 생각하는 모양이야." 브렛이 말했다.

"황소들을 구경하려는 거야."

마이크와 빌은 황소 울타리 건너편 담 위에 서 있었다. 그들은 우리 일행을 보고 손을 흔들었다. 늦게 도착한 사람들은 우리 일행 뒤에 서 있었는데 다른 사람들이 그들을 밀치자 그들은 또 우리 일행을 밀쳤다.

"왜 시작하지 않을까?" 로버트 콘이 물었다.

노새 한 마리가 우리에 비끄러매여 있었고, 노새는 그 우리를 끌고 울타리 벽 입구까지 갔다. 사내들이 지렛대를 이용해 우리 밑을 들어 입구까지 밀어 올렸다. 담 위에 서 있는 사내들이 울타리 문을 들어 올리고 나서 곧 우리 문을 열 준비를 했다. 그때 울타리 반대쪽 문이 열리면서 거세한 수소 두 마리가 고개를 흔들고 마른 옆구리를 실룩거리며 빠른 걸음으로 들어왔다. 그들은 반대쪽에 모여 서서 황소들이 들어올 입구 쪽으로 머리를 향하고 있었다.

"그다지 기분이 좋아 보이지 않는데." 브렛이 말했다.

담 꼭대기에 서 있는 사내들이 몸을 뒤로 젖히면서 울타리 문을 들어 올렸다. 그러고 나서 우리 문을 끌어 올렸다.

나는 담 위에서 몸을 한껏 앞쪽으로 내밀고 우리 안을 쳐다보려고 했다. 우리 안은 컴컴했다. 누군가가 쇠막대기로 우리 위를 두드려 댔다. 그러자 안에서 뭔가 폭발하는 듯한 소리가 들렸다. 황소가 나무 상자 여기저기를 뿔로 떠받으면서 내는 큰 소리였다. 그런 뒤 거무스름한 코와 뿔 그림자가 보이더니 곧이어 텅 비어 있는 나무 상자 바닥을 마구 밟아 대면서 황소가 돌진하여 울타리로 들어갔다. 앞다리를 짚 속에 박아 미끄러지지 않게 몸을 가누고 머리를 위로 쳐들면서, 또 목뒤의 커다란 근육 덩어리를 팽팽하게 부풀리고 온몸의 근육을 부르르 떨면서 돌담 위에 모여 있는 사람들을 올려다보았다. 거세한 수소 두 마리는 머리를 숙이고 황소 눈치를 보면서 담으로 슬슬 물러났다.

거세한 수소들을 보자 황소는 덤벼들었다. 한 사내가 상자 뒤에서 소리를 지르고 모자로 판자를 후려치자, 황소는 거세한 수소가 있는 데까지 닿기 전에 방향을 돌려 자세를 가다듬더니 그 사내가 있던 곳으로 돌진해 오른쪽 뿔을 대여섯 차례 날쌔게 휘두르면서 판자 뒤에 있는 남자를 받으려고 했다.

"어머, 정말 멋있어!" 브렛이 말했다. 우리는 바로 위에서 소를 내려다보고 있었다.

"뿔 쓰는 법을 제법 아는데. 권투 선수처럼 왼쪽, 오른쪽을 쓸 줄 알잖아." 내가 말했다.

"설마?"

"잘 지켜봐."

"너무 빨라."

"좀 기다려 봐. 곧 또 한 마리 나올 테니까."

사내들은 울타리 입구 안쪽에 추가로 우리 하나를 바싹 밀어 올렸다. 한 사내가 저쪽 구석 대피용 판자 뒤에서 황소의 주의를 끌어 황소가 그쪽을 쳐다보고 있는 동안 문을 들어 올리자 두 번째 황소가 울타리 안으로 들어갔다.

이놈이 거세한 수소들을 향해 곧바로 덤벼들자 두 사내가 판자 뒤에서 뛰어나와 소리를 질러 황소의 방향을 돌려놓으려고 했다. 그래도 놈이 방향을 바꾸지 않자 남자들은 "하아! 하아! 토로!*" 하고 소리치면서 팔을 휘둘러 댔다. 거세한 수소 두 마리는 정면충돌을 피하려고 옆으로 비켜섰지만 황소가 그중 한 마리를 떠받아 버리고 말았다.

"쳐다보지 마." 내가 브렛에게 말했다. 그녀는 넋이 나간 듯 바라보고 있었다.

"좋아. 당신만 떠받히지 않는다면." 내가 말했다.

"봤는걸. 왼쪽에서 오른쪽으로 뿔을 쓰는 걸 봤어." 그녀가 대꾸했다.

---

* "황소!"(스페인어)

"그래, 엄청 잘했군!"

거세된 수소는 이미 목을 길게 빼고 머리를 비틀고 쓰러진 채 그대로 누워 있었다. 황소는 돌연 그곳을 떠나 저쪽 끝에서 머리를 흔들며 이 광경을 보고 있던 또 한 마리의 거세된 수소를 향해서 돌진했다. 거세된 수소는 어색하게 달아났지만 황소가 그놈을 따라잡아 가볍게 옆구리를 들이받고는 돌아서서 목덜미 근육을 들어 올리며 담 위에 있는 군중을 올려다보았다. 거세된 수소가 황소 옆으로 다가가 코를 흥흥거리며 냄새 맡는 시늉을 하자 황소는 그냥 슬쩍 뿔로 들이받았다. 그런 다음에는 황소 쪽에서 거세된 수소에게 다가가 코로 냄새를 맡더니 두 마리가 다른 황소를 향해 빠른 걸음으로 달려갔다.

그다음 황소가 나오자 세 마리, 즉 황소 두 마리와 거세된 수소는 머리를 나란히 하고 같이 모여 서서 새로 들어오는 황소 쪽으로 뿔을 겨누었다. 몇 분이 지난 뒤 거세된 수소가 새로 들어온 황소를 상대해 얌전하게 달래 가지고 한패로 끌어들였다. 마지막 황소 두 마리를 우리에서 내보낼 때는 모두가 한패가 되어 어울렸다.

아까 뿔에 받힌 거세된 소는 일어서서 돌담을 등지고 있었다. 어떤 황소도 그 옆으로 가까이 가지 않으려고 했고, 그 거세된 수소도 한패에 끼려고 하지 않았다.

우리 일행은 사람들과 함께 담에서 기어 내려와 마지막으로 울타리 담에 뚫린 구멍을 통해 황소들을 들여다보았다. 이제는 모두가 머리를 숙이고 얌전히 서 있었다. 우리는 밖으로 나와 마차를 타고 카페로 향했다. 반 시간 뒤 마이크와 빌이 들어왔다. 돌아오는 길에 그들은 술을 몇 잔 걸쳤던 모양이다.

우리는 카페에 앉아 있었다.

"정말 대단했어." 브렛이 말했다.

"나중에 들어온 놈들도 먼저 들어온 놈들처럼 싸울까? 굉장히 빨리 얌전해지는 것 같던데." 로버트 콘이 말했다.

"모두들 서로 알고 있어서 그렇지. 한 마리만 있거나 두세 마리가 한데 모여 있을 때만 위험해." 내가 말했다.

"위험하다니, 그게 무슨 말이야? 내가 보기에는 모두 위험해 보이던데." 빌이 말했다.

"자기들끼리 있을 때만 상대를 죽이고 싶어 해. 물론 네가 그 안에 들어가면 그 패거리 가운데 한 마리만 떼어 놓을 수 있지. 하지만 그놈이 위험해질 거야."

"너무 복잡하군. 나를 패거리에서 떼어 놓을 생각은 마, 마이크." 빌이 말했다.

"아, 정말 멋있는 황소들이더군. 그 뿔 봤지?" 마이크가 말했다.

"보고말고. 전엔 어떻게 생겼는지도 몰랐어." 브렛이 대답했다.

"한 놈이 그 거세된 수소를 떠받는 거 봤지? 참 대단한 놈이더군." 마이크가 말했다.

"거세된 수소가 되면 살맛 안 나겠던데." 로버트 콘이 말했다.

"그렇게 생각해? 로버트, 난 또 당신이 거세된 수소가 되고 싶어 하는 줄로 생각하고 있었지 뭐야." 마이크가 말했다.

"그게 무슨 뜻이지, 마이크?"

"그 수소들은 아주 조용하게 살고 있단 말이야. 찍소리도 내지 않으면서 늘 붙어 다니고 있거든."

이 말을 듣고 우리는 어쩔 줄 몰라 했다. 빌은 껄껄 웃었다. 로버트 콘은 화를 냈다. 그러나 마이크는 계속 지껄였다.

"난 당신이 그걸 좋아할 줄 알았지. 한마디도 할 필요가 없을 테니까. 이봐, 로버트. 뭐라고 말 좀 해 봐. 그렇게 죽치고 앉아 있지만 말고."

"나도 말을 했잖아, 마이크. 기억 안 나? 거세된 수소에 대해서 말했는데 말이야."

"아, 좀 더 말해 봐. 뭔가 재미있는 말을 해 보란 말이야. 우리 모두 지금 여기서 즐겁게 시간을 보내고 있잖아?"

"그만둬, 마이크. 당신 취했어." 브렛이 말했다.

"취하지 않았어. 아주 말짱해. 로버트 콘은 거세된 수소처럼 밤낮 브렛 꽁무니만 쫓아다닐 건가?"

"입 다물어, 마이클. 점잖게 예의 좀 차려."

"예의는 무슨 얼어 죽을 예의야. 이 세상에 황소 말고 예의 있는 놈이 어디 있어? 황소 참 귀엽잖아? 어때, 빌, 너도 황소가 싫진 않겠지? 로버트, 왜 잠자코 있는 거야? 마치 끔찍한 장례식에라도 참석한 사람 같은 표정을 짓고 그냥 앉아 있지만 말고. 브렛이 당신하고 잤다고 한들 그게 어떻단 말이야? 브렛은 몇 배 잘난 사람들하고도 많이 잤어."

"닥쳐." 콘이 쏘아붙였다. 그러고는 자리에서 벌떡 일어났다. "닥치지 못해, 마이크."

"아, 그렇게 벌떡 일어나서 나를 칠 것처럼 굴지 마. 그래 봤자 난 눈 하나 깜짝하지 않으니까. 어디 말해 봐, 로버트. 왜 가련한 거세된 수소처럼 브렛 꽁무니만 졸졸 쫓아다녀? 불청객이라는 것도 몰라? 난 언제 내가 불청객인지 잘 알지. 한데 당신은 왜 불청객이 된 줄도 모르는 거야? 싫어하는데도 산세바스티안까지 내려와서 그 빌어먹을 거세된 수소처럼 브렛 뒤를 졸졸 따라다니냔 말이야. 그게 옳은 행동이라고 생각해?"

"닥쳐. 취했어."

"아마 취했을지도 모르지. 당신은 왜 취하지 않지? 왜 한 번도 취하는 일이 없어, 로버트? 우리 친구들 가운데 아무도 당신을 파티에 초대하지 않아서 산세바스티안에서 별로 재미없었지. 그렇다고 그 사람들을 비난할 수는 없어, 안 그래? 난 당신을 초대해 달라고 부탁했어. 그 사람들이 싫다는 걸 난들 어떡해. 지금 와서 그들을 비난할 수는 없어, 안 그래? 자, 어디 대답해 봐. 당신은 그들을 비난할 수 있겠어?"

"마이크, 지옥에나 가!"

"난 그들을 비난할 수 없어. 당신은 비난할 수 있겠어? 왜 브렛 뒤꽁무니를 그렇게 졸졸 쫓아다니는 거지? 당신은 예의도 없어? 내 기분이 어떨 것 같아?"

"예의를 다 얘기하다니 정말 훌륭하군. 참 예의범절도 대단하셔." 브렛이 말했다.

"자, 가자, 로버트." 빌이 말했다.

"뭣 때문에 브렛 꽁무니를 졸졸 쫓아다니는 거야?"

빌이 자리에서 일어나 콘을 붙들었다.

"가지 마. 로버트 콘이 한잔 사겠대." 마이크가 말했다.

빌이 콘을 데리고 나갔다. 콘의 얼굴은 창백했다. 마이크는 여전히 지껄여 대고 있었다. 나는 얼마 동안 앉아서 그가 지껄이는 소리를 듣고 있었다. 브렛은 역겹다는 표정을 짓고 있었다.

"이봐, 마이크. 그렇게 못난이처럼 굴지 마." 브렛이 말을 막고 나섰다. "나도 그 사람이 잘했다고 말하는 건 아냐." 그녀는 내 쪽으로 몸을 돌렸다.

마이크의 목소리에서는 이제 감정이 사라졌다. 우리는 다시 친구로 돌아왔다.

"겉으로 보이는 것처럼 그렇게 취하지 않았어." 그가 말했다.

"나도 알아." 브렛이 말했다.

"그렇다고 정신이 말짱한 사람은 하나도 없지." 내가 말했다.

"난 마음에 없는 말을 하지는 않았어."

"하지만 말하는 방법이 무척 서툴렀지." 브렛이 웃으며 말했다.

"그래도 그 녀석은 멍청이야. 저를 지긋지긋 싫어하는데도 산세바스티안까지 쫓아왔거든. 브렛 꽁무니를 따라다니며 그저 바라보고만 있는 거야. 구역질이 나서 견딜 수가 있어야지."

"아주 고약하게 굴었지." 브렛이 맞장구를 쳤다.

"알겠어? 브렛은 전에도 남자들하고 연애한 일이 있어. 내게는 뭐든지 다 말해 주거든. 그녀가 이 콘 녀석이 보낸 편지를 읽어 보라고 주더군. 읽고 싶지는 않았어."

"엄청나게 고상하시네."

"그런 게 아냐, 들어 봐, 제이크. 브렛은 남자들하고 싸다닌 적이 있지. 하지만 유대인하고 그런 적은 없어. 또 끝난 뒤에 그 사람들이 이렇게 따라다닌 적도 없고."

"참 괜찮은 사람들이었어. 그런 시시한 소리는 집어치워. 마이클하고 나는 서로 이해하고 있으니까." 브렛이 말했다.

"브렛이 로버트 콘이 보낸 편지를 보여 줬어. 읽고 싶지 않았어."

"당신은 어떤 편지든 안 읽잖아, 마이크. 내 편지도 읽지 않는걸."

"난 편지를 읽지 못해. 어때, 우습지?" 마이크가 말했다.

"당신은 아무것도 못 읽어."

"아냐. 그건 당신이 잘못 알고 있는 거야. 난 책을 꽤 많이 읽는 편이야. 집에 있을 때는 읽거든."

"이다음엔 아예 책을 쓰겠다고 나서시겠군. 이봐, 마이클. 힘 좀 내. 이젠 이런 건 잊어버려. 그 사람도 이곳에 와 있잖아. 그러니 축제를 망쳐 버리지 마." 브렛이 말했다.

"아, 그럴 테면 그 녀석더러 좀 얌전히 굴라고 해."

"얌전히 굴 거야. 내가 말할게."

"제이크, 네가 말해. 얌전히 굴든지, 아니면 빠져 주든지 해 달라고."

"그러지. 내가 말해 주는 게 낫겠어." 내가 대답했다.

"이봐, 브렛. 로버트가 당신을 뭐라고 부르는지 제이크에게 말해 봐. 죽여준다니까."

"어머, 싫어. 난 못해."

"해 봐. 우린 모두 친구니까. 우린 모두 친구 아냐, 제이크?"

"차마 내 입으로는 못해. 너무 우스꽝스러워서."

"그럼 내가 하지."

"하지 마, 마이클. 어리석게 굴지 마."

"그자는 브렛을 키르케*라고 불러. 브렛이 남자들을 돼지로 만든다는 거지. 참으로 멋지지 뭐야. 제발 나도 문학 하는 그런 친구가 되고 싶네." 마이크가 말했다.

"그 사람은 괜찮아질 거야. 편지를 잘 쓰잖아." 브렛이 말했다.

"그건 나도 알지. 산세바스티안에서 내게도 편지를 보냈으니까." 내가 말했다.

"그건 아무것도 아니야. 기가 막히게 재미있는 편지를 써." 브렛이 말했다.

"그 편지를 쓰게 한 게 브렛이야. 꾀병을 부려서 말이야."

"정말 병이 났었잖아."

"자, 이제 그만 식사하러 들어가." 내가 말했다.

"콘을 만나면 어떻게 해야 하나?" 마이크가 물었다.

"아무 일도 없었던 것처럼 행동해."

"난 아무렇지도 않아. 어색하지 않아." 마이크가 대꾸했다.

"뭐라고 하거든 그냥 취했다고만 해."

"그렇게 하지. 그런데 우스꽝스러운 건, 나도 취했던 것만 같아."

---

* 그리스 신화에 등장하는 마녀. 오디세우스의 부하들에게 술을 먹여 모두 돼지로 변하게 한다.

"어서 가. 이런 불쾌하기 짝이 없는 일은 후회가 막급해. 난 식사 전에 목욕을 해야겠어." 브렛이 재촉했다.

우리는 광장을 가로질러 갔다. 날은 벌써 어두웠고, 광장 주위 회랑 아래 카페들은 불빛을 환하게 밝히고 있었다. 우리는 나무 아래 자갈길을 걸어 호텔로 들어갔다.

두 사람은 위층으로 올라갔고 나는 걸음을 멈추고 몬토야와 얘기를 나누었다.

"황소들은 어떻던가요?" 그가 물었다.

"모두 훌륭하더군. 좋은 소들이었소."

"모두 훌륭하죠." 몬토야는 고개를 내저었다. "하지만 아주 썩 훌륭한 소들이 아닙니다."

"어디가 마음에 들지 않던가요?"

"글쎄, 잘 모르겠어요. 그저 썩 좋진 않다는 느낌이 드는군요."

"무슨 말인지 알 것도 같군."

"그래도 모두 좋은 놈들이죠."

"그래요. 좋더군요."

"친구분들은 뭐라고 하던가요?"

"좋다고 하오."

"잘됐군요." 몬토야가 말했다.

나는 위층으로 올라갔다. 빌은 자기 방 발코니에 서서 광장을 내려다보고 있었다. 내가 그 곁에 가서 섰다.

"콘은 어디 있어?"

"위층 자기 방에 있어."

“기분은 어때?”

“당연히 죽을 맛이지. 마이크 녀석 너무했어. 취하니까 끔찍하던데.”

“그렇게 취한 것도 아니었어.”

“물론 취하지 않았을 거야. 그 카페에 가기 전에 둘이서 마신 술을 내가 아는데.”

“조금 있으니까 술이 깨더라고.”

“그랬을 거야. 너무했어. 물론 나도 콘이 싫어. 그 친구가 산세바스티안에 간 건 정말 어리석은 짓이라고 생각해. 하지만 어느 누구도 마이크처럼 말할 순 없지.”

“황소들은 어땠어?”

“굉장했어. 황소들을 울타리로 내놓는 방법이 정말 멋졌어.”

“내일은 미우라 황소가 온대.”

“축제는 언제 시작해?”

“모레부터.”

“마이크가 너무 취하지 않도록 해야겠어. 그런 일은 끔찍하거든.”

“몸을 씻고 저녁 먹으러 가는 게 좋겠어.”

“그러지. 저녁이 맛있겠는걸.”

“그렇겠지?”

정말로 저녁 식사는 즐거웠다. 브렛은 소매 없는 검은색 드레스를 입고 있었다. 아주 예뻐 보였다. 마이크는 마치 아무 일도 없었던 것처럼 행동했다. 내가 올라가서 로버트 콘을 데리고 내려와야 했다. 그는 좀처럼 말이 없는 데다 격식을 차렸으며, 표정은 여전히 굳어 있고 핏기가 없었지만 나중에는 기분이 좋아졌다. 그는 브렛을 바라보지 않고서는 견딜 수가 없었다. 그래야 행복한 모양이었다. 그렇게 아름다운 그녀의 모습을 바라보고, 그녀와 함께 놀러 갔다 왔고 또 그 사실을 다들 알고 있다는 것이 그로서는 기분이 좋은 일임이 틀림없었다. 아무도 그에게서 그런 즐거움을 뺏을 수는 없었다. 빌은 무척 익살을 떨었다. 마이클도 마찬가지였다. 두 사람은 함께 잘 어울렸다.

그날 저녁 식사는 내가 기억하고 있는 전쟁터의 어느 만찬과 같았다. 포도주는 얼마든지 있고, 긴장은 무시해 버리고, 도저히 막을 수 없는 어떤 일이 다가오고 있다는 느낌이 들었다. 포도주 덕택으로 나는 불쾌한 기분을 잊고 행복했다. 하나같이 좋은 사람들이라는 생각이 들었다.

## 14

나는 몇 시에 잠자리에 들었는지 기억이 나지 않는다. 옷을 벗고 잠옷으로 갈아입고 발코니에 나가 서 있던 것이 기억난다. 무척 취했다는 것을 알고 방에 들어와 침대 머리맡 전등을 켜고 책을 읽기 시작했다. 투르게네프*의 작품을 읽고 있었다. 아마 똑같은 두 페이지를 대여섯 번이나 되풀이해서 읽었던 것 같다. 『사냥꾼의 일기』에 수록된 작품이었다. 전에도 읽은 적이 있지만 완전히 새로 읽는 느낌이 들었다. 전원 풍경이 아주 뚜렷이 눈앞에 떠오르면서 머릿속의 압박감이 누그러지는 듯했다. 나는 무척 취해 있어서 눈만 감으면 방이 빙빙 돌았기 때문에 눈을 감고 싶지 않았다. 만약 계속해서 책을 읽는다면 그런 느낌은 사라질 것이었다.

---

* 이반 세르게예비치 투르게네프(1818~1883). 러시아의 작가.

브렛과 로버트 콘이 계단을 따라 위층으로 올라오는 소리가 들렸다. 콘은 문밖에서 잘 자라고 인사를 하고 자기 방으로 올라갔다. 브렛이 옆방으로 들어가는 소리가 들렸다. 마이크는 벌써 잠자리에 들어 있었다. 그는 한 시간 전에 나하고 같이 올라왔던 것이다. 브렛이 들어오자 그는 잠이 깨어 둘이서 함께 이야기를 나누었다. 그들이 웃는 소리가 들렸다. 나는 불을 끄고 잠을 자려고 했다. 이제는 책을 더 읽을 필요가 없었다. 눈을 감아도 방이 빙빙 돌아가는 듯한 느낌이 들지 않았다. 그런데도 잠이 오지 않았다. 어둡다고 해서 밝을 때와 다르게 사물을 바라보아야 할 이유는 없다. 그럴 이유가 있을 턱이 없지 않은가!

언젠가 한번은 이런저런 생각을 한 끝에 꼬박 반년 동안 전깃불을 켜 둔 채로 잠자리에 들었다. 그것도 기발한 생각이었다. 어쨌든 여자들은 모두 꺼져 버리란 말이다! 브렛 애슐리, 너도 꺼져 버려!

여자들은 굉장한 친구가 될 수 있다. 굉장히 좋은 친구 말이다. 우정의 토대를 쌓으려면 먼저 여자와 사랑을 해 봐야 한다. 나는 브렛과 오래전부터 친구로 지내 왔다. 그녀 입장이 되어서 생각해 본 적은 한 번도 없다. 아무런 대가도 치르지 않고 뭔가를 얻고 있었던 것이다. 다만 계산서가 나오는 일이 늦어졌을 뿐이다. 그러나 계산서는 언제나 날아들었다. 이것만은 예측할 수 있는 멋진 일이었다.

나는 대가를 모두 지불했다고 생각했다. 여자가 지불하고 지불하고 또 지불하는 것과는 다른 방식이지만 말이다. 응보라든지 벌이라든지 하는 생각은 전혀 없었다. 그저 가치의 교환에 지나지 않았다. 어떤 것을 포기하고 다른 어떤 것을 손에 넣는 것이다. 또는 어떤 것을 얻기 위해 일을 하는 것이다. 조금이라도 도움이 될 만한 모든 것을 위해 어떤 방법으로든 그 대가를 치렀다. 내가 좋아하는 것을 충분히 얻기 위해 나름대로 값을 치렀고, 그래서 나는 즐거운 시간을 보냈다. 그것들에 관해서 배운다든지, 경험을 한다든지, 위험을 무릅쓴다든지, 아니면 돈을 지불함으로써 값을 치렀다. 삶을 즐긴다는 것은 지불한 값어치만큼 얻어 내는 것을 배우는 것이고, 그것을 얻었을 때 얻었다는 것을 아는 것이다. 누구든지 돈을 지불한 값어치만큼은 손에 넣을 수 있을 것이다. 이 세상은 무언가를 구입하기에 좋은 곳이다. 이건 아주 멋진 철학처럼 보인다. 그러나 앞으로 5년만 지나면 내가 일찍이 알고 있던 모든 훌륭한 철학이 그랬던 것처럼 이것 역시 그저 어리석게 보일 것이다.

그러나 어쩌면 그것도 진실은 아닐지 모른다. 아마 살아가면서 무언가를 배우는 것일 것이다. 나는 그것이 무엇이든 아랑곳하지 않았다. 내가 알고 싶은 것은, 이 세상에서 어떻게 살아가느냐 하는 것이다. 만약 이 세상에서 어떻게 살아 나갈 것인가를 알아낸다면, 그것이 무엇인지는 자연히 알게 되리라.

그러나 나는 마이크가 콘에게 그렇게 끔찍하게 대하지 않았으면 좋겠다고 생각했다. 마이크는 술버릇이 나빴다. 브렛은 술버릇이 좋았다. 빌도 술버릇이 좋았다. 콘은 결코 술에 취하는 법이 없었다. 마이크는 어느 정도가 지나면 불쾌해졌다. 나는 그가 콘의 감정을 상하게 하는 것을 보고 싶었다. 하지만 나중에 스스로에 대해서 불쾌해지기 때문에 그가 그런 짓을 하지 않았으면 하고 바랐다. 그게 바로 도덕이라는 것이다. 나중에 불쾌하게 느끼게 해 주는 것 말이다. 아니, 부도덕이라고 해야 할까. 이건 엄청난 진술이지. 밤이 되면 얼마나 쓸데없는 생각을 많이 하는가! 시시한 소리! 이렇게 말하는 브렛의 목소리가 들리는 것 같다. 시시한 소리! 영국인들하고 같이 있게 되면 생각할 때도 영국식 표현을 쓰는 버릇이 생기게 된다. 영국식 구어는 — 어쨌든 상류 계급에서는 — 틀림없이 에스키모어보다도 어휘 수가 적을 것이다. 물론 나는 에스키모 말에 대해 전혀 모른다. 어쩌면 에스키모 말은 훌륭한 언어일지도 모른다. 그럼 체로키* 말이라고 해 두자. 하지만 난 체로키 말에 대해서도 아무것도 모른다. 영국인은 굴절된 어구로 말한다. 한 어구로 모든 의미를 나타낸다. 하지만 나는 그들이 좋다. 그들이 지껄이는 방식이 좋다. 해리스만 해도 그렇다. 물론 해리스는 상류 계급은 아니지만 말이다.

나는 다시 불을 켜고 책을 읽기 시작했다. 투르게네프를 읽었다. 지금처럼 브랜디를 너무 마신 뒤 신경이 몹시 예민해진 상태로 읽으면 언젠가 한번 읽은 것처럼 기억이 나기도 하고, 또 뒷날에는 그것이 실제로 내게 일어났던 일처럼 느껴지기도 할 것이다. 언제나 그럴 것이다. 그런 것도 돈을 지불하고

* 북아메리카 원주민 부족의 하나.

나서 손에 넣는 또 다른 좋은 것이었다. 날이 밝으려고 할 무렵에야 나는 겨우 잠이 들었다.

팜플로나에서의 다음 이틀 동안은 조용했고, 소동은 두 번 다시 없었다. 시내에서는 축제를 맞이할 준비를 하고 있었다. 아침에 황소들이 울타리에서 풀려나 거리를 달려 투우장으로 들어갈 때 옆 골목으로 빠지는 것을 막기 위해 일꾼들이 말뚝을 박고 있었다. 일꾼들은 구덩이를 파고 각각 일정한 번호가 쓰여 있는 말뚝을 세웠다. 시가지 저쪽 고원에서는 투우장 종업원들이 투우장 뒤쪽 햇볕에 말라 딱딱해진 들판에서 피카도르*가 탈 말을 전속력으로 달려 굳은 다리를 풀며 훈련시키고 있었다. 투우장의 큰 문은 활짝 열려 있었고, 그 안의 원형 극장은 말끔히 청소를 하고 있었다. 투우장의 땅을 고르고 물을 뿌리고, 목수들이 약해졌거나 쪼개진 바레라**의 판자를 갈아 끼웠다. 판판하게 고른 모래땅 한쪽 끝에 서서 텅 빈 관람석을 올려다보면 노파들이 특별석을 쓸어 내는 모습이 보였다.

밖에서는 시내 맨 끄트머리에서 투우장 입구까지 통하는 울타리가 이미 완성되어 기다란 질주로를 이루고 있었다. 첫 번째 투우가 있는 날 아침에 군중은 황소에게 쫓기면서 이 길을 달릴 것이다. 말 시장과 우시장이 서는 들판 저편에는 집시

---

* 창으로 황소를 찔러서 성나게 함으로써 투우를 시작하게 하는 기수.

** 투우 경기장을 빙 둘러 빨갛게 칠한 보호벽.

들이 나무 아래에 캠프를 치고 있었다. 포도주와 아가르디엔테를 파는 사람들은 좌판을 세우고 있었다. 한 가게에는 "아니스 델 토로"*라는 광고가 붙어 있었다. 헝겊 깃발이 뜨거운 햇살을 받으며 판자에 매달려 있었다. 시내의 중심지인 큰 광장에는 아직껏 아무런 변화도 눈에 띄지 않았다. 우리는 카페의 테라스에서 흰 등나무 의자에 앉아 버스가 들어와 시장에 오는 시골 농부들을 내려놓는 모습을 바라보았으며, 또 시내에서 사들인 물건으로 부대를 가득 채운 농부를 잔뜩 태운 버스가 떠나는 모습을 바라보았다. 비둘기들과 자갈을 깐 광장에 호스로 물을 뿌리는 사람 말고는 높다란 회색 버스가 이 광장에서 유일하게 움직이는 물체였다.

저녁에는 행렬이 있었다. 저녁 식사가 끝나고 한 시간 동안 예쁘장한 아가씨, 수비대의 장교, 이 시내의 모든 유지(有志) 등 누구 할 것 없이 광장 한쪽 거리를 걸어갔으며, 카페의 테이블은 언제나 그렇듯 저녁 식사 뒤의 손님들로 붐볐다.

아침나절이면 나는 카페에 앉아 마드리드의 신문을 읽고 난 다음 시내를 돌아다니거나 교외로 산책을 나가거나 했다. 때로는 빌이 동행했다. 그는 때로 자기 방에서 글을 쓰기도 했다. 로버트 콘은 스페인어를 공부하거나 면도를 하러 이발소에 가거나 하면서 아침 시간을 보냈다. 브렛과 마이크는 정오 전에 일어나는 법이 없었다. 우리는 모두 카페에서 베르무트**

---

* "황소의 아니스 술."(스페인어)

** 여러 종류의 향료를 우려서 만든 리큐어의 일종.

를 마셨다. 조용하게 지냈고 아무도 술에 취하는 사람이 없었다. 나는 서너 번 성당에 갔고, 한 번은 브렛과 함께 갔다. 브렛은 내가 고해하는 것을 듣고 싶어 했지만 나는 그것이 불가능할 뿐 아니라 생각하는 것처럼 그렇게 재미도 없고, 게다가 그녀가 알아듣지 못하는 말로 한다고 얘기해 주었다. 우리가 성당에서 나올 때 콘을 만났다. 그가 우리 뒤를 따라온 것이 분명했지만, 그는 아주 쾌활하고 기분이 좋았다. 우리 셋은 같이 집시들의 캠프까지 산책을 갔고, 브렛은 거기서 점을 보았다.

상쾌한 아침으로 산 위에는 흰 구름이 높이 떠 있었다. 밤새비가 조금 내려서 고원은 신선하고 시원했으며 전망도 훌륭했다. 우리는 모두 기분이 좋았고 건강한 느낌이 들었으며, 나는 콘에게 무척 친근감을 느꼈다. 이런 날에는 어떠한 일을 당해도 마음이 산란해지는 일이 없는 법이다.

이날이 축제가 시작되기 전 마지막 날이었다.

# 15

7월 6일 일요일 정오에 축제는 폭발했다. 어떻게 달리 축제를 묘사할 도리가 없다. 온종일 시골에서 사람들이 쏟아져 들어왔지만 시골 사람들은 시내 사람들과 뒤섞여 버려 도저히 구별해 낼 수가 없었다. 광장은 다른 여느 날과 다름없이 뜨거운 태양 아래 조용했다. 농부들은 변두리 술집에 들어가 있었다. 그곳에서 술을 마시면서 축제를 기다렸다. 그들은 들판이나 산에서 금방 도착한 탓에 달라진 물가에 조금씩 익숙해질 필요가 있었다. 바로 카페에 들어가 술값을 쓸 수는 없었다. 선술집이라면 지불한 돈의 값어치만큼 손에 들어왔다. 아직은 돈이 일한 시간과 내다 판 곡식의 양만큼 정확한 가치가 있었다. 축제 후반으로 접어들 무렵이 되면 얼마를 지불하든, 어디에서 사든 그런 것은 조금도 문제가 되지 않을 것이다.

산페르민 축제가 시작되는 날, 농부들은 이른 아침부터 좁은 길거리의 선술집에 모여 있었다. 아침에 미사에 참석하려고 성당으로 통하는 길거리를 걸어 내려갔더니 선술집의 열린 창으로 그들이 노래 부르는 소리가 들렸다. 그들은 축제를 맞이할 준비를 하고 있었다. 11시 미사에는 많은 사람이 참석했다. 산페르민은 종교적인 축제이기도 하다.

나는 성당에서부터 언덕을 내려와 광장에 있는 카페를 향해서 걸어갔다. 정오가 되기 조금 전이었다. 로버트 콘과 빌이 테이블에 앉아 있었다. 대리석 상판 테이블과 흰 등나무 의자는 치워 버리고 없었다. 그 대신 철제 테이블과 보잘것없는 접는 의자들이 놓여 있었다. 카페는 마치 필요 없는 물건을 치우고 전투태세를 갖춘 전함과도 같았다. 오늘은 손님이 아침 내내 신문을 읽으며 앉아 있도록 그냥 내버려 두지 않고 반드시 웨이터가 와서 뭘 주문하겠느냐고 물어봤다. 내가 자리에 앉자마자 웨이터가 다가왔다.

"뭘 마시고 있어?" 내가 빌과 로버트에게 물었다.

"셰리." 콘이 대답했다.

"헤레스* 한 잔." 내가 웨이터에게 말했다.

웨이터가 셰리를 가지고 오기 전에 축제를 알리는 불꽃이 광장에서 하늘로 솟아 올랐다. 쾅하고 폭발하더니 광장 저쪽 가야레 극장 위로 하늘 높이 회색 연기 덩어리가 뭉게뭉게 피어올랐다. 연기 덩어리는 유산탄이 폭발한 것처럼 하늘에 떠 있었고, 내가 지켜보고 있는 동안 새로 불꽃 하나가 그것을 쫓

---

* "셰리."(스페인어)

아가 밝은 햇빛 속에 연기를 흩뿌려 놓았다. 또다시 불꽃이 폭발하며 내는 눈부신 섬광이 보이더니 또 다른 연기구름이 나타났다. 두 번째 꽃불이 터질 무렵에는 1분 전까지만 해도 텅 비어 있던 회랑에 어찌나 사람이 많이 몰려왔는지 웨이터는 술병을 머리 위로 높이 쳐든 채 군중을 헤치고 우리 테이블까지 오기도 힘들 정도였다. 사방팔방에서 사람들이 광장으로 모여들었고, 거리 아래쪽에서 피리와 젓대와 북을 울리며 다가오는 소리가 들렸다. 피리를 날카롭게 불고 북을 쿵쿵 울리며 리아우-리아루* 음악을 연주하고 있었으며, 그 뒤에는 어른들과 아이들이 춤을 추며 따라왔다. 젓대 소리가 멎으면 그들은 모두 거리에 웅크리고 앉았고, 젓대와 피리가 날카롭게 소리를 내고 나지막하고 단조롭고 속이 빈 듯한 소리로 북이 울리기 시작하면 그들은 다시 하나같이 공중으로 껑충껑충 뛰어오르며 춤을 추었다. 군중 속에서는 춤을 추는 사람들의 머리와 어깨가 올라갔다 내려갔다 하는 것이 보일 뿐이었다.

광장에서 한 사내가 허리를 굽힌 채 피리를 불며 가자 아이들이 떼를 지어 뒤따라가면서 소리를 지르고 그의 옷을 잡아당기기도 했다. 아이들이 뒤따르는 가운데 사내는 광장에서 빠져나와 카페 앞을 지나서 옆 골목으로 피리를 불면서 내려갔다. 소리를 지르고 옷을 잡아당기는 아이들을 거느리고 피리를 불며 지나갈 때 보니 박박 얽은 곰보 얼굴에는 아무런 표정도 없었다.

---

* 나바라 지방의 춤곡.

"저 친구는 틀림없이 이 마을의 백치일 거야. 저런! 저것 좀 봐." 빌이 말했다.

길 아래쪽에서 춤추는 사람들이 가까이 다가오고 있었다. 거리는 온통 춤을 추는 사내들로 가득했다. 그들은 저마다 피리를 불고 북을 치는 동료들 뒤에서 장단에 맞춰 춤을 추고 있었다. 어떤 클럽의 회원들인 모양이었는데, 하나같이 푸른색 작업복에다 목에는 붉은 손수건을 두르고 깃대 두 개에 큼직한 깃발을 매달아 들고 있었다. 그들이 군중에 둘러싸여 내려오는 동안 깃발도 함께 춤을 추듯 아래위로 들썩거렸다.

그 깃발에는 "포도주 만세! 외국인 만세!"라는 구절이 적혀 있었다.

"외국인들이 어디 있는 거야?" 로버트 콘이 물었다.

"우리가 외국인이지 뭐." 빌이 대답했다.

그러는 동안에도 쉴 새 없이 불꽃이 하늘 높이 솟아올랐다. 카페의 테이블은 이제 빈자리 하나 없이 만원을 이루었다. 광장에 점점 인적이 뜸해지면서 군중은 카페를 가득 채웠다.

"브렛하고 마이크는 어디 있는 거야?" 빌이 물었다.

"내가 가서 찾아올게." 콘이 말했다.

"이리로 데리고 와."

축제는 이제 정말로 시작되었다. 일주일 동안이나 밤낮으로 계속되었다. 계속해서 춤을 추고 계속해서 술을 마시고 계속해서 떠들어 댔다. 축제 기간이 아니면 일어날 수 없는 일들이 일어났다. 마침내 모든 것이 아주 비현실적인 것이 되어 버리고 모든 것이 전혀 문제가 되지 않는 것처럼 보였다. 축제

동안에 어떤 중요한 것을 생각한다는 것은 어울리지 않는 듯했다. 축제 동안은 조용할 때라도 큰 소리를 질러야만 자기 소리가 들릴 것 같은 느낌이 들었다. 어떤 행동을 해도 똑같은 느낌이 들었다. 그것이 바로 축제였고, 이런 축제가 일주일 동안이나 계속되었던 것이다.

그날 오후에는 성대한 종교 행렬이 있었다. 산페르민 성인(聖人)을 한 성당에서 다른 성당으로 옮겨 갔다. 이 행렬에는 시민 사회와 종교계의 고위 인사가 모두 참가했다. 사람이 너무 많아서 우리는 그들을 볼 수가 없었다. 의식 행렬의 앞뒤에서는 리아우-리아우 춤을 추었다. 군중 속에서 노란 셔츠를 입은 한 패거리가 뛰어올랐다 내려갔다 하면서 춤을 추었다. 골목길과 연석을 가득 메운 군중 사이로 큼직한 거인들, 15미터쯤 되는 담배 가게의 인디언 인형들, 무어인들, 왕과 왕비가 리아우-리아우 음악에 맞춰 빙글빙글 원을 그리며 장엄하게 왈츠를 추는 모습만이 보일 뿐이었다.

산페르민 성인과 고위 인사들은 성당 안으로 들어가고 성당 밖에는 호위병들만 서서 기다리고 있었다. 거인 인형들 안에서 춤을 추던 사람들은 인형을 내려놓고 그 옆에 서 있고, 난쟁이들은 고무풍선을 들고 군중 사이를 돌아다니고 있었다. 안으로 들어 가려 하자 향냄새와 열을 지어 성당 안에 들어가는 사람들 냄새가 났다. 그러나 브렛은 모자를 쓰고 있지 않았기 때문에* 바로 문 앞에서 제지당했고, 우리는 되돌아 나

* 전통적으로 유럽에서 여성은 모자를 쓰지 않고서는 성당에 들어갈 수 없었다.

와 성당에서 거리로 통하는 거리를 따라 걸었다. 돌아오는 행렬을 구경하려고 보도에 자리를 잡은 사람들이 길 양쪽에 죽 늘어서 있었다. 춤추는 사람 몇몇이 브렛을 둥그렇게 둘러싸고 춤을 추기 시작했다. 그들은 목에 큼직한 흰 마늘 화환을 걸고 있었다. 그들은 빌과 나의 팔을 잡아끌어 빙빙 원을 그리는 패거리에 집어넣었다. 빌도 같이 춤을 추기 시작했다. 그들은 모두 노래를 부르고 있었다. 브렛은 춤을 추고 싶어 했지만 그들이 추지 못하게 했다. 그들은 그녀를 한가운데 우상처럼 모셔 놓고 빙빙 돌면서 추고 싶었던 것이다. 날카로운 음성으로 "리아우-리아우!"를 외치면서 노래가 끝나자, 그들은 우리를 술집으로 떠밀고 들어갔다.

우리는 카운터 앞에 섰다. 그들은 브렛을 술통 위에 걸터앉혔다. 술집 안은 캄캄했고 고래고래 소리를 지르면서 노래하는 남자로 가득했다. 그들은 카운터 뒤에 있는 술통에서 포도주를 따랐다. 내가 술값을 카운터에 내려놓자 한 사내가 그 돈을 집어 내 호주머니에 도로 넣어 주었다.

"가죽 술 주머니가 있었으면 좋겠는데." 빌이 말했다.

"거리를 내려가면 파는 곳이 있어. 내가 가서 두서너 개 사 올게." 내가 말했다.

춤을 추던 사람들은 나를 술집 밖으로 못 나가게 했다. 세 사람이 브렛 옆 높은 술통 위에 앉아서 그녀에게 가죽 술 주머니에 입을 대고 술을 마시는 법을 가르쳐 주고 있었다. 또 그들은 브렛 목에 흰 마늘 화환을 걸어 주었다. 어떤 사내는 브렛에게 유리잔을 하나 주겠다고 고집을 부렸다. 또 어떤 사내는 빌에게 노래를 가르쳐 주고 있었다. 빌의 귀에 대고 노래를 부르면서 등을 두드려 박자를 맞추었다.

나는 그들에게 곧 돌아온다고 설명했다. 밖으로 나가 길거리를 걸어가면서 가죽 술 주머니 만드는 집을 찾아보았다. 보도에는 사람들이 빽빽이 들어찼고, 가게는 문을 닫은 곳이 많아서 그런 가게를 찾을 수 없었다. 길 양쪽을 살피면서 성당까지 걸어갔다. 그러고 나서 어떤 사람에게 물었더니 그는 내 팔을 끌고 그 가게까지 직접 데려다 주었다. 셔터는 내렸지만 문은 열려 있었다.

가게 안은 새로 무두질한 가죽과 뜨거운 타르 냄새가 났다. 한 사내가 막 완성한 가죽 술 주머니에 스텐실로 글자를 찍어 넣고 있었다. 가죽 술 주머니들이 천장에 주렁주렁 매달려 있었다. 그는 그중 하나를 내려서 바람을 넣고 주둥이를 마개로 단단히 막은 다음 그 위에 올라섰다.

"자, 보셨죠! 새지 않습니다."

"하나 더 주시오. 큰 것으로."

그는 1갤런이나 그 이상도 들어갈 큰 자루를 천장에서 내렸다. 술 주머니보다 자기 볼이 먼저 불룩해지면서 바람을 넣더니 의자를 붙들고 그 주머니 위에 올라섰다.

"어디다 쓰려고 합니까? 바욘에 갖고 가서 팔 건가요?"

"아뇨. 술을 마시려고요."

그러자 그는 내 등을 찰싹 때렸다.

"좋소. 두 개에 8페세타만 내쇼. 가장 싸게 드리는 가격이오."

새 술 주머니에 글자를 찍어 넣어 다른 무더기에 던지고 있던 다른 사내가 일손을 멈췄다.

"정말이오. 8페세타면 참 싸죠." 그가 말했다.

나는 돈을 지불하고 나와서 술집으로 돌아갔다. 술집 안은 아까보다도 더 컴컴하고 사람들로 아주 붐볐다. 브렛과 빌이 보이지 않았는데 누군가가 그들이 뒷방에 있다고 했다. 카운터에서 젊은 아가씨가 내 가죽 술 주머니 둘에 포도주를 가득 채워 주었다. 하나는 2리터가 들어가고, 또 다른 하나는 5리터가 들어갔다. 둘을 가득 채운 값이 3페세타 60센티모였다. 전에 한 번도 본 적이 없는 어떤 사람이 카운터에서 그 술값을 치르려고 했지만 결국 내가 돈을 냈다. 나 대신 돈을 치르고 싶어 하던 사람은 내게 포도주를 한 잔 샀다. 다음에는 내가 한 잔 사겠다니까 그는 그만두라고 하면서 새 술 주머니로 한 모금만 마시게 해 달라고 했다. 그가 큰 주머니 마개를 빼고 들어 올려 주머니를 짜니 술 줄기가 쭉쭉 소리를 내며 목구멍 속으로 흘러들어 갔다.

"이제 됐습니다." 그는 가죽 술 주머니를 내게 돌려주었다.

뒷방에는 브렛과 빌이 춤추는 사람들에게 둘러싸여 술통 위에 앉아 있었다. 모두들 옆사람과 어깨동무를 하고 노래를 부르고 있었다. 마이크는 셔츠 차림을 한 사내 몇 명과 테이블에 앉아서 다진 양파와 식초를 넣은 참치를 사발에 담아 먹고 있었다. 그들은 하나같이 포도주를 마시고 빵 조각으로 기름과 비니거를 닦아서 먹고 있었다.

"어이, 제이크. 어이! 이리로 와. 내 친구들을 만나 봐. 우린 지금 오르되브르를 먹고 있어." 마이크가 말했다.

나는 테이블에 둘러앉은 사람들에게 소개되었다. 그들은 마이크에게 각자의 이름을 말하고 나를 위해 포크를 가져오게 했다.

"이제 그 사람들 식사를 그만 빼앗아 먹어, 마이클." 브렛이 술통 위에서 소리 질렀다.

"당신들 식사를 빼앗아 먹고 싶지는 않은데요." 누군가가 내게 포크를 주기에 내가 말했다.

"드시오. 먹으라고 여기 갖다 놓은 음식이 아니겠소?" 그가 말했다.

나는 큰 가죽 술 주머니 마개를 따서 사람들에게 쭉 돌렸다. 모두들 팔을 힘껏 뻗어 술 주머니를 쳐들고 한 모금씩 마셨다.

밖에서는 지나가는 행렬의 악대 소리가 술집 안의 노랫소리보다 더 크게 들렸다.

"저건 행렬 아니야?" 마이크가 물었다.

"나다.* 아무것도 아니오. 어서 쭉 마시기나 하시오. 술병을 높이 드시오." 누군가가 말했다.

"넌 어디 있다가 이리로 붙잡혀 왔어?" 내가 마이크에게 물었다.

"누군가가 나를 이리로 데려다 주더군. 당신들이 여기 있다고 하면서." 마이크가 대답했다.

"콘은 어디 있어?"

"나가떨어져 버렸어. 어디론가 데리고 가 버렸어." 브렛이

* "아뇨."(스페인어)

큰 소리로 대답했다.

"어디 있는데?"

"모르지."

"우리가 어떻게 알겠어? 아마 죽었을 거야." 빌이 대답했다.

"죽지 않았어. 죽지 않은 건 내가 알지. 아니스 델 모노*를 마시고 뻗어 버린 것뿐이야." 마이크가 말했다.

그가 아니스 델 모노라는 말을 하자 테이블에 앉아 있던 사내가 얼굴을 들고 겉옷에서 술병 하나를 꺼내어 내게 건네주었다.

"괜찮습니다. 고맙습니다만, 이러지 않으셔도 되는데요!" 내가 말했다.

"자, 자, 아리바! 병을 높이 들라고요!"

나는 한 모금 쭉 들이켰다. 감초 냄새가 났고 목구멍으로 넘어가는 동안 화끈했다. 위에 들어가서도 화끈해지는 것을 느낄 수 있었다.

"콘은 도대체 어디 간 거야?"

"몰라." 마이크가 대답했다. "내가 물어보지. 술 취한 우리 친구는 지금 어디 있소?" 그가 스페인어로 물었다.

"만나고 싶소?"

"예, 그래요." 내가 대답했다.

"내가 아니오. 이 양반이." 마이크가 말했다.

아니스 델 모노를 권하던 사람이 입을 훔치고는 자리에서

---

* 아니스 열매로 향을 낸 술.

벌떡 일어섰다.

"자, 이리 따라오시오."

뒷방 술통 위에서 로버트 콘은 조용히 잠을 자고 있었다. 방 안이 너무 어두워서 그의 얼굴은 거의 보이지 않았다. 웃옷 하나를 덮고 있었으며, 머리 밑에도 상의를 접어서 베개처럼 고이고 있었다. 목과 가슴에는 마늘을 꼬아 만든 큼직한 화환이 걸려 있었다.

"잠을 자게 그냥 내버려 두시오. 아무 염려 없소." 그 사내가 말했다.

두 시간이 지난 뒤 콘이 나타났다. 아직도 마늘 화환을 목에 건 채 앞방으로 나왔다. 그가 들어서자 스페인 사람들은 환호를 질렀다. 콘은 눈을 비비고 빙그레 웃었다.

"잠이 들었던 모양이야." 그가 말했다.

"어머, 아니야. 전혀 안 잤어." 브렛이 말했다.

"잠깐 죽어 있었던 것뿐이야." 빌이 말했다.

"저녁 먹으러 안 갈 거야?" 콘이 물었다.

"식사하고 싶어?"

"그럼, 해야지. 배가 고픈데."

"그 마늘을 먹지그래, 로버트. 정말이야. 그 마늘을 먹으라고." 마이크가 말했다.

콘은 그대로 서 있었다. 자고 나니까 정신이 말똥말똥해진 모양이었다.

"식사하러 가. 난 목욕을 해야겠어." 브렛이 말했다.

"자, 이제 가자. 브렛을 호텔까지 데려다 줘야 해." 빌이 말했다.

우리는 여러 사람에게 작별 인사를 하고 악수를 나누고 밖으로 나왔다. 바깥은 어두웠다.

"몇 시나 됐을까?" 콘이 물었다.

"벌써 내일이야. 그러니 당신은 이틀이나 잔 거야." 마이크가 말했다.

"그럴 리 없어. 지금 몇 시나 됐어?" 콘이 물었다.

"10시야."

"엄청나게 마셨군그래."

"우리가 엄청나게 마셨다는 말이지. 넌 잠만 잤으니."

호텔을 향해 어두운 거리를 따라 내려갈 때 광장에서 불꽃이 하늘로 솟아오르는 것이 보였다. 광장으로 가는 옆길 아래쪽에는 사람들이 빽빽하게 모여 있었고 그 가운데에서는 하나같이 춤을 추고 있었다.

호텔의 식사는 진수성찬이었다. 축제 때문에 값을 두 배로 올린 이후로 처음 나오는 식사였는데 새로운 요리가 서너 가지나 되었다. 저녁 식사를 마치고 우리는 거리로 나갔다. 나는 아침 6시에 황소들이 거리를 달리는 구경을 하기 위해 밤을 새울 결심을 한 것이 생각났지만 어찌나 졸린지 4시쯤에 잠자리에 들었다. 다른 친구들은 꼬박 밤을 새웠다.

내 방은 잠겨 있고 열쇠를 찾을 수가 없어 나는 위층으로 올라가 콘의 방에 있는 침대 가운데 하나에서 잠을 잤다. 밤중에도 밖에서는 축제가 계속되었지만 나는 너무 졸려서 도저히 깨어 있을 수가 없었다. 시내 변두리 울타리에서 황소들을 내

몰기 시작했음을 알리는 불꽃이 터지는 소리에 잠이 깼다. 황소들은 거리를 치달려 투우장으로 갈 것이다. 곤히 잠을 자고 있던 나는 너무 늦었구나 하고 느끼며 잠에서 깨었다. 콘의 상의를 걸치고 발코니로 나갔다. 좁은 길 아래쪽은 텅텅 비어 있었다. 발코니마다 사람들로 가득했다. 그때 갑자기 군중이 길거리 아래쪽으로 내려왔다. 그들은 바싹 붙어서 거리를 달리고 있었다. 그들은 거리를 지나 투우장 쪽으로 뛰어갔고, 그 뒤에서는 더 많은 사람들이 더 빨리 달리고 있었고, 몇몇 뒤처진 사람들은 그야말로 온 힘을 다해 뛰고 있었다. 그 뒤로는 약간 간격을 두고 황소들이 고개를 끄덕거리며 빠른 걸음으로 달려왔다. 그들은 모퉁이를 돌아 시야에서 사라져 버렸다. 한 사내가 넘어져 도랑에 구르더니 움직이지 않고 가만히 누워 있었다. 그러나 황소들은 똑바로 뛰어갔고 그를 거들떠보지도 않았다. 황소들은 모두 한 덩어리가 되어 뛰어갔다.

황소들이 모두 시야에서 사라지자 투우장에서 큰 함성이 터져 나왔다. 그 함성은 끊이지 않고 계속해서 들렸다. 그러고 나서 마침내 황소들이 투우장에 있는 사람들 사이를 뚫고 안으로 들어갔다는 것을 알리는 불꽃이 하늘 높이 솟아올랐다. 나는 방으로 돌아가 침대로 들어갔다. 맨발로 돌 발코니에 서 있었던 것이다. 우리 일행은 틀림없이 투우장에 가 있을 것이다. 잠자리에 돌아와서 곧 잠이 들어 버렸다.

콘이 방에 들어와 나를 깨웠다. 그는 옷을 벗기 시작하다가 길 건너편 발코니에 있는 사람들이 방 안을 들여다보자 창가로 가서 창문을 닫았다.

"구경하고 왔어?" 내가 물었다.

"그럼. 모두들 그곳에 있었어."

"부상당한 사람은 없었고?"

"황소 한 마리가 투우장에 있는 군중 속으로 뛰어들어 여섯 명인지 여덟 명인지 떠받았어."

"브렛은 어땠어?"

"너무 갑작스러워서 다른 사람을 살필 여유도 없었지."

"나도 갔더라면 좋았을걸."

"우린 네가 어디 있는지 몰랐어. 방에 가 봤는데 문이 잠겨 있더군."

"밤새도록 어디 있었어?"

"어떤 클럽에서 춤을 췄지."

"난 잠이 쏟아지던데." 내가 말했다.

"맙소사! 난 이제야 잠이 쏟아져. 이놈의 소란은 그치지 않는 모양이지?" 콘이 말했다.

"일주일 동안은 그치지 않아."

그때 빌이 문을 열고 얼굴을 디밀었다.

"어디 갔었어, 제이크?"

"발코니에서 황소들이 뛰어가는 걸 구경했어. 그래, 재미있던가?"

"굉장하더군."

"어디 가?"

"잠을 자려고."

정오가 될 때까지 아무도 일어나지 않았다. 우리는 회랑 밑에 내놓은 테이블에서 식사를 했다. 시내 거리는 사람들로 가득했다. 우리는 테이블이 나기를 기다려야 했다. 점심을 먹은 뒤에는 이루냐에 갔다. 그곳은 벌써 만원이었는데 투우 시간이 가까워져 오자 더욱더 만원이 되어 테이블이 한층 더 혼잡했다. 투우가 있기 전에는 날마다 이렇게 숨이 막힐 듯 혼잡하고 시끌벅적했다. 이 카페는 아무리 사람이 많더라도 다른 날 같으면 이렇게 소란스럽지는 않았다. 이 소란은 계속되었고, 우리도 소란의 일부가 되어 있었다.

나는 투우 경기 전체에 여섯 좌석을 예약해 두었다. 그중 셋은 바레라로 링사이드의 첫 번째 줄에 있는 좌석이고, 셋은 소브레푸에르토로 원형극장 중간쯤 높이에 나무 등받이가 있는 좌석이었다. 브렛이 처음 구경하는 투우인 만큼 마이크는 높은 좌석에서 관람하는 것이 좋다고 생각했고, 콘은 그들과 같이 앉아 있고 싶어 했다. 빌과 나는 바레라에 앉기로 하고, 남은 표를 웨이터에게 팔라고 주었다. 빌은 콘에게 말에 신경을 쓰지 않기 위해서 어떻게 해야 하며, 또 어떻게 쳐다봐야 하는지 일러 주었다. 빌은 투우를 한 시즌 관람한 적이 있었던 것이다.

"그것을 어떻게 견딜까 하는 것은 걱정하지 않아. 다만 따분할까 봐 걱정될 뿐이지." 콘이 말했다.

"그렇게 생각해?"

"황소가 말들을 떠받고 난 뒤에는 말들을 쳐다보면 안 돼. 돌진해 와서 피카도르가 황소를 떼어 놓으려고 하는 것만 보라고. 하지만 말이 떠받히거든 죽을 때까지는 두 번 다시 쳐다봐선 안 돼." 내가 브렛에게 말했다.

"조금은 걱정이 돼. 끝까지 잘 지켜볼 수 있을까." 브렛이 말했다.

"괜찮을 거야. 신경이 쓰이는 건 말 장면밖에 없는 데다, 황소 한 마리를 상대할 때마다 겨우 몇 분밖에 걸리지 않으니까. 끔찍하면 안 보면 그만이야."

"브렛은 괜찮을 거야. 내가 돌봐 줄 테니까." 마이크가 말했다.

"넌 따분하진 않을 것 같군." 빌이 말했다.

"난 호텔에 가서 쌍안경하고 가죽 술 주머니를 갖고 와야겠어. 다시 돌아와 이곳에서 만나. 술에 취하진 말고." 내가 말했다.

"나도 같이 가겠어." 빌이 말했다. 브렛이 우리에게 미소를 지어 보였다.

우리는 광장의 열기를 피하려고 회랑을 한 바퀴 빙 돌아서 걸어갔다.

"그 콘이란 녀석 말이야, 정말 비위가 뒤집히는데. 그놈의 유대인 우월감이 어찌나 강한지 투우를 보며 느낄 감정이 고작 따분하다는 것뿐이라니." 빌이 말했다.

"쌍안경으로 그 녀석을 자세히 지켜보자." 내가 말했다.

"아, 지옥으로나 꺼져 버려야 할 녀석!"

"그러잖아도 지금 지옥에서 많은 시간을 보내고 있어."

"그곳에서 영원히 나오지 말았으면 좋겠는걸."

호텔 계단에서 우리는 몬토야를 만났다.

"아, 손님. 페드로 로메로를 만나 보고 싶지 않습니까?" 몬토야가 물었다.

"그거 좋소. 만나러 갑시다." 빌이 말했다.

우리는 몬토야를 따라 계단을 올라가 복도를 걸어갔다.

"8호실에 있어요. 투우 시합을 위해 지금 투우복으로 갈아입고 있는 중입니다." 몬토야가 설명했다.

몬토야는 노크한 뒤 방문을 열었다. 좁은 거리가 바라다보이는 창에서 햇빛이 조금 들어오는 어둠침침한 방이었다. 수도원식 칸막이로 갈라놓은 침대 두 개가 놓여 있었다. 전등이 켜져 있었다. 청년은 투우복을 입은 채 꼿꼿한 자세로 미소도 짓지 않고 서 있었다. 재킷은 의자 등받이에 걸려 있었다. 사람들이 이제 막 장식 띠를 둘러 주고 난 참이었다. 그의 검은색 머리가 전등불을 받아 반짝거렸다. 그는 흰 리넨 셔츠를 입고 있었고, 검(劍)잡이가 그의 띠를 다 둘러 주고 일어나서 뒤로 물러섰다. 페드로 로메로는 고개를 끄덕였고 우리와 악수를 할 때는 그 모습이 무척 초연하고 품위가 있어 보였다. 몬토야가 우리가 굉장한 투우 애호가라고 소개를 하면서 행운을 빌어 주러 왔다고 말했다. 로메로는 아주 진지하게 그 말에 귀를 기울였다. 그러고는 내 쪽으로 몸을 돌렸다. 나는 이제까지 그처럼 잘생긴 투우사는 본 적이 없었다.

"투우를 보러 가시는군요." 그가 영어로 말했다.

"영어를 할 줄 아는군요." 이렇게 말을 하고 나니 내가 멍청하다는 생각이 들었다.

"그렇지도 않습니다." 그가 이렇게 대답하고 미소를 지었다.

침대에 앉아 있던 세 사람 가운데 한 명이 우리에게 다가와 프랑스어를 할 줄 아느냐고 물었다. "통역해 드릴까요? 페드로 로메로에게 뭐 물어보고 싶은 게 있습니까?"

우리는 그 사람에게 고맙다고 말했다. 물어보고 싶은 것이 있느냐고? 그 청년은 열아홉 살로 검잡이와 붙어 다니는 측근 세 사람 말고는 혼자이며, 20분 뒤에는 투우가 시작될 예정이 아닌가. 우리는 그에게 "무차 수에르테!"*라고 말하고 악수를 한 뒤 방에서 나왔다. 우리가 방문을 닫을 때 그는 꼿꼿하고 멋진 자세로 측근들이 있어도 방 안에 혼자서 외롭게 서 있었다.

"훌륭한 청년이죠. 그렇게 생각하지 않습니까?" 몬토야가 물었다.

"잘생긴 청년이오." 내가 대답했다.

"토레로**답게 생겼죠. 모범적인 투우사죠." 몬토야가 말했다.

"훌륭한 청년이오."

"투우장에서 어떨지 두고 보죠." 몬토야가 말했다.

우리는 내 방 벽에 기대 둔 큰 가죽 술 주머니를 찾아내어 쌍안경과 함께 갖고 나와 문을 잠그고 아래층으로 내려갔다.

훌륭한 투우였다. 빌과 나는 페드로 로메로에게 몹시 흥분했다. 몬토야는 열 좌석가량 떨어진 곳에 앉아 있었다. 로메로가 맨 처음 황소를 죽였을 때 몬토야는 나와 시선을 마주치며 고개를 끄덕였다. 이것은 진짜 투우였다. 오랫동안 진짜 투우

---

* "행운을 비네!"(스페인어)

** "투우사."(스페인어)

가 없었던 것이다. 다른 투우사 둘 가운데 하나는 그런대로 꽤 괜찮았고, 또 하나는 그럭저럭 낙제점을 가까스로 면한 정도였다. 물론 그가 상대한 황소도 변변치 않았지만 로메로와 견줄 만한 투우사는 없었다.

투우를 하는 동안 나는 몇 번이나 쌍안경으로 마이크와 브렛과 콘을 올려다보았다. 모두들 괜찮아 보였다. 브렛은 동요한 기색이 별로 없었다. 세 사람 모두 앞에 있는 콘크리트 난간 밖으로 몸을 내밀고 있었다.

"쌍안경 좀 이리 줘 봐." 빌이 말했다.

"콘이 지루해 보여?" 내가 물었다.

"저 유대인 녀석!"

투우가 끝난 뒤 투우장 밖엔 많은 사람이 몰려 꼼짝할 수도 없었다. 헤치고 나갈 도리가 없었지만 전체가 한 덩어리가 되어 마치 빙하처럼 천천히 움직여서 시내로 돌아갔다. 우리는 투우가 있은 다음이면 언제나 느끼는 산란한 감정을 느꼈고, 좋은 투우를 보고 난 뒤에 늘 그렇듯 들떠 있었다. 축제는 계속되고 있었다. 북이 둥둥 울리고 피리가 날카롭게 울렸으며, 가는 곳마다 춤추는 사람들 때문에 군중의 물결이 여기저기에서 끊기곤 했다. 춤추는 사람들이 군중 속에 파묻혀 있었기 때문에 그 복잡한 발의 동작은 보이지 않았다. 보이는 것이라곤 올라왔다 내려갔다, 올라왔다 내려갔다 하는 머리와 어깨뿐이었다. 마침내 우리는 군중 속에서 가까스로 빠져나와 카페로 향했다. 웨이터가 나머지 우리 일행을 위해 의자를 남겨 두었고, 우리는 압생트를 한 잔씩 주문하고 광장의 군중과 춤추는 사람들을 지켜보았다.

"호타*의 일종이야."

"똑같은 춤을 추는 게 아닌데. 모두들 다른 곡조에 맞춰서 다르게 춤을 추고 있어." 빌이 말했다.

"멋진 춤이지."

우리 앞쪽 거리 빈터에서 청년 한 패거리가 춤을 추고 있었다. 스텝이 무척 복잡하고 얼굴이 긴장된 채 주의를 집중하고 있었다. 춤을 추는 동안은 모두들 아래쪽을 내려다보고 있었다. 밧줄로 창을 댄 신발이 보도에 닿을 때마다 토닥토닥 소리를 냈다. 발가락이 땅에 닿았다. 뒤꿈치가 닿았다. 발바닥의 동글게 나온 부분이 닿았다. 그러고 나서 음악이 거세게 울리면서 스텝이 그쳤다. 그들은 모두 춤을 추면서 거리 위쪽을 따라 올라갔다.

"저기 신사들이 오시는군." 빌이 말했다.

그들은 거리를 건너오고 있었다.

"어이, 여보게들!" 내가 말했다.

"아, 신사 양반들! 우리를 위해 자리를 잡아 뒀어? 친절도 하셔라." 브렛이 말했다.

"정말이지. 그 로메로 뭐라든가 하는 친구 대단한 녀석이던데. 아니면 내가 잘못 본 건가?" 마이크가 말했다.

"아, 정말로 멋져 보이지 않았어? 또 그 초록색 바지는 어떻고." 브렛이 말했다.

---

* 남녀 두 사람이 캐스터네츠를 들고 추는 스페인 춤.

"브렛은 바지에서 눈을 떼지 못하더군."

"그게 말이야, 내일은 쌍안경을 좀 빌려야겠어."

"그래, 어땠어?"

"훌륭해! 최고야. 정말 멋져! 정말 장관이었다고."

"말들은 어땠어?"

"쳐다보지 않을 수 없었지."

"말에서도 눈을 떼지 못하는 게 아니겠어. 굉장한 말괄량이지 뭐야." 마이크가 말했다.

"말들이 참혹한 꼴을 당하더군. 그런데도 차마 눈을 돌릴 수가 없었어." 브렛이 말했다.

"기분은 괜찮았어?"

"조금도 기분이 나쁘지 않았어."

"하지만 로버트 콘은 기분이 나빴지. 당신은 안색이 아주 창백하던데, 로버트." 마이크가 끼어들었다.

"첫 번째 말은 고약하더군." 콘이 대답했다.

"따분하지는 않았어?" 빌이 물었다.

그러자 콘이 껄껄 웃었다.

"아니. 따분하지 않았어. 내가 그런 말을 한 건 용서해."

"괜찮아. 네가 지루하지만 않았다면 말이야." 빌이 대꾸했다.

"따분해 보이는 것 같지는 않던데. 난 구역질하려는 걸로 생각했지." 마이크가 말했다.

"그렇게까지 고약하진 않았어. 그것도 잠깐이었고."

"난 이 사람이 구역질하려는 줄로만 알았지 뭐야. 따분하지는 않았겠지, 로버트?"

"그 얘긴 이제 그만둬, 마이크. 미안하게 됐다고 하지 않았어."

"정말이야. 안색이 아주 창백해졌다고."

"아, 이제 제발 그만해 둬, 마이클." 브렛이 말했다.

"첫 번째 투우에서 따분해서야 안 될 말씀이지, 로버트. 그러면 아주 엉망이 되잖아." 마이크가 말했다.

"아, 제발 그만둬, 마이클." 브렛이 말했다.

"이 사람이 브렛더러 사디스트라고 했어. 브렛은 사디스트가 아냐. 그저 귀엽고 건전한 말괄량이일 뿐이지." 마이크가 말했다.

"당신 사디스트야, 브렛?" 내가 물었다.

"아니길 바라."

"브렛이 튼튼하고 건강한 위장을 가졌다는 이유만으로 이 친구는 사디스트라는 거야."

"튼튼한 게 그리 오래가지는 못할 거야."

빌이 마이크에게 콘 말고 다른 화제로 말을 걸려고 했다. 웨이터가 압생트 잔을 가지고 왔다.

"정말로 투우가 좋던가?" 빌이 콘에게 물었다.

"아냐, 좋다고 할 순 없어. 하지만 훌륭한 구경거리라고는 생각해."

"정말 그래! 좋은 구경거리였지!" 브렛이 맞장구를 쳤다.

"말이 등장하는 장면만 없으면 좋겠지만." 콘이 말했다.

"그건 중요한 게 아냐. 조금만 있으면 아무것도 불쾌하게 느끼지 않게 되니까." 빌이 대꾸했다.

"처음에 막 시작할 때가 조금 심했지. 황소가 막 말을 향해서 돌진할 때는 나도 한순간 오싹했거든." 브렛이 말했다.

"황소들은 훌륭하더군." 콘이 말했다.

"아주 좋았지." 마이크가 대꾸했다.

"다음번에는 아래 좌석에 앉고 싶어." 브렛은 압생트 잔을 들어 마셨다.

"투우사들을 가까이서 보고 싶대." 마이크가 말했다.

"그 사람 정말로 멋있어. 그 로메로라는 청년은 아직 어린애더군." 브렛이 말했다.

"굉장히 잘생긴 청년이지. 우리가 그 친구 방에 올라갔을 때 이런 미남은 처음이라고 생각했으니까." 내가 말했다.

"몇 살이나 됐을까?"

"열아홉이나 스무 살쯤 되겠지."

"아, 멋져."

이튿날 투우는 첫날보다도 훨씬 더 훌륭했다. 브렛은 바레라석에서 마이크와 나 사이에 앉았고, 빌과 콘이 위쪽 좌석으로 올라갔다. 그야말로 로메로의 독무대였다. 브렛은 다른 투우사들은 아예 거들떠보지도 않는 것 같았다. 고집불통인 전문가를 제외하고는 다른 사람들도 모두 그랬다. 로메로 한 사람뿐이었다. 투우사는 두 사람이 더 있었지만 별 볼일이 없었다. 나는 브렛 옆에 앉아서 투우가 어떻게 돌아가는지 모두 설명해 주었다. 황소가 피카도르에게 덤빌 때는 말을 보지 말고 황소만 보라고 일러 주었다. 또한 피카도르가 창끝으로 찌르는 것을 잘 보아야 무엇 때문에 그러는지 알게 되고, 분명한 목적이 있어서 그러는 일이지 결코 설명할 수 없는 공포심을 불러일으키려는 구경거리가 아님을 이해하게 된다고 일러 주었다. 로메로가 어떻게 케이프를 사용하여 쓰러진 말에서 황소를 떼어 내는지, 또 어떻게 케이프로 황소를 압도하여 진을 빼지 않고 부드럽고 유연하게 방향을 바꾸게 하는지 잘 보도록 했다. 브렛은 어떻게 로메로가 당돌한 동작을 피하여 소를 헐떡이게 하거나 동요시키지 않고 유연하게 체력을 소모해 황소를 아껴 두었다가 최후의 일격을 가하는지 보았다. 또 그녀는 어떻게 로메로가 늘 황소에게 바싹 다가서서 다루는지 보았고, 나는 그녀에게 다른 투우사들이 온갖 속임수를 써서 소에게 접근해서 다루는 것처럼 보이도록 한다고 일러 주었다. 그녀는 왜 자신이 로메로가 케이프를 사용하는 방식은 좋아하면서도 다른 투우사들이 그렇게 하는 것은 싫어하는지 알 수 있었다.

로메로는 결코 몸을 구부리는 일이 없이 언제나 몸의 선이 똑바르고 순수하고 자연스러웠다. 다른 투우사들은 팔꿈치를 쳐들고 마치 코르크 따개처럼 몸을 뒤틀면서 황소의 뿔이 스쳐 가고 난 뒤에야 비로소 황소 옆구리에 기대면서 짐짓 위험하게 보이려고 했다. 나중에는 그런 가짜 몸짓이 모두 엉망이 되면서 불쾌감을 주었다. 로메로의 투우는 진실한 감동을 주었다. 그의 동작이 선의 절대적인 순수성을 유지할뿐더러 매번 조용하고도 침착한 태도로 뿔이 몸을 아슬아슬 스쳐 가게 하기 때문이었다. 그는 뿔이 가깝다는 것을 애써 강조할 필요가 없었다. 황소 가까이에서 하면 그렇게 아름다운 동작이 조금만 떨어져서 하면 얼마나 우스꽝스럽게 보이는지 브렛은 잘 알 수 있었다. 나는 그녀에게 호셀리토*가 사망한 뒤로는 투우사들이 모두 실제로는 안전하면서도 가짜 감동을 주려고 이렇게 위험한 척해 보이는 기교를 연마해 왔다고 설명해 주었다. 로메로는 옛 방식을 그대로 유지한 채 최대한 위험에 몸을 노출시켜 순수한 선을 유지하면서 황소에게는 도저히 잡을 수 없는 적수라는 것을 깨닫게 함으로써 완전히 제압하며 황소를 죽일 준비를 했다.

"그가 어색한 몸짓을 하는 걸 한 번도 본 적이 없어." 브렛이 말했다.

"겁에 질리지 않는 한 그런 짓은 하지 않아." 내가 말했다.

"절대로 겁을 먹지 않을걸. 투우에 대해 너무 잘 알고 있으니까." 마이크가 말했다.

"시작했을 때부터 모든 걸 알고 있었지. 다른 녀석들은 그의 타고난 재능을 결코 배울 수 없을 거야."

"아, 게다가 얼마나 잘생겼어!" 브렛이 말했다.

"이봐, 브렛이 그 투우사한테 반해 버린 게 확실해." 마이크가 말했다.

"그런대도 이상할 게 없지."

"얌전하게 처신해, 제이크. 브렛에게 더 이상은 그 녀석 얘기를 하지 마. 투우사들은 늙은 어미를 두들겨 팬다는 얘기나

---

* 호세 고메스 오르테가(1895~1920). 호셀리토, 호셀리토 엘 갈로, 갈리토 등으로 흔히 부른다. 가장 위대한 투우사로 일컬어진다.

해 줘."

"그들이 얼마나 술주정뱅이들인지도 얘기해 줘."

"아, 얼마나 끔찍하다고. 종일 술만 퍼마시고 밤낮으로 불쌍한 늙은 어미만 두들겨 패거든." 마이크가 말했다.

"그 사람도 그렇게 보여." 브렛이 대꾸했다.

"그렇지?" 내가 말했다.

죽은 황소에 노새들을 묶어 매고 마부들이 채찍을 휘두르며 뛰자 노새들은 앞으로 잔뜩 힘을 주고 다리를 버티다가 빠른 걸음으로 달리기 시작했고, 황소는 뿔 하나를 위로 하고 머리를 모로 한 채 모래를 쓸면서 미끄러지듯 붉은색 문으로 끌려 나갔다.

"다음번이 마지막이야."

"설마." 브렛이 말했다. 그녀는 바레라 밖으로 몸을 내밀었다. 로메로는 자기 피카도르에게 손짓하여 제자리에 세우고 나서 케이프를 가슴에 대고 서서 황소가 나올 투우장 건너편을 바라보았다.

시합이 끝나자 우리는 밖으로 나와 군중 속에 옴짝달싹하지 못한 채 밀리고 있었다.

"이 투우란 게 사람을 지독하게 지치게 만드는군. 난 아주 녹초가 됐어." 브렛이 말했다.

"아, 한잔 마시게 해 드리리다." 마이크가 말했다.

이튿날 페드로 로메로는 투우를 하지 않았다. 미우라 황소들이 나왔는데 형편없는 투우였다. 그다음 날은 투우 경기 일정이 없었다. 그러나 낮에도 밤에도 축제는 그대로 계속되었다.

## 16

아침에는 비가 내렸다. 안개가 바다에서 산맥을 넘어 몰려왔다. 산봉우리는 보이지 않았다. 고원은 흐리고 침침했고 나무와 집의 모양도 달라졌다. 나는 날씨를 보려고 시내 밖까지 걸어 나갔다. 좋지 않은 날씨가 바다 쪽에서 산을 넘어 몰려오고 있었다.

광장의 깃발은 비에 젖은 채 흰 깃대에 늘어져 있고, 집집이 문 앞에 내건 현수막도 축축하게 젖어 매달려 있었다. 가랑비가 줄곧 내리고 사이사이로 비가 몰아치는 바람에 사람들은 하나같이 회랑 밑으로 들어갔으며, 광장에 웅덩이가 생기고 거리는 비에 젖어 어둡고 인적이 드물었다. 그래도 축제는 그치지 않고 계속되었다. 다만 비를 맞지 않는 곳으로 쫓겨 들어간 것뿐이었다.

지붕이 있는 투우장 좌석은 비를 피해 앉아서 바스크 사람들과 나바라 사람들이 떼를 지어 춤추고 노래하는 것을 지켜보는 사람들로 붐볐다. 얼마 뒤에는 발 카를로스의 무용수들이 전통의상을 갖춰 입고 비를 맞으면서 거리를 따라 춤을 추며 내려갔다. 북은 비에 젖어 공허한 소리를 냈고, 악장들은 느릿느릿 걷는 커다란 말을 타고 선두에 섰지만 그가 입은 의상도, 말의 덮개도 비에 젖어 있었다. 카페는 군중으로 붐볐는데 춤추던 사람들이 들어와 자리를 잡고 흰 각반을 바싹 졸라맨 다리를 테이블 밑으로 뻗고 방울이 달린 모자에서 물을 털고 붉은색과 자주색 재킷을 벗어 의자에 걸어서 말렸다. 바깥에는 비가 세차게 내리고 있었다.

나는 카페의 군중을 뒤로하고 저녁 식사를 하러 가기 전에 면도를 하려고 호텔로 돌아왔다. 방에서 면도를 하고 있는데 노크 소리가 났다.

"들어오시오." 내가 큰 소리로 말했다.

몬토야가 걸어 들어왔다.

"기분이 어떻습니까?" 그가 물었다.

"좋소." 내가 대답했다.

"오늘은 투우가 없죠."

"없죠. 그저 비만 내리는군요."

"친구분들은 어디 갔습니까?"

"이루냐에 있소."

몬토야는 특유의 어색한 미소를 지었다.

"한데 말씀입니다, 혹시 미국 대사를 아시나요?" 그가 물었다.

"물론 알고 있소. 미국 대사들이야 모두들 알고 있소."

"지금 이 시에 와 계십니다."

"맞소. 모두들 봤소." 내가 말했다.

"저도 그분을 봤습니다." 몬토야가 말했다. 그러더니 잠자코 있었다. 나는 면도를 계속했다.

"앉지그래요. 술을 한 잔 가져오라 할 테니." 내가 말했다.

"아닙니다, 나가 봐야 합니다."

나는 면도를 끝내고 세숫대야에 얼굴을 박아 찬물로 헹궜다. 몬토야는 아까보다 더 어색한 표정을 짓고 그 자리에 그대로 서 있었다.

"한데 말씀입니다, 지금 막 그랜드 호텔에 있는 그분들한테서 전갈을 받았는데, 페드로 로메로와 마르시알 랄란다*를 오늘 저녁 식사 뒤 커피 마시는 자리에 초대하고 싶다는 겁니다."

"글쎄, 마르시알이라면 괜찮겠지." 내가 말했다.

"마르시알은 온종일 산세바스티안에 가 있어요. 오늘 아침 마르케스하고 자동차로 떠났습니다. 오늘 밤에는 돌아올 것 같지 않거든요."

몬토야는 어색한 표정을 짓고 서 있었다. 그는 내게서 무슨 말을 듣고 싶은 눈치였다.

"로메로한테는 그 전갈을 전하지 말아요." 내가 말했다.

"그렇게 생각하세요?"

"물론이오."

---

* 마르시알 랄란다(1903~1990). 스페인의 투우사로 로메로나 뒤에 나오는 벨몬테보다는 유명하지 않았다.

그러자 몬토야는 무척 기분이 좋은 것 같았다.

"손님이 미국인이기 때문에 한번 여쭤 보고 싶었습니다."

"나 같으면 그렇게 하겠소."

"그런데 말입니다, 사람들은 그 아이를 그렇게 대합니다. 그 아이의 진가를 잘 모르는 거죠. 얼마나 중요한 인물인지 잘 모르는 겁니다. 그 어떤 외국인이라도 그를 우쭐하게 만들 순 있죠. 이렇게 그랜드 호텔로 초청하느니 어쩌니 하고 떠들썩하게 해 놓고는 1년만 지나면 완전히 잊어버리거든요." 몬토야가 말했다.

"알가베노*처럼 말이죠." 내가 말했다.

"그렇죠. 알가베노처럼 말입니다."

"훌륭한 사람들이오. 어떤 미국 여자는 여기까지 와서 투우사들을 모집하고 있더라니까요." 내가 말했다.

"저도 알고 있습니다. 젊은 투우사들만 찾는답니다."

"그렇죠. 나이 든 친구들은 살이 찌니까." 내가 말했다.

"아니면 갈로**처럼 미치광이가 되든가요."

"그렇소, 맞아요. 어려운 일이 아니오. 그 사람한테 전갈을 전해 주지 않으면 그만이니까." 내가 말했다.

"그 청년은 정말 좋은 젊은이죠. 자기 패거리들과 함께 있어야죠. 그런 사람들과 섞여선 안 됩니다." 몬토야가 말했다.

---

* 호세 가르시아(1902~1936). 스페인의 투우사로 '알가베노'라는 별명으로 널리 알려졌다.

** 페르난도 고메스 가르시아(1895~1920). 스페인의 투우사로 '엘 갈로'라는 별명으로 더 잘 알려졌다.

"한잔 안 하겠소?"

"아닙니다. 그만 가 봐야 하거든요." 몬토야가 대답했다. 그러고는 방에서 나갔다.

나는 아래층으로 내려가 호텔 밖으로 나간 뒤 회랑을 돌아 광장을 한 바퀴 거닐었다. 아직도 비가 내리고 있었다. 이루냐에 일행이 있나 하고 들여다보았지만 없기에 광장을 다시 빙 돌아서 호텔로 돌아왔다. 그들은 아래층 식당에서 저녁을 먹고 있었다.

그들은 나보다 훨씬 먼저 식사를 시작했기 때문에 아무리 쫓아가려고 해도 소용이 없었다. 빌은 마이크의 구두 닦는 삯을 치러 주고 있었다. 구두닦이들이 길로 난 문을 열 때마다 빌은 불러들여 마이크의 구두를 닦게 했다.

"내 구두를 닦는 게 이번으로 열한 번째야. 정말로 빌은 멍청해." 마이크가 말했다.

구두닦이가 소문을 퍼뜨린 게 틀림없었다. 또 하나가 들어왔다.

"림피아 보타스?"* 그가 빌에게 물었다.

"내가 아냐. 이분 구두를 닦아 드려." 빌이 말했다.

구두닦이는 이미 닦고 있는 다른 구두닦이 옆에 무릎을 꿇고 앉아 전등불을 받아 번쩍거리는 마이크의 구두 한 짝을 닦기 시작했다.

"빌은 어지간히도 짓궂게 장난을 하는군." 마이크가 말했다.

* "구두 닦으시겠습니까?"(스페인어)

나는 적포도주를 마시고 있었고, 그들보다 식사를 훨씬 늦게 시작했기 때문에 이렇게 자꾸 구두를 닦게 하는 장난이 조금 불쾌했다. 나는 식당을 둘러보았다. 바로 옆 테이블에 페드로 로메로가 앉아 있었다. 내가 고개를 끄덕여 인사를 하자 그는 자리에서 일어나더니 자기 테이블로 와서 친구를 만나 줬으면 좋겠다고 말했다. 그의 테이블은 우리 테이블과 거의 닿을 만한 곳에 있었다. 나는 그의 친구라는 마드리드의 투우 비평가와 인사를 나누었다. 몸집이 조그마하고 얼굴이 야윈 사람이었다. 내가 로메로에게 그의 투우를 무척 좋아한다고 했더니 그는 몹시 기뻐했다. 우리는 스페인어로 이야기를 나누었는데, 그 비평가는 프랑스어를 조금밖에 알지 못했다. 내가 내 테이블로 팔을 뻗어 포도주 병을 집으려고 하자 비평가가 내 팔을 잡았다. 그러자 로메로가 껄껄 웃었다.

"여기 있는 술을 드시지요." 그가 영어로 말했다.

그 사람은 자기 영어를 부끄럽게 생각했지만 영어를 사용하는 것을 퍽 좋아했다. 우리가 계속 이야기하는 중에도 자신이 없는 말이 나오면 내게 그 말에 관해서 물어보았다. 그는 스페인어 '코리다 데 토로스'*를 영어로 정확하게 번역하면 뭐라고 하는지 무척 궁금해했다. 영어 '불파이트'로는 어색하다고 했다. 나는 그에게 영어 '불파이트'를 스페인어로 하면 '리디아 데 토로'라고 설명해 주었다. 그러자 투우 비평가가

---

* 스페인어로 '소의 질주'라는 뜻으로 투우를 가리킨다. 제이크의 설명대로 투우를 직역하면 스페인어로는 '리디아 데 토로'가 된다.

거들어 주었다. 스페인어 '코리다'는 황소가 달린다는 뜻이고, 프랑스어로는 '쿠르스 드 토로'라고 한다. '불파이트'에 해당하는 스페인어는 없다는 것이다.

페드로 로메로는 지브롤터에서 영어를 조금 배웠다고 했다. 그는 론다에서 태어났다. 지브롤터 북쪽으로 그리 멀지 않은 곳이다. 그는 말라가*에 있는 투우 학교에서 투우를 시작했다. 그곳에는 3년밖에 있지 않았다. 투우 비평가는 그가 쓰는 말에 말라가 지방 특유의 표현이 많이 들어 있다고 농담을 했다. 로메로는 자기 나이가 열아홉이라고 했다. 형은 반데리예로**로서 자기와 같이 있지만 이 호텔에 머물고 있지는 않다고 했다. 형은 로메로를 위해서 일하는 다른 사람들과 함께 조그마한 호텔에 묵고 있다는 것이다. 그는 자기가 투우하는 것을 몇 번이나 보았느냐고 물었다. 세 번밖에 보지 못했다고 했다. 실제로는 두 번이었지만 말실수를 다시 고쳐 말하고 싶지는 않았다.

"그전에 어디서 저를 보셨나요? 마드리드였나요?"

"그렇소." 나는 거짓말을 했다. 그러나 투우 신문에서 그가 마드리드에서 두 번 출전했다는 기사를 읽었기 때문에 잘 넘어갔다.

"첫 번째 때입니까, 아니면 두 번째 때입니까?"

"첫 번째 때였지."

---

* 스페인 남부 지중해 연안의 항구도시.

** 황소의 어깨나 목덜미에 창을 꽂는 보조 투우사.

“그땐 아주 형편없었지요. 두 번째는 좀 나았어요. 기억하세요?” 그가 비평가 쪽으로 몸을 돌렸다.

페드로는 조금도 어색해하지 않았다. 자기 일인데도 마치 자기와는 전혀 관계가 없는 것처럼 얘기했다. 그에게는 자만이나 뽐내는 태도가 조금도 없었다.

“제 투우를 좋아하신다니 대단히 기쁩니다. 하지만 선생께선 아직 제 진면목을 보지 못하신 겁니다. 내일 좋은 황소만 걸리면 그걸 보여 드리도록 해 보겠습니다.” 그가 말했다.

그는 이렇게 말하면서 투우 비평가나 내가 혹 제 자랑을 한다고 생각할까 봐 걱정이 되는 듯 살짝 미소를 지었다.

“꼭 보고 싶군. 확신하고 싶소.” 비평가가 말했다.

“이분은 제 투우를 별로 좋아하지 않습니다.” 로메로는 내 쪽으로 몸을 돌렸다. 그는 진지한 표정을 지었다.

비평가는 그의 투우를 퍽 좋아하기는 하지만 아직 불완전하다고 설명했다.

“내일까지 기다리십시오. 좋은 황소만 만난다면.”

“내일 나올 황소들을 보았나요?” 비평가가 내게 물었다.

“예, 내릴 때 봤습니다.”

페드로 로메로는 상반신을 앞으로 내밀었다.

“어떻던가요?”

“아주 좋더군. 26아바로*가량 될 거요. 뿔이 무척 짧던데. 아직 보지 못했소?” 내가 물었다.

---

* 1아바로는 11.5킬로그램 정도.

"아, 물론 봤죠." 로메로가 대답했다.

"26아바로까지는 안 될걸요." 비평가가 말했다.

"아마 그럴 거예요." 로메로가 맞장구를 쳤다.

"뿔이 아니라 바나나를 갖고 있더군요." 비평가가 말했다.

"그런 뿔을 바나나라고 부르나요?" 로메로가 물었다. 그러고는 내 쪽으로 몸을 돌리고 미소를 지었다. "선생께선 바나나라고 부르진 않겠죠?"

"물론이지. 괜찮은 뿔이니까." 내가 말했다.

"무척 짧습니다. 아주, 아주 짧아요. 그렇다고 바나나라고 할 순 없죠."

"이봐, 제이크, 우리를 그냥 이렇게 내버려 둘 거야?" 브렛이 옆 테이블에서 불렀다.

"잠깐만. 우린 황소 이야기를 하고 있거든." 내가 말했다.

"대단히 높은 분이야."

"황소한테는 불알이 없다고 그 친구한테 말해 줘." 마이크가 소리를 질렀다. 그는 술에 취해 있었다.

로메로는 궁금하다는 듯 나를 바라보았다.

"술에 취했어. 바라코! 무이 바라코!*" 내가 말했다.

"당신 친구들을 소개할 법도 한데." 브렛이 말했다. 그녀는 페드로 로메로한테서 눈을 떼지 않았다. 나는 두 사람에게 우리와 커피를 마시지 않겠느냐고 물었다. 두 사람은 자리에서 일어났다. 로메로의 얼굴은 짙은 갈색을 띠고 있었다. 그는 아

* "취했어! 무척 취했어!"(스페인어)

주 예의가 발랐다.

나는 두 사람을 돌아가면서 모두에게 소개했고, 그들은 자리에 앉으려 했지만 장소가 넉넉지 않아서 벽 쪽에 있는 큰 테이블로 옮겨 커피를 마셨다. 마이크는 훈다도르* 한 병하고 인원수대로 잔을 갖다 달라고 했다. 술에 취해 잡담이 많이 오갔다.

"글을 쓴다는 건 거지 같은 일이라고 그 친구한테 말해 줘. 자, 어서 말해 줘. 난 작가라는 사실을 창피하게 생각한다고." 빌이 말했다.

페드로 로메로는 브렛 곁에 앉아서 그녀의 이야기에 귀를 기울이고 있었다.

"자, 어서 말해 달라니까!" 빌이 다그쳤다.

로메로는 고개를 쳐들고 미소를 지었다.

"이 신사는 말이오, 작가라오." 내가 말했다.

이 말을 듣자 로메로는 감명을 받았다. "이분도 그렇고." 나는 콘을 가리켰다.

"빌랄타**처럼 생기셨어요." 로메로가 빌을 쳐다보며 말했다. "라파엘, 저분은 빌랄타를 닮지 않았나요?"

"글쎄, 잘 모르겠는걸." 비평가가 대답했다.

"영락없어요. 꼭 빌랄타를 닮았어요. 술에 취한 저분은 무슨 일을 하시나요?" 로메로가 스페인어로 물었다.

---

* 고급 셰리 브랜디.

** 니카노르 빌랄타(1897~1980). 스페인의 투우사로 헤밍웨이의 초기 작품과 『오후의 죽음』(1932)에도 언급된다.

"아무 일도."

"그래서 술을 마시나요?"

"아니. 이분하고 결혼하려고 기다리는 중."

"그 친구한테 황소는 불알이 없다고 그래!" 마이크가 몹시 취해서 테이블 반대쪽에서 소리를 질렀다.

"지금 뭐라고 하나요?"

"취했어."

"제이크, 황소는 불알이 없다고 그러라니까!" 마이크가 소리를 질렀다.

"무슨 말인지 알아듣겠나?" 내가 물었다.

"그럼요."

결코 알아들었을 리가 없다고 생각했지만 그래서 오히려 다행이었다.

"그 녀석에게 초록색 바지 입는 걸 브렛이 보고 싶어 한다고 말해 줘."

"이제 그만 떠들어, 마이크."

"브렛이 그가 초록색 바지를 어떻게 입는지 알고 싶어서 죽을 지경이라고 그 녀석한테 말해 줘."

"이제 그만해."

이러는 동안 로메로는 술잔을 손으로 만지면서 브렛하고 이야기를 나누고 있었다. 브렛은 프랑스어로 말하고, 로메로는 스페인어에 약간의 영어를 섞어 가며 말하면서 웃고 있었다.

빌은 술잔마다 술을 따르고 있었다.

"브렛이 들어가고 싶어……."

"오, 이제 제발 그만 입 다물어, 마이크."

로메로는 고개를 쳐들고 미소를 짓고 있었다. "입 다물어! 그 말은 알아듣겠어요." 그가 말했다.

바로 그때 몬토야가 들어왔다. 그는 나를 보고 빙그레 미소를 지으려고 하다가 페드로 로메로가 손에 커다란 코냑 잔을 들고 술주정뱅이들이 가득한 테이블에 앉아 나와 어깨를 드러낸 여자 사이에서 웃고 있는 모습을 보았다. 그는 고개를 끄덕이지도 않았다.

몬토야는 그냥 밖으로 나가 버렸다. 마이크는 일어서서 건배를 제의했다. "우리 모두 건배합시다……." 그가 외치기 시작했다. "페드로 로메로를 위해서!"라고 내가 건배 제의를 가로챘다. 그러자 모두들 자리에서 일어났다. 로메로는 이것을 아주 진지하게 받아들였다. 우리는 서로 잔을 부딪치고 나서 마셨다. 마이크가 로메로를 위해 건배하려는 게 아니라고 분명히 밝히려고 했기 때문에 나는 일부러 조금 서둘러 건배 제의를 했던 것이다. 그러나 이 일이 무사히 끝났고, 페드로 로메로는 모든 사람과 악수를 하고는 비평가와 함께 식당에서 나갔다.

"아! 정말 잘생긴 청년이야. 그 옷을 어떻게 입는지 보고 싶은 마음이 간절해. 틀림없이 구둣주걱을 사용하겠지." 브렛이 말했다.

"내가 그 녀석한테 말하려던 참이었는데. 한데 제이크가 번번이 방해했거든. 왜 나를 방해했어? 나보다 스페인어를 잘한다고 생각하는 거야?" 마이크가 다시 입을 열기 시작했다.

"아, 제발 입 좀 다물어, 마이크! 아무도 방해하지 않았어."

"아냐, 난 이 문제만은 결판을 내야겠어." 그는 내게서 등을 돌렸다. "당신 뭐 대단한 사람인 줄 아는 거야, 콘? 당신이 우리하고 한패라고 생각하는 거야? 즐겁게 시간을 보내려고 여기까지 와 있는 사람들 말이야. 제발 좀 그렇게 시끄럽게 굴지 마, 콘!"

"아, 그만둬, 마이크." 콘이 말했다.

"브렛은 당신이 이곳에 있기를 바라는 줄 알아? 우리 패거리에 속해 있다고 생각해? 왜 말이 없어?"

"할 말은 요 전날 밤에 다 했으니까, 마이크."

"난 당신들처럼 문학가가 아냐." 마이크는 비틀비틀 자리에서 일어나 테이블에 기대섰다. "난 현명하지 못해. 그래도 누가 나를 싫어하는 것쯤은 안단 말씀이야. 당신은 왜 저를 싫어하는 것도 모르지, 콘? 이곳에서 사라져. 제발 사라져 달라고. 그 슬픈 유대인 낯짝을 치워 줘. 어디 내 말이 틀렸다고 생각해?"

그는 우리를 한 바퀴 둘러보았다.

"그럼, 틀리고말고. 자, 모두 이루냐로 가." 내가 제안했다.

"아냐. 내 말이 맞는다고 생각하지 않아? 난 이 여자를 사랑하고 있단 말이야."

"오, 또 시작이군. 제발 그만둬, 마이크." 브렛이 말했다.

"내 말이 옳다고 생각하지 않아, 제이크?"

콘은 아직도 테이블에 앉아 있었다. 얼굴은 모욕을 받았을 때의 창백하고 노란 빛을 띠고 있었지만 왠지 이 상황을 즐기는 듯 보였다. 술이 취해서 유치한 영웅심을 발휘하고 있는 것이다. 작위가 있는 여자와 벌이는 애정 행각이니 말이다.

"제이크." 마이크가 불렀다. 금방이라도 울음을 터뜨릴 것만 같았다. "넌 내가 옳다는 걸 알 거야. 내 말 좀 들어 봐, 당신!" 그는 콘에게로 몸을 돌렸다. "꺼져! 당장 꺼지라고!"

"그래도 난 가지 않겠어, 마이크." 콘이 대꾸했다.

"그럼 내가 가게 해 주지!" 마이크는 테이블을 돌아 그에게로 다가가기 시작했다. 콘은 자리에서 일어나 안경을 벗었다. 그는 창백한 얼굴로 두 손을 꽤 나지막하게 드리우고 자신 있고도 단호하게 공격을 기다리고 있었다. 사랑하는 여성을 위해서라면 일전도 불사하겠다는 태세였다.

나는 마이크를 붙잡았다. "카페로 가. 이곳 호텔에서 그를 때릴 순 없잖아." 내가 말했다.

"좋아! 그거 좋은 생각이야!" 마이크가 말했다.

우리는 식당 밖으로 나갔다. 마이크가 계단에서 비틀거릴 때 뒤를 돌아보니 콘은 다시 안경을 쓰고 있었다. 빌은 테이블에 앉아서 훈다도르를 한 잔씩 더 따르고 있었다. 브렛은 멍하니 똑바로 앞쪽을 바라보고 앉아 있었다.

바깥 광장에서는 비가 그치고 구름 사이로 달이 막 나오려고 하고 있었다. 바람이 불고 있었다. 군악대가 연주하고 있었고, 광장 저쪽 불꽃놀이 전문가와 그 아들이 불꽃 풍선을 쏘아 올리려는 곳에 사람들이 모여 있었다. 몹시 한쪽으로 기울어져 쑥 하늘로 올라갔던 풍선이 바람에 찢기거나 광장에 있는 건물에 부딪혀 터지곤 했다. 군중 사이로 떨어지는 것도 있었다. 마그네슘이 번쩍하고 불꽃이 터져 군중 속에서 사방으로 흩어졌다. 이제 광장에는 춤을 추는 사람은 없었다. 자갈길이 비에 젖어 무척 축축했다.

브렛이 빌과 함께 나와서 우리가 있는 데로 왔다. 우리는 사람들 사이에 서서 불꽃놀이 왕 돈 마누엘 오르키토가 조그마한 단상에 서서 막대기로 조심스럽게 풍선을 날려 보내고, 사람들 머리보다도 높은 위치에 서서 풍선을 바람에 날리려는 모습을 지켜보았다. 그러나 바람 때문에 풍선이 모두 땅에 떨어지자 복잡한 불꽃의 불빛 아래 돈 마누엘 오르키토의 얼굴에 땀이 흐르는 것이 보였다. 풍선은 군중 속에 떨어져 터지면서 사람들 다리 사이에서 바스락바스락 소리를 내며 타기도 하고 탕탕 불똥이 튀기도 하면서 사방으로 흩어졌다. 새로운 조명 종이풍선이 흔들거리며 공중으로 올라가다 발화해 떨어질 때마다 사람들은 환호성을 질렀다.

"돈 마누엘을 놀리고 있군." 빌이 말했다.

"그가 돈 마누엘이라는 걸 어떻게 알아?" 브렛이 물었다.

"프로그램에 나와 있었어. 돈 마누엘 오르키토, 이 시(市)의 불꽃 기사라고."

"글로보스 일루미나도스*야. 조명 불꽃의 총집합. 신문에는 그렇게 나와 있어." 마이크가 말했다.

악대의 군악 소리가 바람에 실려 날아갔다.

"정말로, 하나쯤 올라가 줬으면 좋으련만. 저 돈 마누엘인지

---

* "조명 풍선."(스페인어)

하는 사람은 머리끝까지 화가 치밀었어." 브렛이 말했다.

"저 친구는 아마 몇 주일 동안이나 불꽃으로 '경축 산페르민'이라는 글자를 쓰려고 준비했을 거야." 빌이 말했다.

"글로보스 일루미나도스. 엉터리 조명 풍선의 총집합인 거지." 마이크가 말했다.

"자, 가. 이곳에 서 있을 순 없잖아." 브렛이 말했다.

"영부인께서는 한잔 생각이 간절하신 거로군." 마이크가 말했다.

"어쩌면 그렇게도 잘 아실까." 브렛이 대꾸했다.

카페 안은 사람들로 붐비고 몹시 떠들썩했다. 아무도 우리가 들어오는 것을 알아보지 못했다. 테이블을 잡을 수가 없었다. 굉장히 시끄러웠다.

"아, 이곳에서 나가자." 빌이 말했다.

바깥에서는 행렬이 회랑 밑으로 들어가고 있었다. 비아리츠에서 온 미국인과 영국인이 운동복 차림으로 테이블 여기저기에 흩어져 앉아 있었다. 코안경으로 지나가는 사람들을 쳐다보는 여자들도 있었다. 조금 전에 비아리츠에서 왔다는 빌의 친구도 만났다. 그 여자는 또 한 여자와 함께 그랜드 호텔에 묵고 있었다. 그런데 이 또 다른 여성은 두통이 나서 지금 호텔에 누워 있다고 했다.

"여기에 술집이 있군." 마이크가 말했다. '바 밀라노'로 식사도 할 수 있고, 뒤쪽 방에서는 춤도 출 수 있는 조그맣고 초라한 술집이었다. 우리는 모두 한 테이블에 앉아 훈다도르 한 병을 주문했다. 술집은 만원이 아니었다. 그렇게 소란하지도 않았다.

"형편없는 곳이군." 빌이 말했다.

"시간이 너무 일러서 그래."

"술병을 받아 가지고 나중에 다시 와. 이런 밤에 이곳에 앉아 있고 싶지 않아." 빌이 말했다.

"그럼 그 영국인들이나 구경하러 가자. 난 영국인들을 구경하는 게 좋거든." 마이크가 말했다.

"끔찍한 사람들이야. 모두들 어디서 몰려왔을까?" 빌이 말했다.

"비아리츠에서 왔어. 이 이색적이고 조촐한 스페인 축제의 마지막 날을 구경하러 온 거야." 마이크가 대답했다.

"내가 그 사람들을 혼내 줘야겠어." 빌이 말했다.

"눈이 부시게 굉장한 미인이십니다. 이곳엔 언제 오셨나요?" 마이크가 빌의 친구라는 여자에게로 몸을 돌렸다.

"그만둬, 마이클."

"내 말은, 정말로 아름다운 여자라는 거야. 그동안 난 어디에 있었담? 여태껏 어딜 가서 찾고 있었던 거야? 참 미인이십니다. 우리가 만난 적이 있나요? 나하고 빌하고 같이 갑시다. 우린 영국인들을 혼내 주러 가는 길입니다."

"그자들을 혼내 줘야지. 그자들이 이 축제에서 도대체 뭘 하고 있는 거야?" 빌이 맞장구를 쳤다.

"가자. 우리 셋이서만 가자고. 저 끔찍한 영국인들을 혼내 주러 가는 거야. 설마 당신은 영국인은 아니겠죠? 난 스코틀랜드인입니다. 난 영국인들이 밉습니다. 그자들을 혼내 주려고 합니다. 자, 가자, 빌." 마이크가 말했다.

창 너머로 그들 셋이서 서로 팔짱을 끼고 카페 쪽으로 걸어가는 모습이 보였다. 광장에서는 불꽃이 솟아오르고 있었다.

"여기 좀 앉아 있겠어." 브렛이 말했다.

"나도 당신과 함께 있겠어." 콘이 말했다.

"어머, 그러지 마! 제발 부탁이니 어디로 좀 가. 제이크하고 할 얘기가 있다는 것도 모르겠어?" 브렛이 말했다.

"몰랐어. 좀 취한 것 같아 여기 좀 앉아 있을까 한 것뿐이야." 콘이 둘러댔다.

"누구와 함께 앉아 있는 데 그런 빌어먹을 이유가 어디 있어. 취했다면 가서 누워. 가서 자라고."

"이 정도는 지독하게 해 둬야겠지?" 브렛이 물었다. 콘은 자리를 뜨고 없었다. "정말! 지긋지긋한 사람이야!"

"그자가 있으면 유쾌해지진 않지."

"저 사람은 나를 여간 우울하게 하는 게 아냐."

"참 고약하게 구는 녀석이지."

"고약해, 너무 고약해. 얌전하게 처신할 기회도 있었는데."

"어쩌면 지금 바로 문밖에서 기다리고 있는지도 몰라."

"그래. 그럴지도 몰라. 그 사람 기분이 어떤지 알 만해. 내 행동이 아무런 의미가 없었다는 사실을 도저히 믿지 못하는 거지."

"나도 알아."

"다른 사람이라면 그렇게까지 고약하게 굴지는 않을 거야. 아, 이젠 모두가 싫어졌어. 그리고 마이클도 그래. 마이클도 예전에는 꽤 점잖았는데."

"마이크로선 무척 괴롭겠지."

"그렇지. 하지만 그렇게 비열하게 굴 것까진 없잖아."

"다들 고약하게 굴지. 그러니 얌전하게 굴 기회를 줘." 내가 말했다.

"당신은 고약하게 굴지 않을 거야." 브렛은 나를 바라보았다.

"나도 콘 못지않은 멍청이가 될걸." 내가 대꾸했다.

"자기, 그런 시시한 소리는 이제 집어치워."

"좋아, 그만두지. 뭐든지 좋아하는 얘기를 해 봐."

"그렇게 까다롭게 굴지 마. 당신은 내가 사귄 유일한 사람이야. 오늘 밤엔 기분이 왜 이리도 엉망일까."

"마이크가 있잖아."

"그래, 마이크가 있지. 그 사람 꽤 훌륭하게 굴지 않았어?"

"글쎄, 마이크로서는 정말 견디기 어려웠을 거야. 콘이 늘 당신 꽁무니를 따라다니는 꼴을 보고 있어야 하니까." 내가 말했다.

"나라고 그걸 모를 줄 알아, 자기? 제발 내 기분을 더 이상 비참하게 만들지 마."

브렛이 이렇게 신경이 날카로워진 모습은 이제껏 본 적이 없었다. 그녀는 나한테서 눈을 떼고 계속 앞쪽 벽만 바라보고 있었다.

"산책이나 할까?"

"좋아. 나가."

나는 훈다도르 병의 마개를 막아 바텐더에게 건네주었다.

"한 잔씩만 더 해. 기분이 영 죽을 맛이야." 브렛이 말했다.

우리는 부드러운 아몬틸라도*를 한 잔씩 마셨다.

"이제 나가." 브렛이 말했다.

우리가 문을 나서자 콘이 회랑 밑에서 걸어 나오는 것이 보였다.

"저기 있었군." 브렛이 말했다.

"당신 곁을 떠나지 못하는 거야."

"아, 가련한 사람!"

"난 가엾지도 않아. 미워 죽을 지경이야."

"나도 미워. 지독하게 괴로워하는 게 밉살스러워." 그녀가 몸을 부르르 떨었다.

우리는 서로 팔짱을 끼고 군중과 광장의 불빛을 피해 골목길 아래쪽으로 걸어갔다. 거리는 어둡고 비에 젖어 있었고, 우리는 그 길을 따라 시내 변두리에 있는 요새로 걸어갔다. 포도주 가게 몇 집을 지나는데 그 문에서 비에 젖은 어두운 길로 불빛이 새어 나오면서 갑자기 음악 소리가 터져 나왔다.

"들어가 볼까?"

"싫어."

우리는 비에 젖은 풀밭을 가로질러 요새의 돌 성벽으로 걸어갔다. 내가 돌 위에 신문을 깔자 브렛이 거기 앉았다. 들판 건너편은 어두컴컴하고 산이 보였다. 바람이 하늘 높이 불어 구름이 달을 지나 흘러갔다. 우리 아래쪽은 요새의 컴컴한 구

---

* 스페인 몬티야산의 드라이 셰리.

덩이였다. 뒤에는 숲과 성당의 그림자가 있고, 달을 배경으로 시가지가 실루엣처럼 떠 있었다.

"기운을 내." 내가 말했다.

"기분이 영 죽을 맛이야. 얘기하지 말자." 브렛이 말했다.

우리는 들판을 바라보았다. 기다란 숲의 선이 달빛 아래 시꺼멓게 보였다. 길 위에는 산을 기어 올라가는 자동차 불빛이 보였다. 산꼭대기에는 요새의 불빛이 보였다. 왼쪽 아래에는 강이 있었다. 비가 내려 불어난 강물이 검고 파도 없이 고요했다. 강둑을 따라 서 있는 나무도 검게 보였다. 우리는 앉아서 그저 바라보고 있었다. 브렛은 똑바로 앞을 응시하고 있었다. 갑자기 그녀가 부르르 몸을 떨었다.

"추워."

"돌아갈까?"

"공원으로 해서."

우리는 길을 따라 내려갔다. 또다시 구름이 끼고 있었다. 공원의 나무 아래는 어두웠다.

"아직 나를 사랑해, 제이크?"

"물론." 내가 대답했다.

"난 몹쓸 여자인데도?" 브렛이 말했다.

"어째서?"

"몹쓸 여자야. 난 그 로메로라는 청년한테 미쳐 있거든. 그 청년을 사랑하고 있나 봐."

"나 같으면 그러지 않을 거야."

"어떻게 할 수 없어. 난 성격 파탄자거든. 내 마음을 아주 갈

기갈기 찢어 놓아 버린걸.”

“그런 짓은 하지 마.”

“어떻게 할 수가 없어. 지금까지도 그래 왔잖아.”

“그래선 안 돼.”

“어떻게 그만둬? 그만둘 수가 없는걸. 알겠어?”

그녀의 손이 떨리고 있었다.

“그동안 쭉 이 모양이었지.”

“그래선 정말 안 돼.”

“어쩔 수 없어. 어쨌든 난 이제 몹쓸 여자니까. 달라진 걸 모르겠어?”

“모르겠어.”

“뭔가 해야 돼. 정말 하고 싶은 건 하지 않곤 못 배겨. 자존심을 잃어버린 거지.”

“그러면 안 돼.”

“아, 자기, 까다롭게 굴지 마. 저 지긋지긋한 유대인은 늘 붙어 다니지, 마이크는 그런 식으로 굴지, 내 기분이 어떻겠어?”

“그건 그래.”

“줄곧 술에 취해 있을 수도 없잖아.”

“그럴 순 없지.”

“아, 자기, 당신이 내 곁에 있어 줘. 제발 내 곁에서 내가 이걸 이겨 내는 걸 지켜봐 줘.”

“알았어.”

“그게 옳은 일이라고는 말하지 않겠어. 하지만 내게는 옳은 일인걸. 정말 이렇게 망가진 기분이 들기는 처음이야.”

"내가 어떻게 했으면 좋겠어?"

"자, 이제 그만 가. 그 사람을 찾으러." 브렛이 말했다.

우리는 함께 어두운 공원 나무 아래 자갈길을 걸어서 숲을 빠져나온 뒤 문을 지나 시내로 들어가는 거리로 나왔다.

페드로 로메로는 카페에 있었다. 다른 투우사와 투우 비평가 들과 함께 테이블에 앉아 있었다. 그들은 시가를 피우고 있었다. 우리가 들어서자 로메로는 얼굴을 들고 쳐다보았다. 빙그레 미소를 짓고 고개를 숙였다. 우리는 방 가운데쯤에 있는 테이블로 가서 앉았다.

"저이더러 이리로 와서 한잔 들라고 부탁해 봐."

"아직 안 돼. 저 사람이 이쪽으로 올 텐데."

"저 사람을 바라볼 수가 없어."

"하기야 바라보고만 있어도 기분이 좋은 청년이지." 내가 대꾸했다.

"난 지금껏 하고 싶은 일이라면 언제나 해 왔어."

"알고 있어."

"기분이 엉망이야."

"그래." 내가 말했다.

"아! 여자가 겪어야 하는 일이란 게!" 브렛이 말했다.

"뭐라고?"

"아, 기분이 죽을 맛이야."

나는 테이블 건너편을 바라보았다. 페드로 로메로가 미소를 지어 보였다. 그는 테이블에 앉아 있는 다른 사람들에게 뭐라고 하더니 자리에서 일어났다. 그는 우리 테이블로 왔다. 나는 일어나서 그와 악수를 했다.

"한잔할까?"

"선생님이 저하고 한잔해 주셔야지요." 그가 말했다. 그는 아무 말도 하지 않은 채 브렛의 허락을 청하면서 자리에 앉았다. 아주 예의가 발랐다. 그러나 그는 여전히 시가를 피우고 있었다. 그의 얼굴에 잘 어울렸다.

"시가를 좋아하나?" 내가 물었다.

"예, 좋아합니다. 늘 시가를 피우고 있습니다."

그것은 그의 위엄을 유지하는 데 한몫하고 있었다. 그를 실제보다 더 나이 들어 보이게 했다. 나는 그의 피부를 살펴보았다. 투명하고 부드러운 데다 짙은 갈색을 띠고 있었다. 광대뼈에는 삼각형의 흉터가 있었다. 그는 브렛을 유심히 바라보았다. 그는 두 사람 사이에 뭔가 있다고 느끼고 있었다. 브렛이 그에게 손을 내밀었을 때 그는 그것을 느꼈음이 틀림없었다. 그는 아주 신중하게 행동했다. 확실하다고 생각은 하고 있었지만 실수를 하고 싶지 않았던 것이다.

"내일 시합에 나가?". 내가 물었다.

"예, 알가베노가 오늘 마드리드에서 부상당했어요. 그 소식을 들으셨나요?" 그가 대답했다.

"아니, 못 들었는데. 많이 다쳤나?" 내가 물었다.

그러자 그는 고개를 내저었다.

"대수롭지 않은 상처예요. 바로 이곳이에요." 그는 손을 내보였다. 그러자 브렛이 팔을 뻗어서 그의 손가락을 폈다.

"아! 손금을 보시나요?" 그가 영어로 물었다.

"가끔. 괜찮겠죠?"

"물론이죠. 전 손금을 보는 걸 좋아합니다." 그는 테이블 위에 손을 활짝 펴서 올려놓았다. "제가 오래오래 살고 백만장자가 될 거라고 말해 주십시오."

그는 여전히 아주 공손했지만 아까보다는 좀 더 자신감에 차 있었다. "자, 보세요. 손금에 황소라도 보입니까?" 그가 물었다.

그는 웃었다. 손은 꽤 곱고 손목이 가늘었다.

"황소가 수천 마리나 보여." 브렛이 말했다. 이제는 조금도 초조해하지 않았다. 그녀는 아름다워 보였다.

"그거 좋군요, 한 마리에 1,000두로*니까." 로메로가 웃었다. 그가 내게 스페인어로 말했다. "좀 더 말해 주시죠."

"손금이 좋아. 이 사람은 오래오래 살 것 같아." 브렛이 말했다.

"저한테 말해 주십시오. 친구분께 말하지 마시고."

"당신이 장수할 거라고 했어요."

"저도 그건 압니다. 저는 무슨 일이 있어도 결코 죽지 않을 겁니다." 로메로가 말했다.

나는 손끝으로 테이블을 톡톡 두드렸다.** 로메로가 그 모습을 보고는 고개를 내저었다.

"아니, 그러실 필요 없어요. 황소는 둘도 없는 친구입니다."

나는 브렛에게 그 말을 통역해 주었다.

---

* 스페인의 화폐 단위.

** 서양에서는 불길한 말을 했을 때 손으로 나무를 톡톡 두드리면 액운을 면한다는 미신이 있다.

“그럼 당신은 친구들을 죽이는군?” 그녀가 물었다.

“언제나 그러죠.” 그가 영어로 말하고 웃었다. “그러니 황소들이 나를 죽이는 일은 없죠.” 그는 테이블 너머로 그녀를 바라보았다.

“영어를 썩 잘하네요.”

“예, 때로는 썩 잘하죠. 하지만 아무도 알지 못하게 해야죠. 영어를 지껄이는 투우사란 아주 좋지 않으니까요.” 그가 말했다.

“왜 그런가요?” 브렛이 물었다.

“사람들이 좋아하지 않을 거예요. 투우사란 그런 게 아니니까요.”

“그럼 투우사란 어떤 건가요?”

그는 웃으며 모자를 눈 위까지 깊숙이 눌러쓰고 시가를 무는 각도와 표정을 바꿨다.

“저 테이블에 앉아 있는 사람들과 비슷한 거죠.” 그가 말했다. 나는 건너편을 힐끔 보았다. 그는 정확하게 나시오날*의 표정을 흉내 내어 보였던 것이다. 그는 미소를 머금고 다시 자연스러운 얼굴로 돌아왔다. “안 돼요. 전 영어를 잊어버려야 합니다.”

“아직은 잊어버리지 마요.” 브렛이 말했다.

“잊어버려선 안 된다고요?”

“안 돼요.”

---

* 스페인의 투우사 후안 안로(1898~1925)로 흔히 ‘나시오날 II’로 불린다.

"좋습니다."

그는 또다시 웃었다.

"난 그런 모자가 좋아요." 브렛이 말했다.

"좋습니다. 하나 구해 드리죠."

"어머. 꼭 구해 줘야 해요."

"구해 드리겠습니다. 오늘 밤에 하나 구해 드리죠."

나는 자리에서 일어섰다. 로메로도 따라 일어섰다.

"앉아 있게. 난 가서 친구들을 찾아 이리로 데려올 테니." 내가 말했다.

그는 나를 바라보았다. 그것은 서로 이해하고 있는지 묻는 최후의 눈길이었다. 물론 서로 이해하고 있었다.

"앉아요. 나한테 스페인어를 가르쳐 줘야 해요." 브렛이 그에게 말했다.

그는 앉아서 테이블 건너로 그녀를 바라보았다. 나는 밖으로 나왔다. 투우사 테이블에 앉아 있는 사람들이 험한 눈초리로 내가 나가는 모습을 지켜보았다. 별로 유쾌한 기분이 아니었다. 20분 뒤에 돌아와 카페 안을 살펴보니 브렛과 페드로 로메로는 없었다. 커피 잔과 우리가 마시던 빈 코냑 잔 세 개만 테이블에 덩그러니 놓여 있을 뿐이었다. 웨이터가 행주를 가져와 술잔을 치우고 테이블을 닦았다.

# 17

'바 밀라노' 밖에서 나는 빌과 마이크와 에드나를 만났다. 에드나는 아까 그 여자의 이름이다.

"쫓겨났어요." 에드나가 말했다.

"경찰관한테 말이야. 저 술집에 나를 못마땅하게 생각하는 사람이 몇 있더라고." 마이크가 말했다.

"네 번이나 싸울 뻔한 걸 말렸죠. 날 좀 도와줘야겠어요." 에드나가 말했다.

빌은 얼굴이 벌겋게 상기되어 있었다.

"다시 안으로 들어가 보자, 에드나. 들어가서 마이크하고 춤을 추지그래." 그가 말했다.

"바보 같은 짓이야. 또다시 소동이 벌어질 텐데." 에드나가 말했다.

"돼지 같은 망할 놈의 비아리츠 녀석들!" 빌이 내뱉었다.

“들어가. 누가 뭐래도 술집이잖아. 저희가 독점할 순 없는 거야.” 마이크가 말했다.

“이봐, 마이크. 빌어먹을 영국 돼지들이 여기까지 몰려와서 마이크를 모욕하고 축제를 엉망으로 만들어 놓고 있는 거야.” 빌이 말했다.

“망할 녀석들! 난 영국인들이라면 지긋지긋해.” 마이크가 맞장구를 쳤다.

“마이크를 모욕할 순 없지. 마이크가 얼마나 멋진 친구인데. 그놈들이 마이크를 모욕하다니. 참고 있을 수가 없어. 빌어먹을 파산자라도 그게 무슨 상관이야?” 빌의 목소리가 갈라졌다.

“문제가 안 되지. 한데 파산을 했어?” 에드나가 물었다.

“물론 했지. 넌 상관하지 않지, 빌?”

빌은 마이크의 어깨를 끌어안았다.

“나도 몹시 파산하고 싶어. 그래야 저 망할 것들한테 보여 줄 텐데.”

“저 녀석들은 영국인이야. 영국인들이 뭐라고 하든 아무런 문제가 안 돼.” 마이크가 말했다.

“더러운 돼지들 같으니. 내가 가서 깨끗이 쓸어버리겠어.” 빌이 말했다.

“빌, 제발 다시 들어가지 마, 빌. 저 사람들은 바보들인데, 뭘.” 에드나가 나를 바라보며 말했다.

“정말이야. 진짜 바보들이야. 나도 그렇다고 알고 있었거든.” 마이크가 말했다.

"마이크한테 그따위 소리를 할 순 없지." 빌이 말했다.

"너 그 사람들을 알아?" 내가 마이크에게 물었다.

"아니. 한 번도 본 적이 없어. 그런데도 저희가 나를 안다는 거야."

"참을 수가 없군." 빌이 말했다.

"자, 가. 스위조로 가." 내가 말했다.

"그 녀석들은 비아리츠에서 몰려온 에드나의 친구들이란 말이야." 빌이 말했다.

"그 사람들은 그저 바보들이 돼서 그래." 에드나가 말했다.

"그중 한 녀석은 찰리 블랙먼이라는 친구인데 시카고 출신이야." 빌이 말했다.

"난 시카고에는 가 본 적이 없어." 마이크가 말했다.

에드나는 웃음을 터뜨리더니 멈추지 못했다.

"날 어디로든 데려다 줘, 파산자 양반들." 그녀가 말했다.

"무슨 소동이었나요?" 내가 에드나에게 물었다. 우리는 광장을 가로질러 스위조 쪽으로 걸어갔다. 빌은 어디 갔는지 보이지 않았다.

"무슨 일이 있었는지 모르겠어요. 하지만 누군가가 경찰관을 불러 마이크를 뒷방에서 몰아내게 했죠. 칸에서 마이크를 만난 적이 있다는 사람이 몇 있었어요. 마이크가 어떻게 된 거죠?"

"아마 그 사람들한테 돈을 빌린 게 있나 보죠. 사람들이 화를 내는 건 흔히 그런 일 때문이잖아요." 내가 말했다.

광장 매표소에는 사람들이 두 줄로 늘어서서 기다리고 있었다. 의자에 앉아 있기도 하고 담요나 신문을 깔고 땅에 웅크리고 있기도 했다. 아침에 문이 열리면 투우 관람권을 사려고 기다리는 것이다. 밤하늘이 맑게 개면서 달이 떠 있었다. 줄을 선 사람 중에는 자고 있는 사람도 있었다.

카페 스위조에서 자리를 잡고 훈다도르를 주문하자 로버트 콘이 나타났다.

“브렛은 어디 있어?” 콘이 물었다.

“모르겠는데.”

“너하고 함께 있었잖아?”

“자러 간 거겠지.”

“아냐.”

“난 어디 있는지 모르겠는걸.”

불빛 아래 그의 얼굴이 창백해 보였다. 그는 그대로 서 있었다.

“어디 있는지 말해.”

“자리에 앉기나 해. 난 그녀가 어디 있는지 몰라.” 내가 말했다.

“빌어먹을, 모를 리가 없어!”

“입 좀 다물어.”

“브렛이 있는 곳을 가르쳐 줘.”

“너한테는 한마디도 않겠어.”

“어디 있는지 알잖아.”

“알아도 가르쳐 주지 않을 테야.”

“아, 지옥으로나 꺼져 버려, 콘!” 마이크가 테이블에서 큰 소리로 외쳤다. "브렛은 그 투우사 녀석하고 같이 가 버렸어. 아마 지금쯤 신혼여행을 즐기고 있을걸."

"닥쳐."

"아, 지옥으로나 꺼지라니까!" 마이크가 나른한 듯 내뱉었다.

"정말이야?" 콘이 내 쪽으로 몸을 돌렸다.

"지옥으로나 꺼져!"

"너하고 같이 있었잖아. 정말 그 친구와 같이 있어?"

"지옥으로나 꺼지라니까!"

"말하도록 할 테야." 그러면서 그는 내 앞쪽으로 다가섰다. "이 뚜쟁이 같은 놈아."

내가 그를 향해 주먹을 휘두르자 그는 몸을 움츠렸다. 불빛 아래에서 그가 얼굴을 옆으로 피하는 것이 보였다. 그가 나를 쳤고, 나는 보도에 풀썩 주저앉았다. 내가 일어나려 하자 그는 다시 나를 쳤다. 그래서 나는 테이블 아래 뒤쪽으로 나자빠졌다. 일어서려 했지만 두 다리가 떨어져 나간 것만 같았다. 어떻게든 일어나서 그를 때려야 한다고 생각했다. 마이크가 나를 부축해서 일으켰다. 누군가가 내 머리에 주전자로 물을 끼얹었다. 정신을 차려 보니 마이크가 한쪽 팔로 나를 끌어안고 있었고, 나는 의자에 앉아 있었다. 마이크가 내 귀를 잡아당겼다.

"이봐, 넌 의식불명 상태였어." 마이크가 말했다.

"넌 어디 있었어?"

"아, 근처에 있었지."

"싸움에 끼어들고 싶지 않았단 말이지?"

"저 사람은 마이크도 때려눕혔어요." 에드나가 말했다.

"나를 완전히 때려눕힌 건 아냐. 그저 누워 있었던 것뿐이지." 마이크가 말했다.

"당신들 축제에선 밤마다 이런 일이 벌어져? 그분은 콘 씨 아니었어?" 에드나가 물었다.

"난 이제 괜찮아. 머리가 조금 빙빙 돌 뿐이니까." 내가 말했다.

웨이터 대여섯과 구경꾼이 떼를 지어 주위에 몰려 있었다.

"바야!* 저리 가요. 저리 가." 마이크가 말했다.

웨이터들이 구경꾼을 밀어냈다.

"볼만하던데요. 그 사람 권투 선수가 틀림없어요." 에드나가 말했다.

"맞아요."

"빌이 있었으면 좋았을걸. 빌도 나가떨어지는 걸 봤으면 했어요. 난 언제나 빌이 뻗는 걸 보고 싶었거든요. 덩치가 무척 크니까." 에드나가 말했다.

"난 그 녀석이 웨이터도 때려눕혔으면 했는데. 그래서 체포됐으면 하고 말이야. 로버트 콘이 감옥에 들어가는 꼴을 보고 싶었는데." 마이크가 말했다.

"설마 그럴 리가 있나." 내가 대꾸했다.

"아, 아니겠지. 정말 그런 뜻은 아니겠지." 에드나가 말했다.

"하지만 정말이야. 난 얻어맞고 다니는 걸 좋아하는 사람이

---

* "가요!"(스페인어)

아냐. 심지어 게임도 하지 않으니까." 마이크가 말했다.

마이크는 술을 한 모금 마셨다.

"사냥도 좋아하지 않아. 말에게 짓밟힐 위험이 언제나 있거든. 제이크, 이제 좀 어때?"

"괜찮아."

"참 좋은 분이군요. 한데 정말로 파산했어?" 에드나가 마이크에게 물었다.

"엄청나게 파산했지. 빚지지 않은 사람이 없거든. 당신은 빚이 없어?" 마이크가 물었다.

"엄청나게 많지."

"난 누구한테나 빚이 있어. 오늘 밤에도 몬토야한테 100페세타를 꿨지." 마이크가 말했다.

"정말 잘한 짓이군." 내가 말했다.

"갚을 거야. 난 언제든지 한 푼 에누리 없이 갚는 사람이니까." 마이크가 말했다.

"그래서 파산한 거지?" 에드나가 말했다.

나는 의자에서 일어섰다. 두 사람 말소리가 어디 먼 곳에서 이야기를 나누는 소리처럼 들렸기 때문이다. 하나같이 형편없는 연극처럼 느껴졌다.

"난 호텔로 가야겠어." 내가 말했다. 그때 그들이 내 이야기를 하는 것이 들렸다.

"저분 괜찮을까?" 에드나가 물었다.

"같이 가는 게 좋겠는걸."

"난 괜찮아. 따라오지 마. 나중에 만나." 내가 말했다.

나는 카페에서 걸어 나왔다. 두 사람은 테이블에 그냥 앉아 있었다. 나는 그들과 텅 빈 테이블들을 돌아다보았다. 한 테이블에는 웨이터가 두 손으로 머리를 받치고 앉아 있었다.

광장을 가로질러 호텔로 돌아가는 길에 보니 모든 것이 새롭게 달라진 것 같았다. 전에는 못 보던 나무들이 있었다. 전에는 깃대도, 극장 정면도 있는 줄 몰랐다. 모든 것이 달라져 있었다. 나는 언젠가 교외에서 축구 시합을 하고 집으로 돌아갈 때 같은 기분이 들었다. 축구 용품을 넣은 가방을 들고 내가 평생 살아온 도시의 정거장에서 거리를 따라 걸어가는데 모든 것이 새로워 보였던 것이다. 사람들이 잔디밭에 떨어진 낙엽을 긁어모아 길가에서 태우고 있었고, 나는 오랫동안 서서 그것을 바라보았다. 모두가 하나같이 이상야릇했다. 그러고 나서 또 걸어갔는데 내 발이 멀리 떨어진 곳에 있는 것처럼 느껴졌고, 모든 것이 멀리 떨어진 곳에서 오는 것만 같았으며, 내 발소리가 무척 먼 곳에서 들려오는 것만 같았다. 그날 시합 초반에 공에 머리를 맞은 일이 있었다. 광장을 가로질러 갈 때 꼭 그런 기분이었다. 호텔 계단을 올라갈 때도 그런 기분이었다. 층계를 올라가는 데 시간이 한참 걸렸고, 내 손에 축구 가방이 들려 있는 것 같은 느낌이 들었다. 방에는 불이 켜져 있었다. 빌이 나와서 복도에서 나를 맞았다.

"이봐, 올라가서 콘을 만나 봐. 무척 괴로워하면서 널 찾고 있어." 그가 말했다.

"망할 자식!"

"어서 가 봐. 올라가서 만나 봐."

나는 계단 하나도 더 올라가고 싶지 않았다.

"왜 그런 눈으로 나를 바라봐?"

"널 바라보는 게 아냐. 올라가서 콘을 만나 줘. 꼴이 아주 말이 아냐."

"넌 조금 전까지도 취해 있었잖아." 내가 말했다.

"지금도 취했지. 하지만 올라가서 콘을 만나 주라고. 널 만나고 싶어 하니까." 빌이 말했다.

"좋아." 내가 말했다. 계단만 몇 개 더 올라가면 되는 문제였다. 나는 유령처럼 눈에 보이지 않는 축구 가방을 들고 계단을 따라 올라갔다. 콘의 방을 향해 복도를 따라 걸어갔다. 문이 닫혀 있어 노크를 했다.

"누구요?"

"반스야."

"들어와, 제이크."

나는 문을 열고 방으로 들어가서 가방을 내려놓았다. 방에는 불이 켜져 있지 않았다. 콘은 어둠 속에서 침대에 얼굴을 파묻고 누워 있었다.

"어이, 제이크."

"날 제이크라고 부르지 마."

나는 문 옆에 서 있었다. 내가 전에 집에 돌아갔을 때도 꼭 이랬다. 지금 나한테 필요한 것은 뜨거운 물에 목욕을 하는 것이다. 뜨거운 물에 깊숙이 몸을 잠그고 뒤로 누워 있는 것이다.

"욕실이 어디야?" 내가 물었다.

콘은 울고 있었다. 침대에 얼굴을 파묻고 울고 있었다. 프린스턴 대학에서 입었던 것 같은 흰 폴로셔츠를 입고 있었다.

"미안해, 제이크. 날 용서해 줘."

"용서하라고, 빌어먹을."

"제발 용서해 줘, 제이크."

나는 아무 말도 하지 않았다. 문 옆에 그대로 서 있었다.

"제정신이 아니었어. 그때 내 기분 어땠는지 너도 알 거야."

"아, 그 소린 집어치워."

"브렛 일을 참을 수가 없었어."

"나를 뚜쟁이라고 했잖아."

아무래도 좋았다. 뜨거운 물에 목욕하고 싶은 생각이 간절할 뿐이었다. 뜨거운 물 깊숙이 몸을 잠그고 목욕을 하고 싶었다.

"알아. 그 말은 제발 잊어 줘. 제정신이 아니었으니까."

"그 소린 집어치워."

그는 울고 있었다. 그의 목소리가 이상야릇하게 들렸다. 불도 켜지 않고 어둠 속에서 흰 셔츠 차림으로 침대에 누워 있었다. 폴로셔츠를 입고서 말이다.

"내일 아침 이곳을 떠나겠어."

그는 소리도 내지 않고 울고 있었다.

"브렛 일은 도저히 참을 수가 없었어. 지옥을 헤매는 기분이었지, 제이크. 그래, 맞아, 지옥이라고밖엔 할 수 없어. 이곳에서 만났을 때 브렛은 나를 완전히 낯선 사람처럼 대하더군. 난 그걸 도저히 참을 수 없었던 거야. 산세바스티안에서는 함께 지냈거든. 그건 너도 아마 알고 있을 테지. 난 도저히 더는 견딜 수가 없었어."

그는 그대로 침대에 누워 있었다.

"그런데 난 목욕 좀 해야겠어." 내가 말했다.

"넌 내 하나밖에 없는 친구였어. 그런데 난 브렛을 너무 사랑했지."

"자, 그럼 이제 그만 가 보겠어." 내가 말했다.

"아무 소용도 없을 것 같아. 이제 정말로 아무런 소용이 없을 것 같아." 그가 말했다.

"뭐가 말이야?"

"뭐든 말이지. 날 용서한다고 말해 줘, 제이크."

"물론이지. 이제 됐어." 내가 말했다.

"기분이 정말 엉망이었어. 제이크, 지옥을 헤매는 것 같았지. 이제 모든 게 끝장이야. 모든 것이."

"자, 그럼, 잘 있어. 난 그만 가 봐야겠어." 내가 말했다.

그는 몸을 굴려 침대 가장자리에 일어나 앉더니 곧 일어섰다.

"잘 있어, 제이크. 악수해 주겠지?" 그가 말했다.

"그럼, 하고말고."

우리는 악수를 했다. 어두워서 그의 얼굴이 잘 보이지 않았다.

"자, 그럼, 내일 아침에 만나." 내가 말했다.

"내일 아침에 떠나겠어."

"아, 참, 그런다고 했지." 내가 말했다.

나는 방에서 나왔다. 콘은 방문 앞에 서 있었다.

"괜찮아, 제이크?" 그가 물었다.

"아, 그럼. 난 괜찮아." 내가 대답했다.

나는 욕실을 찾을 수가 없었다. 한참 뒤에야 겨우 찾았다. 깊은 돌 욕조가 있었다. 수도꼭지를 틀었지만 물이 나오지 않았다. 나는 욕조 가장자리에 걸터앉았다. 나가려고 일어서자 신을 벗어 놨다는 것을 깨달았다. 신을 찾아 들고는 아래층으로 내려갔다. 내 방을 찾아 들어가 옷을 벗고 침대로 들어갔다.

두통이 느껴지고 악대가 거리를 지나가는 소리에 잠이 깼다. 빌의 친구인 에드나에게 투우가 거리를 지나 투우장으로 들어가는 것을 구경시켜 주겠다고 한 약속이 생각났다. 나는 옷을 주워 입고 아래층으로 내려가서 차가운 이른 아침의 거리로 걸어 나갔다. 사람들이 광장을 가로질러 투우장을 향해 바삐 걸어가고 있었다. 광장 건너편에는 매표소 앞에 사람들이 두 줄로 늘어서 있었다. 그들은 아직도 7시에 팔기 시작하는 표를 기다리고 있는 중이었다. 나는 바쁜 걸음으로 거리를 가로질러 카페로 갔다. 내 친구들이 그곳에 들렀다가 나갔다고 웨이터가 일러 주었다.

"몇 사람이던가?"

"남자분 둘하고 부인 한 분이던데요."

그렇다면 잘된 셈이었다. 빌하고 마이크가 에드나와 동행한 것이다. 어젯밤 그녀는 그 두 사람이 술에 취해서 졸도할까 봐 걱정했다. 그 때문에 반드시 내가 데리고 가겠다고 했던 것이다. 나는 커피를 마시고 다른 사람들과 함께 바삐 투우장으로 갔다. 이제는 다리가 휘청거리지 않았다. 머리가 빠개질 듯 골치가 아플 뿐이었다. 모든 것이 뚜렷하고 선명하게 보였으며, 시내에는 이른 아침 냄새가 풍겼다.

시내 변두리에서 투우장까지 뻗어 있는 길은 진창이었다. 투우장까지 이르는 울타리를 따라 사람들이 죽 늘어서 있고 바깥 발코니와 투우장 꼭대기에도 사람들이 빽빽하게 차 있었다. 불꽃놀이 소리가 들려오자 제시간에 투우장에 들어가 황소들이 들어오는 것을 구경하기는 틀렸다고 생각하고 군중을 헤치고 울타리 쪽으로 나아갔다. 나는 사람들한테 떠밀려서 울타리 판자에 찰싹 붙어 있었다. 황소들이 달려갈 양쪽 울타리 사이 질주로에서 경찰관들이 군중을 정리하고 있었다. 사람들은 걷거나 종종걸음으로 투우장으로 들어갔다. 그러고 나서 사람들이 뛰어오기 시작했다. 그때 술에 취한 사람 하나가 미끄러져 넘어졌다. 경찰관 두 명이 그를 끌어 일으켜 울타리 너머로 밀어 넣어 버렸다. 이제 군중은 더 빨리 달려왔다. 군중이 크게 환성을 지르기에 판자 사이로 머리를 들이밀고 보니 황소들이 거리에서 나와 기다란 질주로 울타리로 들어가고 있었다. 황소들은 군중의 뒤를 따라 빠르게 달려왔다. 바로 그때 또 다른 주정꾼 하나가 손에 헐렁한 작업복을 들고 울타리 안으로 튀어 들어왔다. 황소들을 케이프로 상대해 보고 싶었던 것이다. 경찰관 두 명이 뛰어와서 함께 그의 목덜미를 잡고, 한 사람은 곤봉으로 때리면서 울타리까지 끌고 가 마지막 군중과 황소가 지나갈 때까지 울타리에 잡아 두었다. 황소 앞을 달리는 군중이 너무 많아 투우장으로 들어가는 입구가 붐비는 바람에 정체가 빚어졌다. 황소들은 육중한 몸집에 옆구리에는 진흙을 묻힌 채 뿔을 흔들고 뛰어왔는데, 그중 한 마리가 쏜살처럼 앞으로 튀어 나가더니 달려가는 군중 가운데 한 사람의 등을 들이받아 공중으로 번쩍 들어 올렸다. 뿔에 찔린 사람은 두 팔이 축 늘어지고 머리가 뒤로 젖혀졌다. 소는 그 사람을 들어 올렸다가 내동댕이쳤다. 그 황소가 앞에서 달리는 또 한 사람을 따라잡았지만 그는 군중 속으로 사라져 버렸다. 황소들이 뒤쫓는 가운데 군중은 이제 입구를 지나 경기장으로 들어갔다. 그러자 투우장의 붉은 문이 닫히기 시작했다. 바깥 발코니에 있던 군중이 서로 밀치면서 안으로 들어오려 했고, 또 함성이 여러 차례 들렸다.

황소에 찔린 사내는 사람들이 짓밟고 지나간 진흙탕에 엎어진 채 누워 있었다. 사람들이 울타리를 기어올라 넘어갔고, 너무 많은 군중이 주위를 에워싸고 있었기 때문에 사내는 잘 보이지 않았다. 투우장 안에서는 몇 번이고 함성이 들렸다. 함성이 터져 나올 때마다 황소가 군중을 향해서 돌진한다는 것을 알 수 있었다. 함성이 얼마나 크게 들리느냐에 따라 얼마나 끔찍한 일이 벌어지는지 알 수 있었다. 이윽고 거세된 수소들이 투우들을 투우장에서 내몰아 울타리로 데려갔음을 알리는 불꽃이 솟아올랐다. 나는 울타리에서 물러나 시내 쪽으로 돌아갔다.

시내에 돌아와 나는 카페에서 커피를 두 잔째 마시고 버터 바른 토스트를 먹었다. 웨이터들이 카페 안을 쓸고 테이블을 훔치고 있었다. 한 사람이 내게 다가와 주문을 받았다.

"엔시에로*에서 무슨 일이 있었습니까?"

"다 보지는 못했어. 한 사람이 몹시 찔렸지."

"어디를요?"

"여기를." 나는 한 손으로는 등허리 부분을, 다른 손으로는 가슴을 가리켰다. 뿔이 가슴을 관통한 것처럼 보였기 때문이다. 웨이터는 고개를 끄덕이고 행주로 테이블에서 빵 부스러기를 훔쳐 냈다.

"심하게 찔렸군요. 모두 스포츠 때문이죠. 모두 재미 때문이라고요." 그가 말했다.

그는 자리를 떴다가 길쭉한 손잡이가 달린 커피 주전자와 우유병을 가지고 왔다. 그는 우유와 커피를 따랐다. 길쭉한 주둥이에서 커피 두 줄기가 큼직한 잔 속으로 흘러들었다. 웨이터는 고개를 끄덕였다.

"등을 몹시 찔렸군요." 그가 말했다. 그는 주전자를 테이블에 내려놓고 옆에 놓인 의자에 앉았다. "뿔에 찔린 중상이죠. 모두 재미 때문입니다. 단순히 재미를 위해서죠. 손님은 어떻게 생각하시나요?"

"잘 모르겠는걸."

"그래요. 모두 재미를 위해서죠. 재미예요, 아시겠어요?"

"자네는 투우 애호가가 아니군그래?"

"저요? 소가 도대체 뭡니까? 동물이에요. 야수라고요." 그는 일어서서 등허리 부분에 손을 얹었다. "정통으로 등을 말

---

* "울타리."(스페인어)

입니다, 정통으로 등을 꿰뚫린 거죠. 재미를 위해서……. 손님께선 이해하시겠죠."

웨이터는 고개를 절레절레 내저으며 커피 주전자를 들고 가 버렸다. 두 사내가 길거리를 지나갔다. 웨이터가 그들에게 소리를 질렀다. 그들은 심각한 표정을 짓고 있었다. 한 사람이 고개를 저었다. "무에르토!"* 그가 큰 소리로 외쳤다.

웨이터는 고개를 끄덕끄덕했다. 두 사내는 계속 걸어갔다. 무슨 심부름을 하러 가는 길이었다. 웨이터가 내 테이블로 다가왔다.

"들으셨죠? 무에르토. 죽었답니다. 뿔에 꿰뚫려서 말이죠. 그 모두가 아침 재밋거리로 그런 겁니다. 에스 무이 플라멘코.**"

"참 안됐군."

"전 싫어요. 전 그게 재미있는 줄 모르겠습니다." 웨이터가 말했다.

그날 늦게 우리는 죽은 사람의 이름이 비센테 지로네스이고 타파야 근처에서 왔다는 것을 알았다. 이튿날 신문에는 그가 스물여덟 살이고 농장에다 아내와 두 아이가 있다는 기사가 실려 있었다. 그는 결혼한 뒤로 해마다 이 축제에 참가해 왔다는 것이다. 이튿날 아내가 유해를 보러 왔고, 그 이튿날에는 산페르민 성당에서 장례식이 있었고, 영구는 타파야의 무

---

* "죽었어!"(스페인어)

** "너무 가엾어요."(스페인어)

용 및 음주회 회원들이 역으로 운반했다. 선두에서는 북을 울리고 피리를 불었고 아내와 두 아이가 영구를 운반하는 사람들 뒤를 따랐다……. 그 뒤에는 장례식 때까지 남아 있을 수 있는 팜플로나, 에스테야, 타파야, 산게사*의 무용 및 음주회 회원들이 따라갔다. 영구는 기차의 화물칸에 실리고, 미망인과 두 아이는 삼등 무개차에 올랐다. 기차는 덜커덩하더니 역을 출발해서 미끄러지듯 달려 고원 끝머리의 내리막길을 돌아 바람에 나부끼는 곡식이 가득한 들판을 달려 타파야로 향했다.

비센테 지로네스를 죽인 황소의 이름은 보카네그라로, 산체스 타베르노 투우 사육장의 118번 소였다. 같은 날 오후에 세 번째 투우에서 페드로 로메로에게 최후를 맞았다. 그 황소의 귀는 관중의 요구에 따라 잘려 페드로 로메로에게 바쳐졌다. 로메로는 이것을 다시 브렛에게 주었고, 브렛은 그것을 내 손수건에 싸서 수북히 쌓인 무라티** 담배꽁초와 함께 팜플로나의 호텔 몬토야 그녀의 방 침대 옆 테이블 서랍 구석에 처박아 두었다.

호텔에 돌아오니 문 안쪽 벤치에 경비원이 앉아 있었다. 밤새도록 그곳에 있었기 때문에 퍽 졸린 모습이었다. 내가 들어

---

* 타파야, 에스테야, 산게사는 나바라에 있는 작은 마을들.
** 스페인에서 생산하는 담배 상표.

가자 그는 자리에서 일어섰다. 때를 같이하여 웨이트리스 셋도 한꺼번에 들어왔다. 그들은 아침 투우 경기를 보고 돌아오는 길이었다. 그들은 웃으면서 위층으로 올라갔다. 나는 그들 뒤를 따라 위층으로 올라가 내 방으로 들어갔다. 구두를 벗고 침대에 벌렁 드러누웠다. 발코니 창이 열려 있어서 방 안은 햇빛으로 눈이 부셨다. 잠이 오지 않았다. 잠이 든 것이 3시 반일 텐데 6시에 악대 소리를 듣고 깼다. 턱 양쪽이 쓰렸다. 엄지와 다른 손가락으로 만져 보았다. 빌어먹을 콘 자식! 처음 모욕을 당했을 때 누군가를 한 대 치고 진작 가 버리고 말 일이지. 그는 브렛이 자신을 사랑한다고 확신하고 있었다. 끈기 있게 들러붙어 있기만 하면 참된 사랑이 모든 것을 정복할 거라고 생각하고 있었던 것이다.* 그때 누군가가 노크를 했다.

"들어오시오."

빌과 마이크였다. 그들은 침대에 걸터앉았다.

"대단한 울타리 몰이였어. 정말 대단한 몰이였다고." 빌이 말했다.

"이봐, 넌 거기 없었어? 빌, 벨을 눌러서 맥주 좀 가져오라고 해." 마이크가 말했다.

"정말 대단한 아침이었어!" 빌이 말했다. 그는 얼굴을 쓱쓱 문질렀다. "원 참! 이렇게 지독한 아침이 다 있나! 한데 우리 친애하는 제이크는 여기 계시군. 인간 편칭백, 친애하는 제이

* "사랑은 모든 것을 정복한다.(Amor vincit omnia.)"라는 라틴어 격언을 염두에 두고 하는 말이다.

크 말이야."

"투우장 안에서도 무슨 일이 있었어?"

"저런! 무슨 일이 있었지, 마이크?" 빌이 물었다.

"황소들이 막 뛰어 들어오지 않았겠나. 바로 앞에서 군중이 달려가는데 웬 녀석이 걸려 넘어지자 모두가 쓰러진 거야." 마이크가 말했다.

"황소들이 쓰러진 사람들 위를 짓밟고 몰려 들어온 거야." 빌이 말했다.

"아우성이 들리더군."

"그건 에드나였지." 빌이 말했다.

"사람들이 계속 뛰어나와서 셔츠를 내둘렀어."

"황소 한 마리가 울타리를 따라 뛰면서 닥치는 대로 뿔로 떠받은 거지, 뭐."

"병원에 실려간 사람이 아마 스무 명은 될 거야." 마이크가 덧붙였다.

"정말 끔찍한 아침이었어! 경찰관들이 뛰어나와 황소한테 뛰어들어 자살하려는 녀석들을 계속해서 잡아갔단 말이야." 빌이 말했다.

"끝판에 가서야 거세된 수소들이 나와서 황소들을 울타리 안으로 데리고 들어갔지." 마이크가 말했다.

"아마 한 시간쯤 걸렸을걸."

"정확하게는 15분 정도였어." 마이크가 반대하고 나섰다.

"무슨, 말도 안 되는 소리! 넌 전쟁에 갔다 왔으니까 그래. 내겐 두 시간 반은 됐어." 빌이 말했다.

"도대체 맥주는 어떻게 된 거야?"

"어여쁜 에드나는 어떻게 하고 왔어?"

"방금 데려다 주고 오는 길이야. 지금쯤 아마 자고 있을걸."

"좋다고 하던가?"

"그럼. 매일 아침마다 그 모양이라고 해 줬지."

"감명을 받은 모양이야." 마이크가 말했다.

"우리보고도 투우장에 내려가 보라고 하지 않겠어. 행동파거든." 빌이 말했다.

"그건 내 채권자들한테 부당한 일일 거라고 말해 줬지." 마이크가 대꾸했다.

"참으로 끔찍한 아침이었어! 그리고 밤은 또 어떻고!" 빌이 말했다.

"그래 턱은 어때, 제이크?" 마이크가 물었다.

"쓰려." 내가 대답했다.

그러자 마이크가 껄껄 웃었다.

"왜 의자를 들어 갈겨 주지 그랬어?"

"넌 입으로만 갈기지. 너도 그 자리에 있었으면 나가떨어졌을 거야. 난 녀석이 치는 것도 못 봤어. 눈앞에서 봤다 하는 순간 느닷없이 한길에 주저앉아 있고, 제이크는 테이블 밑에 누워 있더라니까." 마이크가 말했다.

"그런 뒤에는 어디로 갔어?" 내가 물었다.

"이제야 왔군. 아리따운 귀부인께서 맥주를 가지고 오셨어." 마이크가 말했다.

심부름하는 여자가 맥주병과 술잔이 담긴 쟁반을 테이블에 내려놓았다.

“세 병만 더 갖다 줘.” 마이크가 말했다.

“콘이 나를 때린 뒤 어디로 갔어?” 내가 빌에게 물었다.

“그것도 모르고 있었어?” 마이크는 맥주병을 따고 있었다. 그는 술잔을 병에 바싹 갖다 대고 한 잔을 따랐다.

“정말이야?” 빌이 물었다.

“아, 호텔에 돌아와 투우사의 방에서 브렛과 그 투우사 녀석이 함께 있는 걸 찾아서 가엾은 투우사 녀석을 묵사발로 만들어 버렸어.”

“설마.”

“정말이야.”

“끔찍한 밤이었어!” 빌이 말했다.

“가엾은 투우사 녀석을 하마터면 죽일 뻔했지. 그러고 나서 콘은 브렛을 데려가려 했어. 아마 착실한 여자로 만들고 싶었던 거겠지. 엄청나게 감동적인 장면이었어.”

그는 맥주를 길게 한 모금 들이켰다.

“그 녀석은 멍청이야.”

“그래서 어떻게 됐어?”

“브렛이 혼쭐을 내 줬지. 눈앞에서 꺼지라고 말이야. 아주 잘한 짓이라는 생각이 들어.”

“물론 잘한 짓이지.” 빌이 말했다.

“그러더니 콘은 평정을 잃고 울고불고하며 투우사 녀석하고 악수하겠다고 했어. 브렛하고도 악수하고 싶다고 하고.”

“알 만하군. 나하고도 악수했으니까.”

"그래? 한데 두 사람은 악수를 하려고 하지 않았거든. 투우사 녀석은 훌륭하던데. 별말도 없이 계속 일어나려다 나가떨어지고, 또 일어나려다가 나가떨어지곤 했어. 콘은 그를 완전히 뻗게 하진 못했지. 정말로 우스꽝스러운 장면이었어."

"이런 얘기를 모두 어디서 들었어?"

"브렛한테서 들었지. 오늘 아침에 만났거든."

"그래 결국 어떻게 됐어?"

"투우사 녀석은 침대에 앉아 있었던 모양이야. 열다섯 번가량 나가떨어졌는데도 계속 싸우려고 했다는 거야. 브렛이 그를 붙잡고 못 일어나게 했다니까. 그는 기진맥진했지만 브렛 힘으로는 도무지 누르고 있을 수가 없어서 또 일어났대. 그러자 콘이 이제는 더 때리지 않겠다고 하더래. 때릴 수가 없다는 거지. 더 이상 때리는 건 나쁜 짓이라고. 그래서 투우사 녀석이 비틀거리며 그에게 덤벼들었어. 콘은 벽을 등지고 뒤로 물러나고 말이야.

'그래, 나를 때리지 않으시겠다?'

'안 때려. 창피해서 못 때리겠어.' 콘이 대답했지.

그러자 투우사 녀석이 있는 힘을 다해서 그 녀석 얼굴을 갈기고는 방바닥에 주저앉아 버렸단 말씀이야. 브렛 말로는, 일어나질 못하더래. 콘이 그를 끌어 일으켜서 침대에 갖다 눕히려고 했대. 그랬더니 투우사 녀석이 말하기를, 만약 콘이 자기를 부축해서 일으키면 그를 죽여 버릴 테다, 만약 콘이 이곳을 당장 떠나지 않으면 아침에는 어떻게 해서든지 죽여 버리겠다고 했다는 거야. 콘은 울고 있고, 브렛은 콘더러 어서 눈앞에서 사라지라고 야단치고, 또 그자는 악수하고 싶다고 하고. 이 얘긴 아까 했지."

"나머지 얘기도 해 봐." 빌이 말했다.

"투우사 녀석은 방바닥에 앉아 있었던 모양이야. 다시 일어나서 콘을 때릴 힘을 모으느라고 기다리고 있었던 거지. 브렛은 악수 같은 건 하려 들지 않고, 콘은 울면서 자기가 얼마나 그녀를 사랑하는지 지껄이고 있고, 브렛은 바보짓 하지 말라고 야단을 치고. 그러자 콘은 투우사 녀석하고 악수하려고 몸을 구부렸거든. 조금도 악의는 없었던 거지. 용서를 빌려고 했던 거라고. 그러자 투우사가 또 한 번 콘의 얼굴을 갈겼어."

"대단한 녀석이야." 빌이 말했다.

"콘을 작살낸 거지. 이젠 콘도 두 번 다시는 사람을 치고 싶은 생각이 들지 않을 거야." 마이크가 말했다.

"브렛은 언제 만났어?"

"오늘 아침에. 뭘 가져가려고 들렀더군. 그 로메로 녀석을 돌보고 있다는 거야."

그는 맥주를 또 한 병 따랐다.

"브렛도 몹시 풀이 죽어 있더군. 하지만 사람들 돌봐 주는 걸 좋아하잖아. 우리가 함께 돌아다니게 된 것도 그 때문이었고. 나를 돌봐 주고 있었거든."

"그건 나도 알아." 내가 말했다.

"꽤 취하는걸. 좀 취한 채로 있고 싶어. 무척 재미는 있는데 그렇게 유쾌한 일은 아니군. 내게는 하나도 유쾌한 일이 아냐." 마이크가 말했다.

그는 맥주잔을 비웠다.

"내가 브렛을 꾸짖어 줬지. 유대인이니 투우사니 그런 따위들하고 놀아나면 곤란한 일을 각오해야 한다고." 그는 앞쪽으로 몸을 내밀었다. "이봐, 제이크, 네 맥주를 내가 마셔도 괜찮겠어? 종업원 아가씨가 또 한 병 가지고 올 테니까."

"마셔. 한 모금도 입에 안 댔으니까."

마이크는 마개를 따려고 했다. "마개 좀 따 주겠어?" 나는 마개를 따서 따라 주었다.

마이크가 말을 이었다.

"넌 알지. 브렛은 훌륭했어. 항상 훌륭하지만. 유대인이니 투우사니 그런 녀석들하고 놀아난다고 내가 무지무지하게 욕해 줬는데 그녀가 뭐라고 했는지 알아? '그래. 그 영국 귀족하고는 엄청나게 지겹도록 행복하게 살아왔네!' 이렇게 말하는 거야."

그는 맥주를 한 모금 마셨다.

"훌륭한 태도더란 말이야. 그 칭호를 받게 해 준 그 애슐리라는 녀석은 해군이었어. 9대째 준남작인 사람이었지. 집에 돌아오면 침대에서는 자지 않으려고 했대. 언제든지 브렛을 방바닥에 재웠다지. 마침내 정말로 상태가 심해져선 늘 그녀를 죽여 버린다고 협박하곤 했다는 거야. 언제나 군용 권총에 탄환을 장전해 가지고 잤다니까. 그 친구가 잠들면 브렛은 탄환을 몰래 빼 버리곤 했대. 브렛은 정말로 행복한 생활은 못해 본 거야. 그런 치욕이 어디 있겠어. 모든 걸 무척 즐길 줄 아는 여잔데 말이야."

그는 자리에서 일어섰다. 그의 손이 떨렸다.

"이제 방으로 가 봐야겠어. 좀 자도록 해 봐."

그는 빙그레 웃었다.

"이번 축제 동안에는 너무 오래 잠을 자지 못했어. 난 지금부터 실컷 잘 생각이야. 잠을 자지 않으니 아주 못쓰겠어. 굉장히 신경이 날카로워지거든."

"그럼 정오 때 이루냐에서 만나." 빌이 말했다.

마이크는 방에서 나가 버렸다. 옆방에서 그가 부스럭거리는 소리가 들렸다.

그가 벨을 누르자 하녀가 와서 방문에 노크했다.

"맥주 여섯 병하고 훈다도르 한 병을 갖다 줘." 마이크가 그녀에게 말했다.

"시, 세뇨리토."*

"나도 잠을 자야지. 불쌍한 마이크 녀석. 어젯밤에는 그 친구 때문에 굉장한 소동을 벌였어." 빌이 말했다.

"어디서? 그 밀라노라는 곳에서?"

"그래. 전에 칸에서 브렛과 마이크가 돈에 쪼들리는 걸 도와준 작자가 그곳에 와 있었어. 여간 고약한 녀석이 아니더군."

"그 이야기는 나도 알고 있지."

"난 몰랐거든. 아무도 마이크에 관해 이렇다 저렇다 말할 권리는 없어."

"그래서 사태가 악화되는 거야."

---

* "예, 손님."(스페인어)

“그들한테 그럴 권리는 없어. 정말이지 그럴 자격이 없기를 바라. 그럼 난 자러 가.”

“투우장에서 죽은 사람 있었어?”

“죽지는 않았을걸. 중상을 입었을 뿐이겠지.”

“질주로에서는 한 명 죽었어.”

“그래?” 빌이 말했다.

# 18

정오 때 우리는 모두 카페에 모였다. 카페는 사람들로 붐볐다. 우리는 새우를 먹으며 맥주를 마셨다. 시내도 사람들로 붐볐다. 거리마다 사람들이 흘러넘쳤다. 비아리츠와 산세바스티안에서 큼직한 자동차들이 잇달아 들어와서 광장 주위에 주차했다. 투우 관람객들을 싣고 오는 차들이었다. 관광버스도 왔다. 영국 여자 관광객을 스물다섯 명이나 싣고 온 차도 있었다. 그들은 커다란 흰 자동차에 앉아서 쌍안경으로 축제를 구경했다. 춤을 추는 무용수들은 하나같이 술에 취해 있었다. 오늘은 축제의 마지막 날이었다.

축제는 끊이지 않고 계속 진행되었지만, 자동차와 관광버스 주위에는 구경꾼이 모여 조그마한 섬을 이루고 있었다. 자동차들이 손님들을 내려놓으면 관광객들은 군중 속으로 흡수되어 버렸다. 일단 차에서 내리면 관광객들은 운동복으로

밖에는 보이지 않았는데, 그들의 옷차림은 검은색 작업복을 입은 농부들이 빽빽하게 앉아 있는 테이블 사이에서 이상야릇하게 보였다. 축제는 비아리츠에서 온 영국인들까지도 흡수해 버려 그들 테이블 바로 옆으로 지나가지 않고서는 그들을 볼 수 없었다. 거리에서는 언제나 음악 소리가 들렸다. 북이 계속 둥둥 울리고 피리 소리가 그치지 않았다. 카페에서는 사람들이 테이블을 붙들거나 서로 어깨동무를 하고 고래고래 소리를 지르며 노래를 불렀다.

"저기 브렛이 오네." 빌이 말했다.

바라보니 브렛은 머리를 쳐들고 마치 자신을 위해 축제가 벌어지고 있다는 듯 광장의 군중을 헤치고 걸어오고 있었다. 그것이 즐겁고 재미있다는 표정이었다.

"안녕하세요, 여러분! 정말 목이 마르군요." 그녀가 말했다.

"큰 잔으로 맥주 하나 더 부탁해." 빌이 웨이터에게 말했다.

"새우는요?"

"콘은 가 버렸어?" 브렛이 물었다.

"그랬지. 자동차를 빌려 가지고 말이야." 빌이 대답했다.

그때 맥주가 왔다. 브렛은 유리잔을 들려고 했지만 손이 떨렸다. 그녀는 그것을 보고 빙그레 미소를 짓더니 몸을 앞쪽으로 구부리고 길게 한 모금 들이켰다.

"맥주 맛이 좋네."

"아주 좋은 맥주야." 내가 말했다. 나는 마이크가 걱정스러웠다. 잠을 제대로 잤을 것 같지가 않았기 때문이다. 줄곧 술만 퍼마시고 있었던 것 같은데 흐트러지지 않으려고 자제하고 있는 듯했다.

“콘이 당신을 다치게 했다지, 제이크.” 브렛이 말했다.

“아니, 그냥 나를 때려눕힌 거지. 그것뿐이었어.”

“한데 그 사람은 페드로 로메로에게도 상처를 입혔어. 아주 심한 상처를 입혔어.”

“그래서 지금은 어때?”

“곧 괜찮아질 거야. 방에서 나오지 않으려고 해.”

“아주 보기 흉하게 다친 거야?”

“그럼. 정말 많이 다쳤어. 내가 잠깐 나가서 당신들을 만나고 싶다고 했지.”

“투우는 계속하겠대?”

“물론. 여러분만 괜찮다면 같이 가고 싶어.”

“당신 남자 친구는 어떻게 된 거야?” 마이크가 물었다. 그는 지금까지 브렛이 한 이야기를 한마디도 귀담아듣지 않고 있었던 것이다.

“브렛은 투우사를 손에 넣었어. 콘이라는 유대인도 손에 넣었지만 그 녀석은 고약하게 되어 버렸어.” 그가 말했다.

그러자 브렛이 자리에서 벌떡 일어섰다.

“당신한테서 그런 야비한 소리 듣고 싶지 않아, 마이클.”

“남자 친구가 어떻게 됐느냔 말이야?”

“아주 좋아. 오늘 오후에 잘 지켜봐.” 브렛이 대꾸했다.

“브렛은 투우사를 손에 넣었어. 그 굉장히 잘생긴 미남 투우사 말이야.” 마이크가 되풀이해 말했다.

“나하고 산책하지 않을래? 할 이야기가 있어, 제이크.”

"그 친구한테 당신의 투우사 얘기를 몽땅 해 주라고. 아, 빌어먹을 놈의 투우사!" 마이크가 말했다. 그가 테이블을 기울이자 그 위에 놓여 있던 맥주병과 새우 요리 접시가 떨어져 산산조각이 났다.

"자, 가. 여기서 나가자." 브렛이 말했다.

군중을 헤치고 광장을 가로질러 가면서 내가 말했다. "어떻게 된 거야?"

"점심 뒤에는 투우가 있을 때까지 그이를 만나지 않으려고. 시중드는 사람들이 와서 옷을 입힐 거야. 그이 말로는 그 사람들이 나 때문에 굉장히 화가 나 있대."

브렛은 얼굴에 빛이 났다. 행복한 듯했다. 해가 나서 날씨는 맑게 개었다.

"아주 다른 사람이 된 느낌이 들어. 당신은 아마 잘 모를 거야, 제이크." 브렛이 말했다.

"내가 뭐 도와줄 일이라도 있어?"

"아니. 함께 투우 구경이나 가 줘."

"그럼 점심 식사 때 만나면 되나?"

"아니. 점심은 그이하고 같이 먹기로 했어."

우리는 호텔 입구의 회랑 밑에 서 있었다. 그들은 테이블을 밖으로 끌어내어 회랑 밑에 나란히 내놓고 있었다.

"공원까지 한 바퀴 돌아갈까? 아직 올라가고 싶지 않아. 그인 지금 잠을 자고 있을 거야." 브렛이 물었다.

우리는 극장을 지나 광장을 벗어나 양쪽으로 늘어선 노점 사이를 메운 군중 틈에 끼여 막사 같은 시장 건물을 따라 걸었다. 파세오데사라사테*로 나가는 네거리까지 걸어 나왔다. 유행에 맞게 옷을 차려입은 사람들이 걷고 있었다. 그들은 공원 위쪽에서 모퉁이를 돌아가고 있었다.

"저쪽으로는 가지 말자. 사람들이 쳐다보는 건 싫어." 브렛이 말했다.

우리는 햇빛을 받으며 서 있었다. 바다에서 비와 구름이 지나간 뒤라 무덥지만 기분이 상쾌한 날씨였다.

"바람이 자면 좋겠어. 그이한테 바람은 아주 좋지 않거든." 브렛이 말했다.

"나도 그랬으면 좋겠어."

"그이 말로는 황소들이 마음에 든대."

"좋은 소들이야."

"저게 산페르민인가?"

브렛은 성당의 노란 벽을 바라보았다.

"맞아. 일요일에 축제가 막을 올렸던 곳이지."

"한번 들어가 봐. 괜찮지? 그이를 위해 잠깐 기도를 올리든지 뭐 그런 걸 해 보고 싶어."

우리는 아주 육중하지만 가볍게 움직이는 가죽 문을 열고 성당으로 들어갔다. 기도를 올리는 사람들이 많았다. 어두컴컴한 내부에 눈이 적응하고 나니 사람들의 모습이 보였다. 우리는 기다란 나무 벤치에 무릎을 꿇었다. 잠시 후에 보니 브렛은 내 곁에서 몸이 굳어진 채 똑바로 정면을 응시하고 있었다.

---

* 팜플로나에 있는 공원.

"자, 가. 여기서 나가. 여기 있으니까 신경이 몹시 날카로워져." 그녀가 쉰 목소리로 말했다.

성당 밖 뜨겁고 밝은 거리에 나서자 브렛은 바람에 흔들리는 나무 꼭대기를 올려다보았다. 기도는 별로 도움이 되지 못한 것 같았다.

"성당에서는 왜 그렇게 신경이 곤두서는지 모르겠어. 이제껏 기도가 도움이 된 적이 한 번도 없어." 브렛이 말했다.

우리는 길을 따라 걸어갔다.

"난 종교적 분위기에는 정말 어울리지 않나 봐. 왠지 잘 맞지 않아." 브렛이 말했다.

"그런데" 브렛이 다시 말을 이었다. "난 그이 걱정은 조금도 안 해. 그이 생각만 하면 그저 행복할 뿐이야."

"좋겠군."

"그래도 바람이 그쳤으면 좋겠어."

"5시쯤이면 자겠지."

"그러기를 바라."

"기도를 해 보지그래." 내가 웃었다.

"내게는 전혀 소용이 없어. 기도해서 이루어진 일이 하나도 없거든. 당신은 어때?"

"물론, 있고말고."

"어머, 거짓말. 그래도 효험을 보는 사람도 있을 거야. 당신은 별로 믿음이 깊어 보이지 않아, 제이크." 브렛이 말했다.

"믿음이 꽤 깊어."

"어머, 거짓말. 오늘 나를 개종시키려고 하지 마. 오늘 좋지 않은 일은 지금까지 겪은 걸로도 충분해." 브렛이 대꾸했다.

콘하고 떠난 이후 브렛이 이렇게 옛날처럼 행복하고 태연한 모습을 보이는 것은 처음이었다. 우리는 호텔 앞으로 돌아왔다. 테이블은 모두 정돈되어 있었고, 벌써 몇 군데에서는 사람들이 앉아 식사를 하고 있었다.

"마이크 좀 잘 돌봐 줘. 너무 고약하게 굴지 못하도록 해 줘." 브렛이 부탁했다.

"친구분들은 위층으로 올라가셨습니다." 독일인 호텔 지배인이 영어로 말했다. 그는 언제나 남의 말을 엿듣는 버릇이 있었다. 브렛이 그를 향해 몸을 돌렸다.

"무척 고맙군요. 또 전해 줄 말이 있나요?"

"없습니다, 손님."

"그럼 됐어요." 브렛이 말했다.

"세 사람 테이블을 잡아 주시오." 내가 그 독일인에게 말했다. 그는 천박하게 살짝 미소를 지었다.

"부인께서도 여기서 식사를 하시겠습니까?"

"아뇨." 브렛이 대답했다.

"그럼 2인용 테이블이면 충분하겠군요."

"저 사람한테 말 걸지 마. 마이크는 지금 형편없을 거야." 브렛이 계단에서 말했다. 우리는 계단에서 몬토야를 만났다. 그러나 그는 고개만 숙이고 인사할 뿐 미소를 짓지는 않았다.

"그럼 카페에서 만나. 무척 고마웠어, 제이크." 브렛이 말했다.

우리는 우리 방이 있는 층에서 걸음을 멈췄다. 브렛은 똑바로 복도를 따라 걸어가서 로메로의 방으로 들어갔다. 노크도 하지 않았다. 그저 문을 열고 들어가서는 닫아 버렸다.

나는 마이크의 방문 앞에 서서 노크를 했다. 아무런 대답이 없었다. 손잡이를 돌려 보니 그대로 열렸다. 방 안은 난장판처럼 어지러웠다. 가방이 죄다 열리고 옷가지가 사방에 널려 있었다. 침대 옆에는 빈 술병들이 놓여 있었다. 마이크는 죽은 사람처럼 침대에 누워 있었다. 그는 눈을 뜨더니 나를 바라보았다.

"어이, 제이크. 자, 잠을 좀 자고 있지. 오래전부터 잠을 조, 좀 잤으면 했어." 그가 아주 느리게 말했다.

"뭘 덮어 주지."

"아냐. 덮지 않아도 따뜻해."

"가지 마. 아직 자, 잠이 안 드, 들었으니까."

"자, 마이크. 걱정할 것 없어, 이 친구야."

"브렛은 투우사를 손에 넣었어. 하지만 유대인 녀석은 떠나 버렸지." 마이크가 말했다.

그는 고개를 돌려 나를 바라보았다.

"참으로 잘된 거지, 뭐. 안 그래?"

"그래. 자, 이제 잠을 자. 마이크. 넌 좀 자야 해."

"자려고 하던 차, 참이었어. 이제 조, 좀 자야겠어."

그는 눈을 감았다. 나는 방에서 나와 조용히 문을 닫았다. 빌은 내 방에서 신문을 읽고 있었다.

"마이크 만났어?"

"그래."

"식사하러 가자."

"난 그 독일 호텔 지배인 녀석이 있는 아래층에서는 식사하고 싶지 않아. 마이크를 위층으로 데리고 갈 때 녀석이 꽤나 건방지게 굴더군."

"우리한테도 건방지게 굴었어."

"시내에 나가서 해."

우리는 계단을 따라 내려갔다. 계단에서 보자기로 덮은 쟁반을 들고 올라오는 웨이트리스를 만났다.

"브렛 점심을 가지고 가는군." 빌이 말했다.

"그 녀석 것하고." 내가 말했다.

바깥 회랑 밑 테라스에서 독일인 지배인이 가까이 다가왔다. 불그스레한 두 뺨이 반짝반짝 빛나고 있었다. 그는 정중하려고 애쓰고 있었다.

"두 분 테이블을 잡아 뒀습니다." 그가 말했다.

"자네나 가서 앉게." 빌이 말했다. 우리는 밖으로 나가서 거리를 가로질러 갔다.

우리는 광장에서 벗어난 옆 골목 레스토랑에서 식사를 했다. 그곳에서 식사하는 사람들은 남자들뿐이었다. 담배 연기가 뿌옇게 피어오르고 술을 마시고 노래하는 소리로 가득했다. 음식도 좋고 포도주도 좋았다. 우리는 별로 이야기를 나누지 않았다. 식사를 마친 뒤 카페로 가서 축제가 절정으로 치달아 가는 모습을 지켜보았다. 브렛은 점심을 먹고 나서 곧바로 우리한테로 왔다. 방을 들여다봤더니 마이크는 잠을 자고 있더라고 했다.

축제가 무르익자 우리는 군중을 따라 투우장으로 들어갔

다. 브렛은 맨 앞줄 링사이드에 빌과 나 사이에 앉았다. 우리 바로 아래쪽에는 칼레혼이라는 관중석과 바레라의 붉은 담장 사이의 통로가 있었다. 뒤쪽에는 사람들이 꽉 들어찬 콘크리트 스탠드가 있었다. 붉은 울타리 담장 너머 앞쪽에는 투우장의 모래땅이 누런색을 띤 채 롤러로 반들반들하게 다져져 있었다. 검잡이들과 투우장의 종업원이 투우용 케이프와 물레타*가 든 등덩굴 바구니를 어깨에 걸머메고 칼레혼 안으로 들어갔다. 케이프와 물레타는 피로 얼룩진 채 반듯하게 접혀 바구니에 차곡차곡 담겨 있었다. 검잡이들이 담장에 기대 세워 놓은 묵직한 가죽 상자를 열자 붉게 손잡이를 싼 칼 다발이 드러나 보였다. 검잡이들은 검은 때가 묻은 붉은색 플란넬 물레타를 편 뒤 투우사가 펴서 쥐기 좋게 거기에 막대기를 붙잡아 맸다. 브렛은 그 모든 과정을 지켜보고 있었다. 전문적인 세부 사항까지도 마음을 빼앗긴 채 열심히 지켜보았다.

"그이는 케이프나 물레타에 모두 자기 이름을 찍어 뒀어. 한데 왜 물레타라고 부르는 거지?" 그녀가 말했다.

"모르겠는데."

"세탁은 하나 몰라."

"아마 하지 않을 것 같은데. 그러면 색이 바랠 테니까 말이야."

"피 때문에 빳빳해져 있겠지." 빌이 말했다.

"참, 이상하지. 피를 보고도 아무렇지도 않나 몰라." 브렛이

* 막대기에 단 붉은 천으로 투우사가 소를 피로하게 하는 데 쓴다.

말했다.

아래쪽 칼레혼의 좁은 통로에서 검잡이들은 만반의 준비를 하고 있었다. 좌석은 만원이었다. 위에 있는 특별석도 만원이었다. 대회장이 앉을 좌석을 제외하고는 비어 있는 자리라곤 하나도 없었다. 대회장이 입장하면 투우가 시작될 것이다. 매끄러운 모래땅 너머 우리로 통하는 높은 입구에서는 투우사들이 케이프에 팔을 넣고 이야기를 나누면서 시합장 입장을 알리는 신호가 떨어지기를 기다리고 있었다. 브렛은 쌍안경으로 그들을 지켜보았다.

"자, 당신도 보고 싶어?"

쌍안경을 눈에 대고 보니 세 투우사가 보였다. 로메로가 한가운데 서 있고, 벨몬테*가 왼쪽에, 마르시알이 오른쪽에 서 있었다. 그들 뒤에는 시중드는 사람들이 있고, 반데리예로 뒤로 통로 뒤쪽과 울타리의 빈 공간에서는 피카도르들이 보였다. 로메로는 검은색 복장을 하고 있었다. 삼각형으로 된 모자를 눈 위까지 푹 눌러쓰고 있었다. 모자에 파묻혀 얼굴이 똑똑히 보이지는 않았지만 상처가 꽤 큰 것 같았다. 그는 똑바로 앞쪽을 바라보고 있었다. 마르시알은 담배를 손에 쥐고 조심스럽게 피우고 있었다. 얼굴이 창백하고 누런 벨몬테는 늑대 같은 턱을 앞으로 내밀고 앞쪽을 응시하고 있었다. 그는 아무것도 쳐다보지 않은 채 허공만을 응시했다. 그도 로메로도 다른 사람들과 공통점이라고는 아무것도 없는 것 같았다. 그들

* 후안 벨몬테(1892~1962). 호셀리토와 함께 1920년대 초에 이름을 날린 투우사.

은 모두 외롭게 혼자였다. 그때 대회장이 들어왔다. 우리 위쪽 그랜드스탠드에서 박수가 쏟아졌다. 나는 쌍안경을 브렛에게 건네주었다. 박수갈채가 터져 나오면서 음악이 시작되었다. 브렛은 쌍안경으로 보고 있었다.

"자, 봐." 그녀가 말했다.

쌍안경을 통해 보니 벨몬테가 로메로에게 뭐라 말하고 있었다. 마르시알은 허리를 꼿꼿하게 펴더니 담배를 던져 버렸다. 투우사 세 사람이 정면을 똑바로 응시하고 머리를 뒤로 젖히고 아무것도 들지 않은 팔을 앞뒤로 흔들면서 걸어 나왔다. 그 뒤로 널찍이 간격을 두고 행렬이 따랐다. 모두 케이프를 말아 들고 아무것도 들지 않은 팔을 앞뒤로 흔들면서 스텝에 맞춰 성큼성큼 걸어 나왔고, 그 뒤로 피카도르들이 막대를 창처럼 세워 들고 말을 타고 나타났다. 그 뒤에는 노새와 투우장 종업원들이 두 줄로 늘어서서 나왔다. 투우사들은 대회장 좌석 앞에서 모자를 쓴 채로 머리를 숙여 인사하고 나서 우리 아래에 있는 울타리로 가까이 다가왔다. 페드로 로메로는 금실로 수놓은 묵직한 케이프를 벗어서 담장 너머로 검잡이에게 건네주었다. 그는 검잡이에게 뭐라고 말을 했다. 바로 우리 아래로 왔을 때 보니 로메로는 입술이 부풀고 두 눈이 시커멓게 멍들어 있었다. 얼굴도 멍이 들고 부어 있었다. 케이프를 받아 든 검잡이는 브렛을 쳐다보고 우리 있는 데로 올라와서 그녀에게 케이프를 건네주었다.

"그것을 앞쪽에 펼쳐 놔." 내가 말했다.

브렛이 몸을 앞으로 내밀었다. 케이프는 무겁고 금실 때문에 뻣뻣하고 반들거렸다. 검잡이가 뒤를 돌아보더니 고개를 젓고 뭐라고 말했다. 내 곁에 있던 사람이 브렛 쪽으로 몸을 구부렸다.

"펴 놓고 있지 말랍니다. 접어서 무릎 위에 두십시오." 그가 말했다.

브렛은 무거운 케이프를 접었다.

로메로는 우리 쪽을 올려다보지 않았다. 그는 벨몬테하고 이야기를 나누었다. 벨몬테는 그의 의식용 케이프를 어떤 친구들에게 건네주었다. 그는 친구들을 바라보고 미소를 지었다. 입으로만 웃는 특유의 늑대 같은 웃음이었다. 로메로는 바레라에 몸을 기대고 물 주전자를 달라고 했다. 검잡이가 물 주전자를 가져오자 로메로는 시합용 케이프의 천에다 물을 끼얹고 굽이 낮은 구두를 신은 발로 케이프 밑자락을 모래땅에 대고 짓밟았다.

"왜 저래?" 브렛이 물었다.

"바람에 날리지 않도록 무겁게 하려는 거야."

"얼굴이 형편없군." 빌이 말했다.

"기분도 엉망이지. 자리에 누워 있어야 돼." 브렛이 말했다.

첫 번째 투우는 벨몬테 차례였다. 벨몬테는 썩 잘해 냈다. 그러나 그는 3만 페세타를 받은 데다 그를 보려고 밤을 새워 가면서 줄을 서서 입장권을 샀기 때문에 관중은 그에게 썩 잘하는 것 이상을 요구하고 있었다. 벨몬테의 가장 큰 매력은 황소에 바싹 붙어서 싸운다는 점이었다. 투우에는 흔히 황소의 영역과 투우사의 영역이 있다고들 한다. 투우사가 자신의 영역에 머물고 있는 한 비교적 안전하다. 소의 영역으로 들어갈 때마다 그는 큰 위험에 빠진다. 전성기 시절 벨몬테는 언제나 소의 영역에서 싸웠다. 그렇게 함으로써 그는 관객들에게 비극이 닥쳐오리라는 느낌을 주었다. 사람들은 벨몬테를 보려고, 비극적 감정을 맛보려고, 어쩌면 벨몬테가 죽는 것을 목격하려고 투우장으로 몰려들었던 것이다. 15년 전만 해도 벨몬테를 볼 생각이라면, 그가 아직 살아 있을 때 서둘러서 가 봐야 한다고 말하곤 했다. 그때 이후로 그는 1,000마리가 넘는 황소를 죽였다. 그가 은퇴한 뒤에는 그가 어떻게 투우를 했는지에 대해 전설이 생겨났지만, 은퇴했다가 복귀한 뒤로 관중은 실망했다. 어떤 살아 있는 투우사도 왕년의 벨몬테만큼 그렇게 황소 가까이 접근해 싸우지 못했고, 물론 벨몬테 자신조차 예외가 아니었기 때문이다.

게다가 벨몬테는 이 조건 저 조건을 붙여서 소가 너무 커서는 안 된다든지, 너무 위험한 뿔을 가져서도 곤란하다느니 하고 주장해서 비극의 감정을 불러일으키는 데 필요한 요소를 없애 버렸다. 또한 벨몬테한테서 그가 과거에 줄 수 있었던 감동의 세 배를 기대하던 관중은 뿔에 찔린 관통상 후유증에 시달리는 그에게서 기만당하고 배신당했다는 느낌을 받았다. 벨몬테의 턱은 경멸감으로 더욱 삐죽 튀어나오고 안색은 더욱 누레졌으며, 고통이 더욱 심해지면서 몸을 가누기도 힘들어지자 마침내 관중은 드러내 놓고 그에게 반감을 보였으며, 그는 그대로 관중을 전적으로 경멸하고 무시하게 되었던 것이다. 그날 오후 그는 멋진 경기를 펼쳐 볼 생각이었지만 그

대신 냉소와 야유를 받았고, 마침내는 과거에 대승리를 거두었던 투우장에서 관중한테 방석과 빵 조각과 채소 세례를 받고 말았다. 그러자 그는 턱을 점점 더 앞쪽으로 내밀었다. 가끔 지나치게 모욕적인 소리를 들으면 그는 이를 드러내고 긴 턱에 입술이 없어지는 미소를 보이곤 했으며, 조금이라도 움직이기만 하면 자꾸만 심해지는 고통 때문에 결국 얼굴이 누런 양피지 빛깔이 되었다. 두 번째 소가 죽고 빵 조각과 방석 세례도 그치자 벨몬테는 늑대 같은 턱에 여전히 미소를 머금은 채 경멸에 찬 눈으로 대회장에게 인사를 하고는 검을 닦아 상자에 넣도록 바레라 너머로 넘겨주고 칼레혼을 지나서 우리 바로 밑 바레라에 몸을 기대고 팔에 머리를 얹고는 아무것도 보지도 듣지도 않고 다만 아픔만을 견디고 있을 뿐이었다. 마침내 그는 얼굴을 들고 물 한 모금을 달라고 했다. 조금 마시고 입을 가신 물을 뱉은 뒤 케이프를 들고 투우장으로 돌아갔다.

관중은 벨몬테에게 반감을 지닌 만큼 로메로를 지지했다. 로메로가 바레라를 뒤로하고 소를 향해 걸어갈 때부터 그에게 박수갈채를 보냈다. 벨몬테도 로메로를 바라보았다. 보지 않는 척하면서도 계속 지켜보고 있었다. 벨몬테는 마르시알한테는 전혀 관심이 없었다. 마르시알에 대해서는 속속들이 알고 있다는 투였다. 그가 은퇴했다가 복귀한 것은 마르시알과 경쟁하기 위해서였고, 승산이 있다고 미리 판단했던 것이다. 그는 마르시알을 비롯한 쇠퇴기에 접어든 투우사들과 경쟁하기를 기대하고 있었으며, 자신의 성실한 투우가 쇠퇴기의 투우사들의 허위 미학과는 대조된다는 사실을 잘 알고 있었기 때문에 투우장에 나가기만 하면 되리라고 생각했던 것이다. 그러나 로메로 때문에 그의 복귀는 완전히 엉망이 되고 말았다. 로메로는 벨몬테가 지금은 어쩌다 부릴 수밖에 없는 기교를 늘 부드럽고도 침착하게 그리고 멋지게 해치웠다. 관중은 그것을 느꼈고, 비아리츠에서 온 사람들까지도, 또 심지어 미국 대사까지도 마침내 그것을 깨달았다. 벨몬테로서는 뿔로 중상을 입거나 죽을 위험을 무릅쓰고 선불리 경쟁에 응하고 싶지 않았다. 벨몬테는 이제 몸이 성치 않았다. 더 이상 투우장에서 과거의 가장 위대한 순간을 재현할 수가 없었다. 위대한 순간을 재현할 수 있으리라는 확신마저 없었다. 모든 것이 예전과는 달라서 이제는 생명력이 번개처럼 반짝하고 찾아올 뿐이었다. 소에 대해서는 옛날처럼 찬란한 순간을 맛볼 수 있었지만, 이제는 그것마저도 별다른 가치가 없었다. 자동차에서 내려 울타리에 몸을 기대고 친구가 운영하는 투우 목장에 있는 소들을 둘러보고 안전한 소들을 고를 때 미리부터 그 가치를 할인해 버렸기 때문이다. 그래서 그는 뿔도 대단치 않고 다루기 쉬운 조그마한 소 두 마리를 상대로 싸웠고, 위대함을 다시 느꼈다고 하더라도 그나마 항상 붙어 다니며 괴롭히는 고통 속에 겨우 조금 느꼈을 뿐이고, 그 위대함을 미리 할인하여 팔아 버린 것과 다름없기 때문에 만족하지 못했다. 위대하기는 했지만 투우에서 황홀감을 느낄 수는 없었다.

페드로 로메로는 위대했다. 그는 투우를 사랑했으며, 황소를 사랑하고 또한 브렛을 사랑하는 것 같았다. 그날 오후 내내 그는 자신이 구사할 수 있는 온갖 기술을 마음껏 그 여자 앞에서 펼쳐 보였다. 그는 단 한 번도 얼굴을 쳐들지 않았다. 그렇게 함으로써 기술을 한층 더 발휘할 수 있었으며, 그것은 곧 그녀를 위한 것일 뿐만 아니라 자신을 위한 일이기도 했다. 고개를 쳐들어 마음에 드는지 묻지 않았기 때문에 그것은 내심으로는 자신을 위한 일이었고 자신에게 힘을 주었지만, 결국 그녀를 위한 일이기도 했다. 그러나 자신이 조금이라도 손해를 보면서까지 그녀를 위해서 하지는 않았다. 그렇게 함으로써 그는 그날 오후 내내 득을 보았던 것이다.

로메로가 맨 처음으로 '키테'*를 한 것은 바로 우리가 앉아 있는 자리 아래에서였다. 황소가 피카도르를 공격할 때마다 투우사 세 사람이 번갈아 가며 소를 맡았다. 벨몬테가 맨 먼저 했다. 마르시알이 두 번째로 했다. 그다음 차례가 로메로였다. 셋은 모두 말 왼쪽에 서 있었다. 피카도르는 모자를 깊숙이 눌러쓰고 창끝을 예각으로 소에게 향한 채 박차를 차고 그대로 고삐를 왼손에 걸머쥐고 소가 있는 데로 말을 몰았다. 소는 가만히 노려보고만 있었다. 겉보기에는 흰 말을 쳐다보고 있는 것 같지만 실제로는 세모난 강철 창끝을 노려보고 있었다. 로메로가 보니 소는 머리를 돌리기 시작했다. 공격할 생각이 없었던 것이다. 로메로는 케이프를 펄럭거려 붉은 색깔이 소 눈에 띄게 했다. 소가 반사적으로 덤벼들어 떠받으려고 하자 번쩍하던 색깔은 없어지고 흰 말이 보였고, 또 말 위에 높다랗게

---

* 위험에 처해 있는 투우사로부터 소를 떼어 놓는 동작.

앉아 있는 사내가 몸을 내밀어 기다란 호두나무 자루가 달린 강철 창날 끝을 소의 툭 불거진 어깨에 푹 찔렀다. 기수는 창을 축으로 삼아 말을 옆으로 달리게 하여 소에게 상처를 내고 쇠끝을 소 어깨에 밀어 넣어 벨몬테를 위해 피를 흘리게 했다.

쇠를 맞은 황소는 기를 쓰고 버티지 않았다. 말을 공격할 생각은 조금도 없었다. 소가 방향을 돌리고 세 사람이 흩어지자 로메로는 케이프로 소를 떼어 놓고 있었다. 그는 가벼우면서도 부드럽게 소를 떼어 놓고 나서 걸음을 멈추고 소의 정면에 똑바로 서서 소에게 케이프를 내밀었다. 소가 꼬리를 곧추세우고 돌진해 오자 로메로는 소 앞에서 팔을 놀리면서 발을 꽉 디딘 채 한 바퀴 원을 그리며 빙 돌았다. 물에 젖고 진흙이 묻어 무거워진 케이프는 바람 탄 돛처럼 활짝 펴졌고, 로메로는 소 바로 앞에서 그 상태로 빙그르르 돌았다. 이렇게 소를 살짝 스쳐 보내고 둘은 또다시 정면으로 마주 섰다. 로메로는 빙그레 미소를 지었다. 황소가 또다시 덤벼들자 로메로는 이번에는 다시 케이프를 반대쪽으로 불룩하게 펼쳤다. 그는 번번이 소를 아슬아슬하게 스쳐 보냈기 때문에 사람과 소와 바람을 안고 소 앞에서 선회하는 케이프가 모두 어우러져 날카롭게 부조(浮彫)된 한 덩어리가 되었다. 모든 것이 굉장히 유유하고 질서정연했다. 마치 소를 잠재우려고 어르는 것 같았다. 로메로는 그런 식으로 베로니카*를 네 번이나 했고, 마지막에

* 소가 케이프를 통과하여 돌진할 때 투우사가 케이프를 두 손으로 펼쳐 들고 천천히 선회하는 동작.

는 베로니카를 절반만 하여 소에게 등을 돌리고 한 손을 허리를 대고 팔에 케이프를 감은 채 갈채를 보내는 관중을 향해 물러나는 것으로 끝을 맺었다. 황소는 점점 멀어져 가는 그의 등을 지켜보고 있었다.

자신이 맡고 있는 황소 차례가 되자 로메로는 그야말로 완전무결했다. 첫 번째 소는 시력이 좋지 않았다. 케이프로 처음 두 번 소를 스쳐 보내고 나서 로메로는 시력이 얼마나 손상된 소인지 정확하게 파악했다. 그는 소의 상태에 맞춰 투우를 했다. 그래서 별로 멋진 투우는 아니었다. 그저 완벽한 투우였을 뿐이다. 관중은 소를 바꾸라고 요구했다. 그 바람에 큰 소동이 일어났다. 유혹하는 대상을 똑똑히 보지도 못하는 소를 상대로 경기를 해서는 그다지 훌륭한 투우가 될 수 없는데도 대회장은 소를 바꾸라는 명령을 내리려 하지 않았다.

"왜 소를 바꾸지 않지?" 브렛이 물었다.

"벌써 소 값을 치렀거든. 손해 보고 싶지 않은 거지."

"로메로한테는 그다지 공평하지 않잖아."

"색맹인 소를 어떻게 다루나 잘 봐."

"난 그런 건 보고 싶지 않아."

투우사에게 조금이라도 마음을 쓰고 있는 사람이라면 그리 재미있는 광경은 아니었다. 케이프의 색깔이나 물레타의 진홍색 천을 알아볼 수 없는 소를 다루게 되면 로메로는 자기 몸으로 소를 상대할 수밖에 없다. 소가 그의 몸을 보고 덤벼들 때까지 바짝 다가갔다가 소의 공격을 플란넬 천에 옮겨 주고 고전적인 방식으로 스쳐 가게 하는 도리밖에 없었다. 비아리츠에서 온 관광객들도 좋아하지 않았다. 그들은 로메로가 겁을 내는 것으로, 그래서 소의 공격을 자기 몸에서 플란넬 천으로 옮겨 주면서 옆으로 슬쩍 비켜서는 줄로 생각했다. 그들은 차라리 벨몬테가 왕년의 자신을 흉내 내거나 마르시알이 벨몬테를 흉내 내는 것을 더 좋아했다. 우리가 앉아 있는 뒷좌석에도 그런 사람이 셋이나 있었다.

"뭣 때문에 저 녀석은 소를 무서워하는 거야? 소가 바보라서 헝겊 뒤만 졸졸 쫓아다니는 걸 가지고."

"풋내기 투우사여서 그래. 아직 덜 배운 거지."

"그래도 아까 보니 케이프는 썩 잘 놀리던데."

"아마 이젠 겁이 좀 나는 모양이야."

투우장 한가운데서는 로메로가 혼자 똑같은 행동을 되풀이하고 있었다. 소가 확실히 볼 수 있는 데까지 바짝 다가가 몸을 내맡기고, 또다시 좀 더 가까이 다가가 몸을 내맡겨도 소는 멍청하게 바라보고만 있었다. 그러다 소가 이제는 완전히 잡았다고 생각하도록 바싹 붙어서 몸을 드러내 주어 마침내 소가 덤벼들면 뿔에 찔리기 직전 소에게 붉은 천을 내주면서 거의 보이지 않을 정도로 살짝 비켰는데, 이런 동작이 비아리츠에서 온 투우 전문가들의 비평적 안목에 거슬렸던 것이다.

"이제 죽일 거야. 저 소는 아직도 팔팔해. 제 몸을 지치게 하려고 들지 않는 거야." 내가 브렛에게 말했다.

투우장 한가운데서는 로메로가 황소 정면에서 옆으로 돌아서면서 물레타 접은 자리에서 검을 빼 들고 발끝으로 서서 칼날을 따라 쭉 훑었다. 로메로가 달려드는 것과 동시에 소도 덤벼들었다. 로메로는 왼손으로 물레타를 소 코 위에 떨어뜨려 소가 앞을 못 보게 했고, 검을 찌를 때 왼쪽 어깨가 두 뿔 사이 앞으로 기울면서 한순간 그와 소가 한 덩어리가 되었다. 그때 검 자루가 소의 어깨 사이로 뚫고 들어갔던 곳까지 오른팔을 위쪽으로 높이 쭉 쳐들자 로메로는 소 훨씬 위쪽에 올라타 있었다. 그러고 나서 그런 자세가 곧 무너졌다. 로메로가 소한테서 떨어져 나오면서 약간 흔들렸지만, 곧바로 한 손을 쳐들고 소와 정면으로 마주 보고 섰다. 소매 밑에서 찢어진 흰색 와이셔츠가 바람에 나부끼고, 황소는 두 어깨 사이에 붉은 검 자루가 단단히 꽂힌 채 머리를 점점 아래로 떨어뜨리고 네 다리는 움직이지 않았다.

"이제 넘어지는군." 빌이 말했다.

로메로는 황소에게 잘 보이도록 아주 가까운 거리에 서 있었다. 아직 한 손을 쳐든 채 그는 소에게 말을 걸었다. 소는 정신을 가다듬어 머리를 앞쪽으로 내밀더니 천천히, 그러다가 갑자기 쓰러지면서 네 다리를 허공으로 뻗었다.

검잡이들이 로메로에게 검을 건네주자 그는 칼날을 아래로 하고, 다른 손에는 물레타를 들고 대회장석 앞으로 걸어가서 인사를 한 뒤 허리를 꼿꼿이 펴고 바레라 앞으로 다가와 물레타와 검을 넘겨주었다.

"나쁜 소로군." 검잡이가 말했다.

"진땀이 났지." 로메로가 말했다. 그는 얼굴을 닦았다. 검잡이가 그에게 물 주전자를 건네주었다. 로메로는 입술을 닦았다. 주전자로 마시니 상처가 아픈 모양이었다. 그는 우리 있는 쪽을 쳐다보지 않았다.

마르시알에게는 굉장한 날이었다. 관중이 마르시알에게 갈채를 보내고 있을 때 로메로의 마지막 황소가 들어왔다. 이번에 들어온 소는 아침에 투우장으로 질주해 들어올 때 사람을 죽인 바로 그 소였다.

로메로가 첫 번째 황소와 싸울 때는 얼굴 상처가 뚜렷이 보였다. 그가 무슨 동작을 해도 상처가 드러났다. 온 정신을 집중하여 눈이 잘 보이지 않는 소를 서투르면서도 섬세하게 다룰 때도 그 상처가 눈에 띄었다. 콘하고 싸운 것은 그의 정신에는 영향을 끼치지 못했지만 얼굴과 몸은 엉망이 되었다. 그러나 지금 그는 그 모든 것을 말끔히 씻어 내고 있었다. 이 소를 상대로 싸우며 기교를 보일 때마다 조금씩 더 말끔히 씻어 냈다. 큼직하고 뿔다운 뿔을 가진 잘생긴 소였는데, 손쉽고 확실하게 방향을 바꾸며 공격을 되풀이했다. 그 황소야말로 로메로가 바라 마지않던 소였다.

로메로가 물레타로 하는 동작을 끝마치고 소를 죽일 준비를 갖추자 관중은 그에게 경기를 계속하라고 했다. 아직 소가 죽기를 바라지 않았고, 투우가 끝나기를 바라지 않았다. 그래서 로메로는 그대로 계속했다. 그것은 마치 투우의 한 과정과 같았다. 모든 동작을 하나로 연결해 완전하면서도 완만하게, 근엄하면서도 유연하게 했다. 속임수도 없었고, 얼떨떨하게 만드는 것도 없었다. 또한 조잡한 데도 없었다. 모든 동작이 극치에 달했을 때 관중은 갑자기 마음이 아파지는 것을 느꼈다. 그들은 그 경기가 영원히 끝나지 않기를 바랐다.

황소는 죽임을 당하기 전 네발로 버티었고, 로메로는 바로 우리 아래에서 소를 죽였다. 바로 전 소처럼 강요에 따라 마지못해 죽인 것이 아니라 죽이고 싶어서 죽였다. 그는 바로 소의 정면에서 몸을 옆으로 돌리고 물레타의 주름 속에서 검을 빼 칼날을 쭉 훑었다. 소는 그를 노려보고 있었다. 로메로는 소에게 말을 걸며 한 발을 가볍게 굴렀다. 소는 덤벼들었지만 로메로는 물레타를 나직하게 겨누고 칼날을 노려보면서 발을 단단히 딛고 서서 소가 공격해 오기를 기다렸다. 그러고는 한 발도 앞으로 내딛지 않은 채 소와 한 덩어리가 되어 소의 어깨 사이에 높이 검을 찌르자 소는 나직하게 흔들리는 플란넬 뒤를 좇았다. 그 플란넬은 로메로가 왼쪽으로 산뜻하게 몸을 기울였을 때는 이미 사라졌고 그 순간 모든 것이 끝장이 나고 말았다. 소는 앞으로 나가려고 했지만 다리가 굳기 시작했고, 몸을 좌우로 비틀거리며 머뭇거리다가 무릎을 꿇었다. 그러자 로메로의 형이 뒤쪽에서 몸을 내밀고 소의 뿔 아래 목덜미에 단도를 내리꽂았다. 처음에는 빗나갔다. 그가 다시 내리꽂자 소는 경련을 일으키며 고꾸라졌다. 로메로의 형은 한 손에 소뿔을 들고, 다른 한 손에는 단도를 쥐고 대회장석을 올려다보았다. 그러자 손수건의 물결이 투우장 전체를 뒤덮었다. 대회장도 박스석에서 아래쪽을 내려다보면서 손수건을 흔들었다. 형은 죽은 소에서 톱니 모양의 검은 귀를 잘라 들고는 로메로한테로 달려갔다. 소는 혀를 빼문 채 모래땅 위에 육중하게 시꺼먼 덩치로 나자빠져 있었다. 소년들이 투우장 사방에서 모여들어 황소 주위에 둥그렇게 원을 그리고 섰다. 그들은 소를 둘러싸고 춤을 추기 시작했다.

로메로는 형한테서 귀를 받아 대회장을 향해 높이 쳐들었다. 대회장이 고개를 끄덕여 답례하자 로메로는 관중을 앞지르려고 우리가 있는 곳으로 달려왔다. 그는 바레라 위쪽에 몸을 기대고 그 귀를 브렛에게 건네주었다. 그는 고개를 끄덕이며 빙그레 미소를 지었다. 관중이 온통 그의 주위에 모여들었다. 브렛은 케이프를 아래쪽으로 내밀었다.

"마음에 들었습니까?" 로메로가 큰 소리로 물었다.

브렛은 아무 말도 하지 않았다. 두 사람은 마주 보고 빙그레 미소를 주고받았다. 브렛은 손에 귀를 들고 있었다.

"피 묻지 않게 조심해요." 로메로가 이렇게 말하고는 이를 드러내고 히죽 웃었다. 군중은 그를 차지하려고 했다. 소년 대여섯 명이 브렛에게 고함을 질렀다. 군중은 소년과 춤추는 사람과 주정꾼이었다. 로메로는 뒤로 돌아서서 군중 사이를 뚫고 빠져나가려고 했다. 사람들이 그를 에워싸고 그의 몸을 번쩍 들어 어깨 위에 목말을 태우려 했다. 로메로는 몸부림치고 비틀고 하여 간신히 빠져나와 군중을 헤치고 출구를 향해서 뛰어갔다. 사람들 어깨에 실려 나가는 것이 싫었던 것이다. 그러나 사람들은 그를 붙잡아 어깨 위로 들어 올렸다. 불편한 데다 다리가 벌어지고 몸이 몹시 아팠다. 그들은 그를 목말 태워 문 쪽으로 달려갔다. 그는 한 손으로 누군가의 어깨를 꽉 붙잡고 있었다. 미안하다는 듯 우리 쪽을 돌아보았다. 군중은 그를 어깨에 멘 채 뛰어서 문밖으로 나갔다.

우리 세 사람은 호텔로 돌아갔다. 브렛은 위층으로 올라갔다. 빌과 나는 아래층 식당에 앉아 삶은 달걀을 곁들여 맥주를 몇 병 마셨다. 벨몬테가 외출복으로 갈아입고 매니저와 다른 두 사람을 데리고 내려왔다. 그들은 우리 옆 테이블에 앉아서 식사를 했다. 벨몬테는 거의 먹지 않았다. 그들은 7시 기차로 바르셀로나로 떠날 예정이었다. 벨몬테는 푸른 줄무늬 셔츠에 검은색 양복을 입고, 반숙한 달걀을 먹고 있었다. 다른 사람들은 잘만 먹었다. 벨몬테는 말이 없었다. 묻는 말에만 겨우 대답할 뿐이었다.

빌은 투우가 끝난 뒤라 지쳐 있었다. 나도 마찬가지였다. 우리 두 사람은 투우에 너무 열을 올렸던 것이다. 우리는 앉아서 계란을 먹었고, 나는 옆 테이블에 앉아 있는 벨몬테와 그의 일행을 지켜보았다. 그와 함께 있는 사람들은 억세고 사업가처럼 보였다.

"카페로 가. 압생트를 한잔해야겠어." 빌이 말했다.

축제의 마지막 날이었다. 또다시 구름이 끼기 시작했다. 광장은 사람들로 붐볐고, 불꽃놀이 전문가들이 그날 밤을 위해서 준비한 폭죽을 너도밤나무 가지로 덮고 있었다. 사내아이들이 옆에서 그 모습을 구경하고 있었다. 폭죽을 쏘아 올리기 위해 길쭉한 대나무로 만든 단 앞을 지나갔다. 카페 바깥은 사람들로 붐볐다. 음악과 춤이 여전히 계속되고 있었다. 거인들과 난쟁이들이 지나갔다.

"에드나는 어디 있어?" 내가 빌에게 물었다.

"모르겠는데."

우리는 축제의 마지막 밤이 시작되는 것을 지켜보았다. 압생트를 마신 탓에 세상이 하나같이 더욱 아름답게 보였다. 나는 드립핑 글라스에 설탕을 타지 않고 마셨는데 쓴맛이 돌면서 맛이 좋았다.

"콘이 좀 안됐어. 비참한 꼴을 당했잖아." 빌이 말했다.

"아, 콘, 그 망할 녀석." 내가 말했다.

"어디로 간 것 같아?"

"파리로 올라갔겠지."

"그 친구는 앞으로 어떻게 할 것 같아?"

"아, 지옥에나 가라지!"

"앞으로 어떻게 할 것 같냔 말이야?"

"모르긴 몰라도 옛 여자를 도로 줍겠지."

"그전 여자가 누군데?"

"프랜시스라는 여자."

우리는 압생트를 또 한 잔씩 마셨다.

"넌 언제 돌아갈 거야?" 내가 물었다.

"내일."

조금 있다가 빌이 다시 말을 이었다. "아, 정말 멋진 축제였어."

"그랬지. 뭔가 일어 줄곧 일어났으니까." 내가 대꾸했다.

"넌 믿지 않겠지만 말이야, 멋진 악몽 같았어."

"그래 맞아. 난 뭐든지 믿을 거야. 악몽까지도." 내가 대꾸했다.

"왜 그래? 기분이 언짢아?"

"아주 엉망이야."

“압생트를 한 잔 더 해. 이봐, 웨이터! 이 손님에게 압생트 한 잔 더.”

“비참한 기분이야.”

“그거 마셔. 천천히.” 빌이 말했다.

날이 점점 어두워지기 시작했다. 축제는 그대로 계속되고 있었다. 나는 취기가 도는 것을 느꼈지만 기분은 조금도 나아지지 않았다.

“그래 기분이 어때?”

“엉망이야.”

“그럼 한 잔 더 하겠어?”

“마셔도 별로 소용없어.”

“그래도 마셔 봐. 혹 모르잖아. 이번 한 잔으로 기분이 나아질지도. 이봐, 웨이터! 이 손님한테 압생트 한 잔 더!”

나는 잔에 한 방울씩 떨어뜨리는 대신 물을 직접 따라서 휘저었다. 빌이 얼음 덩어리 하나를 집어넣었다. 나는 갈색으로 뿌옇게 흐려진 술잔에 스푼을 넣어 얼음을 휘저었다.

“어때?”

“좋아.”

“그렇게 빨리 마시지 마. 구역질이 나니까.”

나는 잔을 내려놓았다. 빨리 마셔 버릴 생각은 없었다.

“취기가 오는데.”

“넌 취해야 해.”

“그게 네가 바라는 거였잖아?”

“물론. 그러니 취해. 그놈의 빌어먹을 우울한 마음을 말끔히 털어 버려.”

“그래. 난 취했어. 그게 네가 바라는 거잖아?”

“자리에 앉아.”

“싫어. 호텔로 갈 테야.” 내가 말했다.

나는 몹시 취해 있었다. 이렇게 취해 본 기억이 없었다. 호텔로 돌아와 위층으로 올라갔다. 브렛의 방은 문이 열려 있었다. 나는 방 안으로 머리를 디밀어 보았다. 마이크가 침대에 앉아 있었다. 그는 술병을 흔들어 보였다.

“제이크, 들어와, 제이크.” 그가 불렀다.

나는 방에 들어가 앉았다. 어떤 한 곳을 보고 있지 않으면 방이 빙빙 돌았다.

“브렛 말이야. 그 투우사 녀석하고 줄행랑쳐 버렸어.”

“설마 그럴 리가.”

“정말이야. 작별 인사를 하겠다면서 널 찾더군. 7시 기차로 떠났어.”

“그래?”

“서툰 짓을 했어. 그래선 안 되었는데.” 마이크가 말했다.

“그러게 말이야.”

“한잔하겠어? 벨을 눌러서 맥주를 가져오라고 할 테니 잠깐 기다려.”

“난 벌써 취했어. 가서 누워야겠어.” 내가 말했다.

“취했어? 나도 곤드레만드레 취했어.”

“취했지. 곤드레만드레 취했다고.” 내가 말했다.

“그럼, 가. 가서 잠을 좀 자, 제이크.” 마이크가 말했다.

나는 브렛의 방을 나와 내 방으로 들어가 침대에 누웠다. 침대가 배처럼 둥둥 떠다니는 것 같아서 속을 가라앉히려고 일어나 앉아 벽을 바라보았다. 바깥 광장에서는 여전히 축제가 벌어지고 있었다. 축제는 이제 아무런 의미도 없었다. 나중에 빌과 마이크가 나를 데리고 같이 식사하러 가려고 방에 들어왔다. 나는 잠이 든 척했다.

"잠이 들었군. 그냥 두는 게 좋겠어."

"곤드레만드레 정신없이 취해 있었어." 마이크가 말했다. 그들은 방에서 나갔다.

나는 일어나서 발코니로 나가 광장에서 춤을 추고 있는 사람들을 지켜보았다. 이제 세상이 빙빙 돌지 않았다. 아주 선명하고 밝았고 가장자리만 희미하게 보일 뿐이었다. 나는 세수를 하고 머리를 빗었다. 거울에 비친 내 얼굴을 낯선 사람처럼 쳐다보고 나서 계단을 내려가 아래층 식당으로 갔다.

"저기 오는군! 이 친구, 제이크! 난 네가 취해 쓰러질 리 없다고 생각했어." 빌이 말했다.

"여, 주정뱅이!" 마이크가 말했다.

"배가 고파서 잠이 깼어."

"수프라도 좀 먹어." 빌이 말했다.

우리 세 사람이 테이블에 둘러앉았지만 마치 여섯 사람쯤 없어진 것 같은 기분이었다.

# 3부

## 19

아침이 되자 모든 것이 끝났다. 축제는 막을 내렸다. 나는 9시쯤 일어나 목욕을 하고 옷을 입고 아래층으로 내려갔다. 광장은 텅 비어 있었고 거리에도 사람 하나 없었다. 사내아이들 몇이 광장에서 폭죽 막대를 줍고 있었다. 카페가 막 문을 열고 웨이터들이 편안한 흰색 등나무 의자를 내어 회랑 차양 밑 대리석을 덮은 테이블 주위에 정리해 놓고 있었다. 또 길거리를 빗자루로 쓸고 호스로 물을 뿌렸다.

나는 편안하게 몸을 뒤로 기대고 등나무 의자에 앉았다. 웨이터는 주문을 받으러 서둘러 오지도 않았다. 황소의 도착을 알리는 흰 벽보와 특별 편성 열차의 큼직한 시간표가 아직 그대로 회랑 기둥에 붙어 있었다. 푸른색 앞치마를 두른 웨이터가 양동이와 걸레를 들고 나와 벽보를 떼어 내기 시작했다. 종이를 찢어 내고 돌에 말라붙은 것은 물에 적셔 문질러서 떼어 버렸다. 이제 축제는 모두 끝난 것이다.

커피를 마시고 있는데 얼마 뒤에 빌이 나타났다. 나는 그가 광장을 가로질러 걸어오는 모습을 바라보았다. 그는 테이블에 와 앉더니 커피를 시켰다.

"자, 이제 모든 것이 끝났군." 그가 말했다.

"그렇지. 그래 언제 떠나려나?" 내가 물었다.

"모르겠어. 차를 하나 빌리는 게 좋을 것 같은데. 넌 파리로 돌아가지 않을 거야?"

"응. 일주일 더 자리를 비워도 괜찮아. 산세바스티안에 갈까 해."

"난 돌아갈 생각이야."

"마이크는 어떻게 하겠대?"

"생장드뤼즈*에 가겠대."

"차를 한 대 빌려 가지고 바욘까지 함께 가자. 넌 거기서 오늘 밤 기차를 타면 돼."

"좋아. 그럼 점심 먹고 떠나."

"알았어. 자동차는 내가 얻어 볼게."

우리는 점심을 먹고 계산을 했다. 몬토야는 우리 가까이에 오지 않았다. 하녀가 계산서를 가지고 왔다. 자동차가 밖에서 기다리고 있었다. 운전기사가 가방을 자동차 위에 쌓아 밧줄로 묶고 나머지 짐은 자기 옆자리에 놓자 우리는 차에 올라탔다. 차는 광장을 벗어나 골목을 따라가다가 나무 밑으로 나서

---

* 프랑스 남서부 지방에 있는 마을로 스페인 국경에 가깝다.

더니 언덕을 내려가서 팜플로나를 빠져나왔다. 그다지 긴 드라이브가 될 것 같지는 않았다. 마이크가 훈다도르를 한 병 챙겨 왔다. 나는 두어 잔만 마셨다. 우리는 산을 넘어 스페인을 뒤로하고 흰 도로를 따라 내려가 숲이 울창하고 축축하고 푸른 바스크 지방을 지나 마침내 바욘에 들어섰다. 우리는 빌의 짐을 역에 맡겨 놓았고, 빌은 파리행 기차표를 샀다. 7시 10분에 출발하는 기차였다. 우리는 역 밖으로 나왔다. 자동차는 역 앞에 서 있었다.

"자동차를 어떻게 할까?" 빌이 물었다.

"아, 자동차가 골칫거리군. 그대로 계속 사용하지." 마이크가 말했다.

"좋아. 그럼 어디로 갈까?" 빌이 물었다.

"비아리츠에 가서 한잔해."

"마이크는 역시 돈을 물 쓰듯 한단 말이야." 빌이 말했다.

우리는 차를 비아리츠로 몰고 가서 리츠 호텔처럼 호화로운 건물 밖에 세워 놓았다. 바로 들어가서 높다란 의자에 앉아 위스키 소다를 마셨다.

"이건 내가 내는 거야." 마이크가 말했다.

"주사위를 굴려 정해."

그래서 우리는 속이 깊은 가죽 주사위 통으로 포커 주사위를 굴렸다. 빌이 첫 판에서 이겼다. 마이크는 나한테 지자 바텐더에게 100프랑짜리 지폐를 건네주었다. 위스키는 한 잔에 12프랑이었다. 주사위를 또 한 번 굴렸는데 이번에도 마이크가 졌다. 그는 번번이 바텐더에게 팁을 듬뿍 주었다. 바에서 떨어진 곳에서는 괜찮은 재즈밴드가 음악을 연주하고 있었다. 기분 좋은 바였다. 우리는 또 한 번 주사위를 굴렸다. 나는 첫 판에 킹 넷으로 이겼다. 빌과 마이크가 굴렸다. 첫 판에서는 마이크가 잭 넷으로 이겼다. 두 번째 판에서는 빌이 이겼다. 마지막 판에서 킹 셋이 나오자 마이크는 점수를 내리지 않고 그냥 남겨 두었다. 그는 주사위 통을 빌에게 건네주었다. 빌이 달그락 소리를 내며 흔들어 굴리자 킹 셋에 에이스 하나와 퀸 하나가 나왔다.

"네가 내야겠어, 마이크. 친애하는 도박사, 마이크 씨." 빌이 말했다.

"미안. 술값을 낼 수 없겠는걸." 마이크가 말했다.

"어떻게 된 거야?"

"돈이 없어. 빈털터리가 됐어. 달랑 20프랑밖엔 없어. 자, 여기 20프랑." 마이크가 말했다.

빌은 안색이 조금 달라졌다.

"몬토야에게 겨우 계산했어. 그나마 있었으니 천만다행이었지."

"수표를 현금으로 바꿔 주지." 빌이 말했다.

"고맙긴 하지만 수표를 끊을 것까진 없어."

"그럼 앞으로 돈을 어떻게 할 작정이야?"

"아, 그야 얼마쯤은 들어오겠지. 두 주일분 수당이 올 거야. 생장의 이 술집에서는 외상으로 살아갈 수 있으니까."

"자동차는 어떻게 했으면 좋겠어? 네가 그대로 잡아 둘 거야?" 빌이 내게 물었다.

"아무러면 어때. 어째 좀 바보스럽지만 말이야."

"자, 한 잔 더 해." 마이크가 말했다.

"좋아. 이번에도 내가 내지. 브렛은 돈을 좀 갖고 있어?" 빌이 물었다.

"아마 없을걸. 내가 준 돈은 몬토야에게 계산하는 데 거의 다 썼으니까."

"자기 돈은 전혀 갖고 오지 않았어?" 내가 물었다.

"그런 것 같지 않아. 돈이 있어 본 적이 없잖아. 1년에 500파운드 수입인데, 그중 350파운드를 유대인에게 이자로 치르고 있으니."

"원금에서 미리 이자를 떼고 주겠지." 빌이 말했다.

"아무렴. 사실은 유대인이 아냐. 우리가 그렇게 부르는 것뿐이지. 아마 스코틀랜드인일 거야."

"그럼 브렛이 한 푼도 갖고 있지 않단 말이야?" 내가 물었다.

"아마 그럴 거야. 떠나면서 나머지 돈을 몽땅 내게 주고 갔으니까."

"자, 그럼 한 잔씩 더 하는 게 좋겠군." 빌이 말했다.

"좋은 생각이야. 주머니 사정을 두고 입씨름해 봤자 소용이 없지." 마이크가 말했다.

"맞아." 빌이 말했다. 빌과 나는 주사위를 새로 두 판 더 굴렸다. 빌이 져서 돈을 치렀다. 우리는 자동차 있는 데로 나왔다.

"어디 가고 싶은 데 있어, 마이크?" 빌이 물었다.

"드라이브나 한 바퀴 해. 내가 신용을 얻는 데 도움이 될 거야. 잠시 드라이브를 하자."

"좋아. 나도 해안을 구경하고 싶으니까. 앙데 쪽으로 드라이브하자."

"해안 쪽에는 외상을 할 만한 곳이 없는데."

"그건 알 수 없는 일이지."

우리는 해안 도로를 따라 차를 몰았다. 푸른 곶이며, 지붕이 붉은 흰 별장들이며, 여기저기 흩어져 있는 숲이며, 썰물이라 해안에서 멀리 떨어진 곳에서 파도가 뒹굴고 있는 몹시 푸른 바다가 보였다. 우리는 생장드뤼즈를 통과하여 해안에서 훨씬 내려간 곳에 있는 마을들을 지나갔다. 지금 지나가는 기복 있는 들판 뒤쪽으로 팜플로나에서 오면서 넘어온 산들이 보였다. 도로는 앞으로 계속 뻗어 있었다. 빌이 시계를 보았다. 이제 돌아가야 할 시간이었다. 그는 유리창을 두들겨 운전기사에게 차를 돌리라고 했다. 운전기사는 차를 풀밭에 밀어 넣어 돌렸다. 우리 뒤에는 숲이 있고 그 아래에는 목장이 있고, 그다음에는 바다가 있었다.

생장으로 가서 마이크가 묵을 호텔 앞에서 차를 세우자 그가 차에서 내렸다. 운전기사가 그의 가방을 가지고 들어갔다. 마이크는 자동차 옆에 서 있었다.

"잘 가, 친구들. 정말 멋있는 축제였어." 마이크가 말했다.

"잘 있어, 마이크." 빌이 말했다.

"그럼 또 만나지." 내가 말했다.

"돈 걱정은 하지 마. 자동차 삯은 네가 치러 줘, 제이크. 내 몫은 나중에 부쳐 줄게." 마이크가 말했다.

"잘 있어, 마이크."

"잘 가, 친구들. 내게 정말 잘해 줬어."

우리는 서로 악수를 나누었다. 우리는 차 안에서 마이크에게 손을 흔들었다. 그는 길에 서서 우리를 바라보고 있었다. 우리는 기차가 떠나기 직전에 바욘에 도착했다. 짐꾼 하나가 빌의 가방을 수하물 보관소에서 가지고 왔다. 나는 철길로 들어가는 안쪽 문까지 갔다.

"잘 있어, 친구." 빌이 말했다.

"잘 가, 친구!"

"즐거웠어. 재미있는 시간이었어."

"파리에 있을 거야?"

"아냐. 17일에 배를 타야 해. 잘 있어, 친구!"

"잘 가, 친구!"

그는 문을 지나 기차로 갔다. 짐꾼이 가방을 들고 앞장섰다. 나는 기차가 역에서 빠져나가는 것을 지켜보았다. 차창 너머로 기차에 탄 빌이 보였다. 그 창이 지나가고 기차도 다 지나가자 철길은 텅 비었다. 나는 바깥 차 있는 데로 걸어갔다.

"얼마요?" 내가 운전기사에게 물었다. 바욘까지의 가격은 150페세타로 정한 상태였다.

"200페세타올시다."

"돌아가는 길에 나를 산세바스티안까지 데려다 주면 얼마나 더 내면 되겠소?"

"50페세타올시다."

"사람 놀리지 마시오."

"그럼 35페세타만 내십시오."

"그것도 너무 비싸요. 호텔 파니에 플뢰리까지 데려다 주시오." 내가 말했다.

나는 호텔에서 운전기사에게 삯을 지불하고 팁을 주었다. 자동차는 먼지가 뽀얗게 묻어 있었다. 나는 낚싯대 케이스의 먼지를 털었다. 그 먼지가 스페인과 축제와 나를 연결해 주는 마지막 매개처럼 생각되었다. 운전기사는 차에 기어를 넣고 거리를 따라 내려갔다. 나는 자동차가 스페인으로 가는 길로 접어드는 것을 바라보았다. 호텔로 들어가서 방을 하나 얻었다. 빌과 콘과 내가 같이 바욘에 머물 때 내가 쓰던 방이었다. 그때가 아주 오래된 옛날처럼 느껴졌다. 나는 세수를 하고 셔츠를 갈아입고 마을로 나갔다.

신문 판매대에서《뉴욕 헤럴드》를 한 부 사 가지고 카페에 앉아서 읽었다. 다시 프랑스로 돌아오자 이상야릇한 기분이 들었다. 안전하면서도 교외에 있는 듯한 기분이었다. 파리에 가면 또 축제 분위기가 될 것 같아 그렇지, 그렇지만 않았다면 빌과 함께 파리로 돌아갔으면 좋을 듯싶었다. 나는 잠시 동안은 축제를 멀리하고 싶었다. 산세바스티안은 조용할 것이다. 이곳은 8월이 되기 전에는 시즌이 시작되지 않는다. 좋은 호텔에 방 하나를 빌려 책을 읽고 수영을 할 수 있었다. 좋은 해변이 있었다. 해변 위쪽으로 난 산책길을 따라 나무들이 근사하게 늘어서 있었고, 시즌이 시작되기 전에는 유모들이 아이들을 데리고 많이 왔다. 저녁때가 되면 카페 마리나스 건너편 나무 밑에서 밴드 콘서트가 열릴 것이다. 나는 마리나스에 앉아서 연주를 들을 수 있으리라.

"카페 안의 식사는 괜찮은가?" 내가 웨이터에게 물었다. 카페 안은 레스토랑이었다.

"좋습니다. 아주 좋습니다. 식사를 제대로 하실 수 있죠."

"그거 잘됐군."

나는 식당에 들어가 식사를 했다. 프랑스 식사치고는 양이 많았지만 스페인식으로 아주 조심스럽게 양을 배분한 듯 보였다. 나는 반주로 포도주를 한 병 마셨다. 샤토 마고였다. 천천히 술맛을 음미하며 혼자 마시는 기분이 좋았다. 포도주 한 병은 좋은 반주였다. 식사 뒤에는 커피를 마셨다. 웨이터가 이자라라는 바스크산(産) 리큐어를 권했다. 그는 병을 가지고 와서 리큐어 잔에 한 잔 가득 따랐다. 그의 말로는 이자라는 피레네 산맥의 야생화로 만드는 술이라고 했다. 보기에는 머릿기름 같았고 맛은 이탈리아의 스트레가*와 비슷했다. 나는 웨이터에게 피레네 야생화로 만든 술은 가져가고 대신 뵈마르크**를 한 잔 달라고 했다. 마르크는 맛이 있었다. 커피를 마신 뒤 나는 마르크를 한 잔 더 마셨다.

웨이터는 피레네 산맥 야생화로 만든 술 때문에 조금 화가 난 것 같기에 팁을 듬뿍 주었다. 그러자 그는 흐뭇해했다. 사람들을 흐뭇하게 하는 게 이렇게 간단한 나라에 머물고 있어 마음 편했다. 스페인 웨이터라면 고마워할지 어떨지 도무지 알 수 없는 노릇이다. 프랑스에서는 모든 것이 이처럼 뚜렷하

---

* 약초와 꽃으로 만드는 이탈리아 리큐어.

** 브랜디의 일종으로 주로 식사 후에 마신다.

게 돈에 바탕을 두고 있다. 이 나라처럼 살기 편한 곳이 없다. 아리송한 이유로 친구가 되어 사태를 복잡하게 만드는 일도 없다. 사람들에게 호감을 사려면 돈만 조금 쓰면 된다. 내가 돈을 조금 썼더니 웨이터는 금방 나를 좋아했다. 그는 나를 가치 있는 사람이라고 인정해 주었다. 내가 또 찾아오면 반가워할 것이다. 언제고 또 이곳에서 식사하게 되면 그는 나를 보고 반가워하며 내가 자기 테이블에 앉기를 바랄 것이다. 확실한 근거가 있기 때문에 진심으로 나를 좋아하는 것이리라. 이제 나는 프랑스에 돌아온 것이다.

이튿날 아침 나는 더 많은 친구를 만들기 위해 호텔 종업원 모두에게 팁을 조금씩 더 주고 아침 기차로 산세바스티안을 향해 떠났다. 역에서 다시 만날 것 같지 않았기 때문에 짐꾼에게는 필요 이상의 팁을 주지 않았다. 내가 바욘에 다시 오면 나를 환영해 줄 좋은 프랑스인 친구를 몇 명 만들어 두고 싶었을 뿐이다. 그들이 나를 기억한다면 충실한 우정을 보이리라는 것을 나는 잘 알고 있었다.

이룬*에서 기차를 갈아타고 여권을 보여야 했다. 나는 프랑스를 떠나기 싫었다. 프랑스에서 삶은 아주 단순했다. 그래서 스페인으로 다시 돌아가다니 어리석다는 생각이 들었다. 스페인에서는 뭐가 뭔지 도무지 예상할 수가 없었다. 그런데도 다시 돌아가는 자신이 바보처럼 생각되었지만, 나는 여권을 들고 줄을 서서 세관 통과를 위해 가방을 열어 보였고, 기차표

* 앙데 남쪽에 있는 스페인 마을.

를 사 가지고 개찰구를 빠져나가 기차에 올라탄 뒤 터널 여덟 개를 지나 40분 만에 산세바스티안에 도착했다.

무더운 날인데도 산세바스티안에는 이른 아침 같은 분위기가 감돌았다. 나뭇잎이 한 번도 말라 본 적이 없는 것 같았다. 거리는 금방 물을 뿌린 것 같은 느낌이었다. 가장 더운 날에도 거리는 언제나 시원하고 그늘이 있었다. 전에 머문 적이 있는 호텔로 가서 마을 지붕 위로 발코니가 달린 방을 잡았다. 지붕 너머로는 푸른 산들이 있었다.

나는 가방을 풀어서 책을 침대 머리맡 테이블에 늘어놓고 면도 기구를 내놓고 옷가지를 큼직한 옷장에 걸고 세탁 내보낼 짐을 쌌다. 그런 뒤 욕실에 가서 샤워를 하고 점심을 먹으러 내려갔다. 스페인에서는 아직 서머타임으로 바뀌지 않아 시간이 일렀다. 나는 다시 시계를 맞춰 놓았다. 산세바스티안으로 온 덕에 한 시간을 번 셈이다.

내가 식당으로 들어가자 수위가 경찰의 조사서를 가지고 와서 써넣어 달라고 했다. 나는 거기에 서명을 한 뒤 그에게 전보용지를 두 장 달라고 하여, 한 장에는 모든 전보나 우편물을 이 주소로 회송해 달라고 부탁하는 전보를 호텔 몬토야에 보냈다. 또 얼마 동안 산세바스티안에 머물지를 계산하여 내 사무실로 전보를 보내, 우편물을 그대로 보관해 두되 전보는 엿새 동안 산세바스티안으로 회송해 달라고 부탁했다. 그러고 나서 식당에 들어가 점심을 먹었다.

점심을 먹은 뒤 내 방으로 올라가서 얼마 동안 책을 읽다가 잠이 들었다. 잠에서 깨니 4시 반이었다. 나는 수영복을 찾아서 빗과 수건에 싸 들고 아래층으로 내려가서 콘차 해변 쪽으로 거리를 따라 걸어갔다. 반쯤 썰물이 빠져 있었다. 해변은 매끄럽고 단단하고 모래는 노란빛이었다. 탈의실로 들어가 옷을 벗고 수영복을 입은 뒤 매끄러운 모래밭을 지나 바다로 나갔다. 맨발에 닿는 모래는 따뜻했다. 물속이나 해변에는 몇 사람밖에 없었다. 저 멀리 콘차의 두 곶이 서로 만나면서 항구를 이루는 곳에 흰 파도가 한 줄로 보이고 멀리 바다가 펼쳐져 있었다. 썰물이기는 했지만 느린 파도가 두어 군데에서 넘실거리고 있었다. 그 파도는 마치 물의 기복처럼 밀려와서 물의 무게를 모아 따뜻한 모래밭에 부드럽게 부서졌다. 나는 물속으로 걸어 들어갔다. 물은 차가웠다. 파도가 밀려오자 잠수하여 물 밑을 헤엄치다 수면으로 떠오르니 냉랭한 기운은 모두 사라졌다. 나는 뗏목까지 헤엄쳐 가서 기어올라 뜨거운 판자 위에 벌렁 드러누웠다. 사내아이 하나와 계집아이 하나가 뗏목 저쪽 끝에 있었다. 계집아이는 수영복 어깨끈을 풀고는 햇볕에 등을 태우고 있었다. 사내아이는 뗏목에 엎드린 채 계집아이에게 뭔가 얘기를 하고 있었다. 계집아이는 사내아이가 하는 말마다 웃어 대며 햇볕에 그을린 갈색 등을 돌렸다. 나는 물이 마를 때까지 뗏목 위에서 일광욕을 하면서 누워 있었다. 그러고 난 뒤 몇 차례 잠수를 해 봤다. 한번은 깊이 들어가서 밑바닥까지 헤엄쳐 내려갔다. 눈을 뜬 채로 헤엄을 치니 바닷속이 초록색으로 컴컴했다. 뗏목이 검은 그림자를 드리우고 있었다. 나는 뗏목 옆 수면 위로 올라와 뗏목에 기어올랐다가 또 한 번 잠수해서 오래 물속에 있다가 해변을 향해 헤엄쳐 갔다. 몸이 마를 때까지 해변에 누웠다가 탈의실로 들어가 수영복을 벗고 수돗물로 몸을 씻고는 수건으로 닦았다.

나는 나무 아래로 항구를 한 바퀴 돌아 카지노까지 걸어간 뒤 시원한 거리 위쪽으로 걸어 올라가서 카페 마리나스로 향했다. 카페에서는 오케스트라가 연주를 하고 있었다. 나는 테라스에 앉아 무더운 날의 신선하고 서늘한 공기를 즐기며 얼음을 넣은 레몬주스를 한 잔 마시고 길쭉한 잔으로 위스키 소다를 마셨다. 오랫동안 마리나스 앞에 앉아서 책을 읽으며 사람들을 구경하고 음악을 들었다.

날이 저물기 시작할 무렵에야 비로소 나는 항구를 돌아서 산책길을 따라 걸어 나갔다가 결국 저녁을 먹으러 호텔로 돌아왔다. 바스크 지방의 자전거 경기인 '투르 뒤 파이 바스크'* 가 열려 선수들이 그날 밤 산세바스티안에서 묵고 있었다. 식당 한쪽에는 선수들이 길게 테이블을 차지하고 앉아서 감독이나 매니저와 식사하고 있었다. 그들은 프랑스인들과 벨기에인들로 식사에 세심한 주의를 기울이며 즐거운 시간을 보내고 있었다. 테이블 위쪽에는 포부르몽마르트르 거리식(式)으로 한껏 멋을 부린 귀여운 프랑스 아가씨 둘이 앉아 있었다. 두 여자가 누구 애인인지는 알 수 없었다. 선수들은 긴 테이블에서 모두 속어를 쓰며 이야기하고 있었고, 자기네들끼리만 아는 은밀한 농담이 많이 오갔으며, 저쪽 끝에서 한 어떤 농담을 아가씨들이 되물어 봐도 두 번 다시 되풀이해 주지 않았다.

* 바스크 지방 일주 경기.

이튿날 아침 5시에 자전거 경기는 산세바스티안에서 빌바오*까지 마지막 구간에서 열릴 예정이었다. 선수들은 포도주를 많이 마셨으며, 햇볕에 타서 갈색으로 그을어 있었다. 자기네들끼리 있을 때가 아니면 경기를 진지하게 생각하지 않았다. 그들은 자기네들끼리 경기를 자주 하기 때문에 누가 이기든 크게 문제가 되지 않았다. 특히 외국에 나가서는 더더욱 그랬다. 상금은 적당히 조정할 수 있었다.

경기에서 2분 앞선 선수는 종기가 생겨서 굉장히 고통스러워했다. 그는 의자에 등허리를 대고 엉거주춤 앉아 있었다. 목이 몹시 빨갛고, 금발 머리도 햇볕에 그을려 있었다. 다른 선수들이 그의 종기에 대해 농담을 해 댔다. 그러자 그는 포크로 테이블을 탁탁 두드렸다.

"내 말 좀 들어 봐. 내일은 내 코가 핸들에 딱 붙어 있을 테니까 종기에 와 닿는 것은 산들거리는 미풍뿐이란 말이야." 그가 말했다.

아가씨 하나가 테이블 끝에서 그를 바라보자 그는 빙그레 웃으며 얼굴을 붉혔다. 그들 말로는 스페인 사람들은 페달 밟는 법을 잘 모른다고 했다.

나는 큰 자전거 공장의 팀 매니저라는 사람과 바깥 테라스에서 커피를 마셨다. 그는 꽤 재미있는 경기였다고 말하면서 보테치아가 팜플로나에서 기권만 하지 않았더라면 볼만한 경기가 되었을 것이라고 했다. 먼지가 지독했지만 스페인은 프

---

* 스페인 북부 바스크 지방에 있는 항구.

랑스보다 도로가 좋아요, 자전거 도로 경기는 세계에서 하나밖에 없는 스포츠죠, 하고 그는 말했다. '투르 드 프랑스'*에 따라가 본 적이 있나요? 그저 신문에서 봤을 뿐이죠. '투르 드 프랑스'는 세계에서 가장 큰 스포츠 행사죠. 도로 경기를 따라다니기도 하고 조직하기도 하다 보니 프랑스를 잘 알게 되었습니다. 막상 프랑스에 대해 잘 아는 사람은 거의 없어요. 봄과 여름 그리고 가을 내내 자전거 선수들과 함께 도로에서 살다시피 하죠. 도로 경기 때 도시에서 도시로 선수를 따라다니는 자동차 수를 보십시오. 프랑스는 풍족한 나라라 해마다 스포츠가 늘어납니다. 아마 세계에서 가장 스포츠를 좋아하는 나라일 겁니다. 그렇게 된 것도 다 자전거 도로 경기 때문이죠. 그것하고 축구 때문이죠. 프랑스를 잘 압니다. 스포츠 왕국 프랑스예요. 도로 경기를 잘 알고 있습니다. 우리는 코냑을 마셨다. 역시 파리로 돌아간다는 것은 나쁘지 않군요. '파남'** 하나밖에 없어요. 전 세계를 통틀어서도 그래요. 파리는 세계에서 가장 스포츠를 좋아하는 도시입니다. '쇼프 드 네그르'***를 아느냐고요? 모르시는군요. 언제 그곳에서 한번 만나겠습니다. 꼭 만나 뵙죠. 핀을 한 잔 더 듭시다. 물론이죠. 선수들은 내일 아침 6시 15분 전에 경기를 시작합니다. 출발할 때 일어나시겠습니까? 꼭 일어나도록 노력해 보겠습니다. 제가 깨워 드릴까요? 퍽 재미있었습니다. 프런트에 깨워 달라고 부탁해

---

* 해마다 7월 3주 동안 프랑스 전역을 일주하는 자전거 경기.

** Paname. 파리의 속칭.

*** 파리에 있는 유명한 카페.

두죠. 제가 깨워 드려도 괜찮은데요. 아니, 그렇게 수고를 끼쳐 드릴 수는 없어요. 그럼 프런트에 깨워 달라고 부탁해 두겠습니다. 우리는 이튿날 아침에 보자며 작별 인사를 했다.

아침에 내가 잠을 깬 것은 자전거 경기 선수들과 그 일행이 도로를 세 시간 넘게 달리고 있을 때였다. 나는 침대에서 커피를 마시고 신문을 읽은 뒤 옷을 입고 수영복을 들고 해변으로 나갔다. 이른 아침이라 모든 것이 선선하고 시원하고 축축했다. 유니폼을 입었거나 농민 옷차림을 한 유모들이 아이들을 데리고 나무 밑을 거닐고 있었다. 스페인의 어린아이들은 귀여웠다. 구두닦이 몇이 나무 밑에 모여 앉아 한 군인에게 이야기를 하고 있었다. 군인은 팔이 한쪽밖에 없었다. 밀물 때라 해변에는 상쾌한 미풍이 불고 파도가 밀려왔다.

나는 탈의실에서 수영복으로 갈아입고 좁은 해변을 가로질러 물속으로 들어갔다. 앞쪽으로 나가서 큰 파도를 뚫고 헤엄쳐 보려 했지만 가끔 물 밑으로 잠수를 해야 했다. 그러고 나서 잔잔한 물에 누워 둥둥 떠 있었다. 물에 둥둥 떠 있으니 하늘밖에 보이는 것이 없고 파도가 오르락내리락하는 것을 느낄 수 있었다. 나는 다시 큰 파도 쪽으로 헤엄쳐 가 얼굴을 파묻고 큰 파도를 타다가 돌아서 파도 사이의 골에 있으면서 파도를 뒤집어쓰지 않으려고 애를 썼다. 그렇게 파도 사이의 골에서 수영을 하니 피로해져서 이번에는 방향을 돌려 뗏목으로 헤엄쳐 갔다. 물은 부력이 있고 차가웠다. 절대로 가라앉지 않을 것 같았다. 천천히 헤엄쳤지만 밀물이라 오랫동안 수영한 것처럼 느껴졌다. 그래서 뗏목 위로 기어올라 햇볕에 뜨거워지고 있는 판자 위에 물방울을 뚝뚝 떨어뜨리며 앉아 있었다. 나는 만 주위를 둘러보고 오래된 마을, 카지노, 산책길을 따라 늘어선 가로수, 그리고 흰 현관에 황금빛 글자로 간판을 붙인 큰 호텔들을 바라보았다. 훨씬 오른쪽으로는 거의 항구에 맞닿을 듯 가까이 성(城)이 있는 푸른 언덕이 보였다. 뗏목은 파도에 따라 흔들거렸다. 앞바다로 나가는 좁은 해협 건너편에는 또 하나의 높은 곶이 있었다. 나는 만을 헤엄쳐 건너가고 싶었지만 쥐가 날까 봐 겁이 났다.

나는 햇볕을 쬐면서 해변에서 해수욕하는 사람들을 바라보았다. 아주 조그맣게 보였다. 얼마 뒤 나는 뗏목에서 일어섰다. 일어설 때 내 체중이 실리며 뗏목이 기울기에 발끝으로 뗏목 가장자리를 꽉 딛고 멋지게 풍덩 뛰어들었다가 빛을 따라 헤엄쳐 올라가 물 위로 솟구쳐 머리에서 소금물을 털어 버리고 천천히 그리고 꾸준하게 해변을 향해 헤엄쳐 갔다.

나는 옷을 갈아입고 탈의실 사용료를 지불한 뒤 걸어서 호텔로 돌아갔다. 자전거 경기 선수들이 《자동차》라는 잡지를 몇 권 버리고 갔기에, 독서실에서 잡지들을 모아 프랑스의 스포츠계 소식을 알아볼 겸 읽어 보려고 햇볕이 잘 드는 편안한 의자 있는 데로 가지고 나갔다. 그곳에 앉아 있을 때 호텔 프런트 직원이 푸른 봉투를 들고 다가왔다.

"전보가 왔습니다, 손님."

나는 풀을 붙인 곳에 손가락을 넣어 연 다음 전보를 읽었다. 파리에서 회송되어 온 전보였다.

마드리드의 호텔 몬타나로 오기 바람
곤경에 빠져 있음 브렛

나는 직원에게 팁을 주고 전보를 다시 한 번 읽어 보았다. 집배원이 골목을 따라 올라오는 것이 보였다. 그는 호텔로 들어왔다. 콧수염을 길게 기르고 무척 군인 티가 나는 사람이었다. 그는 호텔 밖으로 다시 나왔다. 호텔 직원이 바로 뒤따라 나왔다.

"또 전보가 왔습니다, 손님."

"고맙소." 내가 말했다.

전보를 펴 보았다. 팜플로나에서 회송되어 온 전보였다.

마드리드의 호텔 몬타나로 오기 바람
곤경에 빠져 있음 브렛

호텔 직원은 또 팁을 바라는지 그 자리에 그대로 서 있었다.

"마드리드행 기차가 몇 시에 떠나나?"

"아침 9시에 떠났습니다. 11시에 완행열차가 있고, 밤 10시에 남행 급행열차가 있습니다."

"급행차 침대권을 하나 예약해 주게. 지금 돈을 줄까?"

"아무래도 좋습니다. 청구서에 달아 놓겠습니다." 그가 대답했다.

"그렇게 해 주게."

자, 그렇다면 이것으로 산세바스티안도 끝장이 나고 만 셈이다. 막연하게나마 이런 일이 일어날 줄 알았다. 호텔 직원이 아직도 문 앞에 서 있는 것이 보았다.

"전보용지 한 장 갖다 주게."

그가 전보용지를 가져오자 나는 만년필을 꺼내서 활자체로 이렇게 썼다.

마드리드 호텔 몬타나의 레이디 애슐리
내일 급행으로 도착 사랑하는 제이크

이것으로 일이 해결되겠지. 그랬다. 여자를 한 남자와 떠나보낸다. 그녀를 또 다른 남자에게 소개하니 또 그 남자하고 도망친다. 이제는 그 여자를 데리러 간다. 그리고 전보에 '사랑하는'이라고 쓴다. 바로 그랬다. 나는 점심을 먹으러 호텔로 들어갔다.

나는 그날 밤 남행 급행열차에서 잠을 별로 자지 못했다. 아침에 식당차에서 식사를 하고 아빌라*와 에스코리알** 사이의 바위와 소나무뿐인 경치를 내다보았다. 창밖으로 내다본 에스코리알은 잿빛에다 길게 뻗어 있고 햇볕 아래 차갑게 보였으며, 조금도 관심이 가지 않았다. 햇볕에 단단해진 시골 건너편 조그마한 벼랑 꼭대기에 조밀한 흰 지평선을 이루는 평야 위로 저 멀리 마드리드의 모습이 드러났다.

---

* 마드리드 서쪽 스페인 중부에 있는 도시.

** 마드리드 근교에 있는 거대한 화강암 건물로 16세기 필립 2세가 건설했다.

마드리드의 노르테 역이 이 선로의 끝이었다. 이곳이 모든 기차의 종착역이었다. 여기서 더 나가는 선로는 없었다. 역 바깥에는 마차와 택시와 호텔에서 손님을 끌러 나온 안내인이 줄지어 있었다. 시골 마을 같았다. 나는 택시를 잡아타고 공원을 빠져나가 계속 올라가 절벽 끝의 텅 빈 궁전과 아직 덜 지은 교회 곁을 지나 마침내 무덥고 건물이 높은 현대식 도시로 나왔다. 택시는 푸에르타델솔*로 나가는 평평한 길을 내려간 뒤 교통량이 많은 곳을 지나서 산헤로니모 거리로 나왔다. 상점들은 더위를 막느라고 차양을 내리고 있었다. 햇살이 비치는 쪽 거리의 창에는 모두 셔터가 내려져 있었다. 택시가 보도 옆에 섰다. 2층에 '호텔 몬타나'라는 간판이 보였다. 택시 기사가 가방을 들고 들어가 엘리베이터 옆에 놓았다. 나는 엘리베이터를 운전할 줄 몰라 걸어 올라갔다. 2층에 '호텔 몬타나'라고 새긴 놋쇠 간판이 있었다. 벨을 눌렀지만 아무도 나오지 않았다. 또 한 번 누르자 하녀가 퉁명스러운 표정으로 나와서 문을 열었다.

"레이디 애슐리가 이곳에 투숙하고 있나요?" 내가 물었다.

그 여자는 멍하니 나를 보았다.

"여기 영국 여자분이 머물고 있지 않나요?"

그 여자는 고개를 돌리고 안에 있는 누군가를 불렀다. 무척 뚱뚱한 여자가 문 쪽으로 나왔다. 희끗희끗한 머리카락에 빳빳하게 기름을 발라 얼굴 둘레에 조개 모양으로 붙여 놓았다.

* '태양의 문'이라는 뜻으로 마드리드 시의 중심가.

키가 작고 당당했다.

"무이 부에노스."* 내가 인사를 했다. "여기 영국 여자분이 머물고 있지 않나요? 그 영국 여자분을 만나러 왔습니다."

"무이 부에노스. 예, 영국 여자분이 머물고 계십니다. 그분이 만나시겠다고 하면 물론 만날 수 있죠."

"나를 만나고 싶어 할 겁니다."

"치카**를 시켜 물어보겠습니다."

"날씨가 무척 덥군요."

"마드리드의 여름은 무척 덥습니다."

"겨울에는 또 무척 춥고요."

"예, 겨울에는 무척 춥습니다."

손님께서도 호텔 몬타나에 묵으시겠습니까?

아직 결정하지 못했습니다만, 아래층에 있는 가방을 도둑맞지 않게 2층으로 올려다 줬으면 좋겠군요. 호텔 몬타나에서는 도둑맞은 일이 한 번도 없었습니다. 다른 여관에서는 그런 일이 가끔 있었지만요. 이곳에서는 없어요. 단 한 번도요. 이 호텔에서는 종업원을 엄격하게 선발하거든요. 그 말을 들으니 마음이 놓입니다. 그래도 내 가방을 올려다 줬으면 좋겠는데요.

하녀가 들어와서 영국 부인이 영국 남자분을 지금 당장 만나고 싶어 한다고 전했다.

---

* "안녕하세요."(스페인어)
** "계집아이."(스페인어)

"잘됐군요. 그거 보시오. 내가 그럴 거라고 하지 않았습니까." 내가 말했다.

"정말이군요."

나는 하녀를 따라 길고 컴컴한 복도를 걸어갔다. 끄트머리 방에서 하녀가 방문을 노크했다.

"어머, 제이크, 당신이야?" 브렛이 말했다.

"그래 나야."

"들어와. 어서 들어와."

나는 문을 열었다. 내가 들어간 뒤 하녀가 문을 닫았다. 브렛은 침대에 있었다. 막 머리를 빗고 있었는지 손에 빗을 들고 있었다. 방은 언제나 하인을 두고 있는 사람들만이 그렇게 할 수 있을 정도로 어지러웠다.

"자기!" 브렛이 말했다.

나는 침대로 다가가 두 팔로 그녀를 끌어안았다. 그 여자는 내게 키스를 했다. 내게 키스하는 동안 딴생각을 하고 있다는 걸 느낄 수 있었다. 그녀는 내 팔에 안겨 떨고 있었다. 몸이 아주 작게 느껴졌다.

"자기! 나 아주 힘들었어."

"어디 얘기해 봐."

"얘기할 것도 없어. 그이가 어제께 떠나 버렸을 뿐이야. 내가 보냈어."

"왜 붙들어 두지 않았지?"

"모르겠어. 그건 할 짓이 아니지. 그이에게 조금이라도 상처를 주고 싶지 않아."

"당신은 그 녀석한테 아마 무척 잘해 줬겠지."

"그이는 누구하고도 같이 살아선 안 되는 사람이야. 난 금방 그걸 알았어."

"그럴 거야."

"아, 괴로워! 그런 얘기는 이제 그만둬. 다시는 그런 얘기 하지 말자." 그녀가 말했다.

"그러지."

"그이가 나를 창피하게 생각한다는 데 좀 충격을 받았어. 얼마 동안이지만 나를 부끄럽게 생각하더라고."

"그럴 리가 있나."

"아니, 정말 그랬어. 사람들이 아마 카페에서 나를 두고 그이를 놀려 댔나 봐. 나보고 머리를 길게 기르라는 거야. 나한테 긴 머리라니. 아마 엄청 끔찍스럽게 보이겠지."

"우습군."

"그래야 내가 더 여자답게 보일 거라는 거야. 정말 끔찍하게 보일 텐데."

"그래서 어떻게 됐어?"

"아, 그이가 그 일은 더 생각하지 않았어. 나를 오래 창피하게 생각지는 않은 거지."

"곤경에 빠졌다는 건 뭐야?"

"그이를 보낼 수 있을지 어쩔지 몰랐거든. 그이를 버리고 달아나려 해도 동전 한 푼 없었고. 그이가 내게 많은 돈을 주려고 했지. 돈은 나도 얼마든지 있다고 했어. 그이는 그게 거짓말이라는 걸 알고 있었어. 내가 그이 돈을 받을 수는 없잖아."

"그야 그렇지."

"아, 그 얘기는 이제 집어치워. 그래도 우스운 일도 있었어. 담배 한 대 줘."

나는 담배에 불을 붙였다.

"그이는 지브*에서 웨이터 노릇을 하면서 영어를 배웠대."

"그랬지."

"마지막에는 나하고 결혼하고 싶다고 했어."

"정말?"

"물론. 난 마이크하고도 결혼하지 못하는데 말이야."

"아마 결혼하면 애슐리 경이 되는 줄 생각했던 모양이지."

"아니. 그런 건 아니지. 정말 나하고 결혼하고 싶어 했어. 그래야 자기한테서 달아나지 않는다는 거야. 내가 자기 곁에서 달아나지 않게 하고 싶었던 거야. 물론 내가 좀 더 여자다워진 다음 얘기지만 말이야."

"이젠 기운을 내."

"그럼. 이젠 아무렇지도 않아. 그이가 그 지긋지긋한 콘을 깨끗이 치워 줬는걸."

"잘됐군."

"그이에게 나쁘다는 생각만 들지 않았더라도 그이와 같이 살았을 거야. 우린 둘이서 무척 잘 지냈거든."

"당신 외모 문제만 빼면 말이지."

"아, 그거야 그이도 익숙해지겠지."

---

* 지브롤터. 거세한 수고양이를 가리키는 말이기도 하다.

그녀는 담뱃불을 껐다.

"난 이제 서른넷이야. 어린애들을 망치는 그런 화냥년이 될 생각은 없어."

"아무렴."

"그렇게는 되지 않을래. 그러니 기분은 좋아. 기운이 솟아나는 것 같아."

"잘됐군."

그녀는 고개를 돌렸다. 나는 그녀가 또 담배를 찾고 있다고 생각했다. 그러고 나서 그녀가 울고 있다는 것을 알았다. 우는 것을 느낄 수 있었다. 몸을 떨면서 울고 있었다. 그녀는 얼굴을 들려고 하지 않았다. 나는 두 팔로 그녀를 껴안았다.

"절대로 그런 얘기는 하지 말기로 해. 제발 그 얘기는 그만둬."

"브렛!"

"난 마이크한테로 돌아갈래." 그녀를 꼭 껴안자 흐느끼고 있는 것이 느껴졌다. "그 사람은 참 좋은 사람이면서도 아주 지독한 데가 있거든. 나하고 비슷한 사람이야."

그녀는 고개를 들려고 하지 않았다. 나는 그녀의 머리를 쓰다듬었다. 그녀가 몸을 떨고 있는 것이 느껴졌다.

"난 그런 화냥년이 되지 않을래. 하지만 오오, 제이크, 이제 그 얘기는 그만둬." 그녀가 말했다.

우리는 호텔 몬타나에서 나왔다. 그 호텔 주인 여자는 내가 방값을 지불하게 하지 않았다. 계산을 벌써 했던 것이다.

"아, 그래. 그냥 내버려 둬. 이젠 그런 건 문제가 안 돼." 브렛이 말했다.

우리는 택시를 타고 팰리스 호텔까지 가서 짐을 맡기고 밤에 떠나는 급행열차 침대권을 부탁하고 칵테일을 마시러 호텔의 바로 들어갔다. 바텐더가 니켈 도금한 큼직한 셰이커를 흔들어 마티니를 만드는 동안 우리는 높다란 의자에 앉아 있었다.

"큰 호텔의 바에 앉아 있으면 무척 신사가 된 기분이 드니 참 우습지." 내가 말했다.

"바텐더들하고 경마 기수들이 이제는 유일하게 남은 공손한 사람이야."

"아무리 너절한 호텔이라도 바만은 언제나 좋거든."

"이상한 일이지."

"바텐더는 언제 봐도 좋은 사람들이야."

"맞아. 정말. 그이는 아직 열아홉 살밖에 되지 않았어. 놀랍지?" 브렛이 맞장구를 쳤다.

두 개의 잔이 카운터에 나란히 놓이자 우리는 가볍게 잔을 부딪쳤다. 차가워서 잔에는 이슬이 맺혀 있었다. 커튼을 내린 창밖에는 마드리드의 여름 더위가 기승을 부리고 있었다.

"마티니에 올리브를 한 개 넣어 줘." 내가 바텐더에게 말했다.

"알겠습니다, 손님. 여기 있습니다."

"고맙네."

"미리 여쭤 볼걸 그랬습니다."

바텐더는 우리가 하는 이야기를 엿듣지 않도록 멀찌감치 물러났다. 브렛은 마티니 잔을 카운터에 놓아둔 채로 입을 대고 조금씩 마셨다. 그러고 나서야 잔을 들었다. 첫 모금을 마신 뒤로는 잔을 들어도 손이 떨리지 않았다.

"맛있군. 좋은 바잖아?"

"바는 어디나 다 좋지."

"처음에는 믿기지가 않았어. 그이는 1905년에 태어났대. 그때 난 파리에서 학교에 다니고 있었거든. 생각해 봐."

"내가 뭘 생각하게 하고 싶은 거야?"

"바보 같은 소리 그만해. 숙녀에게 술 한 잔 사 주지 않을 거야?"

"마티니 두 잔 더."

"먼저처럼 해 드릴까요?"

"아주 맛있어요." 브렛이 그에게 미소를 보냈다.

"고맙습니다, 부인."

"자, 건배." 브렛이 말했다.

"건배!"

"그런데 있잖아, 그이는 전에 두 여자밖에는 경험이 없었대. 투우 말고는 아무것에도 관심이 없었대." 브렛이 말했다.

"시간은 얼마든지 있었는데 말이야."

"잘 모르겠어. 그이는 나를 위해서 한 거라고 생각하고 있어. 일반 관람객을 위해서가 아니라."

"글쎄, 당신 때문이었을지 모르지."

"그래. 나 때문이었지."

"다시는 그 얘기는 하지 않겠다고 하지 않았던가."

"어쩔 수 없는 걸 어떡해?"

"얘기를 해 버리면 잃어버리는 법이야."

"그 언저리만 얘기하는걸. 제이크, 정말 기분이 말할 수 없이 좋아."

"그래야지."

"화냥년이 되지 않기로 결심하니 기분이 아주 좋아."

"아무렴."

"말하자면 그게 우리가 하느님 대신 믿는 거지."

"하느님을 믿는 사람들도 있지. 그런 사람도 꽤 많아." 내가 말했다.

"하느님은 내게는 별로 효험이 없었어."

"마티니 한 잔씩 더 할까?"

바텐더는 마티니를 두 잔 더 흔들어서 새 잔에 따랐다.

"점심은 어디 가서 할까?" 내가 브렛에게 물었다. 바 안은 시원했다. 창을 통해서 바깥 더위를 느낄 수 있었다.

"여기서 할까?" 브렛이 물었다.

"호텔 식사는 형편없어. 보틴이라는 식당을 아나?" 내가 바텐더에게 물었다.

"예, 압니다. 주소를 적어 드릴까요?"

"고맙네."

우리는 보틴 식당 2층에서 점심을 먹었다. 세상에서 가장 훌륭한 레스토랑 가운데 하나였다. 우리는 새끼돼지 구이 요리를 먹고 리오하 알타*를 마셨다. 브렛은 별로 먹지 않았다.

* 스페인 북부 에브로 강변 리오하 지역에서 나는 대표적인 포도주.

그녀는 식사를 많이 하는 편이 아니었다. 나는 음식을 굉장히 많이 먹고 리오하 알타를 세 병이나 마셨다.

"기분이 어때, 제이크? 어머나! 당신 굉장히 많이 먹었어." 브렛이 물었다.

"기분이 좋군. 디저트 들겠어?"

"아니, 싫어."

브렛은 담배를 피우고 있었다.

"당신은 먹는 걸 좋아하지?" 그녀가 물었다.

"그럼, 좋아하는 거야 많지." 내가 대답했다.

"뭘 좋아하는데?"

"아, 좋아하는 거야 많아. 디저트 안 먹을 거야?" 내가 물었다.

"아까 물어봤잖아." 브렛이 말했다.

"아, 그랬지. 그랬군. 리오하 알타를 한 병 더 마시자." 내가 말했다.

"아주 좋지."

"그것도 별로 마시지 않던데." 내가 말했다.

"마셨어. 당신이 못 봐서 그렇지."

"두 병 가져오라고 하자." 내가 말했다. 술병이 왔다. 나는 내 잔에 조금 따르고 브렛의 잔에 따르고 나서 다시 내 잔을 가득 채웠다.

"건배!" 브렛이 말했다. 나는 내 잔을 비우고 또 한 잔 따랐다. 브렛이 내 팔에 손을 얹었다.

"취하지 마, 제이크. 취하면 안 돼." 그녀가 말했다.

"취할지 어떻게 알지?"

"취하지 마. 괜찮아질 거야." 그녀가 말했다.

"취하는 게 아냐. 그저 포도주를 좀 마시고 있는 거지. 난 포도주를 좋아하니까." 내가 말했다.

"취하지 마. 제이크, 취하지 마." 그녀가 말했다.

"드라이브나 할까? 시내 거리를 드라이브하고 싶지 않아?" 내가 물었다.

"그렇게 해. 난 마드리드 구경을 못했으니까. 마드리드 구경을 해야겠어." 브렛이 대답했다.

"이걸 다 마셔 버리고 난 뒤에." 내가 말했다.

우리는 아래층으로 내려가 식당을 나와 거리로 나섰다. 웨이터가 택시를 잡으러 갔다. 날씨는 무덥고 해가 내리쬐고 있었다. 길거리 위쪽에 나무와 풀밭이 있는 조그마한 광장이 있고, 그곳에 택시들이 주차하고 있었다. 웨이터가 옆에 매달린 채 택시 한 대가 이쪽을 향해 달려오고 있었다. 나는 웨이터에게 팁을 주고 운전기사에게 어디로 가라고 이르고 브렛 곁에 올라탔다. 운전기사가 길 위쪽으로 달리기 시작했다. 나는 좌석에 기대앉았다. 브렛이 내 쪽으로 바짝 다가앉았다. 우리는 서로 꽉 붙어 앉아 있었다. 내가 팔을 돌려 브렛을 끌어안자 그녀는 편안한 듯 내게 기댔다. 날씨는 몹시 무덥고 햇살은 쨍쨍 비치고 집들이 희고 뚜렷하게 보였다. 우리는 그란비아* 쪽으로 돌아들었다.

"아, 제이크, 우리 둘이 얼마든지 재미있게 시간을 보낼 수

* '큰 거리'라는 뜻으로 마드리드의 중심가.

도 있었는데." 브렛이 말했다.

앞쪽에는 카키색 제복을 입은 기마 순경이 교통정리를 하고 있었다. 그가 바통을 들었다. 그러자 자동차가 갑자기 속력을 늦추었고 브렛 몸이 내 쪽으로 쏠렸다.

"그래 맞아. 그렇게 생각하기만 해도 기분이 좋지 않아?" 내가 말했다.

# 작품 해설

미국 문학사는 19세기 중엽 보스턴을 중심으로 한바탕 찬란한 꽃을 피운다. 문학사가들은 이를 두고 '미국 문예부흥' 또는 '뉴잉글랜드 문예부흥'이라는 꼬리표를 붙인다. 그도 그럴 것이 이 무렵 소설과 시와 에세이 장르에 두루 걸쳐 너새니얼 호손, 허먼 멜빌, 에드거 앨런 포, 월도 에머슨, 헨리 데이비드 소로, 월트 휘트먼 같은 문인들이 마치 경쟁이라도 하듯이 눈부시게 활약하였기 때문이다. 이때부터 미국 문학은 명실공히 좁게는 영국 문학, 넓게는 유럽 대륙 문학에서 비로소 젖을 떼고 국민 문학이라는 이유식을 시작하였다. 그 뒤 미국 문학은 잠시 소강상태를 맞다가 1920년대에 이르러 다시 한 번 꽃을 피운다. 그래서 이 무렵의 미국 문학을 흔히 '제2의 개화(開花)'라고 부른다.

미국의 문예부흥기에 미국 문학이 독자적인 민족 문학으로 발돋움하였다면, 제2의 개화기에 이르러서는 미국 문학이 세계 문단의 반열에 우뚝 올라섰다고 할 수 있다. 이 무렵에 활동하면서 미국 문학의 꽃을 다시 한 번 피우는 데 크게 이바지한 작가가 바로 어니스트 헤밍웨이다. 흔히 헤밍웨이는 F. 스콧 피츠제럴드와 윌리엄 포크너와 함께 20세기 전반기 '미국 문단의 삼총사'로 일컬어진다. 19세기가 저물던 무렵 거의 같은 시기에 태어나 또 거의 같은 시기에 문단에 데뷔한 이 세 사람은 미국 문학에서는 말할 것도 없고 세계 문학에서 뛰어난 작가들로 대접받았다. 그들은 미국이 정치적, 경제적 또는 군사적으로만 세계 최대 강국이 아니라 문학과 예술에서도 강대국임을 여실히 뒷받침해 주었다.

헤밍웨이의 작품 중에서도 『태양은 다시 떠오른다』(1926)는 미국 문학사에서 굵직한 획을 그은 중요한 작품으로 평가받는다. 무엇보다도 먼저 이 소설은 초기 모더니즘 계열의 대표적인 작품에 속한다. 물론 포크너의 『음향과 분노』(1929)나 『내가 죽어 누워 있을 때』(1930)처럼 형식에서 실험성을 꾀하지는 않아도 그 나름대로 이전의 전통적인 소설과는 여러모로 크게 다르다. 마크 트웨인의 『허클베리 핀의 모험』(1884)은 말할 것도 없고 거의 같은 시대에 출간된 시어도어 드라이저의 『미국의 비극』(1925)과도 큰 차이가 난다. 이렇듯 『태양은 다시 떠오른다』는 미국 문학사에서 리얼리즘이나 자연주의의 전통에서 벗어나 모더니즘의 이정표를 세웠다는 점에서 큰 의미를 지닌다. 헤밍웨이의 전기 작가 제프리 마이어스는 이 소설을 "헤밍웨이의 가장 뛰어난 작품"으로 평가한다. 한

편 헤밍웨이 연구가 린다 와그너-마틴은 이 작품을 "헤밍웨이의 가장 중요한 작품"이라고 지적한다. 가장 '뛰어난' 작품이건 가장 '중요한' 작품이건 이 소설은 본격적인 의미에서 헤밍웨이의 첫 장편소설로 앞으로 그의 문학이라는 산을 오르려는 사람들이 반드시 넘어야 할 첫 번째 관문이다. 출간된 지 90여 년이 가까운 지금 이 작품은 미국 문학사는 말할 것도 없고 세계 문학사에서도 우뚝 서 있는 작품이 되다시피 하였다.

## 1

어니스트 헤밍웨이는 1925년 7월 스페인의 팜플로나를 방문하기 전만 해도 『태양은 다시 떠오른다』를 투우에 관한 논픽션으로 구상하고 있었다. 그러나 투우 축제가 끝나고 며칠 뒤 그는 이 작품을 논픽션보다는 차라리 소설로 쓰고 싶었다. 그래서 그해 7월 21일, 그러니까 공교롭게도 그의 생일날 이 작품을 처음 집필하기 시작하였다. 처음 초고를 집필할 당시 그가 이 작품의 제목을 축제를 뜻하는 스페인어 '피에스타'로 삼은 것은 바로 그 때문이다. 1927년 영국에서는 이 작품이 '피에스타'라는 제목으로 출간되었다. 아직도 영국에서는 이 제목을 본제로 삼고 미국의 제목을 부제로 삼아 '피에스타: 태양은 다시 떠오른다'라는 제목으로 출간하고 있다.

헤밍웨이는 9개월에 걸쳐 심혈을 기울여 『태양은 다시 떠오른다』를 집필하였다. 그의 창작 습관에 비추어 보면 9개월은 장편소설 한 편을 집필하기에는 아주 짧은 기간이라고 할 수 있다. 이 소설을 출간한 지 20여 년이 지난 1948년에 헤밍웨이는 "이 소설을 쓰기 전까지만 해도 나는 소설을 쓰는 것에 대해 아무것도 모르고 있었다. 그래서 완전히 피곤해질 때까지 아주 빠른 속도로 써 나갔다."라고 술회한 적이 있다. F. 스콧 피츠제럴드에게 그는 "소설을 쓰는 방법은 오직 한 가지밖에 없다. 그 빌어먹을 결말까지 쉬지 않고 곧장 써 내려가는 것이다."라고 말하기도 하였다. 헤밍웨이의 말대로 그는 이 작품을 결말까지 빠른 속도로 써 나갔던 것이다.

그렇다면 헤밍웨이가 이렇게 비교적 짧은 기간 안에 첫 장편소설을 집필할 수 있었던 이유는 무엇일까?《캔자스시티 스타》의 기자로 있을 때 그는 "누구의 삶이든 진실 되게 말하기만 한다면 한 편의 소설이 될 수 있다."라고 말한 적이 있다. 그런데 이 말은 헤밍웨이가 곧 자신을 두고 한 말로 보아도 크게 틀리지 않다. 요즈음 기준으로 보자면 그렇게 오래 산 것은 아니었지만 어느 누구의 삶보다 역동적인 그의 삶은 한 편의 소설, 그것도 박진감 넘치는 소설이라고 할 수 있다. 헤밍웨이가 출간한 대부분의 소설에서 그가 살아온 삶의 궤적을 읽을 수 있지만, 『태양은 다시 떠오른다』에서는 그의 체취를 더욱 강하게 맡을 수 있다. 이 소설은 두 번째 장편소설 『무기여 잘 있어라』(1929)와 함께 자전적 요소가 가장 많이 나타나는 작품이다.

『태양은 다시 떠오른다』의 주인공 제이크 반스는 여러모로 헤밍웨이의 분신으로 볼 수 있다. 제1차 세계대전에 참전하였다는 점에서도 그러하고, 전쟁 중 심한 부상을 입었다는 점에서도 그러하다. 미국인으로 프랑스 파리에서 신문사 해외 특파원으로 일하면서 작가로서의 길을 모색하고 있다는 점도 서로 비슷하다. 그런가 하면 제이크도 헤밍웨이처럼 낚시를 하면서 전쟁에서 입은 심리적 외상을 치료할뿐더러 투우를 감상하면서 삶의 방향을 새롭게 모색하기도 한다. 그 밖에도 두 사람의 공통점은 그다지 어렵지 않게 찾아볼 수 있다.

더구나 이 작품은 이렇게 자전적 요소를 지닐 뿐만 아니라 소설 장르에서 보면 '실명(實名) 소설'에 속한다. 실명 소설은 17세기에 프랑스를 중심으로 한때 큰 인기를 끌었던 소설 장르로 지금도 '로망 아 클레(roman à clef)'라고 부른다. 가령 마들렌 드 스퀴데리는 『키루스 대왕』(1649~1653)에서 이 유형의 소설을 처음 발표하여 관심을 모았다. 19세기에는 영국 소설가 토머스 러브 피콕이 『악몽의 수도원』(1818)에서, 20세기에 들어와서는 올더스 헉슬리가 『대위법』(1928)에서 이 장르의 소설을 썼다. 미국 문학으로 좁혀 보면 피츠제럴드가 『낙원의 이쪽』(1920)에서, 마이클 알린이 『초록색 모자』(1924)에서 이 장르의 소설을 조심스럽게 실험하였다.

'로망 아 클레'란 글자 그대로 열쇠가 달린 소설이라는 뜻이다. 열쇠로 문을 열 수 있듯이 실명 소설에서는 작품에 나타난 단서만 잘 이용하면 독자들은 작품에 등장하는 작중인물들이 과연 어떤 실제 인물에 바탕을 두고 있는지 비교적 쉽게 알아차릴 수 있다. 실제 인물을 모델로 삼아 작중인물을 만들었다고 하여 이 유형의 소설은 흔히 '모델 소설'이라고도 부른다. 좀 더 넓은 의미에서 실명 소설은 실존 인물에서 작중인물을 빌려 올 뿐만 아니라 더 나아가 실제 사건에서 플롯을 빌려 오기도 한다.

헤밍웨이는 피츠제럴드나 알린처럼 『태양은 다시 떠오른다』를 실명 소설로 썼다. 이 작품의 초고를 쓸 때만 해도 헤밍웨이는 실존 인물의 이름을 그대로 사용하였다. 가령 제이크 반스는 헤밍웨이의 이름을 줄인 '헴'이라고 하였고, 브렛 애슐리는 그녀의 모델인 레이디 더프 트위슨의 이름 그대로 '더프'라고 하였다. 그러나 헤밍웨이는 초고를 수정하면서 실존 인물의 이름을 버리고 허구적 이름으로 바꾸었다. 작중인물들의 이름을 이렇게 바꾸어 놓았어도 몇몇 독자는 작가가 어떤 실존 인물들을 모델로 삼았는지 쉽게 알 수 있었다. 그래서 이 소설이 처음 출간되었을 때는 모델이 된 실존 인물들을 둘러싸고 여러 소문과 억측이 난무하기도 하였다.

방금 앞에서 언급하였듯이 제이크 반스는 여러모로 헤밍웨이의 초기 단편 작품에 등장하는 닉 애덤스가 성장한 인물이자 작가의 분신으로 보아도 크게 틀리지 않다. 이 무렵 파리의 카르티에라탱이나 몽파르나스에서 살았던 작가나 저널리스트라면 헤밍웨이가 누구를 모델로 삼아 작중인물들을 만들어 냈는지 쉽게 알아낼 수 있었을 것이다. 뒷날 해럴드 롭이 『옛날 그대로』(1959)라는 책을 출간하면서 헤밍웨이가 이 소설에서 작중인물들로 삼은 실제 인물들이 좀 더 분명하게 드러나게 되었다. 예를 들어 제1차 세계대전 이후 등장한 신여성을 상징하는 브렛 애슐리는 영국 여성으로 최근에 이혼한 레이디 더프 트위슨이었고, 그녀의 약혼자 마이크 캠벨은 트위슨과 연인 관계에 있던 역시 영국인인 패트 스워지였다. 빌 고턴은 헤밍웨이와 어렸을 적 친구인 빌 스미스이거나, 도널드 옥든 스튜어트였을 것이다. 유대인이라는 이유로 다른 작중인물로부터 따돌림받는 작가 로버트 콘은 여러모로 해럴드 롭과 비슷하다. 이 밖에도 우아한 솜씨로 투우를 벌이는 페드로 로메로는 '니뇨 데 라 팔마'라는 별명으로 더욱 잘 알려진 스페인 론다 출신의 투우사 카예타노 오르도녜스였다.

헤밍웨이는 『태양은 다시 떠오른다』에서 실존 인물 못지않게 실제로 일어난 사건에서 플롯을 빌려 오기도 하였다. 가령 헤밍웨이와 트위슨과 해럴드 같은 사람들은 센 강 남쪽 좌안 카르티에라탱과 몽파르나스 지역에서 술과 환락을 찾아 부나비처럼 카페와 댄스홀에 드나들었다. 또한 그들은 헤밍웨이 부부와 함께 한두 차례 스페인의 팜플로나에서 열리는 산페르민 투우 축제에 참가하였다. 이곳에서 트위슨을 두고 남자들 사이에서 한바탕 싸움이 벌어지기도 하였다. 그런가 하면 그들은 스페인의 나바라 주 부르게테 근처에 있는 이라티 강에서 낚시를 즐기기도 하였다. 이 밖에도 산페르민 축제 기간 중 벌어지는 투우에 대한 묘사는 대부분 실제 경기에 바탕을 두고 있다.

물론 헤밍웨이는 실제 사건에서 작품의 플롯을 취해 오되 어디까지나 자신의 창작 의도에 따라 자유자재로 취사선택하였다. 예를 들어 작품 속 애슐리와 페드로의 관계와는 달리 트위슨과 오르도녜스 사이에는 아무런 애정 행각이 없었다. 또

한 작품에는 로버트 콘이 페드로와 주먹싸움을 벌이는 것으로 나와 있지만 실제로는 그런 일이 일어나지 않았다. 작품에서 제이크와 빌과 함께 목가적으로 낚시를 하는 부르게테의 이라티 강도 실제로는 물이 너무 오염되어 낚시를 할 수 없을 정도였다.

## 2

『태양은 다시 떠오른다』의 주제나 의미를 쉽게 이해하려면 어니스트 헤밍웨이가 이 작품의 제사(題詞)로 삼고 있는 글을 좀 더 찬찬히 눈여겨보아야 한다. 작품이 시작되기 전 첫머리에서 그는 두 제사를 사용한다. 이중 하나는 이 무렵 파리에서 작가 수업을 받고 있던 젊은 작가들에게 대모 역할을 하던 미국의 여성 소설가 거트루드 스타인이 한 대화에서 하였다는 말이다. "당신들은 모두 길을 잃은 세대요."라는 문장이 바로 그것이다. 그러나 좀 더 정확히 말하면 이 말을 맨 처음 한 사람은 스타인이 아니라 파리에 있는 어느 자동차 정비소의 주인으로 알려져 있다. 자동차 수리를 맡긴 스타인에게 그는 이 무렵 불성실하고 무책임한 젊은 자동차 수리공들을 두고 이렇게 내뱉었다는 것이다.

헤밍웨이가 이 작품의 제사로 사용하는 두 번째 구절은 구약성서 「전도서」에서 따온 말이다. "한 세대는 가고 한 세대는 오되 땅은 영원히 있도다. 해는 뜨고 해는 지되 그 떴던 곳으로 빨리 돌아가고, 바람은 남으로 불다가 북으로 돌아가며 이리 돌고 저리 돌아 그 불던 곳으로 돌아가고, 모든 강물은 다 바다로 흐르되 바다를 채우지 못하며 어느 곳으로 흐르든지 그리로 연하여 흐르느니라.(1장 4~7절)" 「전도서」의 저자는 지금까지는 흔히 솔로몬으로 여겨졌지만 현대 신학계에서는 새로운 저서에 유명한 현자의 이름을 붙여 저서에 무게를 싣는 당시의 관행을 이 책의 저자도 그대로 따른 것으로 보고 있다. 그러므로 「전도서」의 저자는 예루살렘 사원 근처에 거주하던 지식인일 것으로 보는 견해가 우세하다. 저자가 과연 누구든 「전도서」는 삶을 달관한 사람이 자신의 세계관이나 인생관 또는 행복론 등을 아무 거리낌 없이 자유롭게 적은 글이다. 한편으로는 삶의 비극과 비참과 허무를 느끼고 다른 한편으로는 그것들을 초월하여 새로운 삶을 모색하려는 내용을 담고 있는 책이다.

거트루드 스타인의 대화에서 빌려 온 첫 번째 제사에 무게를 싣는다면 『태양은 다시 떠오른다』는 이른바 '길 잃은 세대(une génération perdue)'를 다룬 작품이라고 할 수 있다. 헤밍웨이는 한때 이 작품의 제목을 '피에스타' 말고도 '길 잃은 세대'로 삼은 적이 있었다. '길 잃은 세대'는 흔히 '잃어버린 세대'니 '상실의 세대'니 하는 말로 번역하기도 하지만 아무래도 정확한 번역어로 보기 어렵다. 무엇을 잃어버리고 무엇을 상실하였는지 잘 드러나 있지 않을뿐더러 자칫 세대를 잃어버리고 상실하였다는 뜻으로 받아들일 수 있기 때문이다. 한마디로 '길 잃은 세대'는 제1차 세계대전 이후 방향 감각을 상실한 젊은 세대를 일컫는 표현이다. 여기서 '길'이란 인류 역사에서 그 유례를 찾아보기 드문 대전쟁이 일어나기 전 인류가 지니고 있던 도덕이나 윤리, 가치관이나 세계관, 즉 인간이 나아가야 할 삶의 좌표나 방향을 말한다.

전쟁을 겪고 난 뒤 삶의 좌표와 방향을 잃어버리다시피 한 젊은 세대들은 새로운 삶의 방식이나 가치를 찾아 방황하였다. 이 무렵 그들은 19세기 말엽과 20세기 초엽의 낡은 관습과 인습의 벽을 과감하게 허물어 버리고 가히 혁명적이라고 할 만한 새로운 삶의 방식을 받아들였다. 이러한 변화는 작게는 의상, 태도, 행동 방식, 언어, 섹스, 크게는 사고방식, 가치관, 세계관 등 거의 모든 영역에 걸쳐 폭넓게 나타났다. 과거에는 당연한 것으로 생각하고 받아들이던 모든 것이 심각한 도전을 받기 시작하였다. 한마디로 전쟁이 끝난 1910년대 말과 1920년대는 유동성의 시대이자 실험의 시대요, 회의의 시대이자 환멸의 시대였던 것이다.

1920년대를 흔히 '재즈 시대' 또는 '광란의 시대'라고 일컫는다. 재즈 시대라고 부르는 것은 이 무렵 재즈 음악이 크게 유행하였기 때문이다. 광란의 시대라고 부르는 것은 삶의 여러 영역에 걸쳐 전통적인 가치관을 뒤흔들어 놓는 '광란'의 소리가 여기저기서 들려왔기 때문이다. 그런데 이 '광란'의 소리는 엄격한 도덕과 윤리를 강조하는 빅토리아 시대의 낡은 굴레를 끊어 버리는 소리였다. 여성들 사이에서는 긴치마를 벗어 버리고 짧은 스커트를 입고 사내아이처럼 머리를 짧게 자르는 헤어스타일이 크게 유행하였다. 전쟁에 참가하여 환멸을 느낀 제대 군인은 말할 것도 없고 전쟁에 참가하지 않은 남성들까지 덩달아 술과 파티로 흥청거렸다. 그리하여 한 역사가는 이 시대를 두고 "만취 상태로 보낸 기나긴 주말"에 빗대기도 한다.

헤밍웨이는 『태양은 다시 떠오른다』에서 제1차 세계대전 직후 고국을 떠나 파리에서 생활하던 젊은이들을 작중인물들로 삼는다. 이렇게 고국을 등지고 파리에서 거주한 사람들을 흔히 '국외 추방자'라고 부른다. 그러나 엄밀히 말하면 고국에서 추방당하였다기보다는 스스로 고국을 떠나온 사람들이기 때문에 국외 '이주자'라고 부르는 쪽이 더 정확하다. 이 무렵 유럽의 화폐와 비교해 볼 때 미국의 달러 가치가 아주 높아 유럽에서 사는 쪽이 생활비가 훨씬 적게 들었다. 이러한 환율의 차이에 따른 경제적 이유 때문에 많은 미국인이 파리에서 살았다. 1921년에서 1924년 사이 파리에 거주한 미국인의 수는 적게는 6,000명에서 많게는 30,000명에 이르렀다. 영어를 사용하는 사람들을 모두 합하면 무려 20여 만 명이나 되었다. 그리하여 1925년에 《파리 트리뷴》은 파리를 '미국의 병원'이니, '미국의 도서관'이니, '미국의 상공회의소'니 하고 부를 정도였다. 미국 사회를 파리에 그대로 옮겨 놓은 것과 크게 다르지 않다는 말이다.

젊은 작가들이 파리에서 작가 수업을 받거나 작가 생활을 한 데는 또 다른 이유가 있었다. 예술의 메카라고 할 파리에서는 어느 나라 어느 도시보다 예술적 자유가 허용되었다. 이 무렵 미국에서는 모더니즘의 대부라고 할 제임스 조이스의 작품『율리시스』(1922)를 불태우고 금서로 지정하였다. 아직도 청교도적인 도덕적 엄숙주의에서 완전히 벗어나지 못한 미국은 이렇게 문학가들과 예술가들에게 질식할 것 같은 억압의 공간이었다. 거트루드 스타인, 피츠제럴드, 존 도스 패서스, 이디스 워튼, 에즈라 파운드, 헨리 밀러, 아치볼드 매클리시, 윌리엄 포크너, 헤밍웨이 같은 미국 작가들이 파리로 이주한 것은 바로 그 때문이다. 포드 매독스 포드, 사뮈엘 베케트, 조이스 같은 영국 작가나 아일랜드 작가들도 고국을 등지고 파리에서 작품 활동을 하기도 하였다. 그런데 이러한 국외 추방자들은 거의 대부분 제1차 세계대전에 직접 참전하였거나, 그 전쟁으로부터 직접 또는 간접으로 영향을 받은 사람들이다. 그들 중 대부분은 '길 잃은 세대'였다.

헤밍웨이는『태양은 다시 떠오른다』에서 이러한 국외 이주자들이나 '길 잃은 세대'가 살아가는 삶의 모습을 설득력 있게 다룬다. 로버트 콘 한 사람을 제외하고는 직접 또는 간접으로 전쟁에 참전한 소설의 작중인물들은 휴전 후 삶에서 아무런 의미를 찾지 못한 채 흥청망청 술을 마시고 춤을 추고 한 장소에서 다른 장소로 끊임없이 옮겨 다니면서 삶을 영위해 간다. 그들은 거의 예외 없이 알코올 중독자이거나 그에 가까운 증상을 보인다. 가령 우울증, 불안감, 성적 부적응이나 무능 등이 바로 그것이다. 제이크의 자기연민도, 브렛의 일탈적 행동도 따지고 보면 궁극적으로는 알코올 중독증과 무관하지 않다.

주인공 제이크 반스는 전쟁에서 비행 도중 적군의 기습을 받고 성기에 상처를 입는다. 이 상처에 대하여 헤밍웨이는 한 번도 명시적으로 밝히지 않기 때문에 주인공이 하는 말이나 생각을 찬찬히 음미해 보아야 비로소 그 상처의 성격을 깨달을 수 있다. 헤밍웨이는 한밤중에 제대로 잠을 이루지 못하는 제이크 입을 빌려 "그 많은 부위 중에서 하필이면 이곳에 부상을 입다니. 참으로 기묘한 일이라는 생각이 들었다."라고 밝힌다. 제이크는 부상을 입고 밀라노 병원에서 치료를 받고 있을 때 연락장교가 병실로 그를 방문한 일을 떠올린다.

> 참으로 우스꽝스러운 일이었다. 처음으로 우스꽝스러운 일이었다. 나는 온몸에 붕대를 칭칭 감고 있었다. 하지만 그들은 이미 그 장교에게 그것에 대해 설명했던 것이다. 그는 바로 그 멋진 연설을 했다. "귀관은 외국인, 영국인(외국인은 누구나 영국인이었다.)으로서 목숨보다도 더 소중한 것을 바쳤다." 이 얼마나 멋진 연설이란 말인가. 그 연설을 채식(彩飾) 장식해 사무실에 걸어놓고 싶다. 그 장교는 조금도 웃지 않았다. 그는 내 입장에 서서 생각하고 있었던 것이 아닌가 싶다. "체 말라 포르투나! 체 말라 포르투나!"

국부에 치명상을 입은 제이크는 성적 흥분은 느끼되 성행위는 할 수 없다. 브렛 애슐리를 사랑하면서도 그녀를 성적으로 만족시킬 수 없다는 데 깊은 절망감을 느낀다. 다른 신체 부위도 아니고 성기에 부상을 입는다는 것은 자못 상징적이다. 비단 남성으로서 생식력을 상실한 것에 그치지 않는다. 제1차 세계대전 이후 젊은 세대들이 느끼던 정신적 불모나 심리적 무능과 비극적 상실감을 보여 주는 더할 나위 없이 좋은 상징이다. 또한 1920년대에 풍미한 무능력과 환멸, 좌절 등을 보여 주는 상징이기도 하다. 제이크처럼 그들도 삶에 대한 욕구를 느끼면서도 막상 그 욕구를 의미 있는 행동으로 옮길 수 없었다. 그렇다면 이 소설은 20세기 초엽의 시대정신, 좀 더 구체적으로 제1차 세계대전 직후 1920년대의 시대적 불안을 다룬 작품이다.

미국의 출판업자 앨프리드 하코트는 『태양은 다시 떠오른다』가 출간되기에 앞서 "헤밍웨이의 첫 소설이 이 나라를 뒤흔들어 놓을 것이다."라고 말한 적이 있다. 그의 예상대로 '길 잃은 세대'를 다룬 이 작품이 미국 문단과 사회에 준 충격은 무척 신선하고 컸다. 한편으로는 내용이나 형식에서 그 이전의 미국 문학에서는 일찍이 볼 수 없는 새로운 모더니즘 문학으로 각광을 받았다. 그러나 다른 한편으로는 아직도 빅토리아 시대의 도덕관과 윤리의식에 젖어 있던 세대들에게 이 소설은 마치 조용한 공원에 폭탄을 터뜨린 것처럼 크나큰 충격이 아닐 수 없었다. 심지어 그의 어머니 그레이스 헤밍웨이조차 아들에게 편지를 보내 "비평가들은 네 스타일과 언어를 구사해 세상을 묘사하는 능력을 많이 칭찬하는 듯하지만, 점잖은 사람들은 네가 그렇게 천박한 인간 계층의 삶과 습관을 영구화시키는 데 그런 큰 재능을 사용한다는 사실을 늘 안타깝게 생각하고 있다."라고 말할 정도였다. 그러면서 그녀는 소설을 한 장 한 장 읽을 때마다 혐오감으로 메스꺼움을 떨쳐 버릴 수 없다고 아들에게 불쾌한 심정을 털어 놓기도 한다.

## 3

『태양은 다시 떠오른다』를 제대로 이해하려면 두 제사 중에서 두 번째 제사에 무게를 실어야 한다. 실제로 어니스트 헤밍웨이는 거트루드 스타인의 말보다는 「전도서」의 말에 훨씬 더 무게를 실었다. 이 작품을 출간한 찰스 스크리브너사의 편집자 맥스 퍼킨스에게 보낸 편지에서 그는 이 작품이 '길 잃은 세대'에 관한 작품이 아니라고 못 박아 말한다. "공허하고 신랄한 풍자가 아니라 '땅은 영원히 있도다'라는 메시지를 주인공으로 삼은 엄청난 비극"이라고 말하였다. 뒷날 1951년에 헤밍웨이는 그의 전기를 쓴 칼로스 베이커에게도 작중인물들은 오직 외부의 힘에 의하여 "여러모로 강타당하였을지는 몰라도" 무엇인가 잃어버린 것은 아니라고 분명히 밝힌다. 그러면서 헤밍웨이는 "잃어버리다니, 천만에 말씀. 우리는 교육을 받지 않았지만 아주 견고한 세대다."라고 밝힌다. 이 '견고한(solid)'이라는 형용사는 '길 잃은(lost)'이라는 말과는 의미에서 하늘과 땅만큼 큰 차이가 난다.

이 점과 관련하여 평론가 시비 오설리번은 헤밍웨이의 이 작품을 두고 "제1차 세계대전 이후 황무지로 변해 버린 유럽에서 어떻게 처신할 것인지 그 방법을 가르쳐 주는 예절 안내서"라고 말한다. 피츠제럴드도 이 작품이 "로맨스요 안내서"라고 말한 적이 있다. 여기에서 '안내서'란 오설리번이 말하는 예절 안내서의 뜻으로 받아들여도 크게 틀리지 않을 것이다. 한마디로 헤밍웨이는 이 작품에서 삶의 무의미보다는 삶의 의미, 절망보다는 소망, 상실보다는 구원을 더 중요하게 생각하였다.

헤밍웨이는 '길 잃은 세대'를 중심적인 인물로 다루되 어디까지나 작가는 그들과 거리를 두고 있다. 그의 입장은 제이크 반스의 태도에서 엿볼 수 있다. 제이크 반스는 '길 잃은 세대'에 속한 인물이기는 하지만 그렇다고 그들처럼 퇴폐적이거나 방탕하고 무책임하지만은 않다. 그는 마이크 캠벨이나 빌 고턴이나 로버트 콘 같은 인물들의 가치관을 그대로 받아들이거나 따르려고 하지 않는다. 오히려 그들의 가치관에 적잖이 의문을 품으면서 새로운 삶의 방향을 모색한다고 말하는 쪽이 더 정확할 것이다. 제이크는 남아메리카에 같이 여행을 떠나자고 한사코 조르는 콘에게 "이봐, 로버트, 다른 나라에 간다고 해서 달라지는 건 없어. 나도 벌써 그런 짓 모조리 해 봤어. 이 나라에서 저 나라로 옮겨 다닌다고 해서 너 자신한테서 달아날 수 있는 건 아냐. 그래 봤자 별거 없어."라고 충고한다. 이것을 달리 바꾸면 근본적으로 생각과 마음을 바꾸지 않는 한 아무리 이곳저곳 장소를 옮겨 다녀도 삶에서 달라지는 것은 아무것도 없다는 말이 된다.

적어도 이 점에서 이 소설은 비도덕이고 비윤리적인 작품이 아니라 도덕적이고 윤리적인 작품이다. 이 작품에서 도덕적 중심에 서 있는 제이크는 겉보기와는 달리 여전히 근면과 노동을 소중하게 생각하는 미국 중서부의 가치를 소중하게 생각한다. 브렛 애슐리나 로버트 콘처럼 물려받은 돈으로 놀고먹는 인물들보다는 노동으로 생계를 유지하는 페드로 로메로 같은 투우사나, 차라리 몸을 팔아 살아가는 조젯 같은 창녀가 더 건강하다고 생각한다. 적어도 이 점에서 제이크는 피츠제럴드의 『위대한 개츠비』(1926)의 화자인 닉 캐러웨이와 비슷한 인물이다. 이 소설에서 닉은 제이 개츠비에게 "그 인간들은 썩어 빠진 무리예요. 당신 한 사람이 그 빌어먹을 인간들을 모두 합쳐 놓은 것만큼이나 훌륭합니다."라고 말한다. 그런데 이 말은 작가 헤밍웨이가 제이크의 입을 빌려 퇴폐적이고 방탕하게 살아가는 '길 잃은 세대'를 두고 하는 말로 받아들여도 크게 무리가 없을 듯하다. 유연하고 회복력이 강한 제이크는 비록 육체적 상처는 어떻게 할 수 없을지 몰라도 정신적으로는 다시 굳건히 일어서려고 몸부림치고 있는 인물이다.

## 4

어니스트 헤밍웨이는 『태양은 다시 떠오른다』에 등장하는 작중인물들이 '견고한' 인물들이라고 말하였지만, 그들 모두가 그러한 범주에 들어가는 것은 아니다. 이 작품의 작중인물은 가치관이나 생활방식에 따라 크게 두 부류로 나뉜다. 제이크 반스를 비롯하여 빌 고턴과 페드로 로메로는 '견고한' 부류에 속하는 반면, 로버트 콘과 마이클 캠벨과 브렛 애슐리 등은 '견고하지 못한' 부류에 속한다. 전자의 작중인물들은 '길 잃은 세대'라고 할 수 있는 후자의 작중인물들과는 여러모로 차이가 난다. 전자가 도덕적으로나 정신적으로 건강한 부류에 속한다면, 후자는 어디까지나 도덕적으로 병들고 피로에 지쳐 있는 부류에 속한다. 이 작품은 제이크-빌-페드로와 로버트-마이클-브렛의 두 축을 중심으로 움직인다.

이렇게 『태양은 다시 떠오른다』를 비롯한 헤밍웨이의 작품을 읽다 보면 다른 작가의 작품에 등장하는 작중인물과는 뚜렷이 구분되는 특유의 주인공을 만나게 된다. 흔히 '헤밍웨이 주인공' 또는 '규범적 인물'이라고 일컫는 인물이 바로 그것이다. 단편소설과 장편소설에 두루 등장하는 그들은 몇 가지 공통점을 지닌다. 첫째, 남성적이며 야성적인 그들은 지적인 활동보다는 육체적 활동에 더 많은 관심을 기울인다. 둘째, 남성적이고 야성적인 특성에 어울리지 않게 감수성이 아주 예민하다. 셋째, 폭력과 죽음의 세계에 남달리 깊은 관심을 기울인다. 넷째, 늘 죽음에 강박 관념이 있는 그들은 추상적인 것을 배격하고 좀 더 구체적이고 감각적인 즐거움을 만끽하려고 한다. 다섯째, 그들은 그들 나름대로 행동 규범을 정해 놓고 그 규범에 따라 처신하려고 애쓴다. 이것이 바로 그들을 '규범적 주인공'이라고 일컫는 까닭이다.

헤밍웨이의 작중인물 가운데에서도 제이크 반스는 '헤밍웨이 주인공'의 특징을 가장 잘 보여 주는 인물이다. 다섯 가지 특징 중에서도 맨 마지막은 제이크를 이해하는 데 아주 중요하다. 이러한 규범에 따라 그는 폭력과 무질서와 고통의 세상에서 '적절히' 살아가는 방법을 모색한다. 삶이라고 하는 승산 없는 싸움에서 사람답게 처신할 수 있는 방법으로 위엄, 용기, 인내, 절제 같은 몇 가지 원칙을 지키려고 한다. 제이크는 좀처럼 주어진 상황에 굴복하거나 불평을 늘어놓지 않고 인간으로서 위엄을 잃지 않은 채 꿋꿋하게 살아간다. 헤밍웨이가 말하는 '압력에서의 우아함'을 보여 주려고 끊임없이 애쓰는 인물이다. 제이크가 투우사 페드로 로메로를 좋아하는 까닭도 바로 여기에 있다. 벨몬테나 마르시알 같은 투우사와는 달리 페드로는 죽음을 두려워하여 거짓 제스처를 쓰지 않고 투우사로서 임무를 다하기 때문이다.

제이크 반스가 전형적인 '규범적 인물'이라면 브렛 애슐리는 그러한 인물이 되기 위하여 노력하고 있는, 말하자면 장인 밑에서 수업을 받고 있는 도제 같은 인물이다. 작품 첫머리에서 그녀는 이렇다 할 목적의식 없이 이 남자 저 남자와 어울리며 방탕한 생활을 일삼는다. 이미 이혼 경험이 있는 브렛은 현재 남편과 이혼 수속이 끝나는 대로 마이크 캠벨과 결혼하기로 약속한 사이면서도 제이크와 절망적인 사랑에 빠지는가 하면, 로버트 콘과 함께 스페인의 휴양도시 산세바스티안으로 여행을 떠나고 젊은 투우사 페드로 로메로를 좋아하여 한때 달아나기도 한다. 그래서 그녀를 '비치 우먼', 즉 심술궂고 음란한 여성으로 간주하려는 비평가들이 더러 있다. 적어도 브렛은 피츠제럴드가 '플래퍼'라고 부른 신여성, 즉 말괄량이 여성이라고 할 만하다. 짧게 깎은 머리에 남성이 즐겨 입는 스웨터를 입고 남자 모자를 쓰는 등 전통적인 여성적 아름다움은 브렛한테서는 좀처럼 찾아보기 어렵다. 더구나 뭇 남성과의 애정 행각은 빅토리아 시대의 전통적인 요조숙녀와는 거리가 멀어도 한참 멀다. 어찌 되었든 비평가 제임스 네이글은 브렛 애슐리를 두고 헤밍웨이가 창조해 낸 "20세기 미국 문학에서 가장 매력적인 여성 중 한 사람"이라고 지적한다.

그러나 브렛은 점차 쾌락주의적이고 찰나적인 삶을 버리고 규범적인 인물이 보여 주는 가치관을 받아들이기 시작한다. 페드로와 함께 스페인의 마드리드로 달아났던 그녀는 결국 그의 장래를 생각해서 그를 돌려보내기로 결심한다.

"제이크, 정말 기분이 말할 수 없이 좋아."
"그래야지."
"화냥년이 되지 않기로 결심하니 기분이 아주 좋아."
"아무렴."
"말하자면 그게 우리가 하느님 대신 믿는 거지."
"하느님을 믿는 사람들도 있지. 그런 사람도 꽤 많아." 내가 말했다.
"하느님은 내게는 별로 효험이 없었어."

여기에서 '우리가 하느님 대신 믿는 것'이란 다름 아닌 긴장과 고통과 절망의 삶에서도 반드시 지켜야 할 행동 규범을 뜻한다. 그 행동 규범은 기독교인들이 믿고 있는 전통적인 신과 똑같은 위치를 차지한다. 말하자면 신을 상실한 그들에게 그것은 종교와 크게 다름없다. 『태양은 다시 떠오른다』는 『무기여 잘 있어라』처럼 한 젊은 주인공이 온갖 고통과 좌절을 겪으며 삶의 본질을 조금씩 터득해 가는 성장 소설로 읽을 수 있다. 제이크 반스는 『무기여 잘 있어라』의 프레더릭 헨리처럼 좌절과 절망을 겪으며 삶에 대한 인식의 폭을 조금씩 넓혀 나간다. 마침내 삶의 인식이나 통찰에 이르는 그들은 가히 영웅이라고 할 만하다. 바로 이 점에서 헤밍웨이의 이 두 소설은 고대 신화처럼 영웅의 탄생을 다루는 작품으로 읽어도 크게 틀리지 않을 것이다.

2011년 12월

김욱동

# 작가 연보

1899년 7월 21일 미국 일리노이 주의 오크파크에서 의사인 아버지 클래런스 헤밍웨이와 음악 교사 그레이스 헤밍웨이의 여섯 자녀 중 둘째로 출생.

1913년 오크파크 고등학교(후에 오크파크 및 리버포리스트 고등학교로 개명) 입학. 재학 시절 저널리스트와 작가로서 재능을 보임.

1917년 고등학교 졸업. 10월 대학 입학을 포기하고 《캔자스시티 스타》 신문사의 수습기자로 취직. 이때 특유의 '하드보일드(강건체)' 문체를 익히기 시작.

1918년 4월 신문기자를 그만두고 제1차 세계대전에 참전하기 위해 미 육군에 자원하지만 권투 연습 중 다친 시력 때문에 입대가 거부됨. 5월 23일 미 적십자 부대의 앰뷸런스 운전사로 지원해 이탈리아 전선에 투입됨. 7월 8일 이탈리아 북부 포살타 디 피아베에서 박격포 포탄 및 중기관총 사격을 당해 두 다리에 중상을 입음. 이탈리아 정부로부터 무공훈장을 받음. 밀라노 육군병원에서 치료를 받던 중 여섯 살 연상인 미국 간호장교 애그니스 본 쿠로스키와 사랑에 빠짐.

1919년 제1차 세계대전 휴전 후 미국에 돌아오지만 나이가 어리다는 이유로 애그니스 본 쿠로스키로부터 결혼을 거절당함.

1920년 어린 시절부터 계속된 어머니와의 불화로 집을 나감. 캐나다의 온타리오 주 토론토로 이주해《토론토 스타》지의 기자로 일함. 이해 말 시카고로 돌아와 주식 투자 잡지사에서 편집인으로 잠시 일함. 이 무렵 소설가 셔우드 앤더슨과 친교를 맺기 시작.

1921년 9월 3일 해들리 리처드슨과 결혼. 11월《토론토 스타》및《스타 위클리》의 기자 겸 해외 특파원 자격으로 파리에 감. 이때 셔우드 앤더슨이 파리에 거주하는 미국 작가 거트루드 스타인에게 추천서를 써 줌. 파리에 머물면서 '국외 추방 작가'들과 교류하며 문학 수업을 받음.

1922년 《토론토 스타》특파원 자격으로 그리스-터키 전쟁을 취재하기 위해 오늘날의 터키 이즈미르에 해당하는 스미르나를 여행함. 파리에서 에즈라 파운드와 거트루드 스타인에게서 소설 작법을 배움.

| | |
|---|---|
| | 12월 해들리가 파리의 리옹 역에서 헤밍웨이의 미발표 원고 전부를 분실. |
| 1923년 | 임신 중인 아내 해들리와 함께 스페인의 팜플로나로 투우 구경을 감. 10월, 첫아들 존 해들리(범비) 출생. 그 때문에 잠시 토론토를 방문. 7월 『세 편의 단편과 열 편의 시(Three Stories and Ten Poems)』를 한정판으로 파리에서 출간. |
| 1924년 | 포드 매덕스 포드를 도와 《트랜스아틀랜틱 리뷰》지를 편집함. 1월 단편 소품집 『우리 시대에(in our time)』를 파리에서 출간. 아내와 존 더스패서스 등과 함께 스페인의 팜플로나를 두 번째로 여행. |
| 1925년 | 7월 아내와 어린 시절의 친구 빌 스미스 등과 함께 스페인의 팜플로나를 세 번째로 여행. 4월 파리의 '딩고 바'에서 세 살 위인 F. 스콧 피츠제럴드를 만나 교류하게 됨. 10월 자전적인 인물인 닉 애덤스를 주인공으로 하는 일련의 단편소설이 수록된 『우리 시대에(In Our Time)』를 미국의 보니 앤드 라이브라이트 출판사에서 출간. 오스트리아 슈룬스에서 겨울을 보냄. |
| 1926년 | 스콧 피츠제럴드의 소개로 미국의 유수 출판사 찰스 스크리브너와 편집자 맥스웰 퍼킨스를 알게 됨. 5월 셔우드 앤더슨을 패러디한 중편소설 『봄의 계류(The Torrents of Spring)』를 찰스 스크리브너에서 출간. 그 후 헤밍웨이의 모든 작품은 이 출 |

판사에서 출간됨. 6월 아내 해들리와 두 번째 아내가 될 폴린 파이퍼와 함께 스페인의 팜플로나를 여행. 10월 『태양은 다시 떠오른다(The Sun Also Rises)』를 출간.

1927년 4월 해들리와 이혼하고 한 달 뒤 파리 《보그》지에서 근무하던 부유한 패션 작가 폴린 파이퍼와 재혼. 10월 단편집 『여자 없는 남자(Men Without Women)』를 출간.

1928년 프랑스 파리를 떠나 미국 플로리다 주 키웨스트로 이주. 1950년대까지 이곳에서 살면서 주요 작품을 집필. 6월 둘째 아들 패트릭 출생. 12월 아버지가 권총으로 자살.

1929년 9월 『무기여 잘 있어라(A Farewell to Arms)』를 출간. 상업적으로 성공한 첫 작품으로 출간 4개월 만에 8만 부가 판매됨.

1931년 11월 셋째 아들 그레고리 핸콕 출생.

1932년 9월 투우에 관한 논픽션 『오후의 죽음(Death in the Afternoon)』을 출간.

1933년 10월 단편집 『승자에게는 아무것도 주지 마라(Winner Take Nothing)』를 출간. 아프리카 케냐로 10주에 걸친 사파리 사냥을 감.

1935년 10월 아프리카 사파리를 다룬 논픽션 『아프리카의 푸른 언덕(Green Hills of Africa)』을 출간.

1937년 북아메리카신문연맹(NANA)의 통신 특파원 자격으로 스페인 내전을 취재. 이때 공화정부파를 지원해 저술과 강연 등을 통해서 모금 활동을 함. 10월 『유산자와 무산자(To Have and Have Not)』를 출간.

1938년 6월 선전 영화 대본인 『스페인의 땅(The Spanish Earth)』을 출간. 10월 『제5열 및 최초의 49단편(The Fifth Column and the First Forth-Nine Stories)』을 출간.「제5열」은 헤밍웨이의 유일한 희곡 작품.

1939년 11월 폴린 파이퍼와 별거하고 쿠바 아바나 교외에 저택을 구입해 '전망 좋은 농장'이라는 뜻의 '핑카 비히아'로 명명하고 그곳으로 이주.

1940년 11월 작가이자 신문기자인 마사 겔혼과 세 번째로 결혼. 6월 희곡 작품 『제5열』을 단행본으로 출간. 10월 『누구를 위하여 종은 울리나(For Whom the Bell Tolls)』를 출간.

1942년 제2차 세계대전 중 미 해군에 자원해 자신의 보트 '필라'호로 쿠바 해안에서 독일 잠수함을 수색하지만 한 척도 발견하지 못함. 10월 전쟁 이야기를 모은 『싸우는 사람들(Men at War)』을 편집하고 서문을 씀.

1943년 신문 및 잡지 특파원으로 유럽 전쟁 취재 시작.

1944년 《콜리어》지의 전쟁 특파원으로 연합군의 노르망디 상륙작전과 독일 진격 등을 취재하고 파리 입성에도 참가. 런던에서 신문기자이자 특파원인 메리 웰시를 만나 사귀기 시작.

1945년 12월 마사 겔혼에게 이혼당함.

1946년 3월 메리 웰시와 네 번째로 결혼한 뒤 쿠바와 미국 아이다호 주 케첨에서 살기 시작.

1947년 제2차 세계대전 중 독일 잠수함 수색에 공헌한 점을 인정받아 미국 정부로부터 훈장을 받음.

1950년 9월 『강을 건너 숲속으로(Across the River and Into the Trees)』를 출간.

1951년 6월 어머니 사망.

1952년 9월 『노인과 바다(The Old Man and the Sea)』를 《라이프》지에 발표한 후 단행본으로 출간.

1953년 『노인과 바다』로 퓰리처상 소설 부문 수상. 메리 웰시와 함께 동아프리카로 두 번째 사파리 사냥 여행을 떠남.

1954년 1월 아프리카에서 연이은 두 번의 비행기 사고와 들불로 중상을 입음. 한때 헤밍웨이가 사망했다는 풍문이 전 세계에 퍼짐. 12월 미국 작가로서는 다섯 번째로 노벨 문학상 수상.

1959년 스페인을 방문해 투우 관람. 이 무렵 건강이 계속 악화됨.

1960년 샌프란시스코에서 『시 선집(Collected Poems)』이 작가의 허가 없이 출간됨.

1961년 쿠바를 영원히 떠남. 그동안 헤밍웨이와 친교를 맺어 온 피델 카스트로가 권좌에 오름. '핑카 비히아'를 정부에서 소유하다 뒷날 헤밍웨이 박물관으로 개조. 우울증, 알코올중독증, 기타 질병에 시달리다 7월 2일 캐첨의 자택에서 엽총으로 자살. 가톨릭 의식으로 장례식을 치른 뒤 아이다호 주 선밸리에 묻힘.

1964년 유작 『움직이는 축제일(A Moveable Feast)』이 출간됨.

1970년 유작 『해류 속의 섬들(Islands in the Stream)』이 출간됨.

1972년 유작 『닉 애덤스 이야기(The Nick Adams Stories)』가 출간됨.

1977년 유작 『88편의 시(88 Poems)』가 출간됨.

1985년 유작 『위험한 여름(The Dangerous Summer)』이 출간됨.

1986년 유작 『에덴동산(The Garden of Eden)』이 출간됨.

1987년 『어니스트 헤밍웨이 단편전집(The Complete Short Stories of Ernest Hemingway)』이 출간됨.

1999년 허구적 자서전 『여명의 진실(True at First Light)』을 아들 패트릭이 편집해서 출간함.

세계문학전집 280

# 태양은 다시 떠오른다

1판 1쇄 펴냄 2012년 1월 2일
1판 22쇄 펴냄 2024년 6월 25일

지은이 어니스트 헤밍웨이
옮긴이 김욱동
발행인 박근섭, 박상준
펴낸곳 (주)민음사

출판등록 1966. 5. 19. (제 16-490호)
서울특별시 강남구 도산대로1길 62(신사동) 강남출판문화센터 5층 (우편번호 06027)
대표전화 02-515-2000 팩시밀리 02-515-2007
www.minumsa.com



ISBN 978-89-374-6280-1 04800
ISBN 978-89-374-6000-5 (세트)

## 세계문학전집 목록

**1·2 변신 이야기 오비디우스·이윤기 옮김** 서울대 권장도서 100선
**3 햄릿 셰익스피어·최종철 옮김** 서울대 권장도서 100선 | 미국대학위원회 선정 SAT 추천도서
**4 변신·시골의사 카프카·전영애 옮김** 서울대 권장도서 100선
**5 동물농장 오웰·도정일 옮김** 미국대학위원회 선정 SAT 추천도서 | 《타임》 선정 현대 100대 영문소설
**6 허클베리 핀의 모험 트웨인·김욱동 옮김** 《뉴스위크》 선정 100대 명저
**7 암흑의 핵심 콘래드·이상옥 옮김** 미국대학위원회 선정 SAT 추천도서 | 《뉴스위크》 선정 10대 명저
**8 토니오 크뢰거·트리스탄·베네치아에서의 죽음 토마스 만·안삼환 외 옮김** 노벨 문학상 수상 작가
**9 문학이란 무엇인가 사르트르·정명환 옮김**
**10 한국단편문학선 1 김동인 외·이남호 엮음** 국립중앙도서관 선정 청소년 권장도서
**11·12 인간의 굴레에서 서머싯 몸·송무 옮김**
**13 이반 데니소비치, 수용소의 하루 솔제니친·이영의 옮김** 노벨 문학상 수상 작가
**14 너새니얼 호손 단편선 호손·천승걸 옮김**
**15 나의 미카엘 오즈·최창모 옮김**
**16·17 중국신화전설 위앤커·전인초, 김선자 옮김**
**18 고리오 영감 발자크·박영근 옮김**
**19 파리대왕 골딩·유종호 옮김** 노벨 문학상 수상 작가 | 《타임》 선정 현대 100대 영문소설
**20 한국단편문학선 2 김동리 외·이남호 엮음**
**21·22 파우스트 괴테·정서웅 옮김** 서울대 권장도서 100선 | 미국대학위원회 선정 SAT 추천도서
**23·24 빌헬름 마이스터의 수업시대 괴테·안삼환 옮김**
**25 젊은 베르테르의 슬픔 괴테·박찬기 옮김** 논술 및 수능에 출제된 책(1998~2005)
**26 이피게니에·스텔라 괴테·박찬기 외 옮김**
**27 다섯째 아이 레싱·정덕애 옮김** 노벨 문학상 수상 작가
**28 삶의 한가운데 린저·박찬일 옮김**
**29 농담 쿤데라·방미경 옮김**
**30 야성의 부름 런던·권택영 옮김**
**31 아메리칸 제임스·최경도 옮김**
**32·33 양철북 그라스·장희창 옮김** 노벨 문학상 수상 작가 | 서울대 권장도서 100선
**34·35 백년의 고독 마르케스·조구호 옮김** 노벨 문학상 수상 작가 | 서울대 권장도서 100선
**36 마담 보바리 플로베르·김화영 옮김** 서울대 권장도서 100선
**37 거미여인의 키스 푸익·송병선 옮김**
**38 달과 6펜스 서머싯 몸·송무 옮김**
**39 폴란드의 풍차 지오노·박인철 옮김**
**40·41 독일어 시간 렌츠·정서웅 옮김**
**42 말테의 수기 릴케·문현미 옮김**
**43 고도를 기다리며 베케트·오증자 옮김** 노벨 문학상 수상 작가 | 서울대 권장도서 100선
**44 데미안 헤세·전영애 옮김** 노벨 문학상 수상 작가
**45 젊은 예술가의 초상 조이스·이상옥 옮김** 서울대 권장도서 100선
**46 카탈로니아 찬가 오웰·정영목 옮김**
**47 호밀밭의 파수꾼 샐린저·정영목 옮김** 《타임》 선정 현대 100대 영문소설 | 미국대학위원회 선정 SAT 추천도서 | 《뉴스위크》 선정 100대 명저 | BBC 선정 꼭 읽어야 할 책
**48·49 파르마의 수도원 스탕달·원윤수, 임미경 옮김**
**50 수레바퀴 아래서 헤세·김이섭 옮김** 노벨 문학상 수상 작가 | 국립중앙도서관 선정 청소년 권장도서

51·52 **내 이름은 빨강** 파묵 · 이난아 옮김 노벨 문학상 수상 작가
53 **오셀로** 셰익스피어 · 최종철 옮김 서울대 권장도서 100선
54 **조서** 르 클레지오 · 김윤진 옮김 노벨 문학상 수상 작가
55 **모래의 여자** 아베 코보 · 김난주 옮김
56·57 **부덴브로크 가의 사람들** 토마스 만 · 홍성광 옮김 노벨 문학상 수상 작가
58 **싯다르타** 헤세 · 박병덕 옮김 노벨 문학상 수상 작가
59·60 **아들과 연인** 로렌스 · 정상준 옮김 《뉴스위크》 선정 100대 명저
61 **설국** 가와바타 야스나리 · 유숙자 옮김 노벨 문학상 수상 작가 | 서울대 권장도서 100선
62 **벨킨 이야기 · 스페이드 여왕** 푸슈킨 · 최선 옮김
63·64 **넙치** 그라스 · 김재혁 옮김 노벨 문학상 수상 작가
65 **소망 없는 불행** 한트케 · 윤용호 옮김 노벨 문학상 수상 작가
66 **나르치스와 골드문트** 헤세 · 임홍배 옮김 노벨 문학상 수상 작가
67 **황야의 이리** 헤세 · 김누리 옮김 노벨 문학상 수상 작가
68 **페테르부르크 이야기** 고골 · 조주관 옮김
69 **밤으로의 긴 여로** 오닐 · 민승남 옮김 노벨 문학상 수상 작가 | 미국대학위원회 선정 SAT 추천도서
70 **체호프 단편선** 체호프 · 박현섭 옮김
71 **버스 정류장** 가오싱젠 · 오수경 옮김 노벨 문학상 수상 작가
72 **구운몽** 김만중 · 송성욱 옮김 서울대 권장도서 100선 | 국립중앙도서관 선정 청소년 권장도서
73 **대머리 여가수** 이오네스코 · 오세곤 옮김
74 **이솝 우화집** 이솝 · 유종호 옮김 논술 및 수능에 출제된 책(1998~2005)
75 **위대한 개츠비** 피츠제럴드 · 김욱동 옮김 《타임》 선정 현대 100대 영문소설
76 **푸른 꽃** 노발리스 · 김재혁 옮김
77 **1984** 오웰 · 정회성 옮김 《타임》 선정 현대 100대 영문소설 | 《뉴스위크》 선정 100대 명저
78·79 **영혼의 집** 아옌데 · 권미선 옮김
80 **첫사랑** 투르게네프 · 이항재 옮김
81 **내가 죽어 누워 있을 때** 포크너 · 김명주 옮김 노벨 문학상 수상 작가
82 **런던 스케치** 레싱 · 서숙 옮김 노벨 문학상 수상 작가
83 **팡세** 파스칼 · 이환 옮김
84 **질투** 로브그리예 · 박이문, 박희원 옮김
85·86 **채털리 부인의 연인** 로렌스 · 이인규 옮김
87 **그 후** 나쓰메 소세키 · 윤상인 옮김
88 **오만과 편견** 오스틴 · 윤지관, 전승희 옮김 미국대학위원회 선정 SAT 추천도서
89·90 **부활** 톨스토이 · 연진희 옮김 논술 및 수능에 출제된 책(1998~2005)
91 **방드르디, 태평양의 끝** 투르니에 · 김화영 옮김
92 **미겔 스트리트** 나이폴 · 이상옥 옮김 노벨 문학상 수상 작가
93 **페드로 파라모** 룰포 · 정창 옮김
94 **차라투스트라는 이렇게 말했다** 니체 · 장희창 옮김 국립중앙도서관 선정 청소년 권장도서
95·96 **적과 흑** 스탕달 · 이동렬 옮김 국립중앙도서관 선정 청소년 권장도서
97·98 **콜레라 시대의 사랑** 마르케스 · 송병선 옮김 노벨 문학상 수상 작가 | BBC 선정 꼭 읽어야 할 책
99 **맥베스** 셰익스피어 · 최종철 옮김 서울대 권장도서 100선 | 미국대학위원회 선정 SAT 추천도서
100 **춘향전** 작자 미상 · 송성욱 풀어 옮김 서울대 권장도서 100선
101 **페르디두르케** 곰브로비치 · 윤진 옮김
102 **포르노그라피아** 곰브로비치 · 임미경 옮김
103 **인간 실격** 다자이 오사무 · 김춘미 옮김
104 **네루다의 우편배달부** 스카르메타 · 우석균 옮김

105·106 이탈리아 기행 괴테·박찬기 외 옮김

107 나무 위의 남작 칼비노·이현경 옮김

108 달콤 쌉싸름한 초콜릿 에스키벨·권미선 옮김

109·110 제인 에어 C. 브론테·유종호 옮김 BBC 선정 꼭 읽어야 할 책

111 크눌프 헤세·이노은 옮김 노벨 문학상 수상 작가

112 시계태엽 오렌지 버지스·박시영 옮김 《타임》 선정 현대 100대 영문소설 | 《뉴스위크》 선정 100대 명저

113·114 파리의 노트르담 위고·정기수 옮김 미국대학위원회 선정 SAT 추천도서

115 새로운 인생 단테·박우수 옮김

116·117 로드 짐 콘래드·이상옥 옮김 《뉴스위크》 선정 100대 명저

118 폭풍의 언덕 E. 브론테·김종길 옮김 미국대학위원회 선정 SAT 추천도서

119 텔크테에서의 만남 그라스·안삼환 옮김 노벨 문학상 수상 작가

120 검찰관 고골·조주관 옮김

121 안개 우나무노·조민현 옮김

122 나사의 회전 제임스·최경도 옮김 미국대학위원회 선정 SAT 추천도서

123 피츠제럴드 단편선 1 피츠제럴드·김욱동 옮김

124 목화밭의 고독 속에서 콜테스·임수현 옮김

125 돼지꿈 황석영

126 라셀라스 존슨·이인규 옮김

127 리어 왕 셰익스피어·최종철 옮김 서울대 권장도서 100선 | 《뉴스위크》 선정 100대 명저

128·129 쿠오 바디스 시엔키에비츠·최성은 옮김 노벨 문학상 수상 작가

130 자기만의 방·3기니 울프·이미애 옮김

131 시르트의 바닷가 그라크·송진석 옮김

132 이성과 감성 오스틴·윤지관 옮김

133 바덴바덴에서의 여름 치프킨·이장욱 옮김

134 새로운 인생 파묵·이난아 옮김 노벨 문학상 수상 작가

135·136 무지개 로렌스·김정매 옮김

137 인생의 베일 서머싯 몸·황소연 옮김

138 보이지 않는 도시들 칼비노·이현경 옮김

139·140·141 연초 도매상 바스·이운경 옮김 《타임》 선정 현대 100대 영문소설

142·143 플로스 강의 물방앗간 엘리엇·한애경, 이봉지 옮김 미국대학위원회 선정 SAT 추천도서

144 연인 뒤라스·김인환 옮김

145·146 이름 없는 주드 하디·정종화 옮김

147 제49호 품목의 경매 핀천·김성곤 옮김 《타임》 선정 현대 100대 영문소설

148 성역 포크너·이진준 옮김 노벨 문학상 수상 작가 | 퓰리처상 수상 작가

149 무진기행 김승옥

150·151·152 신곡(지옥편·연옥편·천국편) 단테·박상진 옮김 《뉴스위크》 선정 100대 명저

153 구덩이 플라토노프·정보라 옮김

154·155·156 카라마조프가의 형제들 도스토옙스키·김연경 옮김

157 지상의 양식 지드·김화영 옮김 노벨 문학상 수상 작가

158 밤의 군대들 메일러·권택영 옮김 퓰리처상 수상 작가

159 주홍 글자 호손·김욱동 옮김 서울대 권장도서 100선 | 미국대학위원회 선정 SAT 추천도서

160 깊은 강 엔도 슈사쿠·유숙자 옮김

161 욕망이라는 이름의 전차 윌리엄스·김소임 옮김

162 마사 퀘스트 레싱·나영균 옮김 노벨 문학상 수상 작가

163·164 운명의 딸 아옌데·권미선 옮김

222 **오스카 와일드 작품선** 와일드 · 정영목 옮김
223 **벨아미** 모파상 · 송덕호 옮김
224 **파스쿠알 두아르테 가족** 호세 셀라 · 정동섭 옮김 노벨 문학상 수상 작가
225 **시칠리아에서의 대화** 비토리니 · 김운찬 옮김
226·227 **길 위에서** 케루악 · 이만식 옮김 《타임》 선정 현대 100대 영문소설 | 《뉴스위크》 선정 100대 명저
228 **우리 시대의 영웅** 레르몬토프 · 오정미 옮김
229 **아우라** 푸엔테스 · 송상기 옮김
230 **클링조어의 마지막 여름** 헤세 · 황승환 옮김 노벨 문학상 수상 작가
231 **리스본의 겨울** 무뇨스 몰리나 · 나송주 옮김
232 **뻐꾸기 둥지 위로 날아간 새** 키지 · 정회성 옮김 《타임》 선정 현대 100대 영문소설
233 **페널티킥 앞에 선 골키퍼의 불안** 한트케 · 윤용호 옮김 노벨 문학상 수상 작가
234 **참을 수 없는 존재의 가벼움** 쿤데라 · 이재룡 옮김
235·236 **바다여, 바다여** 머독 · 최옥영 옮김
237 **한 줌의 먼지** 에벌린 워 · 안진환 옮김 《타임》 선정 현대 100대 영문소설
238 **뜨거운 양철 지붕 위의 고양이 · 유리 동물원** 윌리엄스 · 김소임 옮김 퓰리처상 수상작
239 **지하로부터의 수기** 도스토옙스키 · 김연경 옮김
240 **키메라** 바스 · 이운경 옮김
241 **반쪼가리 자작** 칼비노 · 이현경 옮김
242 **벌집** 호세 셀라 · 남진희 옮김 노벨 문학상 수상 작가
243 **불멸** 쿤데라 · 김병욱 옮김
244·245 **파우스트 박사** 토마스 만 · 임홍배, 박병덕 옮김 노벨 문학상 수상 작가
246 **사랑할 때와 죽을 때** 레마르크 · 장희창 옮김
247 **누가 버지니아 울프를 두려워하랴?** 올비 · 강유나 옮김
248 **인형의 집** 입센 · 안미란 옮김
249 **위폐범들** 지드 · 원윤수 옮김 노벨 문학상 수상 작가
250 **무정** 이광수 · 정영훈 책임 편집 서울대 권장도서 100선
251·252 **의지와 운명** 푸엔테스 · 김현철 옮김
253 **폭력적인 삶** 파솔리니 · 이승수 옮김
254 **거장과 마르가리타** 불가코프 · 정보라 옮김
255·256 **경이로운 도시** 멘도사 · 김현철 옮김
257 **야콥을 둘러싼 추측들** 욘존 · 손대영 옮김
258 **왕자와 거지** 트웨인 · 김욱동 옮김
259 **존재하지 않는 기사** 칼비노 · 이현경 옮김
260·261 **눈먼 암살자** 애트우드 · 차은정 옮김 《타임》 선정 현대 100대 영문소설
262 **베니스의 상인** 셰익스피어 · 최종철 옮김
263 **말리나** 바흐만 · 남정애 옮김
264 **사볼타 사건의 진실** 멘도사 · 권미선 옮김
265 **뒤렌마트 희곡선** 뒤렌마트 · 김혜숙 옮김
266 **이방인** 카뮈 · 김화영 옮김 노벨 문학상 수상 작가 | 미국대학위원회 선정 SAT 추천도서
267 **페스트** 카뮈 · 김화영 옮김 노벨 문학상 수상 작가 | 국립중앙도서관 선정 청소년 권장도서
268 **검은 튤립** 뒤마 · 송진석 옮김
269·270 **베를린 알렉산더 광장** 되블린 · 김재혁 옮김
271 **하얀 성** 파묵 · 이난아 옮김 노벨 문학상 수상 작가
272 **푸슈킨 선집** 푸슈킨 · 최선 옮김
273·274 **유리알 유희** 헤세 · 이영임 옮김 노벨 문학상 수상 작가

275 **픽션들** 보르헤스 · 송병선 옮김 서울대 권장도서 100선
276 **신의 화살** 아체베 · 이소영 옮김
277 **빌헬름 텔 · 간계와 사랑** 실러 · 홍성광 옮김
278 **노인과 바다** 헤밍웨이 · 김욱동 옮김 노벨 문학상 수상 작가 | 퓰리처상 수상작
279 **무기여 잘 있어라** 헤밍웨이 · 김욱동 옮김 미국대학위원회 선정 SAT 추천도서
280 **태양은 다시 떠오른다** 헤밍웨이 · 김욱동 옮김 《타임》 선정 현대 100대 영문 소설
281 **알레프** 보르헤스 · 송병선 옮김
282 **일곱 박공의 집** 호손 · 정소영 옮김
283 **에마** 오스틴 · 윤지관, 김영희 옮김
284·285 **죄와 벌** 도스토옙스키 · 김연경 옮김 미국대학위원회 선정 SAT 추천도서
286 **시련** 밀러 · 최영 옮김
287 **모두가 나의 아들** 밀러 · 최영 옮김
288·289 **누구를 위하여 종은 울리나** 헤밍웨이 · 김욱동 옮김 노벨 문학상 수상 작가
290 **구르브 연락 없다** 멘도사 · 정창 옮김
291·292·293 **데카메론** 보카치오 · 박상진 옮김
294 **나누어진 하늘** 볼프 · 전영애 옮김
295·296 **제브데트 씨와 아들들** 파묵 · 이난아 옮김 노벨 문학상 수상 작가
297·298 **여인의 초상** 제임스 · 최경도 옮김 미국대학위원회 선정 SAT 추천도서
299 **압살롬, 압살롬!** 포크너 · 이태동 옮김 노벨 문학상 수상 작가
300 **이상 소설 전집** 이상 · 권영민 책임 편집
301·302·303·304·305 **레 미제라블** 위고 · 정기수 옮김
306 **관객모독** 한트케 · 윤용호 옮김 노벨 문학상 수상 작가
307 **더블린 사람들** 조이스 · 이종일 옮김
308 **에드거 앨런 포 단편선** 앨런 포 · 전승희 옮김 미국대학위원회 선정 SAT 추천도서
309 **보이체크 · 당통의 죽음** 뷔히너 · 홍성광 옮김
310 **노르웨이의 숲** 무라카미 하루키 · 양억관 옮김
311 **운명론자 자크와 그의 주인** 디드로 · 김희영 옮김
312·313 **헤밍웨이 단편선** 헤밍웨이 · 김욱동 옮김 노벨 문학상 수상 작가
314 **피라미드** 골딩 · 안지현 옮김 노벨 문학상 수상 작가
315 **닫힌 방 · 악마와 선한 신** 사르트르 · 지영래 옮김
316 **등대로** 울프 · 이미애 옮김 《타임》 선정 현대 100대 영문소설 | 《뉴스위크》 선정 100대 명저
317·318 **한국 희곡선** 송영 외 · 양승국 엮음
319 **여자의 일생** 모파상 · 이동렬 옮김
320 **의식** 노터봄 · 김영중 옮김
321 **육체의 악마** 라디게 · 원윤수 옮김
322·323 **감정 교육** 플로베르 · 지영화 옮김
324 **불타는 평원** 룰포 · 정창 옮김
325 **위대한 몬느** 알랭푸르니에 · 박영근 옮김
326 **라쇼몬** 아쿠타가와 류노스케 · 서은혜 옮김
327 **반바지 당나귀** 보스코 · 정영란 옮김
328 **정복자들** 말로 · 최윤주 옮김
329·330 **우리 동네 아이들** 마흐푸즈 · 배혜경 옮김 노벨 문학상 수상 작가
331·332 **개선문** 레마르크 · 장희창 옮김
333 **사바나의 개미 언덕** 아체베 · 이소영 옮김
334 **게걸음으로** 그라스 · 장희창 옮김 노벨 문학상 수상 작가

335 코스모스 곰브로비치 · 최성은 옮김
336 좁은 문 · 전원교향곡 · 배덕자 지드 · 동성식 옮김 노벨 문학상 수상 작가
337·338 암 병동 솔제니친 · 이영의 옮김 노벨 문학상 수상 작가
339 피의 꽃잎들 응구기 와 시옹오 · 왕은철 옮김
340 운명 케르테스 · 유진일 옮김 노벨 문학상 수상 작가
341·342 벌거벗은 자와 죽은 자 메일러 · 이운경 옮김 퓰리처상 수상 작가
343 시지프 신화 카뮈 · 김화영 옮김 노벨 문학상 수상 작가
344 뇌우 차오위 · 오수경 옮김
345 모옌 중단편선 모옌 · 심규호, 유소영 옮김 노벨 문학상 수상 작가
346 일야서 한사오궁 · 심규호, 유소영 옮김
347 상속자들 골딩 · 안지현 옮김 노벨 문학상 수상 작가
348 설득 오스틴 · 전승희 옮김
349 히로시마 내 사랑 뒤라스 · 방미경 옮김
350 오 헨리 단편선 오 헨리 · 김희용 옮김
351·352 올리버 트위스트 디킨스 · 이인규 옮김
353·354·355·356 전쟁과 평화 톨스토이 · 연진희 옮김
357 다시 찾은 브라이즈헤드 에벌린 워 · 백지민 옮김
358 아무도 대령에게 편지하지 않다 마르케스 · 송병선 옮김
359 사양 다자이 오사무 · 유숙자 옮김
360 좌절 케르테스 · 한경민 옮김 노벨 문학상 수상 작가
361·362 닥터 지바고 파스테르나크 · 김연경 옮김 노벨 문학상 수상 작가
363 노생거 사원 오스틴 · 윤지관 옮김
364 개구리 모옌 · 심규호, 유소영 옮김 노벨 문학상 수상 작가
365 마왕 투르니에 · 이원복 옮김 공쿠르상 수상 작가
366 맨스필드 파크 오스틴 · 김영희 옮김
367 이선 프롬 이디스 워튼 · 김욱동 옮김 퓰리처상 수상 작가
368 여름 이디스 워튼 · 김욱동 옮김 퓰리처상 수상 작가
369·370·371 나는 고백한다 자우메 카브레 · 권가람 옮김
372·373·374 태엽 감는 새 연대기 무라카미 하루키 · 김난주 옮김
375·376 대사들 제임스 · 정소영 옮김
377 족장의 가을 마르케스 · 송병선 옮김 노벨 문학상 수상 작가
378 핏빛 자오선 매카시 · 김시현 옮김
379 모두 다 예쁜 말들 매카시 · 김시현 옮김
380 국경을 넘어 매카시 · 김시현 옮김
381 평원의 도시들 매카시 · 김시현 옮김
382 만년 다자이 오사무 · 유숙자 옮김
383 반항하는 인간 카뮈 · 김화영 옮김 노벨 문학상 수상 작가
384·385·386 악령 도스토옙스키 · 김연경 옮김
387 태평양을 막는 제방 뒤라스 · 윤진 옮김
388 남아 있는 나날 가즈오 이시구로 · 송은경 옮김
389 앙리 브륄라르의 생애 스탕달 · 원윤수 옮김
390 찻집 라오서 · 오수경 옮김
391 태어나지 않은 아이를 위한 기도 케르테스 · 이상동 옮김 노벨 문학상 수상 작가
392·393 서머싯 몸 단편선 서머싯 몸 · 황소연 옮김
394 케이크와 맥주 서머싯 몸 · 황소연 옮김

395 **월든** 소로·정회성 옮김
396 **모래 사나이** E. T. A. 호프만·신동화 옮김
397·398 **검은 책** 오르한 파묵·이난아 옮김 노벨 문학상 수상 작가
399 **방랑자들** 올가 토카르추크·최성은 옮김 노벨 문학상 수상 작가
400 **시여, 침을 뱉어라** 김수영·이영준 엮음
401·402 **환락의 집** 이디스 워튼·전승희 옮김
403 **달려라 메로스** 다자이 오사무·유숙자 옮김
404 **아버지와 자식** 투르게네프·연진희 옮김
405 **청부 살인자의 성모** 바예호·송병선 옮김
406 **세피아빛 초상** 아옌데·조영실 옮김
407·408·409·410 **사기 열전** 사마천·김원중 옮김 서울대 권장도서 100선
411 **이상 시 전집** 이상·권영민 책임 편집
412 **어둠 속의 사건** 발자크·이동렬 옮김
413 **태평천하** 채만식·권영민 책임 편집
414·415 **노스트로모** 콘래드·이미애 옮김
416·417 **제르미날** 졸라·강충권 옮김
418 **명인** 가와바타 야스나리·유숙자 옮김 노벨 문학상 수상 작가
419 **핀처 마틴** 골딩·백지민 옮김 노벨 문학상 수상 작가
420 **사라진·샤베르 대령** 발자크·선영아 옮김
421 **빅 서** 케루악·김재성 옮김
422 **코뿔소** 이오네스코·박형섭 옮김
423 **블랙박스** 오즈·윤성덕, 김영화 옮김
424·425 **고양이 눈** 애트우드·차은정 옮김
426·427 **도둑 신부** 애트우드·이은선 옮김
428 **슈니츨러 작품선** 슈니츨러·신동화 옮김
429·430 **세계의 끝과 하드보일드 원더랜드** 무라카미 하루키·김난주 옮김
431 **멜랑콜리아 I–II** 욘 포세·손화수 옮김 노벨 문학상 수상 작가
432 **도적들** 실러·홍성광 옮김
433 **예브게니 오네긴·대위의 딸** 푸시킨·최선 옮김
434·435 **초대받은 여자** 보부아르·강초롱 옮김
436·437 **미들마치** 엘리엇·이미애 옮김
438 **이반 일리치의 죽음** 톨스토이·김연경 옮김
439·440 **캔터베리 이야기** 초서·이동일, 이동춘 옮김
441·442 **아소무아르** 졸라·윤진 옮김
443 **가난한 사람들** 도스토옙스키·이항재 옮김

세계문학전집은 계속 간행됩니다.